KALINKA
RUSSIAN SHOP
23-25 Queensway London W2 4QP
Tel/Fax: +44 (0)20 7243 6125
Mob: 077 1234 26 00

**ИРОНИЧЕСКИЙ
ДЕТЕКТИВ**

Читайте романы примадонны иронического детектива Дарьи Донцовой

Сериал «Любительница частного сыска Даша Васильева»:

Дарья Донцова

Компот из запретного плода

Москва
Эксмо
2005

ИРОНИЧЕСКИЙ ДЕТЕКТИВ

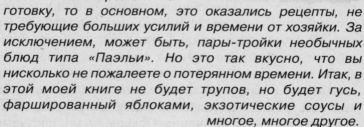

Глава 1

Чем сильнее я ощущаю свою вину перед человеком, тем откровеннее подлизываюсь к нему.

Сегодня, когда Дегтярев, сердито сопя, поволок к двери туго набитый рюкзак, я моментально выскочила из столовой и заулыбалась:

— Помочь?

Не думайте, что я так внимательна к любому мужчине, перетаскивающему тяжести, просто вчера мы с полковником слегка повздорили, и я наорала на Александра Михайловича. А уже через десять минут остыла, поняла, что перегнула палку, но все же попыталась оправдать свое поведение: он сам виноват, ведь дружим не первый год, и кто, как не он, великолепно знает: госпожа Васильева любит давать советы, но терпеть не может выслушивать их от других. Ну, какого черта Александр Михайлович решил объяснять мне, его подруге Дашутке, новые модные тенденции? На кой ляд громогласно заявил, что к темно-синим брюкам не подходит фиолетовая кофточка? Сама знаю, какие вещи надевать. И что его вдруг прорвало? Ведь полковник никогда не замечал, кто и во что одет. Да еще при гостях! Все спокойно сидели, пили чай, обсуждали церемонию вручения Оскара, и тут внезапно Александр Михайлович поднял взор и ни с того ни с сего брякнул:

— Зря вы тут хихикаете над звездами, не умеющими правильно выбрать вечернее платье. Между прочим, Дашута, твои темно-синие джинсы тоже не сочетаются с шелковой фиолетовой рубашкой. Честно говоря, выглядишь ты странно: снизу — ковбой, сверху — тинейджер, утащивший из шкафа праздничный наряд бабушки.

Я обомлела, скорее от неожиданности, чем от хамства. Мои домашние растерялись: Зайка, она же Ольга, уткнулась носом в чашку, Маня захлопала глазами. Ну, а гости деликатно закашлялись. Нет бы мне промолчать, не связываться с Дегтяревым! Он сейчас лебезил бы передо мной, старался хоть как-то загладить вину, но я... С трудом обретя дар речи, я налетела на Александра Михайловича и высказала все, что думала: а) о его собственной безвкусице в одежде, б) о пятнах, которые вечно «украшают» его рубашки, в) о толстом животе, не помещающемся в свитера... Дальше — больше, в общем, повела себя, как базарная баба, а потом гордо ушла, хлопнув дверью.

Около полуночи в мою спальню вошла Машка и укоризненно сказала:

— Ну ты даешь, муся!

— Сам виноват, — обиженно отозвалась я, откладывая детектив, — первый начал.

— Муся, — вздохнула Маня, — Александр Михайлович не хотел тебя обидеть, так, ляпнул по глупости.

Конечно, Маруська была права, полковник совершенно незлобив, он просто не подумал, что говорит, и дуться на Дегтярева — абсолютно бессмысленное занятие. Впрочем, на себя — тоже. Сейчас на дворе стоит март, погода меняется, словно настроение у младенца: с утра тепло, днем морозно, вечером льет дождь, ночью валит снег. А у меня целую неделю болит голова, вот я и не сумела адекватно отреагировать на идиотское замечание, сорвавшееся с языка полковника. Но не признаваться же в совершенной ошибке?

— Если ты глуп, то лучше помолчать, сойдешь за умного! — сердито ответила я девочке.

Машка покачала головой:

— Муся, знаешь Катю Петрову?

— Дочь Тани? Очень хорошо, препротивная осо-ба, — продолжала я.

— А ты можешь припомнить, из-за чего мы с ней ругались в детстве?

— Элементарно, — пожала я плечами. — Катя с раннего возраста обладала подлой натурой. Она ис-подтишка пинала тебя, кусала, говорила гадости, а ко-гда ты отвешивала ей оплеуху, моментально неслась к Тане и рыдала. Мне приходилось наказывать тебя, ста-вить в угол, а Катя потом демонстративно прохажива-лась рядом и громко чавкала «заслуженно» получен-ным мороженым. Честно говоря, я очень радовалась, когда нашей дружбе с Петровыми пришел конец, мне самой всегда хотелось надавать затрещин этой милой вечно больной и немощной плаксе.

— И что ты каждый раз говорила, отправляя меня в угол? — продолжила Маня.

— Одно и то же! Катю следует бить ее же оружием: как только она пихнет тебя, мигом начинай рыдать и беги к взрослым. Но ты в ответ упорно лупила ее ло-паткой по голове, и получалось: Катенька хорошая, бедняжку побила немотивированно агрессивная Ма-ша. Никто из взрослых особо не разбирался в ситуа-ции, видели лишь конечный результат: слабенькая Петрова — вся в слезах, а крепкая Маша излупила бедняжку. И никого не интересовало, кто первый на-чал! Тебе следовало вести себя более сдержанно и хитро.

Машка прищурилась.

— Ты, мусек, как все люди, обожаешь давать сове-ты! Ничуть не лучше твоей подружки Оксаны. Недав-но, держа в руках сигарету, она, врач по профессии, долго объясняла Сашке Хейфец, почему, с медицин-ской точки зрения, вредно курить!

— Не понимаю, к чему ведешь разговор?

— Да к тому, что следовало вчера вспомнить про меня и Катьку Петрову, — вздохнула Маня, — про-молчать, захлюпать носом и молча уйти из гостиной.

Вот тогда обиженной оказалась бы ты, а так все жалеют полковника. Сколько раз я слышала от тебя: «Маня, следует вести себя сдержаннее и хитрее». Ладно, не переживай, к утру все забудут о казусе.

Маруська убежала, а я полночи проворочалась в кровати, испытывая угрызения совести, и в конце концов чуть не утонула в океане раскаяния. Полковник ведь на самом деле не желал сделать мне гадость. Поэтому за завтраком я была с Александром Михайловичем предельно ласкова и даже не упомянула о вредности холестерина, когда приятель на огромный кусок белого хлеба шмякнул полпачки сливочного масла, а сверху придавил его десятисантиметровым слоем сыра и жирной ветчины.

Вот и теперь, услыхав, как он идет к выходу, мигом предложила:

— Давай отвезу тебя в аэропорт.

— Спасибо, — буркнул Александр Михайлович.

Я схватила куртку.

— Спасибо, не надо, — заупрямился полковник.

— Почему?

— Сам доеду.

— Но ты же отдыхать собрался! А машину где оставишь?

— На метро доберусь.

— Но до городского транспорта еще следует добраться, — не успокаивалась я, — мы же в Ложкине, на Ново-Рижском шоссе. Давай доставлю прямо до взлетной полосы!

— Ни в коем случае, — шарахнулся в сторону Александр Михайлович, — только этого мне не хватало!

— Не пугайся, просто пошутила, естественно, высажу у входа в зал.

— Нет.

— У тебя тяжелый рюкзак.

— Сказал — нет.

— Но почему?!

Дегтярев сел на пуфик, нагнулся и, сопя от натуги, стал завязывать шнурки.

— Ну почему ты не хочешь, чтобы тебя спокойно довезли до аэропорта? — не успокаивалась я. — Ей-богу, я совершенно свободна, не обременена никакими делами и охотно помогу тебе.

Александр Михайлович выпрямился и, натягивая куртку, спокойно ответил:

— Совершенно не сомневался в твоей незанятости, гран мерси за заботу, вызвал такси, оно у ворот.

— Ты не доверяешь моим шоферским способностям?

— Просто не хочу снова попасть в идиотское положение, — отбрил полковник, — хотя сейчас, когда на мне нету формы, ситуация будет выглядеть не столь пикантно.

Высказавшись, Дегтярев схватил рюкзак и был таков, а я осталась в холле. Ну кто бы мог подумать, что приятель настолько злопамятен?

В ноябре прошлого года, в День милиции, Александра Михайловича пригласили на торжественный концерт. Ему, как человеку неженатому, на работе выделили лишь один пригласительный билет. Вручая его Дегтяреву, начальство уточнило:

— Изволь явиться в форме, при наградах.

Александр Михайлович не большой любитель щеголять в погонах, но делать нечего: распоряжение вышестоящего офицера — это приказ. Поскольку после концерта сотрудники МВД решили продолжить праздник в кафе, Дегтярев не решился поехать в город на собственном «Запорожце», пришел ко мне и попросил:

— Добрось до Москвы.

Я села за руль, и мы мирно, спокойно докатили до метро «Тушинская». Припарковавшись у рынка, я сказала:

— Раз уж выехала в Москву, давай доставлю до места.

Александр Михайлович страшно не любит спускаться в подземку, поэтому согласился:

— Ну, если тебе так хочется, пожалуйста.

Я хмыкнула:

— Хорошо, сейчас тронемся, только фары протру, их грязью залепило.

Ноябрь в Москве — слякотный месяц, а прошлой осенью он еще выдался на удивление снежным, спецмашины нагребли по краям дороги невероятные сугробы. Не успела я с тряпкой в руках подойти к капоту, как ко мне подбежала хрупкая девочка в коротенькой курточке и взмолилась:

— Помогите, пожалуйста.

— В чем дело? — без особого энтузиазма спросила я.

— Аккумулятор барахлит, подтолкните мои «Жигули», авось на ходу заведутся.

Я удивилась: с чего это девушка обратилась с подобной просьбой к женщине? Но незнакомка мигом прояснила ситуацию:

— Мужики такие противные! Кого ни попрошу, отвечают: «Давай на бутылку», — а я последние деньги на бензин потратила, в кошельке пусто, вот и подумала, что вы меня бесплатно выручите.

Я хотела было вытащить из портмоне купюру и сунуть бедняжке со словами: «Иди найми толкача», — но спохватилась. У девушки, наверное, дешевенькая отечественная развалюха. На плечах у просительницы курточка, бодро прикидывающаяся норковой, а в ушах покачиваются пластмассовые висюльки. У меня же — новенький «Пежо», конечно, не самая дорогая иномарка, но на фоне еле живого от старости металлолома смотрится просто шикарно. К тому же я облачена в изящный полушубочек, который на неопытный взгляд выглядит кроличьим, но на самом деле вещичка из шиншиллы — просто сейчас модно уродовать супердорогой мех, превращая его в подобие дешевой шкурки, а еще в моих ушах — яркие аметисты. Очень некрасиво совать девчонке деньги, не хочу выглядеть богачкой, подчеркивающей наше финансовое неравенство.

— Сейчас фары протру и пихну, — пообещала я.

— Ой, спасибо, — запрыгала незнакомка.

— Где твоя машина?

— Там, в сугробе!

Я посмотрела в указанном направлении.

— Которая?

— Серо-белая, грязная.

— Таких много.

— Ну вон, крайняя.

— Хорошо, садись за руль.

Девушка умчалась, я подошла к «Пежо» и сунула тряпку в багажник.

— Эй, ты куда? — крикнул из окна Дегтярев.

— Сейчас вернусь.

— Что случилось?

— Да помочь надо, — спокойно объяснила я, — обещала машину пихнуть...

Выслушав меня, Дегтярев крякнул:

— Пошли вместе, которая тачка?

— Серо-белая, грязная, самая крайняя, — улыбнулась я.

Мы добрались до нужного автомобиля и уперлись руками в багажник.

— Раз, два, три, — скомандовал полковник, — ну, пошла!

Чудо отечественной промышленности вздрогнуло и покатило вперед, мы с Дегтяревым толкали его довольно долго, потом устали и бросили утомительное занятие.

— Надеюсь, девица не рассчитывает на то, что мы доставим ее до дома! — сердито заявил полковник. —

Пойди скажи ей, раз аккумулятор умер, пусть ищет эвакуатор.

— У нее нет денег, — вздохнула я.

— Давай окажем бедолаге спонсорскую помощь!

Я замялась:

— Мне неудобно.

— Почему?

— Ну... видишь ли, «Пежо», потом, куртка и серьги...

Выслушав мои объяснения, Александр Михайлович хмыкнул:

— Ну, бабы, придут же такие глупости в голову! Ладно, пошли вместе, сам предложу деньги.

Мы приблизились к дверце со стороны водителя, полковник пальцем постучал в тонированное стекло. Никакого эффекта. Александр Михайлович крякнул и постучал снова, на этот раз приоткрылась маленькая щелочка.

— Чего надо? — донеслось из салона.

— Деньги, — неудачно начал разговор полковник, и тут дверь распахнулась.

Я захлопала глазами, на водительском месте сидела тетка лет пятидесяти, закутанная в пуховик отвратительного грязно-фиолетового цвета.

— Вы, менты, совсем с ума посходили! — с чувством выпалила она. — Ну, блин, ваще! Ты ведь полковник?

— Ага, — растерянно кивнул Дегтярев, разряженный в милицейскую форму.

— И не стыдно?

Александр Михайлович опешил, а тетка стала орать с такой силой, что вокруг нас мигом собралась гигантская толпа, у бабищи оказался хорошо поставленный голос и отлично развитые легкие.

— Люди добрые, — визжала она, — глядите, чего делается! Стою себе спокойно, в разрешенном месте, тут появляется ментяра, отпихивает меня к знаку «Остановка запрещена» и требует деньги! Сволочь!

Я подняла глаза и увидела, что мы с Александром Михайловичем и в самом деле дотолкали машину до того отрезка дороги, на котором категорически не разрешено парковаться.

— Обнаглели! — послышалось из толпы.

— А еще полковник!

— Все они такие!

— Ну и примочка!

Александр Михайлович решил оправдаться, но снова не с того начал:

— Деньги...

— Во! — с утроенной силой заверещала тетка. — Слышали! Вымогатель!

— А еще они наркоту людям подсовывают!

— Фильм помните, где Жеглов кошелек вору запихал?

— Ой! Что делается-то! Люди! В какое время живем!

Александр Михайлович побагровел, а я, стряхнув оцепенение, ринулась ему на помощь:

— Прекратите вопли! Нас позвала ваша дочь!

— Дочь? — скривилась баба. — У меня ваще-то два сына!

— А где девушка? — окончательно растерялась я.

— Какая? — ехидно прищурилась склочница.

— Та, что просила ее машину толкнуть.

— Не знаю, — снова принялась орать баба, — я приехала, припарковалась, заявляется мент, отпихивает машину за знак и требует бабки! Сволочь!

Тут только я догадалась оглянуться — достаточно далеко от места происшествия, около серо-белого грязного автомобиля маячила худенькая фигурка в короткой курточке. Я перепутала машины. Скорее всего, пока объясняла Дегтяреву суть проблемы, за автомобилем девицы пристроилась баба точь-в-точь на такой же грязной серо-белой тачке.

Думаю, не стоит вам передавать слова, которыми награждал меня полковник, пока мы шли назад под гневный вопль бабы и оскорбительные выкрики толпы.

Я полагала, что Александр Михайлович давным-давно забыл об этой дурацкой истории, ан нет, оказывается, помнит.

Решив, что на сердитых воду возят, я молча посмотрела через окно прихожей вслед приятелю. Дегтярев дотащил рюкзак до калитки и начал хлопать себя по карманам: все правильно, он опять потерял пульт.

Полковник ткнул пальцем в кнопку, и над моим ухом запел звонок.

— Кто там? — изобразила я полнейшее удивление.

— Открой дверь!

— Но ты же в саду, — прикинулась я идиоткой.

— Хочу выйти!

— И что мешает?

— Калитка заперта.

— А где пульт? Посеял?

— Никогда ничего и ни при каких обстоятельствах не теряю! — взревел Дегтярев.

— Тогда воспользуйся электронным ключом и выходи, — съязвила я.

Александр Михайлович засопел.

— Кстати, там, под ручкой, имеется кнопка, она для тех, кто лишился «открывалки», нажимай смело! Дверка откроется, или забыл такую элементарную вещь?

— Не страдаю маразмом, — отрезал полковник, — просто руки заняты!

— Но домофоном-то сумел воспользоваться, — ехидно напомнила я, открывая растеряхе калитку, —

счастливого пути, дорогой, удачного отдыха, наслаждайся зимней рыбалкой!

— И тебе того же! — рявкнул полковник, выскакивая на дорогу, где его поджидало такси.

Я замерла, потом обозлилась. Интересно, что он имел в виду, пожелав: «И тебе того же»? Ведь подледный лов — явно не моя стихия, в нашей семье лишь один ненормальный способен, укутавшись в тулуп, сидеть на пронизывающем холоде с удочкой в руках. Что касается меня, то лучше уж куплю севрюжку в магазине и съем ее в теплой комнате у телевизора... А может, сказать ему пару ласковых на прощание?

Руки схватили мобильник, пальцы привычно набрали номер полковника. Ту-ту-ту... — полетело в правое ухо, в то же мгновение левое уловило заунывную мелодию.

Не так давно Аркашка подарил Дегтяреву новый аппарат, с полифонией. Из всего огромного количества предложенных мелодий полковник выбрал самую заунывную. Когда я слышу ее, мне мигом представляется ритуальный зал крематория, рыдающая толпа родственников, гроб, уезжающий за бархатные занавесочки... в общем, самый подходящий мотивчик для мобильного. Но откуда доносится звук? Не успев задать себе вопрос, я уже узнала ответ, вернее, увидела: в кресле на подушке «плакал» новый сотовый Дегтярева — Александр Михайлович забыл его дома.

Неожиданно раздражение и желание «ущипнуть» полковника исчезло. Ладно, пусть отдохнет, вернется назад спокойным, довольным и даже не вспомнит о нашей нелепой ссоре. В конце концов, в семье случается всякое, главное — не зацикливаться на конфликтах. И очень хорошо, что он временно лишился телефона, пусть «релакс» полковника будет полным.

День потянулся своим чередом, холодная, вьюжная, совсем не весенняя погода не вызывала никакого желания покидать уютный дом, и я решила не ездить в город. Особых дел у меня там не было, поэтому сначала я выпила кофе, потом пошаталась по комнатам, от скуки выкупала Хуча и расчесала Жюли, а затем с чувством исполненного долга плюхнулась в гостиной на диван с книгой в руке. Неожиданно глаза начали слипаться, и я мирно заснула под натужное завывание ветра в каминной трубе.

Глава 2

В доме полыхал огонь. Тревожный звук похоронного марша бил по ушам, я вскочила и тут же опять шлепнулась на подушку: все ясно, нет никакой беды, тепло исходит от питбуля Банди, который прижался к хозяйке своим горячим боком. Я просто задремала в гостиной, а роль отвратительного оркестра исполняет телефон Дегтярева. Рука потянулась к мобильнику, но он уже заткнулся, я закрыла глаза, но заснуть не удалось — ожил домашний аппарат.

Блям-блям-блям...

Я схватила трубку.

— Слушаю.

— Можно Сашу?

— Вы не сюда попали.

Ту-ту-ту.

Тело снова вытянулось на диване, рука включила торшер. Надо же, только семь часов вечера, а темнота такая, будто полночь пробило. В доме тишина. Зайка, Аркадий и Маня еще не вернулись из города, а Ирка, очевидно, отправилась в свою комнату смотреть телик. Ну и чем мне заняться? Попить чаю или поужинать?

Блям-блям-блям, — заорал телефон.

— Слушаю, — сказала я.

— Можно Сашу? — спросил все тот же нервный женский голос.

— Девушка, вы опять ошиблись.

— Я не девушка, — взвизгнула собеседница, — и вообще, это какой телефон?

Я невольно улыбнулась — ну зачем сообщать всем, что потеряла невинность, хотя, скорее всего, дама имела в виду нечто другое. Проявлю вежливость, скажу номер. Услыхав названные цифры, незнакомка обозлилась окончательно.

— Что вы мне голову морочите?!

— Простите, это вы сюда звоните, — отбила я нападение, — а я сижу себе спокойненько у камина.

— Сашу позови!

— Тут таких нет.

— Дегтярева!

— Александра Михайловича? — изумилась я.

— Ну!

— Он уехал.

Не знаю, по какой причине, но никто и никогда не зовет полковника Сашей. В нашей семье у него есть прозвище, которое произносится, как правило, за глаза. Ну согласитесь, не слишком корректно называть человека в лицо «старым мопсом», но именно это выражение употребляет большинство домашних, влетая в особняк. Не далее как вчера Аркадий, стаскивая в прихожей ботинки, поинтересовался у Ирки:

— Кто на месте?

— Дарья Ивановна, — сообщила домработница.

— А старый мопс? — продолжил Кеша. — Отойди, Хучик, не о тебе речь, ты-то у нас пока молодой.

Иногда мне кажется, что полковник знает, какое прозвище дали ему гадкие дети, один раз Маня ворвалась в столовую с воплем:

— Кто пролил на мопса чернила?

Дегтярев, читавший в кресле газету, поднял голову и спокойно ответил:

— Никто, я абсолютно чистый.

Маруська слегка покраснела и быстро перебила полковника:

— Так не о тебе речь, а о Хучике.

— А-а-а, — протянул Александр Михайлович и снова углубился в чтение.

Но Сашей его не зовет никто, даже я. Правда, раньше Манюня величала Дегтярева «дядя Саша», но это длилось недолго.

— Вам нужен Александр Михайлович Дегтярев? — решила я уточнить на всякий случай.

— Ага, муженек наш, — преспокойно заявила тетка.

Я шлепнулась на диван.

— Извините, очень смешно получилось. Тут на самом деле обитает полный тезка вашего родственника, Александр Михайлович Дегтярев, случаются же такие совпадения!

Тетка бросила трубку, а я взяла детектив, открыла книгу и снова услышала:

Блям, блям, блям.

— Алло!

— Мне Сашу!

Настойчивость глупой бабы начинала меня раздражать.

— Его здесь нет.

— А куда подевался?

— Он тут не жил!

— Кончай врать! Разговаривала с ним! И мобильный знаю! Ишь, решил спрятаться! Наплел черт-те что и думал, я поверила. Твой номер какой?

Я терпеливо продиктовала цифры.

— Он самый, позови Сашу.

Я швырнула трубку. Тетка либо сумасшедшая, либо непонятлива до кретинизма, а может быть, просто телефонная хулиганка, попадаются такие особи, обожающие терроризировать ни в чем не повинных людей.

Блям, блям, блям.

— Слушаю, — процедила я сквозь зубы, горько сожалея о том, что у нас нет определителя номера.

— Сашу, — потребовала баба, — давай зови, дома

он сидит, точно знаю, обещался разобраться, а теперь понимаю, он самый и был, а не кто-то другой, ишь, прикинулся, голову заморочил, поверила ведь сначала!

Я набрала полную грудь воздуха, чтобы сохранить приветливый тон, и сказала:

— Уже бежит, сейчас подойдет.

— Сразу бы так, — гавкнуло в ухе.

Я схватила свой мобильный, набрала номер садовника Ивана и поинтересовалась:

— Чем занят?

— Киношку гляжу, про пингвинов, — сонно ответил Иван.

— Иди скорей в гостиную.

— Ага, несусь! — воскликнул садовник.

В ту же секунду в коридоре раздался грохот, затем вопль Ирки:

— Офигел совсем, никого не видишь.

— Меня Дарь Иванна ждет, — пытался оправдаться Иван.

— Да хоть папа римский, — не успокаивалась Ирка, — расшвырял все, собирай теперь.

Я спокойно ждала, пока закончится свара, наконец садовник втиснулся в гостиную.

— Звали? — тяжело дыша, спросил он.

— Возьми трубку и скажи: «Саша у телефона».

— Зачем?

— Так надо.

— А дальше че?

— Ничего, выслушай женщину и спокойно ответь: «Я не тот Саша, другой».

— Я?

— Дай договорить. Значит, так, скажи ей: «Я совершенно другой человек!»

— Садовник, — влез со своим уточнением непонятливый Иван.

— Не надо подробностей, скажи, что велят.

— Зачем? — недоумевал садовник.

— Так надо, напугай хулиганку и добавь: «Наш номер стоит на прослушивании в милиции, и, если еще раз зря побеспокоите людей, окажетесь в отделении».

— Вау! Вот не знал про подключку! Прикольно!

— Ваня, — собрав в кулак все отпущенное мне от природы терпение, простонала я, — бери телефон и повторяй за мной: «Саша у аппарата».

— Ага, Саша тута, — сообщил Иван, пару секунд помолчал, затем лицо его стало краснеть и краснеть. — Сама ты пошла... — завопил садовник. — Дура! Ща точно приеду и по шеям накостыляю!

Отведя душу, Иван положил трубку на столик и выдохнул:

— Во зараза!

— Что она сказала? — поинтересовалась я.

Иван покосился на дверь.

— Ну, повторить неудобно!

— Давай, не стесняйся.

— Э... э... ой, нет.

— Иван!

— Ладно, — кивнул садовник, — только я, как в телевизоре, вместо мата буду «пи» выдавать.

— Хорошо, начинай.

— Я сказал: «Саша тута».

— Дальше!

— А она того... «Дегтярев Александр Михайлович?»

— Говори быстрей.

— Пи-пи-пи-пи-пи.

— Это все?

— Нет.

— Иван, ты способен изъясняться по-человечески?

— Так вроде нормально слова произношу.

— Но очень медленно!

— Уж как умею, — обиделся садовник, — могу и вовсе замолчать!

— Что еще сообщила тетка?

— Пи-пи-пи-пи-пи...

— Дальше!

— «Немедленно возвращайся к жене, мерзавец! Если адрес забыл, напоминаю! Строгинский бульвар...»

— Это все?

— Не-а.

— Что еще?

— «Мерзавец! Водить меня за нос надумал! Второй раз другим представляешься! Ну ничего, мало тебе не покажется». Пи-пи-пи-пи-пи, — бойко ответил Иван. — Вот теперь все!

Я вскочила с дивана.

— А ну, быстро запиши мне координаты хулиганки на бумаге! Тот адрес, что она тебе назвала!

— Зачем?

— Хватит задавать дурацкие вопросы! — воскликнула я, кидаясь к себе в комнату.

Ну, сейчас поеду на Строгинский бульвар, который находится недалеко от Ново-Рижского шоссе, поднимусь в квартиру к нахалке и узнаю, по какому праву она хамит людям по телефону и отчего называет себя родственницей Александра Михайловича Дегтярева.

Несмотря на снегопад и темень, «Пежо» добрался до серой бетонной башни очень быстро, на первом этаже тут находился зоомагазин, и я решила, поскандалив с хулиганкой, купить нашей стае всяких вкусностей.

Дверь нужной мне квартиры распахнулась без всяких вопросов, на пороге показалась женщина лет пятидесяти. Тонкая, худющая — кожа и кости, — куталась в грязноватый байковый халат, ноги-спички впхнуты в драные тапки, седые сальные волосы стянуты на затылке резинкой.

— Вам кого? — голосом, начисто лишенным каких бы то ни было эмоций, спросила она.

— Тебя, — прищурилась я.

— Вы кто?

— Даша Васильева.

— Мы знакомы?

— Нет, но сейчас представимся друг другу. Кстати, совсем недавно вели милую беседу.

— Со мной? — словно сухая трава под ветром, прошелестела незнакомка.

— Ага. Ты звонила нам домой.

— Я?

— Нечего прикидываться! Назвалась женой Александра Михайловича Дегтярева, ругалась... Кто дал право...

Хозяйка побледнела и, нервно оглянувшись, зашептала:

— Умоляю, уйдите.

— Значит, это ты!

— Пожалуйста, спуститесь вниз.

— Как бы не так! — обозлилась я. — Впрочем, ладно, временно покину квартиру, но вернусь сюда вместе с милицией!

Незнакомка позеленела, раскрыла рот, и тут в прихожую вышла другая женщина, полная, растрепанная и тоже в байковом халате.

— Вам че надо? — с места в карьер налетела она на меня.

Я тут же узнала голос, мне звонила не худая баба, а эта толстуха. Решив, несмотря ни на что, выяснить, откуда она раздобыла наш телефон, я уперла левую руку в бок, открыла рот и... тут увидела лицо худышки.

Тощая, жердеобразная фигура маячила за жирной тумбой. На лице пятидесятилетней особы запечатлелось такое отчаяние, что все заготовленные слова застряли у меня в горле. Маленькая щуплая ручонка была крепко прижата ко рту — незнакомка явно молила о молчании.

— Ошибка вышла, — выдавила я из себя, — ищу Петровых... Таню и Катю.

— И не фиг людей беспокоить, — завелась толстуха, — приперлась, влезла! Нету тут таких, отродясь не квартировали! А ты, Лидка, куда глядишь? За каким хреном двери распахиваешь? В Москве живем, тут кругом сволочь одна или воры!

— Прости, тетя Клава, — прошептала Лида, — случайно вышло, руки сами дверку распахнули.

— Дура ты, — рявкнула Клава, — а вам прощевайте, шукайте Петровых в другом месте, здесь их точно нет, тут мы живем, Ивановы. Я с Лидкой! Ну, че стоишь, выпихивай ее!

Я сделала шаг назад. В Ложкино, конечно, звонила Клава, ее гнусавый тембр не спутаешь с другим. Но отчего Лида перепугана до смерти? С какой стати, стоя за спиной хамоватой родственницы, прижимает пальцы к губам и умоляюще глядит на меня? И при чем тут Александр Михайлович?

Из глубины квартиры донесся телефонный звонок, Клава развернулась и ушла, бросив на ходу:

— Дверь не забудь запереть хорошенько.

— Спасибо, — зашептала Лида, — похоже, вы хороший человек, пожалуйста, уходите, иначе мне очень плохо придется.

— Откуда ты знаешь Дегтярева?

Лида окончательно пришла в замешательство:

— Кого?

— Не кривляйся, имя Александра Михайловича тебе отлично знакомо!

— Он... да... а... нет, — залепетала тетка, — уходите скорее, сейчас Клава вернется, и такое приключится, что и подумать страшно.

— Лидка, — донеслось из коридора, — вход затворила?

— Не уйду, пока не объяснитесь! — прошипела я.

По щеке Лиды поползла слеза, мне стало не по себе, на языке уже завертелось: «Ладно, прощайте», — но тут хозяйка в полуобморочном состоянии пролепетала:

— Езжайте вниз, там зоомагазин открыт, подождите меня в тепле, скоро спущусь.

Я молча кивнула и направилась к лифту.

Лида появилась в торговом зале минут через двадцать, я не только успела купить кучу косточек для собак и игрушечных мышей для кошек, но и вволю полюбоваться на бойко снующих в аквариуме черепах, рыбок и рептилий. В особый восторг привел меня хамелеон с вращающимися глазами. Все-таки человек — самое некрасивое и неаккуратное создание природы, даже хвоста у него нет, а ведь он мог очень пригодиться нам, в особенности женщинам. Многодетные мамочки, у которых в каждой руке по малышу, мучаются, совершая покупки в магазинах, задача у них — сложная: ну как ухватить полную сумку? Вернее, чем? При наличии хвоста сия проблема отпала бы сама собой: повесила кошелку на отросток позвоночника — и в путь. Хотя нет, хвост лучше протянуть детям, а торбу взять в руки. Представляю, какие статьи печатали бы глянцевые журналы: «Голый хвост — писк сезона» или «Фитнес сделает хвост до неузнаваемости подтянутым». Интересно, наши «метелки» были бы волосатыми? Если да, то на телевидении появилась бы реклама всяких средств для придания пышности...

— Извините, что задержала, — тихо прожурчало сбоку.

Я вздрогнула, бог с ним, с хвостом, лучше иметь уши, как у кошки, и глаза хамелеона, вот тогда к тебе точно никто не подкрадется незаметно.

— Сразу было не уйти, — продолжала Лида, — пришлось подождать, пока тетя Клава сядет сериал смотреть. Простите, а вы кто?

— Дарья Васильева, — спокойно ответила я, — подруга Александра Михайловича Дегтярева, которого твоя тетя Клава отчего-то называет родственником. Но точно знаю, полковник не женат, мы живем в одном доме много лет, и никаких баб около Дегтярева нет. Так в чем дело? Лучше не врать, потому что, почуяв ложь, отправлюсь в милицию.

Лида вспыхнула огнем.

— Вам звонила тетя Клава?

— Именно так.

— Прямо назвалась? Здрасти, меня Клавой кличут?

Я нахмурилась.

— Даже не начинайте выворачиваться. Нет, она не сообщила ни имени, ни фамилии, но Клава имеет хорошо запоминающийся голос, и еще она назвала ваш адрес.

— Саша — мой муж, — промямлила Лида.

Я отшатнулась к аквариуму.

— Дегтярев?

— Ну... да.

— Александр Михайлович?

— Э... э... да! Только это разные Дегтяревы.

— Простите, ничего не понимаю.

— Очень просто, в Москве имеются два Александра Михайловича, — бойко заявила Лида, — что тут удивительного?

— Дегтяревы?

— Ага.

— Интересное совпадение.

— Случается, — дрожащим голоском подхватила баба, — у актеров такого полно, вот, например, Васильева, их вроде несколько, еще Чурикова. Одна в кино снимается, другая «Фабрику звезд» ведет.

— Ловко, — протянула я, — а еще, они оба Александры Михайловичи и оба проживают в Ложкине!

— Нет, — шепнула Лида, — мой у нас обретался, а

потом пропал, вот почему тетя взъелась, она вас по справке небось нашла, но дали ей не тот телефончик.

Я повернулась и пошла к выходу.

— Вы куда? — кинулась за мной Лида.

— Поеду на работу к Дегтяреву, — мирно сообщила я, — пусть там проверят, что за двойник появился у сотрудника.

Лида вцепилась в рукав моей куртки.

— Стойте.

— Зачем?

— Не надо никуда ходить.

— Почему?

— Не надо.

— У меня иное мнение по сему поводу.

— Остановитесь, — лепетала Лида, но я выдернулась из ее цепких, тощих ручонок и вмиг оказалась у «Пежо».

— Ну, пожалуйста, — взмолилась тащившаяся сзади Лида, — ну, ладно, расскажу вам правду!

Я открыла дверцу.

— Садись, но имей в виду, еще одно вранье...

— Нет, нет, — затрясла головой тетка, — вы только выслушайте внимательно, а то не поймете. Уж не знаю, с чего начать!

— С самого начала.

Лида влезла в «Пежо» и неожиданно воскликнула:

— Ой, какая машина шикарная! Первый раз в такой сижу, дорогая небось?

Я промолчала, все в этой жизни относительно. Шейх из Саудовской Аравии, обладатель нефтяных скважин, постесняется использовать «Пежо» в качестве будки для дворовой собаки, а для бедной пенсионерки произведение французских автомобилестроителей — недостижимая роскошь.

— А откуда у вас деньги? — бесцеремонно поинтересовалась Лида.

— Ты работаешь в налоговой полиции? — прищурилась я. — Можешь не стараться, наша семья платит необходимые отчисления государству и спит спокойно.

— Что вы, — замахала руками Лида, — какая полиция! Просто хотела начать разговор.

— Очень мило!

— В том смысле, что некоторым везет, вот как вам, богатая семья, а мне... Да за все тридцать лет копейки лишней не имела!

Я оперлась о руль.

— Извини за бестактность, но сколько тебе лет? Неужели тридцать?

Честно говоря, я полагала, что Лида, отбросив ненужное в данной ситуации кокетство, сообщит:

— Да нет, завтра пятьдесят исполнится.

Но тетка вздохнула и тихо ответила:

— Не совсем, двадцать восемь сравнялось.

— Сколько? — весьма невежливо переспросила я.

— Выгляжу немного старше, — понурилась Лида.

«Ничего себе немного», — чуть было не ляпнула я, но сдержалась и вымолвила иную, впрочем, тоже не совсем удачную фразу:

— Ты же наполовину седая!

Лида глянула в боковое зеркало.

— Вы об этих прядях?

— Да.

— Это мелирование, хотела модно выглядеть, а получилась ерунда. Да чего ждать, если ходишь в дешевую парикмахерскую?

Глава 3

Я молча стала разглядывать Лиду. Милые мои, неправда, что красота и богатство идут рука об руку. Вовсе не обязательно одеваться в дорогих бутиках, чтобы выглядеть очаровательно. Надо так подбирать вещи, чтобы они скрывали недостатки и подчеркивали достоинства. Вот сейчас на Лиде мешковатая куртка мышиного цвета, длиной почти до колен, из-под нее торчит юбка, прикрывающая лодыжки, далее виднеются сапожки на платформе. Но молодой женщине, худенькой, почти бестелесной, следовало купить себе яркий, короткий пуховик, коими полны сейчас магазины и рынки, а вместо идиотской тряпки, болтающейся на талии, нужно приобрести узкие брючки или джинсы. Вот тогда Лида перестанет казаться палкой, замотанной в дерюгу, а будет выглядеть стройной особой, чьи изящные бедра вызовут зависть у большинства женского населения. И вовсе нет необходимости гоняться за штанами от ведущих кутюрье, можно взять самые недорогие брюки, главное ведь, чтобы «костюмчик сидел»!

Потом, прическа! Да, согласна, множество женских проблем, с которыми не справились ни психолог, ни психоаналитик, легко разрешит парикмахер. Вы представить себе не можете, до какой степени легко приукрасить или, наоборот, изуродовать даму при помощи ножниц и краски! Лида явно попала в руки к горе-цирюльнику. Девушку следовало тонировать, допустим, в рыжий цвет, сделать ей спиральную химию, и тогда яркий тон освежит бледное лицо, а жидкие волосы покажутся пышными. И что толку ныть постоянно:

— У меня не хватает средств на дорогой салон!

Так и быть, открою вам тайну. Все элитные парикмахерские Москвы имеют учеников. Будущие мастера тренируются сначала на простых процедурах, например, мытье головы, но в конце концов наступает момент, когда «студентам» пора взять в руки ножницы. Но на ком им, простите, приобретать навыки? Ни одна клиентка дорогого салона, дама, способная вышвырнуть немереные тысячи за стрижку и укладку, не разрешит прикоснуться к своим волосам ученице. И что делать? Вот тут и наступает ваш час.

Сначала хватаем справочник и выписываем телефоны супердорогих салонов, затем методично обзваниваем их, произнося одну и ту же фразу:

— Хочу послужить для вас моделью.

Будьте готовы к вопросам администратора типа:

— Какой длины у вас волосы? Вьются ли они? Делали ли химию?

Спокойно отвечайте на все, вполне вероятно, что услышите в ответ:

— Извините, мы не нуждаемся в моделях, — или: — Приходите через полгода, записали вас в лист ожидания.

Не надо расстраиваться, терзайте телефон дальше, где-нибудь да найдется местечко. Конечно, стричь или красить вас станет ученица, но рядом с ней обязательно будет стоять мастер, суперпрофессионал, который подправит прическу, и вы получите восхитительную голову за копеечную цену. А если продемонстрируете хорошее воспитание, похвалите ученицу, скажете пару ласковых слов девушкам на ресепшн, то место модели останется вашим на долгие годы. Кстати, маникюрщиц и педикюрщиц тоже обучают на добровольцах, надо просто обратиться в центры, где они получают образование.

И еще: помада стоимостью в тысячу рублей и «мазилка» в десять раз дешевле смотрятся на губах одинаково, пудра и тушь тоже не кричат о том, где их взяли. Поэтому, правильно подобрав косметику на триста рублей, станете выглядеть на три тысячи долларов, главное, не ныть: «Ах, нету денег», а смело рулить в магазины, посещать распродажи, старательно рыться в корзинах у касс, куда сбрасывают «уценку».

Кстати, еще один совет! У вас нет денег на хорошие французские духи, а предстоит свидание с любимым мужчиной?

С самым гордым видом входим в большой магазин и сообщаем продавщице:

— Хочу приобрести новый парфюм, какой тут самый модный?

Вас отведут к полкам и станут предлагать всякие ароматы. Девушка в форменной одежде начнет брызгать из флакончиков на бумажку и давать вам понюхать полоску.

Выбирайте понравившийся запах и заявляйте:

— Вроде ничего, теперь на себе попробую.

Затем берите тестер и обшикивайтесь от души, обливайтесь смело, вам не сделают замечаний, потому что духи — вещь хитрая, на бумаге они имеют один аромат, а на женской коже другой, причем вы и ваша подруга, обрызгавшись одной и той же новинкой, станете источать разные запахи.

Щедро наплескав на себя сногсшибательные духи, начинайте кашлять и со словами: «Вау, аллергия началась», — покидайте лавку.

Французские духи стойкие, будете волшебно пахнуть целые сутки. Кстати, хитрые иностранки давно применяют эту мульку. Парижанки, например, очень экономны, если не сказать скаредны, поэтому перед работой многие из них залетают в парфюмерный отдел, пользуются тестером и уносятся в облаке волшебного аромата.

Даже не имея денег, можно выкрутиться и не выглядеть мочалкой, только не надо падать духом, ныть, как делает сейчас Лида, старательно рассказывающая о своей тяжелой жизни. Хотя, похоже, судьба и в самом деле не дарила женщине мешков со счастьем.

Своего отца девочка не знала, ее мать Светлана, в отличие от многих женщин, честно сказала дочери:

— А шут его знает, куда делся! Алиментов с него не стребовать, расписаны не были, ты вообще-то случайно получилась, мне уже давно не двадцать было, хотела аборт сделать, а потом решила: фиг с ней, нехай живет.

Услыхав откровения безалаберной матери, Лида испытала настоящий ужас. Как, ее, значит, собирались убить? Вот так, запросто? Она никогда бы не появилась на свет? Значит, Лидочка топчет землю по чистой случайности?

Новость настолько ошарашила девочку, что она стала жить с извиняющейся улыбкой на лице, с одной стороны, ощущая огромный дискомфорт, с другой — невероятную благодарность к маме, а как же иначе? Ведь именно мамочка позволила ей появиться на свет божий.

Светлана же не желала иметь никаких заморочек с дочерью, сдала сначала в ясли, затем на пятидневку в садик. До семи лет Лидочка в основном жила в детских учреждениях, в родную квартиру попадала лишь в пятницу вечером. Светлана дочь не притесняла, покупала той немудреные игрушки и простые обновки, она не пила, не курила, но очень хотела выйти замуж, а наличие в доме ребенка мешало ее матримониальным планам. К тому же Светлане, бухгалтеру по образованию, приходилось порой сидеть на службе сутками. Но кто мог позаботиться о малышке? Близких-то родственников не было, конечно же, крохотной Лидочке было лучше на государственном обеспечении, в садике кормили, вовремя укладывали спать, а еще там было весело. Лида, в отличие от многих детей, тосковала в родных стенах. Да разве они были родными? Отчим домом являлся садик, там стояла любимая кроватка и имелись привычные игрушки. А у мамы спать приходилось на большой софе и лялькаться с двумя потрепанными куклами.

Переход в школу оказался трудным для Лиды, в семь лет ей пришлось научиться самой греть обед, открывать дверь, мыться в огромной ванне.

Когда Лидочке исполнилось пятнадцать, мама неожиданно бросила работу бухгалтера. Желание заполучить мужа превратилось у нее в манию, и она решила круто изменить свою жизнь. Светлана нанялась проводницей на железную дорогу. Расчет был прост: в бухгалтерии толкутся одни бабы, а в вагоне можно встретить приятного холостого мужчину и связать с ним жизнь.

Теперь Лида осталась практически одна, мама каталась на поезде Москва — Владивосток — Москва, а девочка старалась нормально учиться и вела хозяйство. Никаких угрызений совести Светлана не испытывала, вернувшись после рейса, быстро мылась и уносилась либо к подружкам, либо на какую-нибудь дискотеку для одиноких теток. Лида кисла дома, друзей у нее не было, девочка стеснялась убогости квартиры, поэтому никого не звала в гости. А одноклассники считали скромность Лидочки спесью, застенчивость — гадким снобизмом и не приглашали девочку ни на какие вечеринки, дни рождения или гулянки. Жизнь проносилась мимо Лиды, после уроков она приходила домой, варила себе макароны и усаживалась у телевизора. Странно, но Лидочка Иванова не толстела, а худела от подобного образа жизни.

Вот Светлана, так та отрывалась на полную катушку, в ее судьбе постоянно появлялись мужчины, но... на один рейс. Замужества никто из мимолетных любовников не предлагал.

Лида закончила восемь классов и пошла учиться на бухгалтера — попытать свои силы на ином поприще ей даже в голову не пришло.

Светлана продолжала кататься по железной дороге, надежда выйти замуж не оставляла ее, и в конце концов судьба сжалилась над уже немолодой женщиной. Ей посчастливилось получить предложение руки и сердца от военного по имени Петр, а фамилия у него была, как у будущей жены, — Иванов.

Обрадованная сверх меры, Светлана не обратила внимания на недостатки партнера. Петр был, мягко говоря, некрасив, не имел жилплощади, ютился в общежитии, зарабатывал копейки, но это был единственный человек, произнесший волшебные слова:

— Выходи за меня.

И Светочка с закрытыми глазами ринулась в омут счастья.

Она моментально бросила работу проводницы, вновь стала бухгалтером и прописала Петю у себя.

Даже у Лидочки начали возникать вопросы. Если благоприобретенный отец — военный, то почему он не ходит на службу? Отчего целыми днями валяется на диване и пьет пиво?

В конце концов девушка осторожно осведомилась у мамы:

— Петр в отпуске?

— На пенсии, — отмахнулась Света, — вот наше государство какое! Человек и в Афганистане служил, и в Чечне, а его вон вышибли, копейки не дают!

Лидочка притихла, в душе, правда, копошились сомнения: если «папочка» воевал в Афганистане, то как же он попал в Чечню? Да еще совсем недавно? Неужели мужчину за пятьдесят могли поставить под ружье? И потом, бывшим офицерам платят пенсию, пусть и небольшую, но дают ее регулярно, а Петр не получал ни копейки.

Но чтобы не расстраивать счастливую мамусечку, Лида молчала. Впрочем, жизнь шла хорошо. Петр в конце концов слез с дивана и начал заниматься ремонтом, сколотил бригаду, стал наниматься к людям. В качестве помощницы он вызвал из деревни свою сестру Клаву Иванову, та умела красить потолки, стены, класть плитку.

Лиде пришлось спать на кухне, в их однокомнатной квартире стало очень тесно. Мама и Петр раскладывали на ночь софу, Клава устраивалась на надувном матрасе в коридоре.

Летом Светлана и Петр поехали в деревню, к его

родным, Клава осталась в Москве. Мама, собираясь в путь, предложила дочери:

— Хочешь с нами?

Обрадованная Лидочка закивала, но тут Клава пнула девушку в бок и шепнула:

— Не езди.

— Почему? — удивилась Лида. — Меня мама в первый раз отдохнуть зовет.

— Не надо, плохо кончится, — сухо ответила Клава. — Эх, жалко Светку, хорошая баба, только Петька мозги ей запудрил, она ничего не видит, никого не слышит, разум потеряла. Но ты-то нормальная! Сиди дома. Я своего брата хорошо знаю, от него одно горе, впрочем, сама с ними отправлюсь, может, уберегу, а ты тут одна поживи.

Сама не понимая почему, Лида послушалась Клаву и осталась дома. Веселая Светочка вместе с мужем и Клавдией умотала в Тульскую область, через пять дней оттуда пришло известие: Петр Иванов убил свою жену.

Когда почти ослепшая от слез Лидочка явилась по вызову в милицию, на ее голову хлынул поток невероятных сведений. Петр никогда не был военным, добрую половину жизни мужик провел на зоне за убийство своих жен. Первую, Елизавету, зарезал, вторую, Нину, задушил, а Светочку избил до смерти.

— Просто обалдеть можно, — в сердцах восклицал следователь, — что за дуры вы, бабы, а? Знать о двух убийствах и идти за мерзавца замуж.

— Мамочка была не в курсе, — лепетала Лида.

Милиционер с жалостью поглядел на девушку.

— Ага! Она тебе просто не говорила, ведь прописывала урода к себе, оформляла документы. Вот, сделай выводы, никогда не связывайся с судимым, что бы там народ ни кричал, зря за решетку не упрячут, да еще по убойной статье.

Поджидавшая дома Клава только вздохнула и обняла Лиду.

— Ты знала правду? — воскликнула девушка.

— Да, — кивнула Клава, — конечно. Лиза наша была, деревенская, а Нинку он из Москвы привез. Ревнивый Петька, страсть, а если выпьет, разум теряет.

— Почему же маме не сказала? — шептала Лидочка.

— Так сто раз твердила! — отозвалась Клава. — А она в ответ: «Хоть и сестра ты Петяне, а злобина. Судьба у моего мужа несчастная, прошмандовки попадались, сами виноваты, изменяли супругу, вот он и не стерпел. А я порядочная, он со мной по-другому себя ведет». И чем закончилось? Уж не гони меня в деревню, там жить невмоготу. Буду тебе вместо матери.

Лидочка кивнула, она не хотела куковать одна.

Клавдия и впрямь постаралась заменить Лиде мать, тетка по-прежнему занималась ремонтом чужих квартир и имела безупречную репутацию. Патологически честная Клава старательно молчала о наличии брата, мотавшего очередной срок за убийство, и заказчики охотно нанимали работящую маляршу. Впрочем, Петру дали такой срок, что ждать его обратно было незачем, — если мужик и доживет до свободы, то за ворота выйдет стариком.

Клава заботилась о Лиде, покупала той вещи, правда, на свой вкус, готовила еду и никогда не ездила в деревню.

— Нет там никого, — ответила она однажды на вопрос Лиды, — все перемерли, Петька сидит, изба развалилась.

Через некоторое время Лидочке начало казаться, что они с Клавой всю жизнь провели вместе. Если честно, то Света никогда так не беспокоилась о Лиде, как богоданная тетка. Клавдия купила мобильный телефон и, если девушка задерживалась на работе, всегда звонила и спрашивала:

— Ты где? Давай у метро встречу! Еще пристанет кто.

Лида мрачно улыбалась, никакого к себе интереса со стороны мужчин она не замечала, никто не желал причинить ей зла, впрочем, добра тоже, кавалеров у тихой, застенчивой, по-старушечьи одетой Лиды не было никогда. А девушке очень хотелось найти вторую половинку, встретить своего принца.

Год тому назад у Клавы заболел желудок, да так сильно, что тетку пришлось отвезти в больницу. Врачи диагностировали язву и, вполне удачно сделав Клаве операцию, посоветовали женщине съездить в санаторий. Малярша, никогда не отдыхавшая в здравницах, вдруг сказала:

— Есть у меня кой-чего, копила на смерть, да, видно, поживу еще, может, и впрямь отправиться пить воду?

Лидочка сбегала к своему начальнику и выпросила для Клавы путевку, с большой скидкой. Здесь уместно сказать, что Лида трудится бухгалтером в крупной туристической фирме и до этого момента, в отличие от других сотрудников, никогда не заикалась ни о каких одолжениях.

В начале марта Клавдия уехала в Карловы Вары, аж на тридцать дней, а Лида осталась одна. Через двое суток девушка пожалела, что у них нет кошки, уж больно тоскливо было в доме, до того плохо и тихо, что Лидочка потопала в полночь в круглосуточный супермаркет, за пиццей.

Когда девушка собралась оплатить покупку, кассирша тихо сказала:

— Другим бы не сказала, но ты же постоянная покупательница. Не бери, дрянь сплошная. Тесто как картонка, начинка кислая.

— Спасибо, — ответила Лида, — а какую прихватить?

— Все дерьмо! Лучше торт купи.

— Мне пиццу охота.

Кассирша чихнула, потом взяла свою сумочку, порылась в ней, вытащила визитку и сунула Ивановой.

— Вот, звони, на дом привезут через полчаса, их контора тут в двух шагах, ночью пробок нет.

— Ой, наверное, дорого, — испугалась Лида.

— Дешевле полуфабрикатов, — усмехнулась кассирша, — еще напиток бесплатно. Сама их зову, поверь, отличные пиццы привозят.

Лидочка глянула на бейджик «Эсфирь Гринберг», прикрепленный на блузке девушки, и сказала:

— Спасибо, Эсфирь.

— Не за что, — кивнула сотрудница супермаркета.

Лидочка прибежала домой и воспользовалась советом милой Фиры. Кассирша не обманула, не прошло и пятнадцати минут, как в квартире Лиды возник мужчина с картонной коробкой в руке.

— Пиццу заказывали? — глуховатым баритоном спросил он.

— Да.

— Куда поставить?

— На кухню.

— Я в ботинках.

— Ничего, идите.

Доставщик добрел до указанного помещения, откинул крышку и сказал:

— Посмотрите, все ли в порядке?

У Лидочки сильно закружилась голова, но не от аромата, который издавала очень вкусная лепешка с сыром, а от вида мужчины, который, не замечая произведенного на девушку впечатления, профессионально вежливо вопрошал:

— Напиток какой?

— Да, — невпопад сообщила Лида.

— Колу, пепси, фанту?

— Да.

— Вот чек.

— Да.

— Если можно, без сдачи.

— Да.

Повисло молчание, потом мужчина поторопил Лиду:

— Пожалуйста, расплатитесь.

— Да.

— Я жду!

Оцепеневшая Лидочка с огромным трудом пришла в себя... Здесь многие из вас, наверное, скептически улыбнулись: «Ну разве можно вот так, мгновенно, влюбиться в первого встречного?» Но Лида просто потеряла голову.

Глава 4

Вздрогнув, девушка вытащила кошелек, отсчитала бумажки и протянула их своему «принцу». Мужчина взял купюры и случайно коснулся пальцев Лиды, ту словно током дернуло, доставщик выронил деньги.

— Ты одна дома? — вдруг спросил он.

— Да, — почти теряя сознание, прошептала девушка.

— Твой заказ последний, — улыбнулся доставщик, — могу домой ехать.

Потом взглянул на Лиду и тихо-тихо спросил:

— Ты не прочь съесть ее вдвоем?

— Да, — еле слышно выдохнула старая дева.

Думаю, мне не следует вам рассказывать, чем завершился визит мужчины. Лишь утром, угощая кавалера завтраком, Лида догадалась спросить:

— А как вас зовут?

— Саша, — улыбнулся «принц», потом, отодвинув чашку, поинтересовался: — Ты чего мне «выкаешь»? Вроде не чужие теперь друг другу.

Лидочка упала на стул, ноги отказывались ей служить, а Саша спокойно продолжил:

— У меня сегодня выходной, давай проведем его вместе, в киношку сходим.

Лида кивнула и схватила телефон, первый раз за годы безупречной, безостановочной работы она соврала начальству, прикинулась больной. Впрочем, хозяин ни на секунду не усомнился в правдивости слов самой ответственной его сотрудницы.

— Вылечись как следует, — заботливо посоветовал он, — не выходи с насморком, не дай бог осложнение получишь.

Саша тоже сумел договориться об отпуске, и парочка стала наслаждаться друг другом. У мужчины вроде водились денежки, он приглашал даму сердца в кафе, в кино, а потом они шли домой, и Лида, человек неверующий и нецерковный, молилась каждый день, обращая к господу такие слова:

— Отче наш, милый боженька, сделай так, чтобы Сашенька навсегда остался тут.

У Лидочки не было никакого опыта общения с лицами противоположного пола, до сих пор она наивно полагала, что от мужиков одна докука и неприятности, но сейчас ее позиция кардинально изменилась. Через десять дней Лида выпалила:

— Давай поженимся.

Большинство парней, услыхав такую фразу, предпочли бы исчезнуть в неизвестном направлении, но Саша улыбнулся:

— Давай, только есть некоторые сложности.

Лидочка похолодела.

— У тебя жена и дети!

Саша рассмеялся:

— Нет, до встречи с тобой был принципиальным холостяком. Видишь ли, мне давно не тридцать, и думал, не найду уж свою судьбу, но встретил тебя — лучше поздно, чем никогда. Дело в другом, у меня нет московской прописки.

Тут до Лиды дошло, что она совсем ничего не знает о женихе.

— А ты откуда? — поинтересовалась девушка.

— Вообще-то с Кулева, — улыбнулся Саша.

— Кулево? Это что? Город такой?

— Улица имени Кулева, — пояснил Саша, — большая такая магистраль, на ней еще книжный магазин стоит, неужели никогда там не бывала?

Лидочка кивнула.

— Прямо около метро расположен, ездила, конечно, туда за книжками, и не раз.

— Он на первом этаже жилого дома находится, — продолжил Саша, — я там и обретался, в доме, а не в магазине.

Лида потрясла головой.

— А говоришь, прописки нет!

Саша тяжело вздохнул.

— Хорошо, расскажу тебе правду, я о ней забыть хотел и никому не открывал, но обманывать любимую женщину не могу. Значит, так...

Чем дольше Лида слушала жениха, тем больше понимала: судьба сыграла с ней шутку, сдала те же карты, что и несчастной Светочке.

Саша оказался уголовником, правда, осужден он был всего один раз, по статье за изнасилование.

— Никогда я женщин не принуждал с собой в постель ложиться, — каялся мужчина, — и уж тем более не угрожал им. Зачем? Сами прибегали!

Услыхав последнюю фразу, Лида испытала приступ ревности и перебила кавалера:

— Как же за изнасилование осудили?

Саша вздохнул:

— Статья такая кляузная. Все от женщины зависит: как скажет, так и получится. У нас в доме Лена Макеева жила, хорошенькая свиристелочка, молодой я был совсем, глупый, гормон в крови кипит, а Ленка глазки строила, причем не только мне, да попался один Сашка.

На чердак парочка отправилась по обоюдному согласию. Леночка оказалась не девочкой, а слишком опытной для своих лет особой, после нескольких свиданий она вдруг сообщила кавалеру:

— Я беременна, пошли в загс.

Но Саша абсолютно не собирался заводить семью, о чем не преминул сообщить своей «обожэ».

— Какая женитьба? — удивился он.

— У меня будет ребенок, — повторила Лена.

— И что? Решила на меня крикуна повесить? — пожал плечами Саша. — Делай аборт, и ау. Впрочем, денег дам.

Конечно, говорить подобное женщине, с которой имел некие, хоть и кратковременные, отношения, некрасиво, но Леночка обладала более чем подмоченной репутацией, на роль счастливого отца нерожденного малыша спокойно могло претендовать еще несколько человек, поэтому Александр ляпнул грубость и забыл о ней.

Через неделю его арестовали, ушлая Леночка отнесла в милицию заявление об изнасиловании. Саша лишь глазами хлопал, объясняя следователю:

— Вы что? С ней весь двор спал! Зачем к силе прибегать, сама народу дает, за так, из любви к искусству.

— Назовите фамилии, — мрачно потребовал мент.

Парень написал список, дальше начались сюрпризы, перечисленные лица наотрез отказались признать факт близости с Макеевой.

— Врет Сашка, — в один голос восклицали мужики, — не было такого!

Свидетелей походов Лены на чердак в обществе парней так и не нашлось, а вот то, как Макеева в слезах выбежала из подъезда в мятой юбке, видели бабки-сплетницы. Одна из старух проявила сочувствие:

— Что случилось, деточка?

— Меня Сашка Лактионов изнасиловал, — зарыдала Макеева.

На суде против Саши выступила куча народа, лишь одна Нина Ролина тихо сказала:

— Ошибка вышла. Ленка — шалава, только у нее отец — зверь, коли узнает, что дочь без брака забеременела, до смерти изобьет, вот они с матерью и придумали про изнасилование, чтобы оправдаться, хотели на Сашу беременность повесить, он крайним оказался!

Судья сурово глянула на Макееву:

— Это правда?

Лена зарыдала:

— Не верьте Нинке, она по Сашке давно сохнет, поэтому и защищает его, я была невинной девочкой до того, как он меня изнасиловал.

Лактионову дали срок, младенец так и не появился на свет: Лене сделали аборт, бесплатно, как жертве насилия. Саша отправился на зону. Что он там пережил, лучше не рассказывать, но в конце концов все, и даже несчастье, заканчивается. Парень вернулся домой, в квартире теперь жила только его сестра Катя, которая и отправилась в милицию с заявлением о прописке брата.

Правоохранительные органы не имели ничего против Лактионова, он честно отбыл наказание и мог считаться добропорядочным гражданином. Но в доме по-прежнему жила Лена Макеева, она ухитрилась выйти замуж, родить двух детей и изображала теперь из себя благообразную мать семейства. Меньше всего бывшей гулящей девице, а ныне примерной замужней даме хотелось видеть Сашу. И как назло, они сразу столкнулись в подъезде. Лена влетела в лифт, ткнула пальцем в кнопку, дверцы кабины закрылись, и лифт пополз вверх. Женщина подняла голову и взвизгнула. В углу стоял Саша.

— Не ори, — пробурчал он.

— Не смей меня трогать!

— Больно надо.

— Не подходи.

— Да заткнись ты!

— А-а-а, стой на месте!

— Прекрати визжать! — рявкнул Саша, совершенно не собиравшийся мутузить ту, которая основательно поломала ему жизнь.

— О-о-о, гад! — бушевала Лена. — Вижу, ударить хочешь!

Саша не успел вымолвить слова, лифт остановился, открылись двери, Ленка вылетела вон, на площадку, где, как на грех, стояла ее мать.

— Что случилось? — заорала старуха.

— Он опять хотел меня изнасиловать! — заголосила Ленка.

Но Саша уже не был прежним наивным юнцом, он прошел зону и хорошо разбирался, что к чему.

— Не блажи! — рявкнул он. — Нужна ты мне, общественная дырка, давай пошли сразу в ментовку, пусть на анализы ведут, наверняка найдут следы десяти мужиков. Ну, чего не торопишься?

Через день Катю вызвал участковый и показал ей заявление, подписанное многими жильцами, — люди требовали, чтобы бывший зэк покинул дом.

— Понимаете, — осторожно сказал девушке милиционер, — вы имеете право прописать к себе брата, эти протесты никакой силы не имеют, есть, в конце концов, суд, который в данном случае встанет на сторону Лактионова. Но подумайте, какая жизнь ждет вас? Макеева не успокоится, рано или поздно доведет Лактионова, тот не стерпит, стукнет бабу, она зафиксирует синяки, и дальше? Опять зона за хулиганку?

— Что же нам делать? — прошептала Катя.

— Меняйте жилплощадь или снимите Александру комнату, — посоветовал участковый.

Катя закивала и пошла домой. Очевидно, она была очень расстроена, поэтому и не заметила, что переходит улицу на красный свет, не услышала шума вылетевшей машины, была сбита и к вечеру скончалась в больнице.

Чтобы ненароком не убить Ленку, оказавшуюся причиной всех его несчастий, Саша после похорон Кати снял комнатку, а квартиру, вступив в права наследства, решил продать, обратился в риелторскую контору, где ему быстро отыскали покупателей. Был оформлен договор, деньги заложили в ячейку. Когда утрясли все формальности, новые хозяева начали ремонт, а Саша деньги брать не стал, велел тем же риелторам найти ему однушку, расположенную подальше от родных пенатов. Милая девушка, занимавшаяся подбором вариантов, улыбнулась и велела приходить через две недели. Когда Саша снова приехал в контору, на двери висел огромный замок, фирма прекратила свое существование, ее хозяева скрылись, прихватив деньги клиентов. Лактионов стал одной из жертв мошенников. Вот так он лишился всего: квартиры, денег — и сейчас обитает в коммуналке, больше похожей на вьетнамское общежитие, — пять комнат из шести занимают невысокие, узкоглазые торговцы дешевым барахлом. Слава богу, что Сашу взяли на работу доставщиком пиццы, иначе мужчине пришлось бы совсем туго: при виде бывшего зэка без прописки сотрудники отдела кадров не приходят в восторг.

— Вот видишь, — грустно закончил свой рассказ Лактионов, — плохой я жених: ни средств, ни жилплощади, ни хорошей специальности не имею. Я люблю тебя и больше всего на свете хочу, чтобы ты пошла со мной в загс, но умом понимаю: нам лучше расстаться, ты найдешь себе лучший вариант!

Когда Лида добралась до этого места своего рассказа, она вытащила из кармана куртки носовой платок и прижала к глазам.

— И ты согласилась стать его женой! — воскликнула я.

Женщина закивала:

— Да, да.

— Не побоялась?

— Чего?

Я прикусила губу. Не так давно Зайка принесла с работы анекдот. Одна женщина, желающая выйти замуж, попросила свою подружку:

— Сходи в гости к мужчине, который недавно поселился в соседней квартире, узнай потихоньку, женат ли он.

Подружка охотно бросилась на помощь, позвонила в дверь, увидела на пороге здоровенного амбала в наколках, под благовидным предлогом просочилась к нему на кухню и принялась расспрашивать парня. Тот откровенно рассказал о себе:

— Первую жену я из ревности удушил, вторую зарезал, третью утопил, четверную выбросил из окна, пятую застрелил, шестую машиной задавил, сейчас штампа в паспорте не имею.

Женщина вернулась к подруге и радостно воскликнула:

— Полный порядок, можешь начинать роман, сосед совершенно свободен.

Было бы смешно, кабы не было правдой. Сколько таких дурочек, как Лида, говорят себе:

— Ничего, что судимый. Это он по молодости, по глупости за решетку попал. — Или: — Экая ерунда, бил первую супругу ногами, она сама виновата, со мной подобного не случится, я иная, перевоспитаю парня, окружу его заботой и нежностью.

Ох, милые мои, конечно, случаются в жизни неожиданности, но коли ваш ненаглядный поднимал руку на женщину, то, скорей всего, начнете получать от него колотушки уже во время медового месяца. Не стоит связывать свою судьбу с алкоголиком, наркоманом, уголовником, маловероятно, что вам удастся отлучить свое сокровище от бутылки или шприца. Помните, вокруг пока еще немало вполне нормальных мужчин, и не следует бросаться на шею первому попавшемуся представителю противоположного пола.

Ну, скажите, вы купите в магазине тухлую колбасу? Положите ее в холодильник и станете ждать, когда кусок гнилого мяса трансформируется в свежайшую телятину? Нет? А почему? Дурацкий вопрос, что испорчено, то пропало. Тогда по какой причине связываете свою жизнь с гадким мужичонкой, да еще рожаете от него детей? Если вы мазохистка, то флаг вам в руки, а коли мечтаете о счастье, то трезво оценивайте претендента на руку и сердце. И не надо талдычить о любви. Вы ведь обожаете мороженое? А как насчет того, чтобы съесть его голой, в сорокаградусный мороз, сидя в сугробе? Любовь любовью, но и про ум не надо забывать. Меня очень удивляют дамы, которые сначала бегут под венец с алкоголиком, потом производят на свет больных младенцев, а затем начинают поминутно жаловаться на жизнь, стеная о горькой женской доле. Милые, никто не виноват, видели глазки, что покупали, теперь ешьте, хоть повылазьте. Нет бы поискать себе хорошего парня. Только вот беда, тянет нас с вами, как бы помягче выразиться, на блюдо «с душком», нормальный мужчина кажется скучным, душа просит бури и натиска.

Вот и Лида оказалась из той же распространенной породы глупышек, ее не напугало, что Саша имел за плечами солидный срок за изнасилование, девушка не стала проверять слова кавалера, она безоговорочно поверила Лактионову, не вспомнила и о злосчастной судьбе своей матери Светланы.

— Мы поженимся, — твердо ответила она, — переедешь жить сюда. Места, правда, маловато, но ничего, в тесноте — не в обиде.

— А твоя тетка что скажет? — поинтересовался рациональный Саша. — Знаешь, зять — бывший зэк не всем по вкусу.

Лида призадумалась. Клава, конечно, будет против. Она моментально закричит: «Только через мой труп пойдешь в загс с уголовником, хватит с нас горя, ну-ка, вспомни Петра!»

Конечно, Лида могла топнуть ногой и заявить: «Квартира моя, кого хочу, того и прописываю».

Но женщина любила тетку и не желала доставлять ей неприятных минут, а еще Лида понимала: даже если Клава и попытается изобразить на лице приветливость, она никогда не сможет хорошо относиться к Саше, всегда будет помнить о своем брате-убийце, который отбывает срок. Рано или поздно в семье начнутся скандалы, и Лиде придется делать сложный выбор: либо любимая тетя, либо обожаемый муж.

Женщина честно рассказала Саше о своих раздумьях.

— Прямо и не знаю, как поступить, — вздыхала она.

Лактионов почесал в затылке, потом вдруг сказал:

— Есть у меня один знакомый, надо с ним посоветоваться.

Спустя пару дней любимый показал Лиде паспорт. Невеста открыла бордовую книжечку и удивленно вскинула брови. С маленькой фотографии смотрел Саша, только теперь его почему-то звали Александр Михайлович Дегтярев.

— Не понимаю, — ошарашенно воскликнула Лида.

Саша обнял женщину.

— Мне друг помог, этот Дегтярев знать ничего не знает, он реальный человек, военный, неженатый, несудимый, прописку имеет. Покажем Клаве документ, она и успокоится.

— Ой, — испугалась Лида, — нас не поймают?

— Кто? — улыбнулся Саша.

— Ну... не знаю... всякие органы!

Лактионов покрепче прижал к себе будущую жену.

— Не надо бояться. За границу мы с тобой навряд ли поедем, денег-то особых нет, а те, которые заработаем, лучше на квартиру и машину потратить. На престижную работу, где кандидата под лупой просматривают, мне не устроиться, образования не имею. А для Клавы такого паспорта вполне достаточно, глянет и обрадуется. В загсе же никто особо людей не шерстит, им важно, чтобы в паспорте соответствующие странички чистыми были.

— И ты ему поверила? — воскликнула я.

Лида кивнула, на ее глаза начали вновь наворачиваться слезы.

— Не спросила, кто ему сделал фальшивый паспорт? — негодовала я.

— Нет.

— Не уточнила, отчего на имя Дегтярева?

— Ну... Саша сказал, что очень удобно, того зовут Александр Михайлович, и моего мужа так же, я не ошибусь, если имя произносить стану. А если документ, допустим, на Юру...

— Можешь дальше не объяснять, — взвилась я, — понятно и так. И вас расписали?

— Ага.

Я стукнула кулаком по рулю, ну и ну. Злость моя никоим образом не относилась к тщедушной дурочке Лиде, но женщина поняла мой жест по-своему. Она прижала ладони к щекам и прошептала:

— Ой, пожалуйста, умоляю, дослушайте. Ведь не думала, что такой ужас получится.

Глава 5

Клава искренне обрадовалась за Лиду, она, конечно, порасспрашивала ее, задала естественные вопросы о женихе.

Но Лидочка, никогда до этого момента не лгавшая тетке, повела себя как настоящая врунья.

— Он бывший военный, — лихо излагала она придуманную вместе с Сашей историю, — служил по разным гарнизонам, мотался по стране, семью не создал. Потом его по состоянию здоровья комиссовали, и остался мужчина голым. Ничего ему Родина за хорошую службу не дала: ни пенсии, ни жилплощади. Вот Саша и подался в Москву, нашел деревенских жителей, которые его за деньги у себя прописали, но жить в селе невозможно, Саша сейчас снимает комнату.

Вам кажется странным, что Клава поверила Лиде? А мне — нет. Кабы племянница сообщила тетке, что служаке дали двухэтажный каменный дом, открыли счет в банке и подарили машину, вот сия информация звучала бы фантастично. А так, вполне, увы, распространенная ситуация — о том, как отвратительно поступает государство с бывшими офицерами, часто пишут в газетах.

Свадьба была скромной, Саша перебрался к Лиде, но прописываться у нее не стал. На предложение Клавы: «Давай паспорт, отнесу в милицию», — мужчина ответил:

— Не надо, вот заработаю денег на расширение жилья, тогда все вместе на новой площади и пропишемся, а пока побуду деревенским жителем.

Лидочка, терзая в руках носовой платок, завершила рассказ.

Саша уволился из пиццерии и начал вместе с Клавой заниматься ремонтом. Строитель он был не слишком умелый, и тетке приходилось растолковывать зятю азы мастерства. Саша старательно учился, но, самое главное, у него оказался настоящий талант по части поиска клиентов. Каким-то образом лже-Дегтярев ухитрялся находить более чем обеспеченных людей, желавших «освежить» апартаменты, и Клава нарадоваться не могла на Сашу: не пьет, не курит, не ругается матом, любит Лидочку, каждую копейку в дом тащит — не мужик, а золото.

Но пару недель тому назад счастье рухнуло в тартарары. Сначала, правда, приключилась большая удача. Саша договорился о ремонте с парнем, который приобрел огромную квартиру на Остоженке, бывшую коммуналку из десяти комнат. Такой большой заказ ему достался впервые, и Клава решила нанять еще помощников, надумала сама стать прорабом. Воображение развернуло перед теткой восхитительную картину: еще несколько таких удач, и она открывает контору, Саша ищет заказчиков, Лида ведет бухгалтерию, а сама Клава руководит гастарбайтерами — семейный бизнес!

Но мечтам не суждено было сбыться. Едва туркмены, нанятые Клавдией, приступили к разборке стен, как Саша пропал.

Поначалу он не пришел ночевать. Лидочка до утра пила валерьянку и лила слезы. Около девяти уже собралась бежать в милицию, но тут ожил телефон.

— Слушаю, — закричала женщина.

— Лида, — послышался хорошо знакомый голос, — я тебя не разбудил?

— С ума сошел? — завопила всегда спокойная девушка. — Какой сон? Глаз не сомкнула от беспокойства! Ты где?!

— Лидия, — торжественно сообщил муж, — нам больше нельзя жить вместе. Извини, полюбил другую женщину, ушел к ней. Я честный человек, поэтому не буду лгать. Прости, наша любовь закончилась. Кстати, развод можно не оформлять.

— Почему? — еле выдохнула из себя ничего не понимающая Лида.

— Так ты же расписана с Дегтяревым, — заявил муж, — паспорт на имя Лактионова — чистый!

Лида потеряла дар речи.

— Прощай, — заявил супруг.

— Погоди, — обмерла жена, — давай поговорим.

— Не о чем.

— Но как же так?

— Очень просто, — отрезал Саша, — ты меня стыдилась, считала бывшим уголовником, боялась правду Клаве рассказать. Я изо всех сил старался, но твоей любви так и не добился, зря лишь силы тратил. А она меня всяким принимает, ей на мое уголовное прошлое плевать, поэтому не поминай лихом.

— Милый...

— До свиданья.

— Как ее зовут?

— Зачем тебе?

— Ну... просто так.

— Ненужное любопытство. У нас с тобой ничего общего больше нет, очень разумно, что вы меня к себе не прописали, хотя никогда бы не стал претендовать на чужую жилплощадь, — вдруг сообщил Саша.

— Ты же сам не пожелал менять адрес! — взвыла Лида.

— Да, потому что видел, за подлеца меня держите. Впрочем, понял вас и очень старался заслужить расположение. Ну и что? Услышал разве новое предложение о прописке? То-то и оно!

— Но...

— Говорить не о чем, — отчеканил Саша, — у нас нет ничего общего.

— Давай привезу тебе вещи, — цеплялась Лида за последнюю возможность увидеть мужа.

— Я их забрал, — прозвучало в ответ, потом понеслись гудки.

Лида бросилась в комнату, где стоял платяной шкаф, распахнула дверки и горько зарыдала. В гардеробе еще в понедельник не хватало места, особых модников в семье не было, но все же в однокомнатной квартирке проживали две женщины и один мужчина. А сейчас среди вещей зияли пустоты. Саша и впрямь унес костюм, брюки и рубашки, прихватил он и вместительную спортивную сумку, ярко-красную, с надписью «Спорт», начертанной большими ярко-желтыми буквами.

Вернувшаяся с работы Клавдия нашла племянницу в слезах. Узнав, что произошло, она сначала села на диван и пару минут провела в молчании, а потом заорала:

— Сукин сын! Ну, мало ему не покажется! Где его паспорт?

— Нету, — пролепетала Лида, — с собой унес.

И это было чистой правдой, фальшивый документ на имя Александра Михайловича Дегтярева исчез из тумбочки.

— Ничего, — наливалась злобой Клавдия, — ишь, хитрец, решил к другой бабе свалить. Ну, я ему малину подпорчу! В два счета найду мерзавца! Все его данные имею!

Лида похолодела. Она никак не могла открыть тетке тайну, честно признаться: паспорт фальшивый, куплен лишь для отвода глаз Клавы. Ничего хорошего из затеи не вышло, сейчас получается, что Лида замужем за неким Дегтяревым, которого никогда не видела, а Саша Лактионов не имеет к ней никакого отношения. Но как сказать об этом Клавдии? Оставалось одно: просить тетку не предпринимать никаких шагов, убедить ее забыть мужчину.

Лида рухнула на диван, у нее внезапно заболело все: руки, ноги, голова, шея, из желудка поднялась вязкая тошнота, в висках застучало.

— Тетечка, — еле-еле придя в себя, взмолилась раздавленная переживаниями Лида, — умоляю, не вмешивайся.

— Это почему?

— Ушел, и бог с ним.

— Еще чего? Мы его поили, кормили, одевали, и другой отдать?

— Насильно мил не будешь!

— Дура ты, — рявкнула Клавдия, — подлецов учить надо!

Потом некоторое время в доме стояла тишина. Клава и Лида ходили на работу, а вечером смотрели телевизор, стараясь вести разговоры на нейтральные темы.

Но сегодня, когда Лида явилась со службы, Клава, вернувшаяся раньше племянницы, огорошила ту заявлением:

— Набрехал нам Сашка с три короба.

Лида уцепилась за вешалку.

— Ты его нашла?

— Да, — торжествующе ответила Клава, — попросила кое-кого, мне координаты раздобыли. Номера телефонов, и домашний, и мобильный. Я-то, дура, не записала сотовый и забыла, но теперь снова имею.

Лида навалилась на стену: час от часу не легче!

— Ты говорила с Сашей? — прошептала она. — И чего разузнала?

Клава покраснела:

— Мерзавец! А я — дура. Когда в первый раз его вызвонила, вежливо разговор начала, дескать, здрасте, Саша, это Клава. А мне в ответ: «Кто?»

Клавдия обозлилась и завизжала:

— Ща объясню!

Мужчина спокойно слушал тетку, а та орала:

— И не бреши, Дегтярев! В Ложкине живешь!

— Успокойтесь, — велел наконец собеседник, — я разберусь и свяжусь с вами.

Клавдия отчего-то поверила дядьке и стала ждать звонка, но так и не дождалась, и вот сегодня позвонила по мобильному, но трубку никто не брал, тогда Клава набрала домашний номер и поговорила с какой-то теткой. После разговора она поняла: Саша ее обдурил! В первый раз он сам, слегка изменив голос, говорил с ней, но прикинулся другим человеком.

— Он там живет, — орала Клава, — и сейчас преспокойно отправился ловить рыбу! Ясно? Тебя обвели вокруг пальца! Хотя это неудивительно! Но я-то! Стреляный воробей. Ведь чуяла — беды не оберешься, слишком он хороший! Ну, пакостник! Ладно, ладно, мало ему не покажется!

Продолжая бушевать, Клава отправилась в ванную стирать, а Лида, плохо понимая, как себя вести, осталась сидеть на кухне.

В голову ей не лезла ни одна хорошая мысль, Лида искренне любила Сашу, настолько верно и сильно, что готова была отдать его другой. Если муж встретил эту женщину, то в чем же его вина? Лиде следовало проявлять к супругу больше внимания, почаще говорить о своих чувствах. За примером далеко ходить не надо: на Масленицу Саша очень просил блинов, но Лида, замороченная работой, так и не нашла времени поставить тесто. Правда, потом спохватилась и купила готовые блинчики в магазине, но, согласитесь, это ведь совсем не то. Саша, правда, обижаться не стал, съел, что дают, но потом вдруг вздохнул и с чувством произнес:

— Вкусно, конечно, но свои-то лучше, просто объеденье, когда прямо со сковородки.

Нет бы Лиде насторожиться и спросить:

— Милый, а когда ты ел блины с пылу с жару? Мы с тетей их никогда не делаем!

Но бухгалтерша, озабоченная поиском невесть куда пропавших пятидесяти копеек в отчетных документах, не обратила внимания на знаковую оговорку мужа и углубилась в работу. Полтинник-то она нашла, а супруга потеряла. Таинственная соперница оказалась умней жены, она не приобретала еду в кулинарии, а готовила для любимого сама.

И кого винить в подобной ситуации? Только себя. Недаром говорят: рыба ищет, где глубже, а человек, где лучше.

Не успела Лида окончательно погрузиться в горькие мысли, как появилась Даша Васильева и попыталась устроить скандал.

— Я испугалась до одури, — призналась Лида, — решила, сейчас правду выкладывать начнете, хотя и не поняла, кто в гости заявился, но почувствовала: ничего хорошего ожидать не приходится. Значит, Клава вам позвонила?

— Да, — кивнула я, — именно так, в дом, расположенный в поселке Ложкино. Уж не знаю, кто помог Клавдии номера разыскать, но сведения стопроцентно верные. Есть и дом, и Александр Михайлович Дегтярев, который в нем живет. Между прочим, он полковник милиции.

— Мама моя!

— Всю жизнь в органах служит.

— Ужас!

— Сейчас Дегтярев отбыл в отпуск, он большой любитель рыбалки, отправился за тридевять земель, к приятелю, на подледный лов, только поэтому не узнал о Лактионове и его проделке!

— Что же мне делать? — зашептала Лида.

— Скажи Клаве правду.

— Ой, не могу!

— Почему?

— Боюсь.

— Глупости, лучше признаться и один раз вытерпеть скандал, чем всю жизнь вздрагивать.

— Нет.

— Ну, не смешно ли вести себя, как первоклассница, решившая спрятать от мамы дневник с замечаниями, — принялась я уговаривать Лиду, — ты поступила глупо, попалась на удочку не слишком честного человека...

— Нет, Саша замечательный.

— Ладно, тебе видней, но лучше откровенно поговорить с Клавой.

— Не могу!

— Хочешь, сделаю это за тебя? Объясню тетке ситуацию, попрошу, чтобы она никогда больше не обсуждала произошедшее.

— Ну и зачем вам мне помогать?

— На самом деле хочу избежать собственных неприятностей, — улыбнулась я, — Клавдия, похоже, дама решительная, одним телефонным разговором не ограничится, начнет каждый день нас беспокоить, приезжать.

— Ой, только не говорите ей правду!

— Да почему? — потихонечку закипала я. — Ну соврала тетке, имей мужество признаться, не убьет же тебя Клава.

Лида понурила голову, а потом вдруг прошептала:

— Вы замужем?

— Нет.

— А были?

— Да, четыре раза.

— Детки есть?

— Двое, — кивнула я, — Аркадий и Маша, еще невестка Ольга и внуки.

Наверное, следовало уточнить, что и Кешу, и Манюню я не рожала, дети достались мне в силу разных обстоятельств уже готовыми, но я никогда не считала их приемными, и мне теперь даже кажется, что я их сама выносила. И потом, не начинать же тут заунывный рассказ о собственной судьбинушке?

— А у меня ребяток нет, — захлюпала носом Лида, — вдруг Саша вернуться надумает, и как нам тогда снова жизнь начинать, если Клава правду узнает?

— Ты готова опять соединиться с ним? — изумилась я. — После всего?

— Да, — прошептала Лида, — конечно.

Я уставилась на молодую женщину. Наверное, господь лишил меня способности любить, потому что никогда бы не пустила назад такого Сашу. Нет, я общаюсь с бывшим мужем Максом Полянским, даже дружу с ним, но именно дружу. Однажды мне представилась возможность опять стать его супругой, но я в ужасе отказалась от подобного поворота в моей судьбе.

— Не лишайте счастья, — взмолилась Лида, — не говорите ничего Клаве, ну наврите что-нибудь, пожалуйста! Допустим, просто прописали к себе Дегтярева за деньги, а когда Клавдия звякнула и Алексадра Михайловича потребовала, испугались, ну и стали врать про рыбалку. На самом деле такого мужчины у вас нет и не было. Клава не хулиганка, выслушает и уедет! И, пожалуйста, самому Дегтяреву, ну, тому, настоящему, ни словечка не обороните, а то он арестует Сашу, его посадят... Ой, мамочки!!!

— Надо найти твоего Сашу, — решительно заявила я.

— Зачем?

— Необходимо поговорить с ним!

— Ой! Нет.

— Да, — рявкнула я, — прямо сегодня, хотя нет, уже поздно, завтра займусь этой проблемой!

— Ради бога! Не делайте этого! — заплакала Лида. — Мне стыдно! Если захочет, сам вернется.

— Не в тебе дело.

— А в ком?

— Ты же не хочешь, чтобы подлинный полковник оказался в курсе дела? Следовательно, надо предупредить твоего Ромео, чтобы он больше никогда не пользоваться паспортом на имя Дегтярева, — попыталась я разъяснить ситуацию Лиде. — Ты хоть понимаешь, что по документам являешься женой человека, который никогда не видел свою вторую половину?

— Ой, нет!

— Ой, да! Брак регистрировали официально?

— Ага.

— В загсе?

— Угу.

— Паспорт он чей давал?

— Ой! Ой! Ой!

— Прекрати! Найду Лактионова и побеседую с ним.

— Где же вы его отыщете? — пролепетала Лида.

— Ну, это просто, — отмахнулась я, — даже элементарно.

— Ой!

— Что еще?

— Вы Клаве ничего не скажете?

— Нет.

— Спасибо, спасибо, спасибо, — словно заезженная пластинка, талдычила Лида. — Знаете, думаю, та баба скоро ему надоест, и он ко мне вернется. Вы только скандал не начинайте! Может, не будете его искать, а? Дорогая, любимая, милая...

Из глаз Лиды потоком хлынули слезы, женщина уткнула лицо в узенькие ладошки, больше похожие на лапки больной мармозетки, чем на руки нормального человека, худенькие плечи, обтянутые жуткой курткой, задергались так, словно моя собеседница оказалась под током. Я вздохнула, отчего-то опустила глаза вниз и увидела два неуклюжих ботинка на толстой подошве, совершенно неэлегантную обувь, практичные баретки женщины, давно махнувшей рукой на свой внешний вид. Покупая подобные чапки, тетки, как правило, произносят: «Лишь бы удобно было, вот еще, на каблуках ходить, запросто ноги сломаешь!»

Внезапно на меня нахлынуло раздражение: живут же на свете подобные дуры! Ее отшвырнули прочь, словно смятый пакет, использовали и выбросили! Небось этому милому уголовничку просто негде было жить. Не насиловал он девушку, зря оказался за решеткой! Вы когда-нибудь встречали криминальную личность, которая честно скажет: «Нарушил закон, вот по ушам и надавали»?..

Мне подобные экземпляры не попадались, если

поговорить с осужденными, то все они белые голуби, похоже, черных ворон за решеткой не сыскать, сплошь невинные жертвы, пострадавшие от произвола милиции и коррумпированности судебной системы. Бывают без вины виноватые, по шесть-семь раз отбывавшие наказание.

Лида зарыдала в голос.

— Умоляю, — просила она, всхлипывая, — очень прошу, помогите... Клава... молчите... он вернется...

Я сама чуть не заплакала от жалости к дурочке, потом меня охватила злоба на мерзавца Лактионова, посмевшего обидеть наивного ребенка. Да-да, несмотря на подступающее тридцатилетие, у Лиды менталитет детсадовца, верящего всему, что говорят старшие.

Я обняла бедолагу и погладила по голове.

— Хорошо, успокойся.

— Вы сделаете, как я прошу?

— Да.

— Не скажете Клаве про фиктивную прописку?

— Ладно.

— И не станете искать Сашу?

Я отстранилась.

— А вот этого обещать не могу. Он мерзавец. Извини, конечно, я понимаю, тебе это слышать неприятно, но факт остается фактом: Саша незаконно использует чужое имя. Я отыщу Лактионова и отберу у него паспорт. Очень хорошо, что Александр Михайлович уехал, Дегтярев в последнее время совсем издергался, лишние переживания ему не нужны, мой долг помочь другу.

— Наверное, вы правы, — безнадежно ответила Лида, — но только, когда отыщете его, не говорите ничего про меня, умоляю.

— Хорошо, — кивнула я, — можешь не волноваться, придумаю что-нибудь. В конце концов, совсем не обязательно сообщать, от кого я узнала про Дегтярева-два.

Глава 6

Домой я явилась поздно, преисполненная мрачной решимости. Надо не только отыскать этого пакостника Лактионова, но и выбить из него сведения о том, где он раздобыл паспорт на имя полковника.

В свое время Александр Михайлович рассказывал мне, что купить в Москве удостоверение личности довольно легко. Причем оно необязательно будет фальшивым, документ может оказаться подлинным. Не так давно в столице арестовали сотрудницу одного из загсов, занимавшуюся темными делишками.

В служебные обязанности упомянутой мадам входила выдача свидетельств о смерти. Ей полагалось, получив паспорт покойного, сделать соответствующие записи в книгах, отправить документ на утилизацию и вручить родственникам бумагу, подтверждающую факт кончины. Оборотистая дамочка совершала процедуру правильно, за одним маленьким исключением: некоторые паспорта она в печь не бросала. Увы, люди умирают не только в престарелом возрасте, к сожалению, на тот свет уходят и молодые, и дети. Чиновница работала под заказ, ей платили деньги и требовали:

— Нам нужен документ для девушки двадцати лет, славянки.

Мерзкая особа кивала и отвечала:

— Надеюсь, в течение пары недель сумею принести.

Поэтому наличие у Лактионова документа на иную фамилию меня не смутило, удивило иное: ну, с какой стати паспорт был выписан на Дегтярева?

Просто руки чешутся отправиться в контору «Сладкая пицца» и побеседовать с начальником отдела кадров.

— Муся, — заговорщицки зашептала выбежавшая в холл Маня, — пожалуйста, помоги!

— Что случилось? — отвлеклась я от своих мыслей.

Машка сунула мне в руки трубку.

— Вот, позвони по этому номеру и попроси дежурного ветеринара.

— Господи, кто-то из стаи заболел? — испугалась я. — Не можешь понять, что за напасть приключилась с животным?

Маня захихикала.

— Нет, в клинике дежурит Денис.

— И что?

— Хочу его разыграть! Он первый раз один остался, без старших. Вот держи, приложи эту штуку к трубке, и он тебя ни за что не вычислит.

— Но почему я должна звонить? И что это такое?

— Изменитель голоса.

— Изменитель голоса? — удивленно повторила я.

Маня захихикала.

— Ага, в магазине приколов продается, говоришь через эту штуку — и тембр меняется, у каждого по-своему, у одного бас получается, у другого дискант!

— Но с таким прибамбасом зачем мне-то звонить, сама действуй!

— Ну, муся, — заныла Маня, — Денька мой голос отлично знает, с тобой он реже разговаривает, ну, плиз! А вдруг тембр не изменится, и Денис узнает меня?

— Ладно, — согласилась я, — но что спрашивать?

Машка положила на комод листок.

— Во, все написала, иди по порядку. Я очень хорошо знаю, что станет говорить Денька, и вопросики в правильной последовательности расположены. Ну, давай, пожалуйста! Сейчас, только громкую связь включу, охота самой послушать. Отлично! Набираю номерок.

Я взяла трубку и услышала чрезвычайно серьезный голос:

— Ветклиника. Дежурный врач Глод Денис Юрьевич, слушаю вас.

Маша услужливо подсунула мне листок, и я прочитала первую фразу.

— Здравствуйте, у меня, похоже, заболела морская свинка, — сказала я, давясь от смеха, мой голос превратился в меццо, если не в бас.

— Что с ней? Уточните, пожалуйста.

— Лежит на дне аквариума и не шевелится.

— Давно?

— Часа три.

— М-м-м. Попробуйте осторожно взять ее на руки.

— Может, вода слишком холодная, всего двадцать градусов.

— Вода?

— Ну да!

— Где?

— Так в аквариуме.

— Вы держите свинку в воде?!

— Но она же морская, — еле сдерживая смех, сообщила я, — из названия ясно, что она обитает в море. Вот я и решила создать ей естественную среду. Сначала она так бойко бултыхалась, а потом на дно слегла.

— Послушайте, — забубнил Дениска, который не имел никакого права высказать глупой тетке все, что про нее думает, — морская свинка не относится к семейству водоплавающих.

— Так морская же! — прикинулась я полной идиоткой, глядя, как Маня кусает кулак, чтобы не захохотать во весь голос. — Отчего ее так назвали?

— Оттого, — безнадежным тоном ответил Дениска, — что в давние времена животных привозили в Россию из-за границы, тогда говорили: «свинка из-за моря». Ну, а потом просто: морская свинка. Понятно?

— Ну да! Так что с ней делать?

— Думаю, — запнулся Дениска, — если три часа на дне пролежала... э... простите, конечно, но ее следует похоронить.

— Совсем?

— Ну... да! И впредь, заводя животное, сначала купите необходимую литературу о нем или сходите на консультацию к ветеринару.

— И где упокоить?

Денис тяжело вздохнул.

— Это уж сами решайте.

— Вы не можете оказать подобную услугу?

— Увы, нет.

— Почему?

— В Москве нет кладбищ для животных.

— Но я хочу могилу, памятник, оркестр...

Маша вцепилась пальцами в комод и затряслась, меня тоже душил хохот, а Дениска, связанный по рукам и ногам официальным статусом, пытался вежливо отвечать позвонившей ему кретинке.

— Отвезите несчастную на свой дачный участок! — посоветовал он.

— У нас его нет.

— Заройте у дома, в сквере.

— Я живу в доме, который стоит прямо на Садовом кольце! Откуда на магистрали газоны?!

Денис засопел.

— Можно привезу ее вам? — предложила я.

— Лучше на улицу Юннатов, — быстро сообщил Деня, — да, да, именно к ним.

— Хорошо, еще один вопрос!

— Какой? — напряженным голосом осведомился Дениска, которому, очевидно, очень хотелось послать прилипчивую идиотку куда подальше.

— Чем кормить тараканов?

— Мадагаскарских?

— Нет, обычных, домовых, рыженьких таких.

— Но зачем их подкармливать? — терял терпение Деня.

— Понимаете, их у меня слишком много.

— Не вижу логики, — рявкнул Дениска, — если

насекомых полно, купите для них ловушку в хозтоварах!

— И они наедятся?

— Ага, пожрут отраву и подохнут! — выйдя из себя, рявкнул Денька.

— Вы жестокий человек, недостойный благородного звания ветеринара, — закашлялась я, — тараканов уморить, свинку похоронить. Кстати, она, вопреки вашим словам, ожила, всплыла...

— Всплыла? Пузом вверх?

— Нет, мордочкой вниз, рассекает воду, кролем, туда — сюда, туда — сюда.

— Врете! — выпалил Деня, забыв о статусе дипломированного дежурного терапевта крупной клиники.

— Чтоб мне треснуть! Очень бойко рулит, ластами гребет.

— Ластами? У вашей морской свинки ласты?

— Ну да, а их не должно быть?

— Это точно свинка? Опишите ее.

— Ну такая небольшая, покрупнее мыши, бело-рыжая, мохнатая.

— Ангорская?

— Верно. Мордочка с усами, глазки-бусинки, лапы с ластами.

— Умереть — не встать! Слушайте, как вас зовут?

— Э... э... Аня!

— Анечка, — заныл Дениска, — мне очень хочется посмотреть на вашу любимицу. Давайте приеду после дежурства?

— Ну... уж и не знаю, — замямлила я. Подготовленный Машкой текст закончился, приходилось импровизировать на ходу.

— Можно ваш телефончик? — наседал Деня, в котором взыграло профессиональное любопытство.

— Лучше ваш е-мейл, — нашлась я, — пришлю фотку.

— Пишите, — заволновался Деня, — не забудете?

— Нет.

— Все же дайте свой телефон или «мыло»!

Я растерянно глянула на Маню, та быстро зачирикала ручкой по бумаге.

— Так и быть, — воскликнула я, — диктую электронный адрес!

— Йес! — завопила Маня, когда Дениска отсоединился. — Выиграла.

— Что и у кого? — улыбнулась я, стаскивая сапоги.

— Мы с Хейфец поспорили, — прыгала Машка, — и с Ксюшей тоже. Сашка говорила, что Деня на второй минуте сломается, Ксюша уверяла — пять продержится, а я ставила на семь. Но то, что он клюнет на морскую свинку с ластами, никто не предполагал. Вау, мы его классно разыграли.

— Чей ты ему адрес подсунула? — поинтересовалась я, разыскивая свои домашние тапочки.

— Такого ящика нет, — хихикнула Маня, — но сейчас открою его!

Выпалив последнюю фразу, Манюня унеслась в глубь дома, а я начала усиленно рыться в шкафу, пытаясь обнаружить свои тапки, но симпатичные розовые велюровые шлепки, купленные всего несколько дней тому назад, исчезли.

Я тяжело вздохнула, влезла в старые, потерявшие всякий вид чувяки и пошла в столовую; интересно, кто из домашних присвоил себе мою обновку?

Руки толкнули дубовую дверь, перед глазами открылась комната, уютно освещенная торшерами. За длинным столом сидели Зайка, Кеша и неизвестная мне пара: мужчина не первой свежести и женщина без возраста — так безупречно выглядевшей даме можно было дать и тридцать, и сорок лет.

Думая, что дети привели к ужину незнакомых мне приятелей, я заулыбалась.

— Добрый вечер!

— А вот и наша Даша, — подскочила Ольга. — Садись скорей, чай, кофе? Ирка, принеси мясо, Дашута явно проголодалась!

Выражение полнейшего счастья, осветившее лицо Заюшки при моем появлении, очень удивило меня, и я стала улыбаться еще шире. Ох, что-то не так!

— Разреши тебе представить наших дорогих гостей, — суетилась и щебетала Зайка. — Мадлен Кудо, надеюсь, слышала это имя?

— Ну как же, — старательно закивала я, — сто раз!

Дама без возраста оскалилась, изобразив улыбку, при этом обнажились идеально сделанные зубы. Во мне нарастало раздражение: тонкими, изящными пальчиками с художественно сделанным маникюром Мадлен сжимала мою любимую чашку — фарфоровый бокал, украшенный фотографией Хучика. Так, теперь, похоже, понятно, кому достались новые тапки Дашутки!

Чтобы проверить правильность догадки, я локтем смахнула со стола салфетку, нагнулась и оглядела пейзаж под столом. Так и есть, ножки гостьи обуты в удобные, велюровые, розовые пантуфли.

Я выпрямилась и с возмущением глянула на Зайку — тапочки куплю новые, этих не жаль, не успела к ним привыкнуть, но кружка! Ведь это — святое! Ну зачем ее дали гостье?

— Рада знакомству, — прочирикала Мадлен, — разрешите, сама представлю сына — Вадик.

Лысый дядечка весьма плотного телосложения вскочил на ноги и поклонился. Я разинула рот. Сколько же лет этой бабе, если упитанный субъект ее сынишка?

Словно прочитав мои мысли, Мадлен улыбнулась.

— Ценю вашу деликатность, — нежно пропела она, — но вижу, мое имя ни о чем вам не говорит!

— Извините, если обидела, — кивнула я, — ей-богу, не хотела, просто очень голова болит!

Мадлен уставилась на Зайку.

— Вот видите, что я вам говорила?

— Нет, нет, — завиляла хвостом Ольга, — все замечательно, комнаты для гостей пустуют, никого не обремените, наш договор в силе.

Ситуация мигом прояснилась. Ага, понятно, по неизвестной пока причине Заюшка пригласила Мадлен и ее престарелого сыночка и предложила им пожить у нас, вот почему Ольга была со мной так любезна, знает ведь, что терпеть не могу в доме посторонних. В особенности тех, что нагло присваивают хозяйские шлепки и хватают чужие кружки.

— Ира постели готовит, — лебезила Зая.

Я встала.

— Простите, совсем голова разболелась, — сказала я и отправилась к себе.

Но не успела переступить порог спальни, как за мной вихрем влетела Зайка, шлепнулась на диван и забубнила:

— Так и знала, что ты станешь злиться! Между прочим, крайне редко зову людей пожить в Ложкине.

— Пусть остаются!

— Но ты перекосилась!

— Из-за чашки и тапок, — призналась я, — и вообще, эта Мадлен мне противной показалась...

Выслушав мои упреки, Зая замахала руками:

— Прости, куплю тебе новые тапочки.

— Ладно.

— Кружку уберу под замок!

— Спасибо.

— Только, пожалуйста, будь с ними поласковей, в особенности с Мадлен, — заискивающе попросила Ольга.

— Послушай, зачем она тебе? — заинтересовалась я.

Зайка вдруг трагическим голосом воскликнула:

— Ты видела мои морщины?

— Где?

— Вот здесь, на лбу и у глаз.

— Обычные гусиные лапки, ерунда, на такое даже внимание обращать не стоит!

— Но раньше их не имелось!

Я подавила вздох.

— Видишь ли, возрастные изменения, увы, неизбежны.

Ольга заморгала.

— Телевидение любит молодые лица! Стариков из кадра вышвыривают, в особенности женщин.

— Тебе пока рано думать о пенсии.

— Но она настанет!

— До этого еще далеко!

— Не хочу превращаться в Бабу Ягу, — топнула ножкой Ольга, — ненавижу старость!

Ну что ответишь на подобное заявление? Мне тоже не слишком приятно осознавать, что процесс трансформации в развалину необратим, но как победить время? Конечно, некоторые женщины, пренебрегающие спортивными занятиями, диетой и лишенные оптимизма, уже в тридцать похожи на кули с мукой. Можно и в девяносто бодро бегать по улицам и работать с полной отдачей, вот только на двадцать в таком возрасте выглядеть не станешь, хоть тресни. И надо, наверное, спокойно примириться с неизбежным, правда, неизвестно, что я сама запою, перешагнув за восемьдесят.

— Знаешь, сколько лет этой Мадлен? — выкрикнула Ольга.

— Сначала показалось — около тридцати, но, учитывая наличие великовозрастного сыночка... — размышляла я вслух, — Вадиму примерно тридцать пять, ну, предположим, она его родила в восемнадцать, следовательно, Мадлен — пятьдесят три. Хотя, следует признать, маманя смотрится моложе отпрыска.

— Кудо справила в январе семидесятилетие, а Вадиму пятьдесят два!

— Врешь! — подскочила я.

— Паспорт видела, — не унималась Ольга, — их наша редакторская группа проверяла! Вот почему они у нас! Поняла?

— Нет, — призналась я.

— Сейчас объясню, — с горящим взором объявила Ольга, — слушай внимательно и забудь о своей дурацкой манере перебивать человека на каждом слове.

Глава 7

Для тех, кто плохо знаком с нашей семьей, скажу пару слов о Заюшке. Довольно долгое время Оля работала спортивным комментатором в одной из телепрограмм. Хорошенькую ведущую, блондиночку с карими глазами, обожали зрители, и Зайка наивно полагала, что станет всегда «звездить». Но мир телевидения жесток, бал там правит «сладкая парочка» по имени «рейтинг и доля». Позвольте только не объяснять, кто они такие, эти рейтинг и доля, просто учтите: именно ради них, а не ради вас, зрителей, затевается та или иная программа.

Так вот, пресловутый рейтинг Зайкиной передачи скатился к нулю, ее спортивные обзоры не выдержали конкуренции, одной симпатичной мордочки оказалось мало. Мужчины, основные зрители спортивных программ, отчего-то предпочли комментатора Уткина, не блондина и не красавца, но большого знатока футбола и краснобая, сыплющего хлесткими фразами.

Поняв, что ей грозит отставка, Зайка впала сначала в истерику, а потом в минор, рухнула в кровать и принялась тихо плакать.

Аркадий почесал в затылке и отправился к телевизионному начальству — у нашей семьи есть деньги, которые мы не тратим на казино и покупку золотых унитазов. Через месяц проблема была решена.

Заюшка стала лицом новой передачи под названием «Спроси у Ольги». Ничего оригинального ни сценарист, ни режиссер не предложили, самое обычное ток-шоу, построенное по традиционному образцу: студия, зрители, гости и милая ведущая.

Гости в студии случаются разные, их подыскивает и проверяет редакторская группа. Так вот, на одну из передач была приглашена Мадлен Кудо с сыном Вадимом. Они называли себя геронтологами, имели на руках дипломы о медицинском образовании и утверждали, что старость — не естественное состояние человеческого организма, а болезнь, с которой можно и нужно бороться. Ни экстрасенсами, ни знахарями, ни нетрадиционными целителями или колдунами Мадлен и Вадим не были. Просто эти адепты нормальной медицины, специалисты по правильному питанию разработали уникальные диеты, замедляющие процесс старения. Более того, Мадлен со спокойной улыбкой сообщила:

— Если пересмотреть свой образ жизни, понять, что красота, здоровье и долголетие зависят лишь от тебя самой, то время потечет вспять.

Для пущей убедительности Мадлен пригласила в студию мужчину и женщину, чьи лица были закрыты масками.

— Не стану притворяться, — улыбалась Кудо, — мы с сыном зарабатываем на жизнь своим умением омолаживать пациентов. Стоят наши услуги недешево, индивидуально работаем лишь с теми, кто способен оплатить долгий цикл занятий. Тем же, кто не может нанять Кудо в качестве инструктора, вполне по карману книга «Молодость навсегда». Люди, которые сейчас стоят перед вами, обучались по данному изданию. Кстати, если заинтересуетесь, после передачи приобретете пособие в холле. Теперь внимание, слева — Николай Иванович, ему восемьдесят лет, справа — Анна Ивановна, ей девяносто. Анечка, начнем с вас, покажите, пожалуйста, на что способны.

Стройная женщина сбросила халат. Обнажилась

по-девичьи подтянутая фигура в купальнике. Анна Ивановна ловко проделала несколько упражнений, попрыгала через скакалку, поприседала и под конец безо всякой одышки, спокойным голосом произнесла:

— Тут развернуться негде, а то бы колесом прошлась.

Николай Иванович, сменивший женщину, выглядел как «Мистер Европа», он тоже продемонстрировал идеальное физическое состояние, отжимался, хлопая в ладоши, делал стойку, кульбит.

— Брехня, — не выдержал кто-то из зрителей, — это молодые люди, мастера спорта по гимнастике.

— Мне девяносто лет! — обиженно воскликнула Анна Ивановна.

Зал грохнул от смеха.

— Маски снимите, — загалдели присутствующие, — на морды посмотреть хотим!

Мадлен подняла руку.

— Спокойно, господа, вас никто не обманывает. Только лиц они не откроют. Анна недавно вышла замуж, ее супруг — тридцатилетний парень. Конечно, некрасиво врать, но Анечка не сообщила ему свой подлинный возраст. А Николай пристроился на новую работу, где его считают молодым специалистом. Вот почему и она, и он хотят сохранить инкогнито. Впрочем, если под вашим давлением они и решатся снять маски, ничего это не даст, у моих адептов внешний вид девушки и юноши.

Зрители заржали.

— Гоните врунью!

— Нашли дураков! Неужели думаете, что в такой цирк поверим?

Ольга слегка растерялась, но Мадлен сохраняла олимпийское спокойствие.

— Считаете меня обманщицей? — прищурилась она. — Сейчас оправдаюсь.

Не успела Зайка раскрыть рот, как гостья вышла

на середину студии и мгновенно скинула платье, под одеждой оказался купальник. Кудо легко встала на мостик, затем перешла в стойку, перекувырнулась, взяла себя за носок правой ноги и, продемонстрировав идеальную растяжку, замерла в вертикальном шпагате.

— Ну как? — поинтересовалась она у присутствующих. — Сколько мне лет?

— Двадцать пять, — взвизгнула тетка в первом ряду.

— Тридцать, — перебил ее дядька из второго.

— Ну, учитывая, что мужу на четвертый десяток перевалило... — завела было бабка в левом углу студии, но Мадлен перебила старуху:

— Это мой сын Вадим, ему пятьдесят два.

Тут уж вместе с залом захихикала и Оля.

— Сколько же вам лет? — донеслось со стороны зрителей.

— Я возраст не скрываю, — улыбнулась Мадлен, — и маску на лицо не надеваю, замуж не собираюсь, хватит, навыходилась. Позавчера отметила семьдесят.

— Брехня! — затопали ногами присутствующие, а Оля, глядя на возмущенных людей, обозлилась на редактора, выпустившего в прямой эфир такую лажу.

Кудо вынула из сумки паспорт.

— Хотите посмотреть?

— Давай сюда, — согласились участники шоу.

Бордовая книжечка пошла по рядам, и по мере того, как она переходила из рук в руки, возмущение сменялось молчанием. Кудо и впрямь оказалось семьдесят.

Стоит ли говорить, что после программы лоток с книгой «Молодость навсегда» снесло могучим ураганом, а потрясенная Ольга привезла Мадлен и Вадима в Ложкино.

— Цикл занятий длится год, — щебетала Зайка.

— Двенадцать месяцев? — ужаснулась я. — Они станут жить с нами триста шестьдесят пять дней?

— Послушай, — взвилась Зайка, — конечно, удовольствие дорогое, и чужие люди не всегда приятны, но игра стоит свеч.

— Отчего бы нам не купить книгу и не заниматься самим? — робко предложила я.

Зая насупилась.

— Мы живо все забросим, один денек посидим на диете, и все, и упражнения делать никто не станет. Вот ты ходишь на беговой дорожке? Пользуешься спортзалом, который оборудовали с самыми благими намерениями?

— Нет, — призналась я.

— То-то и оно! — торжествующе воскликнула Зайка. — А Мадлен и Вадим правильно наладят наш быт. Тут, оказывается, имеет значение все: питание, упражнения, очистительные процедуры, одежда, постель!

— Но почему год? — продолжала сопротивляться я.

— Меньше чем за двенадцать месяцев не перестроимся. Нам, кстати, повезло. У Мадлен и Вадима есть еще два клиента, фамилий они, естественно, не называют, но по некоторым оговоркам понятно — люди с самого верха, из администрации президента! Так вот, к ним Кудо будут просто ездить, на пару часиков, а у нас станут жить постоянно, регулярно рулить процессом. Да, скоро мы сбросим лет так пятьдесят, а то и больше!

— Значит, я превращусь в сперматозоид, — вздохнула я, — пять десятков лет назад меня и в проекте не было, кстати, тебя, Кеши и Машки тоже. В Ложкине после омолаживающих процедур останется лишь Дегтярев, в виде младенца в пеленках, и погибнет от голода!

— Не идиотничай, — зашипела Зайка, — тебе что, не хочется стать двадцатилетней?

— Ой, нет, — испугалась я, — ни за какие коврижки! Я в ту пору была замужем за Костиком! Это кошмар! Ни хорошей работы, ни денег, зато куча проблем.

Нет уж, мне сейчас намного лучше, в Ложкине и со счетом в банке.

— Все останется, только резко помолодеешь!

— Ну... В принципе, мне и так хорошо!

— Нельзя быть эгоисткой, — с задором боевого петуха налетала на меня Ольга, — посмотри на Дегтярева — пузан! Нагнуться не может. Кеша, кстати, постоянно жалуется на спину.

— Вот пусть Кудо ими и занимается.

— Программа семейная!

— Не хочу!!!

Зайка всхлипнула.

— Конечно, сама великолепно выглядишь! На лице ни морщинки, волосы шикарного оттенка и блестят. А у меня вокруг глаз «гусиные лапки» и цвет волос потускнел.

— Зая, не ерунди, ты преувеличиваешь. Хочешь, открою тебе один секрет? Я давным-давно крашу волосы.

— Чем? — разинула рот Ольга.

Потом она погладила меня по голове и констатировала:

— Врешь, шевелюра мягкая, блестящая, и цвет живой! Крашеные волосы смотрятся иначе, они тусклые!

— Нет, я покупаю краску «Палетт», ее делает компания «Шварцкопф и Хенкель». От души советую, легко пользоваться, я, например, теперь даже в салон не хожу, не люблю без толку тратить кучу времени. Сама намазываю волосы «Палетт», подержу указанное в инструкции время, смою, и гляди, как здорово! Хочешь, дам попробовать? Держу небольшой запас любимого оттенка в ванной.

Ольга заморгала, потом топнула ногой.

— «Палетт»! Так я тебе и поверила! А то я крашеных волос не видела!

— Ей-богу, не вру! Сейчас принесу коробку.

Зайка зашмыгала носом.

— Вот ты какая! Только о себе печешься. А о нас позаботиться не надо? Меня, старую и морщинистую, выгонят из кадра, полковник окончательно превратится в кабана, Кешка сляжет с негнущимся позвоночником!

По румяным щечкам Заюшки ручьем покатились слезы. Мне стало стыдно, в конце концов, большой беды от Кудо не будет, скорее всего, станут потчевать нас собственноручно собранной и высушенной крапивой да заставят делать гимнастику по утрам. Домашним очень скоро надоест вставать ни свет ни заря и маршировать вокруг дома, вот тогда Мадлен с Вадимом уедут. Никто их целый год держать тут не станет, тот же Аркадий взбеленится очень быстро. Правда, пока отсутствует Дегтярев, Кеша не сумеет противостоять Ольге, но, когда полковник вернется, мужская часть семьи объединится в мощный отряд — и прощайте, геронтологи! Сейчас мне не следует спорить с Зайкой, решившей получить очередную игрушку, иначе потом не избежать скандала. Ольга сядет на боевого слона и растопчет Дашутку. А потом она еще лет тридцать при каждом удобном случае станет говорить: «Вот когда ты турнула врачей...»

— Ладно, — улыбнулась я, — пусть будет по-твоему!

— О... о... о! Супер! — подпрыгнула Ольга. — Всегда знала: ты — настоящий друг.

Радостно напевая, Зайка унеслась вниз, а я неожиданно заснула прямо на диване, забыв раздеться.

Около одиннадцати утра я с опаской вышла в столовую — не дай бог, Мадлен сейчас выстраивает наших на утреннюю пробежку! Но в доме было тихо, на вопрос: «Где все?» — домработница Ирка спокойно ответила:

— Разбежалися, Аркадий Константинович Маню на занятие повез, Ольга тоже усвистела. Одни мы, если не считать садовника с собаками.

— А гости?

— Так укатили самыми первыми, работа, сказали, ждать не может.

— На чем отправились?

— У них машина своя, — зачастила словоохотливая Ирка, — дорогая тачка, как у Аркадия Константиновича. Мужик на заднее сиденье сел, дама за руль влезла. Правду Зайка говорит, что они ученые-омолодители?

— Да, — кивнула я.

— Интересно, — протянула Ирка, — у меня по детским годам, лет до двенадцати, волосы красиво вились, а потом перестали. Может, опять закудрявятся?

Наверное, следовало объяснить домработнице, что нельзя войти дважды в одну и ту же воду, но мне было недосуг просвещать Ирку. Я быстро выпила кофе и хотела бежать в гараж, но пришлось вернуться в спальню. Есть у меня талисман, цепочка с медальоном, я не всегда ношу его, но сегодня тихий, внутренний голос повелел: «Надень его». Я послушно повесила украшение на шею и взялась за телефон.

Девушка из справочной спокойно назвала адрес харчевни «Сладкая пицца»:

— Записывайте название улицы и номер дома.

Я обрадовалась. Господь одарил Дашутку хорошей памятью и чутьем языка. Ну согласитесь, название «Сладкая пицца» звучит по-дурацки. Лепешка с сыром может быть какой угодно: горячей, вкусной, большой, маленькой, аппетитной, нежной, острой, огромной, дешевой, но никак не сладкой. Впрочем, кое-кто любит гавайский вариант, с ананасами, но даже его не назовешь сладким, скорее пикантным. Именно несуразность названия и заставила меня запомнить его.

В небольшом ресторанчике оказалось полно народа. Наверное, тут готовили вкусную еду — в воздухе витали очень аппетитные запахи. Я в раздумье села за столик, мигом подскочила девушка, симпатичная брюнеточка в ярко-красной униформе.

— Что желаете? — заулыбалась она.

— Скажите, вы на дом пиццу возите?

— В пределах МКАД бесплатно, далее по тарифу.

— А где можно сделать заказ?

— Вам придется обогнуть здание с другой стороны, но лучше позвонить, сейчас принесу рекламную листовку.

Выпалив информацию, брюнеточка ринулась к кассе, а я поспешила к выходу, оказалась на улице, обошла дом и увидела дверь с табличкой «Служба доставки».

Вход преградил охранник.

— Вам куда?

— В «Сладкую пиццу».

— Это с улицы.

— Мне в отдел кадров.

— Зачем?

— На работу хочу устроиться.

Секьюрити взял трубку.

— Алло, Анюта, к вам пришли, женщина, выглядит прилично, хочет в пиццерию на службу. Проходите, девятая комната.

Поняв, что последняя фраза относится ко мне, я кивнула и быстро зашагала по коридору, ища нужную дверь.

Анюта оказалась совсем молодой девушкой, с виду чуть старше Маши.

— Это вы хотели в пиццерию устроиться? — удивленно спросила она, окидывая взглядом мою фигуру.

В голове девушки мигом заработал калькулятор, она сразу поняла, сколько стоит моя скромная замшевая сумочка, в какую сумму обошлись серьги, перчатки, ботинки и куртка. Я не покупаю вещи с кричащими ярлыками дорогих фирм, предпочитаю брать что поскромней, но, как ни странно, «безликая» шмотка зачастую стоит дороже изделия того же производства, приукрашенного именем модельера. Большинство людей сочтет мою одежду не стоящей внимания, и это прекрасно, я вовсе не собираюсь пускать пыль в глаза. Однако встречаются особы, способные мгновенно оценить то, что надето на Дашутку, и, похоже, Анечка из их числа.

— Вы? — повторила она. — На кухню?

— Нет, душенька, — снисходительно пропела я, старательно изображая из себя капризную особу, — конечно, нет. Слава богу, нет необходимости бегать с подносом или толкаться у сковородки.

— Но наш охранник...

— Он идиот.

Аня хихикнула.

— Верно. Умный ведь не пойдет дверь сторожить. Так зачем пожаловали?

Я улыбнулась.

— Увы, в наше время никому доверять нельзя, согласны?

Аня наклонила голову вправо.

— Может, и так.

— Если хочешь, чтобы дело было сделано хорошо, надо браться за него самой, — продолжила я.

— Это верно, — кивнула Аня.

— Вот поэтому я и пришла. Мне нужен шофер, требований особых не выдвигаю, ищу женатого мужчину в возрасте от тридцати до сорока, непьющего, несудимого, не наркомана, хорошего профессионала и честного человека.

— А при чем тут мы? — изумилась Аня.

Я кокетливо прищурилась.

— Милая, вы не дали договорить. В бюро по трудоустройству подобрали нужную кандидатуру, некий Александр Лактионов. В качестве последнего места работы мужчина указал «Сладкую пиццу», он трудился у вас на доставке заказов. Вот поэтому и приехала, хочу сама, без посредников, спросить: Лактионов порядочный человек? Могу ему доверять? Можно впустить его в дом?

Аня нахмурилась.

— Лактионов?

— Да.

— Александр?

— Точно.

— И давно он от нас ушел?

— Точно не скажу.

— Сейчас гляну, — кивнула девушка и включила компьютер. — Ларионов есть, но он Николай.

— Нет, не тот.

— Ясное дело, — улыбнулась Аня, — Ларькин Михаил — упаковщик, Ломтев Олег — водитель, Лофорев Игорь — охранник. Больше мужчин на «л» не имеем.

— Вы среди уволенных посмотрите.

— Там и смотрела, — кивнула Аня, — работающие вам ни к чему.

— Точно нет?

— Стопудово, у нас как в аптеке, — пояснила кадровичка, — а к тем, кто пиццы развозит, особые требования, их же люди в дом впускают, не дай бог, пропадет чего — и на репутации фирмы пятно. Знаете, какая нынче конкуренция.

— Что значит особые требования? — насторожилась я.

— Обязательно москвич, с постоянной пропиской, — стала перечислять Аня, — рекомендации с предыдущего места работы, безупречная анкета.

— А если человек судим?

Кадровичка замахала руками.

— Ни за что не возьму, мне геморрой не нужен, уголовникам доверия нет.

— Даже отсидевшему и законно освободившемуся? Но это же ущемление прав личности.

Аня скривилась.

— Не знаю, кому и что я прищемлю, только если у человека в анамнезе отсидка, ему без шансов сюда попасть. Прямо, конечно, не скажу: «Ты вор и пошел вон». Деликатненько сообщу: «Простите, вакансия занята, оставьте координаты, позвоню, если место освободится».

— А вдруг вас обманут? Не сообщат правду?

Аня захихикала:

— Тут, около нас, районное отделение милиции находится, его сотрудники пиццу уважают и с пятидесятипроцентной скидкой ее имеют. Если к нам новый служащий нанимается, я ребят прошу, они его по компьютеру проверяют. Претендентов сразу предупреждаю: «Лучше не врите, мы людей под микроскопом изучаем».

— Пожалуйста, — взмолилась я, — поищите Лактионова.

Аня задвигала мышкой и в конце концов вынесла вердикт:

— Мы десять лет на рынке и никогда не имели дело с Александром Лактионовым. Гоните шофера вон, он врет, а маленькая ложь, как известно, заслуживает большого недоверия.

Глава 8

Я вышла на улицу, поежилась от резкого ветра, потом обогнула дом, вошла в пиццерию, увидела лишь одно свободное местечко, у стены, и плюхнулась на пластиковое сиденье. Мигом подошла та же брюнетка.

— Что хотите?

— Пиццу, — лязгая зубами от озноба, попросила я.

— Какую?

— Самую вкусную, любую. На ваш вкус.

— С осьминогами и ананасами?

— Нет! Ни в коем случае.

— Тогда давайте ориентироваться на ваши пристрастия, — улыбнулась официантка.

— С грибами есть?

— Конечно.

— Несите, и чай, желательно очень горячий.

Брюнетка пошла на кухню, а я попыталась привести мысли в порядок. Александр Лактионов в «Сладкой пицце» не служил, Ане обманывать меня нет никакого резона. С другой стороны, очень хорошо помню, что Лида, рассказывая об истории своего знакомства с любимым, упомянула именно «Сладкую пиццу», я запомнила это кретинское название. Значит... Что же это значит?

— Слышь, Таньк, — послышалось сбоку, — восемнадцатый по вертикали! Эй, отзовись.

— Угу, — промычал кто-то, — говори.

Я повернула голову — чуть поодаль, на той же скамейке, сидели две девчушки, лет четырнадцати, они наслаждались пиццей и заодно отгадывали кроссворд.

— Ну, Таньк, внимание! Абориген Республики Саха, четыре буквы.

Повисло молчание, потом Таня сообщила:

— Дура ты, Ленка, ясное дело, лось!

— Почему? — удивилась Лена.

— Он же «*са*хатый», — гордо пояснила Таня, — неужели никогда не слышала, что лосей *са*хатыми зовут.

— Ну, ты и чмо, — отозвалась Лена, — лось, он кто?

— Животное!

— А тута стоит абориген Республики Саха, абориген, докумекала?!

— И че? Абориген — это растение?

— Ой, не могу! Абориген — такая штука... Ну они еще в Австралии водятся... типа обезьяны.

— Да ну? — изумилась Таня.

— Верняк, — кивнула Лена, — мартышки натуральные, сумчатые.

— Как бы не так, — отозвалась Таня, — тута всего четыре буквы, а у нас! М-*о*-р-т-ы-ш-к-а!

— Она м-*а*-р-тышка.

— Однофигственно, все равно не подходит, абориген — это другое.

Призадумавшись, школьницы набили рты пиццей, я с любопытством смотрела на их глуповатые мордашки. Может, объяснить двоечницам, что под словом «абориген» составитель кроссворда подразумевал представителя коренного населения края, в данном случае следует вписать «якут».

— Слышь, Ленка, а Саха — это где?

— В Африке, — твердо заявила Лена, — только там.

— Республика? Не! Скорей всего, в Европе, — засомневалась более образованная Таня, — у африканцев в основном племена всякие, пигмеи, людоеды.

— Ты не умничай, — оборвала ее Лена, — еще про Бармалея вспомни, обезьяну на четыре буквы знаешь?

— Не-а.

— Тогда пишем лося.

— Чтой-то не так! Лоси в Африке не живут.

— Ты че! Их там полно! — отстаивала свою точку зрения Лена. — Кишмя кишат, их тигры жрут.

— Не, у них антилопы всякие!

— А лось, по-твоему, кто?

— Баран, — сообщила Таня, — большой такой, с рогами, он их о дерево чешет и сбрасывает, а потом люди их подбирают и лекарство варят.

Лена постучала пальцем по лбу.

— Ау, войдите! Танюха, скажи наркотикам «нет». Какие таблетки из рогов!

— Точно знаю, — уперлась Таня, — у меня бабка пьет настойку такую.

Я прикусила нижнюю губу, милые девочки ухитрились свалить в кучу все: оленей, маралов, рога и панты, лекарство под названием «пантокрин», антилоп, африканские племена... Но они даже не представляют, насколько далеки от действительности. Отчего им не пришло в голову, что Республика Саха — часть России, богатейший край с алмазами и ценным пушным зверем?

— Сама ты овца, — резюмировала Лена, — а лось — абориген. Пиши, подходит?

— Ну, не очень, — призналась Таня, — в середине должна быть «к». Мы же правильно отгадали имя великого украинского поэта Шевченко — Костя.

— Дай сюда. — Лена выхватила журнал из рук подруги. — Абориген — точно лось! Значит, Шевченко — не Костя! Если в конце неправильно выходит, то ошибка была в начале. Давай Нике позвоним, она ботан, все про литру знает!

Я вскочила и побежала к выходу, забыв про заказанную пиццу. «Если в конце неправильно выходит, то ошибка была в начале». Спасибо милым двоечницам, они натолкнули меня на правильную мысль. Сейчас поеду к Лиде и выясню, как называлась пиццерия, скорее всего, я неправильно услышала название! Может, контора называется «Сладкая пиццерия», согласитесь, пицца и пицерия — разные вещи!

Случаются такие счастливые дни, когда в Москве нет пробок, сегодня я проделала необходимый путь всего за полчаса, придя в восторг от пустых улиц. Понимаете, с каким хорошим настроением я входила в подъезд Лиды и как оно мгновенно испортилось, когда у крепко запертой двери я вдруг сообразила: на дворе будний день, следовательно, Лидочка сидит в бухгалтерии, а Клавдия ремонтирует очередную квартиру.

Стукнув от досады кулаком по створке, я прислонилась к стене, потом вытащила сигарету и зажигалку. Делать нечего, придется ехать домой, поиски откладываются до вечера. Впрочем, можно не рулить в Ложкино, лучше потрачу свободное время на поход по магазинам, авось куплю себе новые джинсы.

Обойдя огромный торговый комплекс два раза по кругу, я рухнула на стул в кафе и вцепилась в бокал с латте. Ну скажите, пожалуйста, где в Москве купить одежду для женщины, уже не юной девушки, но еще не бабушки, в каком отделе одеться даме, которая не желает выглядеть ночной бабочкой, но при этом не хочет смотреться, как светская львица города Задрипанска? Где, простите, хорошие, элегантные брюки, пуловеры и не китчевая обувь? Почему уже сейчас на вешалках в основном висят сарафаны и купальники? Отчего у нас зимой и осенью торгуют шелковыми блузками, а летом предлагают мерить пальто на вате, шапки-ушанки и сапоги из убиенного невинного агнца?

Только не верьте продавцам, которые торжественно заявляют:

— Мы теперь как в Париже живем.

Вот это неправда! Могу открыть страшный секрет. В столице Франции вы элементарно найдете зимой теплые брюки и хорошего качества пуловеры, более того, они не будут со всех сторон расшиты бисером, пайетками и украшены «брильянтами» размером с хорошую сковородку. Вернее, подобные вещи тоже обнаружите, но обычных все же больше. И цены в универмагах окажутся ниже, и распродажа на самом деле сейл, а то ведь многие московские бутики сначала пишут на ценнике «10 000 руб.», а потом перечеркивают устрашающую цифру, ставят во много раз меньшую, приемлемую, и заявляют:

— Видите, как мы снизили цену!

Так она изначально была искусственно завышена!

Ворча все это себе под нос, я в третий раз прочесала магазинчики и, чтобы не уходить с пустыми руками, мучаясь тем, что день пропал зря, купила все же джинсы — так, ничего особенного, классический темно-синий вариант с обычными карманами. Джинсы хорошо сели на бедра, но оказались длинны, пришлось оставить их, чтобы подшили.

Устав от пустого времяпрепровождения, я снова приехала к Лиде, позвонила в дверь, но — никакого движения. Часы показывали восемь вечера, наверное, Лида задержалась на службе, а у Клавдии, естественно, ненормированный рабочий день.

Пока я соображала, как поступить, дверь соседней квартиры приоткрылась, и из узкой щелки донесся скрипучий голосок:

— Чего тут делаешь?

— Извините, если помешала.

— Уходите, — прикрикнула суровая тетка, — а то в милицию сообщу!

— Ничего плохого не делаю, просто стою.

— Вали на улицу.

— Там холодно, и потом, мне Лида нужна! Не знаете, когда она с работы приходит?

— Лидка? — воскликнула соседка. — А ты им кто?

— Из магазина прислали, — ляпнула я, — брюки она подшить отдавала.

Не успел язык сболтнуть глупость, как я опомнилась. Господи, что несу! Какие штаны! Лида небось одевается на рынке! И одежду на дом никто вам не привезет, даже супердорогие бутики не оказывают подобных услуг.

Но соседка почему-то поверила незнакомке, широко распахнула дверь и предстала передо мной во всей красе: на голове шлем из бигуди, тело облачено в старый спортивный костюм, лицо покрывает толстый слой питательной маски.

— Рули назад, — хмыкнула она, — в больнице Лидка.

— Что случилось?

— Ой, жуть! Похоже, ее муж побил! До крови!

— Кто? — попятилась я.

— Чего удивляешься? — скривилась тетка. — Или сама никогда не получала зуботычин?

Я вздохнула: один из моих бывших мужей по имени Гена, не к ночи будь помянут, был алкоголиком и один раз, налившись выше макушки, сильно ударил меня. После этого случая я разорвала с пьяницей отношения и постаралась забыть супруга. Правда, спустя много лет он снова появился на горизонте, но об этой истории я уже рассказывала, и вспоминать ее еще раз сейчас совершенно не хочется.

— Чего молчишь? — ухмыльнулась баба. — Подсчитываешь, сколько раз тебя мутузили? Вот и Лидке досталось!

— Но Саша же ушел от нее, — вырвалось у меня.

— Че не знаю, того не знаю, — скривилась баба, — кто к кому ходит или от кого уходит, мне, ваще-то, по барабану.

— Откуда тогда знаете про побои?

Тетка неожиданно приветливо сказала:

— Вишь, у нас лифт какой? Старый да раздолбанный, вечно ломается, а на новый у домоуправления денег нет, мы и привыкли по лестницам ходить.

Я навалилась на стену, старательно слушая тетку, а та самозабвенно жаловалась на безобразное состояние дома, но наконец приступила к изложению интересующих меня фактов.

— Иду с ночной смены, пять утра на часах, нажимаю пальцем кнопку. Нет ответа. Ну, думаю, повезло тебе, Нинка, мало того, что на работе двенадцать часов простояла, так еще вверх на своих двоих переть.

Кляня свою тяжелую долю и бездарное домоуправление, Нина поплелась на свой этаж. Когда, задыхаясь, добралась-таки до родимой площадки, то поняла: лифт работает, просто кто-то придержал его на этаже, заблокировав двери.

Не успела Нина рот открыть, чтобы обругать нахалов, как из квартиры соседей санитары вынесли носилки. На них, до подбородка укрытая одеялом, лежала Клава. Сзади шел доктор, молодой парень в белом халате, он поддерживал Лиду, на плечи которой было накинуто пальто.

Нина глянула в лицо соседке и машинально перекрестилась. Лоб, щеки, нос Лиды были покрыты красными пятнами, волосы повязаны махровым полотенцем, пропитанным кровью. Увидав Нину, Лида пошатнулась, врач подхватил пострадавшую и сердито сказал:

— Проходите, женщина, чего уставились? Не цирк, смешного ничего нет.

— Господи, — прошептала Нина, — чего это с ней?

— А что с вами постоянно случается, — буркнул врач, наблюдая, как санитары впихивают носилки с Клавой в лифт, — ясное дело, муж избил, и ее, и тещу. Связываете жизнь с алкоголиками, а потом удивляетесь, когда они вас гнобить принимаются.

— Матерь Божья, — вздохнула Нина, — вот беда.

Лида тенью шмыгнула в лифт, врач мрачно велел Нине:

— Вот номер больницы, куда их повезут, запишите где-нибудь, вдруг родственники спрашивать станут. Клавдия, та, что на носилках, говорить не может, а молодая не в себе, ей меньше досталось физически, зато психологический такой шок получила, что тоже молчит.

— Ага, — закивала Нина, — конечно, ежели кто поинтересуется, передам номерок.

— Информация у вас осталась? — резко спросила я.

— Ну да.

— Говорите название клиники.

Нина исчезла, потом появилась снова и подала мне листок:

— Вот.

Я схватила клочок бумаги и бросилась к лестнице.

— Эй, эй, — опомнилась Нина, — а тебе зачем? Неужто брюки в палату повезешь?

Но я, не отвечая на вопрос, уже неслась вниз.

Лечебное учреждение оказалось открытым, несмотря на поздний час, в холле было полно людей, и еще работала справочная. Подойдя к окошку, я спросила у пожилой женщины:

— Вчера, вернее, сегодня ночью к вам по «Скорой» привезли двух женщин, Клавдию и Лидию Ивановых, где могу узнать о состоянии их здоровья?

Бабушка судорожно вздохнула.

— Щас, милая, ты погоди, попытаюсь глянуть!

Морщинистая, покрытая пигментными пятнами рука ухватила «мышку», старушонка забормотала:

— Так! Сначала программы. Нет, пароль! Ох, трах-тибидох! Пароль!

В следующую секунду бабка высунулась из окна и завопила:

— Маня, ты изменяла? Говори живей, человек ждет!

Я расстегнула куртку. Спору нет, компьютер — великое изобретение, но кое-кому он принес лишь одни неприятности. Моя подруга Катя Булавская, например, именно из-за умной машины потеряла совершенно замечательного мужа, Игоря, тихого, спокойного ботаника, все свободное время проводившего у монитора. Игорь был отличным супругом, не пил, не курил, хорошо зарабатывал, никогда не ругал безалаберную Катьку за отсутствие обеда и покупку сотой кофточки. Любая другая баба жила бы и радовалась, но Катюхе хотелось романтики, а Игорь не дарил цветов, не замечал красивого сексуального белья, а от ароматических свечей начинал судорожно кашлять. Сначала Булавская дулась, но потом решила, что в качестве спутника жизни Игорек идеален, а романтики она начерпает в чужом колодце. Пользуясь тем, что супружник стопроцентно доверял жене, Катюха пустилась во все тяжкие, она могла заявиться домой за полночь и спокойно сообщить:

— Начальник совсем оборзел, работы навалил выше крыши.

— Бедная моя, — отвечал, не отрываясь от экрана, Игорь, — сделай нам чаек.

Представьте теперь ужас Катюхи, когда она, мило проведя время с очередным любовником, спокойно притопала домой и увидела в прихожей красного от гнева мужа.

— Почему мобильный выключила? — заорал он, наскакивая на неверную супругу.

— Батарейка села, — ловко выкрутилась Катька, пораженная невменяемым состоянием мужа.

Булавская полагала, что супруг сейчас успокоится и отправится к компьютеру, но Игорь схватил Катюху за плечи, тряханул и злобно спросил:

— Изменяла?

Булавская похолодела, не понимая, каким образом апатичный, не интересующийся ничем, кроме новых программ, Игорь узнал правду о бурной интимной жизни супруги, и выкрикнула:

— Нет.

— Врешь, изменяла!

— Нет, нет!

— Не смей обманывать, хочешь, чтобы носом ткнул? — окончательно разъярился ботаник.

Сообразив, что у муженька имеются веские доказательства ее неверности, Катюха перепугалась, развод не входил в ее планы. Оставалось лишь надеяться, что Игорь простит спутницу жизни, и Катька совершила ошибку.

— Да, — пролепетала она, — случайно, всего один раз.

Милые мои, даже если муж поймал вас нагой, в объятиях другого мужчины, твердо отрицайте факт прелюбодеяния. Никогда не признавайтесь в неблаговидном поступке, стойте на своем — вы верны мужу. Вас оклеветали враги, голый незнакомец на самом деле врач, который делает вам искусственное дыхание. Почему он без одежды? Так надо, вам плохо, у вас клиническая смерть, и вам не до того, чтобы в деталях рассматривать доктора. Врите что угодно, но никогда, запомните, никогда не признавайтесь в измене.

Мужчина способен простить женщине все, кроме адюльтера. У сильной половины человечества гипертрофировано чувство собственности. Если схватите бритвенный станок мужика, он его потом выбросит, а использованную другим мачо жену вышвырнет вон. Не потому, что сильно любит вас, а потому, что считает за вещь и не желает иметь секонд-хенд. Не думайте, что тихий, интеллигентный мямля спокойно проглотит фразу типа: «Я была тебе неверна, прости, милый». Из тысячи парней ни один не простит вас, может, кто и сделает вид, что благородно не заметил «левак», но в самый неподходящий момент напомнит вам о нем, поэтому молчание — золото.

Но Катюха совершила распространенную ошибку, взяла да призналась.

Игорь рухнул на табуретку и уставился на жену, а та принялась юлить:

— Милый, прости, всего один раз, очень недолго, не о чем и говорить, пяти минут с ним не провела, люблю только тебя. И потом, я была пьяной, это даже не любовь, а почти изнасилование!

— Ты МНЕ изменила? — обомлев, осведомился муж. — С парнем?

— Ну да, — кивнула Катька, — ведь не с бабой же! Кстати, ты откуда узнал?

— Только что от тебя услышал, — прошептал Игорь, — сама призналась.

Булавская уцепилась за вешалку.

— Погоди, — пытаясь унять резко вспыхнувшую головную боль, протянула она, — кто встретил меня воплем: «Изменила?»?

— Верно, — кивнул Игорь, — только я имел в виду совсем другое! Спрашивал, изменила ли ты пароль в компьютере, на старый он почему-то не реагирует.

Глава 9

Старушка втянула голову в плечи.

— Ой, беда, раньше лучше было, достал журнальчик и гляди! Ну, чего это он не загорается?

— Вы кнопочку нажмите, — посоветовала я, — вон ту, самую большую, на системном блоке.

— Твоя правда, — обрадовалась бабуся, — никак не запомню. Иванова... тут их аж семеро, ночью троих привезли, Мария Иванова... Во, Клавдия... да... да... ага... Ты это, того, ступай на четвертый этаж, ищи доктора Морозова Анатолия Сергеевича, ён дежурный, все и объяснит.

Мило улыбнувшись уставшей от борьбы с научно-техническим прогрессом бабусе, я, никем не потревоженная, добралась до отделения. Над входом горела надпись: «Первая травматология».

И опять меня никто не заметил, я беспрепятственно добралась до двери с табличкой: «Ординаторская», поскреблась в нее и, услыхав: «Ну кто там?» — всунула голову в комнатенку.

— Можно? Ищу Морозова.

— Минуточку, пока занят, — не поднимая головы от бумаг, ответил мужчина в синей хирургической пижаме. — Значит, так, Жанна, тут имеем черепную травму.

Молоденькая медсестричка робко поправила:

— Черепно-мозговую...

— Мозгов у него нет, — рявкнул Морозов, — приперся на день рождения жены со своей любовницей, за что и получил казаном по башке. В случае Никифорова лишь черепная травма. Вы ко мне?

— Да, да, — закивала я, — ночью сюда доставили Клавдию Иванову...

Анатолий Сергеевич поднял голову.

— Кем она вам приходится?

— Коллегой, вместе людям ремонты делаем.

— Иванова умерла.

— Почему? Как? Не может быть!

Морозов тяжело вздохнул.

— Травма, несовместимая с жизнью, ее сильно ножом изрезали, вскрытие пока не делали, но, думаю, ничего удивительного там не обнаружат.

— Кто ее так?

Доктор пожал плечами.

— Не знаю, этим делом милиция должна заниматься.

— Мужик, — вдруг ожила медсестра, — та, вторая, которую к психам отправили, говорила.

— Жанна, — сурово перебил ее Морозов, — не следует делать опрометчивых заявлений, твое дело указания старшего медперсонала выполнять.

— Почему вы решили, что Клаву побил мужчина? — быстро сказала я. — Она сказала?

— Она говорить не могла, — ответила Жанна, — с такими травмами молчат, молодая в приемном покое сообщила вроде про мужа, а дежурная в карточку записала, но...

— Иди на пост, — велел Морозов, — разболталась тут, а вы ступайте, тело отдадут после вскрытия, у нас сейчас напряженка с патологоанатомами.

Жанна ойкнула и унеслась.

— А где Лида? — не успокаивалась я. — Вторая женщина, та, что помоложе.

— Не у нас.

— А где же?

— В справочную ступайте.

— Но...

— Идите, идите, — рявкнул Морозов, — на первый этаж, в мои служебные обязанности не входит тары-бары разводить!

Пришлось убираться несолоно хлебавши. Обратный путь лежал мимо сидевшей у стола Жанны.

— Выпер он вас? — сочувственно спросила она.

— Да, — кивнула я.

— Жуткий грубиян.

— Похоже на то.

— А сам во время ночного дежурства по порносайтам лазает, — заговорщицки зашептала девушка, — оно и понятно почему, кто же такому даст? Хам и жлоб, даже на Восьмое марта нам цветочка не принес. Думаете, врач хороший? Коновал!

— Клавдию можно было спасти?

Жанночка с опаской взглянула на дверь ординаторской, потом встала.

— Ты куришь? Пошли подымим на лестнице.

Раскурив сигаретку, медсестра кашлянула и сказала:

— Поработаешь у нас и четко поймешь: не надо замуж выходить. Каждая вторая в отделении либо мужем, либо любовником побитая. И ведь что противно: едва на ноги встанут, несутся к телефону и щебечут: «Милый, ты как? Кушать нечего? Ой, бедненький! Скоро выпишусь, приготовлю обедик!» Ну не дуры ли?

— Согласна, не слишком разумное поведение. Но Клава-то одинокая.

— Ее другой изувечил, не муж, грабитель, в документах напутали, — зашептала Жанна. — Клавдию сразу на операцию повезли, да зря старались, она на столе ушла. А вторую мне поручили, велели помыть. Я как к ней подошла, чуть не упала. Ну, думаю, доктора, что ли, не видели, кого подсунули? Вся в кровище!

Жанна стала осторожно осматривать Лиду и удивилась. На лице не было ссадин, а вот под волосами обнаружился порез, это оттуда текла кровь, но никакой опасности для жизни рана не представляла.

Жанна удивилась:

— Чем он тебя так?

Лида тихо ответила:

— Ножом.

— О господи, — покачала головой медсестра, — но отчего по макушке резал?

Лида поднесла руку к волосам, поморщилась и очень спокойно рассказала о произошедшем. Жанночка, обрабатывая порез, цокала языком, лишний раз убеждаясь в том, что лучше с парнями дела не иметь.

— Муж от меня ушел, — шептала Лида, — к другой. Уж и не знаю, чем она лучше оказалась, только я Сашу люблю и спорить не стала.

Супруг исчез, прихватив свои носильные вещи. Лида, естественно, переживала, но внешне старалась держаться спокойно. А вот Клава пылала гневом, строя планы о мести неверному зятю. Какие только мысли не приходили ей в голову! Позвонить новой пассии Саши и наговорить гадостей! Измазать ей дверь дерьмом! Сунуть под створку газету и поджечь! Проследить за мужиком, узнать, куда он пойдет наниматься на работу, и рассказать в отделе кадров всю правду про негодяя, мерзавца, подонка, сволочь, потаскуна...

Лида только вздыхала, остановить тетку было невозможно, зря молодая женщина надеялась, что Клава покричит, поплачет, побеснуется и утихнет. С каждым часом Клава становилась все агрессивней.

— Взяли в дом голодранца, — размахивала она руками, — без средств и приличной работы! Трусы ему купили и носки! В драном бельишке до встречи с нами щеголял. Я его на работу пристроила, ремеслу обучила! Деньги получать начал! И что, а? Отмыли, отскребли, накормили, и где благодарность? Чем грязная свинья отличается от чистой? Сколько хрюшку ни мой, она все равно грязь найдет.

Ежевечерние монологи Клавы о подлости Саши глубоко ранили Лиду, но она тетку не останавливала, хорошо понимая, что человеку нужно выпустить пар, иначе от давления может крышу снести.

Очередной «концерт» начался вчера около часа ночи. Лида, безуспешно пытавшаяся заснуть, выползла на кухню и села у стола. Ей, измученной бессонницей, пришло в голову выпить чаю, но сил даже на то, чтобы налить воды в кружку, не нашлось, и Лидочка тихо замерла на табуретке.

Послышался шорох, из коридора вынырнула Клава.

— Не спишь? — с плохо скрытым раздражением поинтересовалась она.

— Да, — тихо ответила Лида.

— Почему?

— Голова болит.

— Врешь, — топнула ногой тетка, — все он! Мерзавец!

И понеслось! Лида скорчилась на жестком сиденье, нещадно ругая себя за попытку побаловаться чайком. Надо было тихо лежать под одеялом, тогда не случилось бы очередной истерики.

В конце концов тетка выдохлась, и в кухне наступила тишина, женщины не зажигали свет, поэтому в помещении было темно. Лида, обрадованная тем, что у родственницы иссяк заряд, решила пару минут не шевелиться, а потом встать и заползти в кровать. Клава же, после истерического припадка ощущавшая тупую усталость, тоже не двигалась, она стояла на небольшом расстоянии от племянницы, облокотившись на холодильник.

И вдруг под потолком ярко вспыхнула лампочка, Лида подскочила и снова рухнула на табуретку, зажав рот рукой. В проеме кухонной двери маячил неизвестный парень.

— Что это вы не спите? — выпалил он.

Лида растерялась до крайности. Да и кто бы не

удивился? Ночью в квартире невесть откуда появляется-
ся незнакомец, да еще самого безумного вида, глаза
блестят, руки трясутся, волосы дыбом...

— Вы кто? — вырвалось у молодой женщины.

— Наркоман, — вдруг заорала Клава, — вор, мерзавец! Думал, хозяева дрыхнут, вот и полез внутрь,
деньги ему на дозу понадобились! Лидка, зови милицию, нет, лучше сама!

Клава потянулась к телефону, и тут незнакомец,
схватив со стола нож с длинным лезвием, ринулся на
Клаву. Чтобы ухватить тетку, мужчине потребовалось
пройти мимо Лиды, по непонятной причине трогать ее
наркоман не собирался, бросился именно на пожилую
особу, но случайно задел остро наточенным лезвием
голову сидящей женщины. Резкая боль пронзила Лиду, она вздрогнула и потеряла сознание.

Рана, нанесенная младшей Ивановой, оказалась
пустяковой, но кровавой, Лида лишилась чувств не от
пореза, а от шока; когда она очнулась, грабителя в
кухне не было, а на полу, скрючившись, лежала Клава.

— Сейчас отведу тебя в палату, — успокаивала Лиду Жанна, — врач укол пропишет, поспишь, а утром
менты придут, вот им все и расскажешь. Уж будь уверена, отыщут мерзавца и посадят.

— Нет! — закричала вдруг Лида.

Жанна вытаращила глаза.

— Ничего себе! Вон кровищи сколько!

— Это случайность!

— Но он твою тетку всю изрезал.

— Сама виновата, — затопала ногами Лида. — Кто
просил за телефон хвататься? Договорились бы миром.

— Погоди, погоди, — попыталась вразумить дурочку Жанна, — насколько я поняла, парень вас ограбить хотел! Зачем ты грабителя защищаешь?

Из горла раненой вырвался крик, Жанна перепугалась, бросилась за врачом, доктор сделал Лиде укол, а потом ее отвели в другое отделение, туда, где лежали люди с временным нарушением психики.

— У вас есть психиатрическое отделение? — уточнила я.

— Не совсем так, — поправила Жанна, — на втором этаже несколько палат, куда кладут тех, кому, помимо других врачей, требуются психиатр и психолог.

— А как туда попасть?

Жанна раздавила окурок и сунула его в банку из-под растворимого кофе.

— Пошли, позвоню Рите Масловой, мы с ней дружим, Рита сегодня у психов дежурит. Только, думается, никакого нарка не было, муж ее тещу убил, сначала она в приемном отделении, от стресса, правду сказала, а потом в себя пришла и про грабителя выдумала. Жалко ей муженька, таких дур у нас в отделении полно.

Минут через десять я оказалась на другом этаже, рядом с симпатичной шатенкой.

— Это вы от Жанки? — улыбнулась она. — Иванову ищите?

— Да, — кивнула я.

— И кем ей приходитесь?

— Родственницей, — ловко соврала я, — если честно, общей крови в нас мало, седьмая вода на киселе, но считаем себя ближе сестер. Мне бы с Лидочкой поговорить, если она не спит, конечно.

Рита одернула слишком короткий и узкий халат.

— Ее нет.

— Умерла? — ахнула я.

— Да вы че, — замахала руками Рита, — скажете тоже! С какой радости ей тапки отбрасывать? Порез на голове ерундовый, ей, правда, скобки поставили, но так всегда делают. Кровило сильно, только это нормально, место такое, рана не бог весть какая, а кровь хлещет. Домой ее забрали.

— Кто?

Рита пожала плечами.

— Вроде муж.

— Саша?

— Не знаю, как его зовут.

— Вы видели парня? — налетела я на Риту.

— Не-а.

— Отчего тогда уверены, что Лактионов ее увел?

Рита чихнула.

— Беда у нас в больнице, — неожиданно сказала она, — работать некому, зарплата грошовая. Если думаете, что больные благодарят, денежки дают, то ошибаетесь, никто кошелек расстегивать не спешит, шоколадками отделываются, я на них смотреть уже не могу, вон в сестринской плиток этих видимо-невидимо. А я, между прочим, одеться хочу, и маме помочь надо.

— Ты к чему разговор ведешь? — не поняла я.

— К тому, — тяжело вздохнула Рита, — что положено, сутки отработав, домой идти, да мы с Жанкой за прибавку без отдыха пашем. Я, например, совсем без сна. Вашу Лиду ко мне в семь утра спустили, устроила ее в палате, потом всякая ерундовина началась: градусники, обход, процедуры. В три часа врачи разошлись, дежурный лишь остался, больные после обеда задрыхли, тихий час у них. Здоровье поправляют, ну а я в кладовку к сестре-хозяйке пошла и на матрасах там устроилась, тоже поспать решила.

Не успела уставшая Рита увидеть первый сон, как кто-то потряс ее за плечо. Медсестра открыла глаза и увидела Лиду.

— Где моя одежда? — спросила женщина.

— На складе, — сонно пробормотала Рита, — а что?

— Ухожу домой, — ответила больная, — за мной муж пришел. Где склад?

— Иди на первый этаж, — сообщила Рита и смежила веки.

— Ты ей поверила! — возмутилась я. — Отпустила невменяемую из больницы.

— Никого я не отпускала, — стала сердиться Рита, — мое дело маленькое, указания врача выполнять. Кстати, на складе без справки из отделения ничего не выдадут! Небось на самом деле с муженьком утопала. И не сумасшедшая она, так, понервничала немножко.

— Лиду точно выписали?

Риточка протянула руку к компьютеру.

— У нас порядок, — снисходительно сообщила она, — во! Иванова Лидия Ивановна, поступила... ага... назначено... да... хм... интересно...

— Что такое? — насторожилась я.

Рита взялась за телефон.

— Слышь, Жанк, — тихо спросила она, — Иванову к вам не поднимали? Да знаю, что к нам перевели, но ее нету. Хотя, пойду гляну.

Не успела я вздрогнуть, как медсестра сорвалась с места и побежала по коридору, мне пришлось приложить немало усилий, чтобы догнать ее. Жанна распахнула дверь самой последней палаты и воскликнула:

— Иванова! Отзовись!

Одеяла зашевелились, потом одна из больных села.

— У нас такой нет, — тихо ответила она, — я Морозова, там Аветисян, а у окна Шмыгина.

Жанна ткнула пальцем в скомканное одеяло на пустой койке.

— А здесь кто?

Морозова пригладила торчащие пряди.

— Не знаю! Никого, лежала Аня Ломакина, но ее выписали.

— Пусто? Не может быть, — рявкнула Жанна, — сегодня сведения подавала о полной занятости!

— Привели какую-то бабу, — глухо прозвучало из угла, — с забинтованной башкой, она с нами не познакомилась, лежала себе тихо, а потом, после обеда, утопала в коридор и не вернулась!

— Во блин! — в сердцах воскликнула Жанна.

Мы отправились назад на пост.

— Ушла Иванова? — спросила я.

— У нас такое невозможно, — огрызнулась Рита, — просто забыли отметить факт выписки, небось муж под свою ответственность забрал.

— И мужчине могли отдать больную?

— Если угрозы для жизни нет, то с дорогой душой, — скривилась Рита, — впрочем, иногда и тяжелых забирают! Чуть ли не с операционного стола утаскивают.

— Никогда о таком не слышала!

— Так ты в больнице и не работала, — отрезала Рита, — сплошной бардак! Позавчера в хирургии людей перепутали, главный на пятиминутке так орал!

— Вот ужас! — испугалась я. — Не может быть!

— Запросто, — ухмыльнулась Рита, — один — Смирнов И.А., другой — Смирнов А.И. Имей в виду, коли твоя фамилия не Попандопуло-Задунайский-Вырви-Глаз, а какая-нибудь Васильева, то, оказавшись в муниципальной больничке, повесь себе на шею историю болезни и ни за что с ней не расставайся, да постоянно врачу напоминай, как тебя зовут!

— И вы милицию к Ивановой не вызывали? — возмутилась я.

— Зачем? — разинула рот Рита.

— Ну как же! Рана на голове! В карточке написано: муж избил!

Медсестра махнула рукой.

— У нас таких большинство! Позовешь ментов, да зря! Пока органы приедут, парочка уже помирилась, и никто заявление подавать не собирается! Знаешь, как нас ругают! Дескать, чего от важных дел оторвали, сами в семье разберутся!

— Но Лида говорила Жанне про наркомана-грабителя!

— А в карточке стоит: муж избил. И ваще! Ее к

нам из травмы спустили, — не сдавалась Рита, — вот им-то и следовало ментов вызывать. Ясно?

Я кивнула. Все понятно. В этой клинике врачам абсолютно наплевать на больных, никто за ними особенно не следит, одни врачи приняли, другим передали. У семи нянек дитя без глазу, только думается мне, Рита права. Никакого грабителя не было, это Сашка убил Клаву и ранил Лиду, а та, влюбленная дурочка, сейчас выгораживает преступника, надеется небось, что супруг к ней вернется.

— А где у вас склад? — переменила я тему разговора.

— Внизу, за справочной, лестница, — ответила медсестра, — во, черт, неймется им!

С этими словами девушка пошла к палате, у двери которой тревожным красным светом замерцала круглая лампа.

Глава 10

Я спустилась на первый этаж и обнаружила табличку «Склад». Сбоку была намалевана жирно-красная стрела, ее острие указывало в сторону крутой лестницы, ведущей в подвал.

В узком длинном помещении с низко нависшим потолком стоял пронизывающий холод, я побежала по выстланному желтой плиткой полу, повернула налево, направо, налево, направо, налево, направо, налево... Наконец подвал закончился, глаза увидели окошко в стене, а у него — парня в мятом спортивном костюме и шлепках. Больной стоял ко мне спиной, загораживая служащей склада обзор подвала. Ни он, ни кладовщица не заметили меня, парочка спокойно продолжала давно, видно, начатый разговор.

— Ну че вредничаешь, — ныл парень, — дай ботинки и куртку!

— Где справка о выписке? — проскрипело из окна. — Знаю вас, прохиндеев, в магазин отправишься!

— На час всего отойду!

— Пропуск покажи от доктора.

— Есть бумажонка.

— Давай сюда!

— В палате забыл.

— Так сходи за ней.

— Далеко тащиться, дай одежду.

— Фиг тебе.

— Во жлобина.

— Поругайся еще, — пригрозила кладовщица, — думаешь, на дуру напал? А то я не знаю, когда у нас выписка! И на улицу ща не пускают, на часы глянь! В такую пору больные спят, а здоровые дома давно телик глядят.

Парень сплюнул на пол, потом порылся в карманах, вытащил пятьдесят рублей и швырнул бумажку в окно.

— На, держи свою справку.

— Это только ее половина, — не дрогнула женщина.

— Ваще офигела! Нету больше.

— Нет документа — нет одежды.

— Чтоб тебя разорвало.

— Вали в отделение, алкоголик!

— Сейчас ребят приведу, — пригрозил больной, — вытащат из клетки и отмутузят, а еще главврачу пожалуемся, расскажем, как за деньги пальто даешь!

— Ну, напугал, — засмеялась кладовщица, — прямо трясусь вся! Это я главврачу про твои фокусы расскажу, видно, очень больной, коли вечером за бутылкой понесся. Давай, мажь пятки салом, рви когти, беги к начальству, примет с поцелуями.

Раздался хлопок, парня швырнуло назад, он выругался, ткнул кулаком в захлопнувшуюся деревянную дверку, не дождался ответа и пошел по подвалу назад, не обращая на меня ни малейшего внимания.

Я приблизилась к окошку и аккуратно постучала в «ставню».

Изнутри реакции не последовало, пришлось постучать еще. Створка со скрипом распахнулась, красная от злости бабуля рявкнула:

— Сказано было... — потом осеклась и уже не так зло, но все еще сердито, спросила: — Чего тебе?

— Добрый вечер, — улыбнулась я.

— У меня ночь, склад закрыт.

— Простите...

— Налево посмотри! Видишь бумажку? Читай вслух!

— Часы работы, — покорно озвучила я текст, — с восьми до семнадцати.

— Во! А ща сколько?

— Но вы же на месте!— воскликнула я.

Неожиданно старуха пригорюнилась.

— Верно! А куда идти? Сын женился, привел девку, хорошую, хозяйственную, меня уважает. Только мы в коммуналке, в одной комнате ютимся, десять метров на троих. На ночь они диван раскладывают, а я на надувном матрасе кемарю, впритык лежим. Считай, свекровь у невестки в постели третья. И чего хорошего? Чувствую же, лежат тихо, ждут, пока засну. А у меня, как на грех, бессонница. Были бы соседи хорошие, могла бы на кухне пристроиться или в коридоре, только нам чистые язвы попались, не договориться. Вот я и придумала выход, ну какая мне разница, старой, где без сна маяться? Ночую на складе, на раскладушке, теперь всем хорошо, своим сказала, что работа у меня круглосуточная, по графику. Так тебе чего?

Я вынула из кошелька приятно шуршащую купюру.

— Вот, держите.

— Это зачем? — сделала стойку бабуся. — Больно много сулишь, не к добру такая щедрость!

— Не бойтесь, ничего противозаконного не попрошу.

— Ну, начинай, — кивнула бабушка, — послушаю.

— Вы давали пальто Лиде Ивановой?

— Тут столько народу в день пройдет!

— Все же попытайтесь вспомнить.

— Когда она шмотки получала?

— Сегодня днем, в районе обеда.

Кладовщица водрузила на нос большие очки, открыла амбарную книгу и стала возить пальцами по строчкам.

— Ну, была такая, — признала она, — гляди, записано аккуратно. Пальто коричневое женское, б/у, одной пуговицы не хватает, сапоги черные, замшевые, на «молнии», юбка серая, ношеная, кофта синяя, на рукаве штопка, белье нижнее... Я аккуратно указываю, а то знаешь, какие кадры попадаются! Сдадут полушубок из синтетики, свалянный весь, а потом орут: «Норковая куртка была, новая». А я им под нос книжонку-то и ткну. Дескать, не бреши, милая, здесь и подпись стоит. Верхняя — медсестры или родственников, которые шмотки приволокли. Хотя, если кто из родни имеется, то он сюда одежонку не потащит, домой заберет. А внизу сам больной удостоверяет выдачу. Вон твоя Иванова начеркала: «Одежда получена полностью, претензий к кладовщику нет». И чего еще?

— Любой может пальто унести?

— Не, только хозяин, по паспорту, да еще справку показать должен о выписке. Ну, а если помер, тогда родные подходят, опять с документами. Но на моей памяти такое редко бывало, об одежде забывают, потом ее списывают. Ежели бомж ушел или одинокий, тогда да, медсестра...

— Но у Ивановой не было справки, — прервала я старуху, бойко излагавшую служебную инструкцию.

Кладовщица взяла положенную мною на прилавок купюру, помяла ее в пальцах и кивнула:

— Верно.

— И вы ей отдали пальто с сапогами.

— Зарплата маленькая, — пожала плечами кладовщица, — ничего плохого я не делаю, вижу, кому нужно помочь, а кому нет. Вот тут сейчас один хмырь куртку просил со штиблетами, ясное дело, за водкой собрался. Такому — от ворот поворот. А Иванова женщина вежливая, деликатная, подошла и тихо сказала: «Бабушка, миленькая, сделайте, Христа ради, одолжение, мне домой скататься надо. Муж один остался, соседка позвонила сейчас и говорит: «Пока ты в больнице давление лечишь, к нему баба прикатила. Почуял гад, что жены нет, и балуется». Сто рублей мне дала.

— И вы выполнили просьбу?

— Отчего нет! Выглядела здоровой совсем, на своих ногах пришла. Ну, думаю, пусть съездит да разберется, у меня у самой тот еще кобель был! Мужика в страхе держать надо, слабость почуют и на шею сядут.

— Значит, Лида ушла.

— Ага, — кивнула кладовщица, — расписалась в книжке и ходу.

— И когда она убежала?

Старуха всмотрелась в книгу.

— Пятнадцать пятнадцать, круглое время, счастливый час!

Слегка встревоженная, я покинула больницу, села в свой «Пежо» и вернулась к дому, где жила Лида. Почему Иванова удрала из больницы? Ну, тут может быть множество объяснений. Во-первых, у нее была простая царапина, во-вторых, в палате неуютно, в-третьих, следовало заняться похоронами тетки. Почему Лида сказала медсестре Жанне, что ее забирает муж? Сей факт тоже понятен, надеялась: никто не станет проверять ее слова, одну домой не отпустят, а в компании с супругом — за милую душу. Однако Лида очень хотела уйти. Кладовщице, чтобы получить пальто, она изложила иную версию и добилась своего.

Я поднялась наверх и позвонила в квартиру. Очень скоро стало понятно — внутри никого. И куда подевалась Лида? Поехала к знакомым? Но мне после разговора с женщиной показалось, что подруг у нее нет. Отправилась к Саше? Ну, подобное маловероятно, мужчина убил Клавдию и скрылся, и Лида не знает, у кого сейчас живет лже-Дегтярев, найти его трудно...

Пытаясь собрать в кучу расползающиеся мысли, я вернулась к машине и услышала звонок мобильного.

— Ты где? — воскликнула Зайка.

— В книжном магазине, запасаюсь детективами, — соврала я.

— Немедленно езжай в Ложкино.

— Что-то случилось? — испугалась я.

— Поторопись, — самым разнесчастным голосом откликнулась Ольга, — только никому ни слова, я тебе не звонила.

После такого заявления я опрометью рванула в поселок, успев по дороге соединиться с Машкой, Аркадием, Иркой и узнать, что все живы и здоровы.

Зайку я нашла в ее спальне, она тихо сидела возле комода.

— Ты заболела? — кинулась я к ней.

Ольга шмыгнула носом.

— Нет.

— Почему нос красный?

— Да так!

— Ты плакала?

— Запри дверь, — шепотом попросила Ольга.

Я быстро повернула ключ в замочной скважине.

— Говори.

Зая завсхлипывала.

— Аркадий...

— Фу, — перебила я ее, — напугала прямо до полусмерти! Опять ерунда!

Зайка невероятно ревнива, поэтому особого повода для того, чтобы обвинить мужа в неверности, ей не требуется. В первый год брака Кеша только хихикал, глядя, в какую фурию превращается супруга, если он оказывает дежурные знаки внимания посторонней девушке. Потом скандалы начали раздражать Аркашку, но он на самом деле очень любил жену и достаточно долгое время терпел обнюхивания, обшаривания карманов, изучение сидений автомобиля на предмет обнаружения там чужих волос. Зайка, не испытывая никакого стеснения, роется в письменном столе мужа, при любом удобном случае хватает его телефон и читает СМС.

Летом Зайка чуть не умерла, увидав подпись одного отправителя: «Твой котик», и, даже не открыв письма, налетела на мужа. Не стану описывать урон, нанесенный взбешенной Заюшкой, но, помимо прочего, мы лишились пары вполне симпатичных вазочек и окна в столовой, которое было разбито брошенной в Кешу пепельницей.

Когда дождь осколков хлынул на ковер, Аркадий встал и спокойно спросил:

— Ты саму эсэмэску читала?

— Нет, — затряслась Зая, — но увидела имечко отправителя, и мне этого хватило: Твой котик. ТВОЙ котик! ТВОЙ КОТИК! Мерзавка!

— Скорей уж мерзавец, — бесстрастно парировал Кеша.

Ольга разинула рот.

— Ты о чем?

— Открой сообщение, — велел муж.

Жена неожиданно послушалась и огласила текст.

— «Зайка, прекрати изучать мой телефон, там одни клиенты. И не стирай послания, подписанные женскими именами, в них нужная информация. Я люблю лишь Олю Воронцову. Твой котик!»

— Но зачем ты отправил его себе? — только и сумела выдавить из себя Зайка.

— Думал, устыдишься, когда узнаешь, что я в курсе твоих игр с моим телефоном, — тихо ответил Кеша.

Зайка хотела обнять мужа, но тот прошептал:

— Мне надоели сцены ревности, если считаешь

меня способным на предательство, зачем живешь со мной?

Услыхав трагический шепот Аркадия, я перепугалась почти до обморока. Нормальные люди, такие, например, как я или Машка, ощутив прилив злобы, начинают топать ногами, орать. А вот Аркадий действует по-иному: чем сильней раздражает его человек, тем спокойней и вежливей он беседует с ним, если же голос Кеши превращается в шепот — жди большой беды.

Мы потом целую неделю мирили супругов, в конце концов статус-кво был восстановлен, и я сказала Зайке:

— Если почувствуешь, что ревность хватает за горло, беги ко мне, только не налетай на Аркашку.

И теперь примерно два раза в неделю я выслушиваю ее стенания. В конце февраля Зая явилась с заявлением: «Он меня разлюбил, у него на столе фото бабы».

Несчастной Дашутке пришлось бросать все свои дела и кидаться на помощь Зайке. Я просочилась в кабинет к нашему адвокату, порылась в его бумагах, нашла злополучный снимок, вздрогнула, возвратилась к Ольге и в полном негодовании воскликнула:

— Ты хорошо разглядела лицо соперницы?

— Да, — с полоборота завелась Зайка, — страшно противная морда!

— Ага, — согласилась я, — действительно, не слишком приятный кадр: лицо перекошено, на шее веревка.

— Где? — подскочила Ольга.

— На шее, — повторила я. — Кеша изучает снимки, сделанные на месте преступления, а несчастная женщина на фото — жертва убийцы. Зая, тебя клинит по-черному! Нельзя же так себя вести.

— В следующий раз буду внимательней, — еле выдавила из себя побледневшая Заюшка.

— Надеюсь, следующего раза не будет, — язвительно заметила я, уходя к себе.

И вот, пожалуйста, новый прикол.

— Что на этот раз? — безнадежно поинтересовалась я.

— Вот, — размазывая слезы по мордочке, сообщила Зайка. — Все исчезло.

Продолжая причитать, она открыла большую бархатную шкатулку и ткнула ее мне под нос.

— Пусто.

Я обозрела ячейки и констатировала:

— Верно. Ничего.

— Но еще вчера тут лежали мои серьги, кольца, браслеты, цепочки, — затопала ногами Зайка. — Куда они подевались, а?

— Может, ты их сунула не туда, где они обычно лежат!

— Все?

Действительно, маловероятно. Ладно бы, испарилось одно ожерелье или перстень, а тут весь золотой запас!

— Надо у Ирки спросить, — промямлила я, — она могла взять их, чтобы почистить...

— Ха! — выкрикнула Зайка. — Придумай что-нибудь поглупей! Ирке и в голову не придет такое, пока ее носом не ткнешь! Вот он как со мной!

Я ухватила Ольгу за плечи и встряхнула ее.

— Приди в себя! У Кеши хватит денег, чтобы купить любовнице цацки!

Зая зарыдала.

— Вот! И ты признаешь! Она существует! Любовница!

— Не будь дурой, ни один нормальный мужчина никогда не возьмет у жены брюлики. Никакой метрессы у Кешки нет! Тебя обворовали.

— Кто?

— Не знаю.

— Почему только меня? У вас с Машкой тоже много чего имеется.

— Пошли посмотрим, — предложила я.

Сначала мы с Зайкой переместились в мою спальню, я вытащила из шкафа большую штатулку и присвистнула. Пусто.

У Машки в коробочке, где дочь хранила свои драгоценности, нашлись лишь никому не нужные серебряные колечки и пластмассовые браслетики. Симпатичные сережки с брильянтами, золотая подвеска в форме черепахи и еще несколько оригинальных вещичек испарились бесследно.

— Но кто мог нас обокрасть? — ахнула Ольга. — Хорошо еще, что самые дорогие вещи хранятся в банке.

Я призадумалась, потом осторожно спросила:

— Ты этих Кудо, Мадлен и Вадима, хорошо знаешь?

Зая затрясла головой.

— Они вне подозрений! Ученые люди! Профессора!

— Понятно, и где же гости?

— Еще не приехали.

— Давай им позвоним на мобильный, наверное, имеешь номерок?

— Нет, — тихо сообщила Ольга.

— Почему?

— Ну... забыла спросить.

— Ладно, — согласилась я, — но у твоего редактора наверняка есть нужные циферки.

Зая рванулась в свою спальню, я пошла к себе. Ни на секунду не удивлюсь, если сейчас выяснится, что номер заблокирован. Да уж, совершили мы глупость!

Глава 11

В самом дурном расположении духа я шлепнулась на кровать и принялась рассматривать стопку книг на тумбочке. Которую из них взять, чтобы отвлечься от тяжелых мыслей?

В сумочке ожил мобильный, я взяла аппарат.

— Надеюсь, не забыла, что в понедельник приглашена на мой день рождения? — ворвался в ухо высокий, нервный, слегка капризный голосок Жульки. — Приглашены все! Ожидаю в полном составе, только без собак и жабы.

— Значит, кошек можно прихватить с собой, — хихикнула я.

— С тобой невозможно серьезно разговаривать, — рассердилась Жулька, — очень хорошо знаю вашу, мадам, нелюбовь к тусовкам и хочу со всей строгостью предупредить: не придешь в назначенный день — обижусь до конца жизни. Кстати, о подарке — надеюсь, собиралась мне сделать презент?

— Конечно.

— Только не ври, что уже купила его!

— Не стану, — вздохнула я.

Жулька — странный человек. Начнем с того, что она является двенадцатой женой моего бывшего мужа Макса Полянского. Мы с Максом сохранили после развода хорошие отношения, один раз я даже сумела выручить его из большой беды.

Максик богатый человек, денег он теперь зарабатывает немерено и тратит их на личные прихоти. Правда, яхт, домов и футбольных команд он не покупает, у Макса иное хобби — Полянский постоянно женится на хорошеньких, барбиобразных актрисочках, мало кому известных старлетках. Поставив штамп в паспорте, Макс усиленно начинает делать из супруги звезду. Действует он всякий раз одинаково — вкладывает деньги в производство телесериалов. Угадайте, кто исполняет главную роль в ленте? Ясное дело, новоявленная мадам Полянская.

Молодая супруга, вкусив славы и получив гонорар, живо задирает нос и гордо уходит от Полянского, обвинив его во всех смертных грехах. Макс ужасно расстраивается, белый свет становится ему не мил, и, дабы слегка отвлечься, отправляется на отдых в какую-нибудь Италию.

Поездка идет Максику на пользу, в Москву он прикатывает веселый, с горящими глазами, под руку с новой Барби и... читай сначала.

Полянский каждый раз наступает на одни и те же грабли. Я одно время пыталась вразумить мужика, но тот обижался и восклицал:

— Да, согласен, Таня (Аня, Маня, Катя, Лена, Оля, Наташа) оказалась не совсем порядочная, но Ирочка другая, ты к ней несправедлива.

В конце концов я махнула рукой и перестала воспитывать бывшего мужа — у каждого человека свои слабости: одни собирают фигурки, другие — бутылки, третьи — марки, а Макс коллекционирует жен, ну, кому от этого плохо?

Но полтора года тому назад в жизни Полянского появилась Жулька. Впрочем, на самом деле девицу звали претенциозным именем Джульетта, и поначалу она не понравилась мне ужасно. Внешне Жулька ничем не отличалась от всех «куколок» Макса, все та же длинноногая блондиночка с голубыми глазами, и я, оказавшись, как всегда, свидетелем на очередной свадьбе бывшего мужа, только ухмылялась, глядя, как Макс обнимает молодую жену. Мне казалось, что больше шести месяцев этот брак не продлится. Но Жулька неожиданно оказалась совершенно оригинальной особой.

Когда Макс предложил ей роль в сериале, актриска лениво зевнула и ответила:

— Была охота париться!

Полянский, ожидавший привычной, истерически-радостной реакции, слегка оторопел, а Жулька продолжила:

— У тебя что, денег нет?

— В каком смысле? — еще больше изумился Макс.

— Ну, на жизнь.

— Вполне достаточно, — сообщил супруг.

— Тогда зачем мне перед камерой скакать, если не нуждаемся? Или я должна сама себе зарабатывать на крошку багета?

Макс икнул.

— Ну... хотел помочь тебе реализоваться, стать знаменитой.

— Не-а... не надо!

— Но ты же актриса!

— Не-а.

— Как это нет? — ерепенился Макс. — Учишься на последнем курсе во ВГИКе!

Жулька потрясла копной волос.

— Меня туда папа пристроил. Сказал, если дочка дура и ничего делать не умеет, пусть на экране скачет. Но мне все эти роли по барабану, предпочитаю просто быть женой, или ты против?

Макс растерялся, он привык к стандартным ситуациям, а Жулька явно выбивалась из привычной модели супружеской жизни.

— Конечно, дорогая, как хочешь, — выдавил он из себя, — только понимаешь, деньги я уже заплатил, кино станут снимать.

— Пусть.

— Кто же главную роль исполнит?

Жулька прищурила левый глаз.

— Баба нужна?

— Конечно.

— Зачем?

Макс пожал плечами.

— Ну... так положено. Любовная история предполагает, что в центре стоит девушка.

— Старперку позови, — посоветовала Жулька, — переделай сценарий, пусть ей будет пятьдесят. О старухах еще не снимали, ну, отчего все решили, что пенсионеркам любви не надо?

Полянский, стоявший на пороге полувекового юбилея, сначала обозлился, потом призадумался и воплотил совет Жульки в жизнь. Когда сериал попал на экран, половина российских теток прилипла к телевизорам, а канал, показывавший ленту, забросали письмами, начинавшимися с одной и той же фразы: «Спасибо, вы объяснили мне, что в пятьдесят жизнь только начинается».

Но еще до того, как упомянутый сериал завоевал оглушительный успех, Жулька сумела удивить мужа до потери пульса. Через пару месяцев после свадьбы Макс, вернувшийся домой, обнаружил на кухне незнакомую, коротко стриженную брюнетку с карими глазами.

— Быстро садись к столу, — велела она.

Макс чуть не упал, незнакомка оказалась Жулькой.

— Что ты с собой сделала? — заорал Полянский. — С ума сошла! Постриглась, покрасилась! Минуточку! Где голубые глаза?

Жулька засмеялась.

— Ничего не делала, я такая.

— Нет, была блондинкой, — затрясся Макс.

Жуля ушла в спальню, потом вернулась, держа в руках охапку светлых кудрей.

— Это парик, — пояснила она, — а в глазках были линзы. Теперь, когда ты поклялся всю жизнь любить меня, нет смысла притворяться. Господи, как тяжело с фальшивыми локонами!

— Не по-онял, — протянул Макс.

— Ты ешь, — хихикнула Жулька.

Полянский, как все мужчины, обожает вкусную еду, а Жулька неожиданно для Макса оказалась страстной кулинаркой. Мой бывший муж начал машинально поглощать мясо, а супруга, сев напротив, заявила:

— Я дура.

Макс подавился и схватил стакан с водой, а Жуля преспокойно вещала дальше:

— Просто родилась такая, ничего в голову не лезет. Пока в школе училась, папочка о мою спину сто веников сломал, потом устал и понял: доченька тупая, — и пристроил меня в актрисы, только я еще и ленивая. Вот поэтому рассудила: лучше всего замуж выйти, за богатого, чтобы материальных проблем не иметь. Я девушка честная, изменять не стану, детей нарожаю, дом заведу... А тут, очень кстати, ты попался; одна беда, внешность моя подкачала, ну и пришлось подкорректировать.

Макс сидел, разинув рот, он никак не мог понять: Жулька на самом деле клиническая идиотка и потому рассказывает правду? Или она хитра до невозможности?

Очевидно, мысли Макса были написаны у него на лице, потому что Жуля заявила:

— Я никогда не вру, лишь один раз прикинуться пришлось, чтобы за тебя замуж выйти.

Самое интересное, что это оказалось правдой, Жуля на самом деле не лжет, да и хитрить по-светски не умеет. Если зададите ей вопрос: «Как тебе мое новое платье?» — рискуете нарваться на ответ: «Жуткое, немедленно выбрось».

Несмотря на бестактность, Жуля имеет море друзей, еще она умудрилась очаровать всех приятелей Макса. Кроме того, супруга Полянского — великолепная хозяйка, и она родила ему дочку, черноволосую, черноглазую Лизу. У Макса никогда не было детей, поэтому Лизавета мгновенно стала для него светом в окошке, теперь все разговоры Полянского посвящены лишь одной теме — детской. Приходя к нам в гости, Максик говорит только о девочке, изредка вставляя в свою речь замечания типа: «как верно отметила Жуля», «как правильно посоветовала Жулька», «как точно подметила Жульена», «как Жулька...».

— Эй, ты меня слушаешь? — донеслось из трубки.
— Вся внимание, — спохватилась я.
— Так подарок еще не купила?
— Нет.
— Вот и отлично, даю наводку, — защебетала Жуля, — вчера столкнулась с Ликой Робертс, знаешь ее?
— Да.
— У нее на шее висела прикольная штучка, слоник из золота, он открывается, внутри — место для фото. Вот, хочу такой же! Спроси у Лики, где она раздобыла прибамбас, и купи мне; записывай телефон Робертс.

Я улыбнулась, с Жулькой очень легко, она без комплексов, хочет заполучить игрушку и совершенно спокойно сообщает, какую. Не удивлюсь, если узнаю, что Жуля обзвонила всех гостей и заказала себе презенты. Если вдуматься, очень правильная тактика, а то принесут невесть что. Я вот прошлым летом стала счастливой обладательницей десятка уродливых, очевидно, очень дорогих, ваз из хрусталя, камня, эмали и серебра. Даже в нашем доме разместить монстров оказалось трудно. Нет, надо брать пример с Жули.

— Значит, жду, — весело прощебетала мадам Полянская, — вместе со слоником. Кстати, когда будешь покупать букет, не забудь, что от лилий меня тошнит.

На следующий день, словно из рога изобилия, посыпались неприятные новости. Утро началось с прихода Маши в мою спальню.

— Муся, — заорала она, — Банди опять пописал на лестнице!
— Это не повод, чтобы поднимать меня ни свет ни

заря, — сердито завздыхала я, цепляясь за остатки сна, — или некому вытереть лужу?

— Мусенька, — запрыгала Маня, — ты не врубилась. На дворе март, Банди писается, мы все уехали, тебе на озеро бежать.

Я села в кровати. Вот черт! В нашем доме мирно уживается большая собачья стая. У каждого пса свои привычки, не верьте тем, кто говорит, что собаки — не личности. Это неправда, у них, как и у людей, разные характеры, вкусы и свои любимые занятия. Нам в целом повезло: пуделиха Черри, мопс Хучик, ротвейлер Снап, питбуль Банди и йоркшириха Жюли особыми капризами не отличаются. Но у каждого есть свои отвратительные пристрастия, бороться с которыми очень трудно.

Черри любит зарываться в землю под кустом сирени. Вы можете бегать по двору, издавая дикие вопли, пуделиха даже не пошевелит длинным ухом, когда же хозяйка доберется до ее убежища и гневно прикажет: «А ну, топай домой», — Черри отвернется, и вам придется нести ее в особняк на руках.

Хучик обожает спать на хозяйских вещах, если забудете в кресле брюки, то очень скоро обнаружите их скомканными, а сверху увидите совершенно счастливого мопса, которому наплевать на то, что с его спины сыплется мелкая светло-бежевая шерсть, насмерть прилипающая к любому материалу. Хотя, если разобраться, Хуч не виноват, одежду следует вешать в шкаф.

Жюли, крохотное создание, чей вес едва перевалил за килограмм, способна укусить неприятного, на ее взгляд, гостя. Чаще всего мое мнение совпадает с позицией собачки, и я бываю ей в душе благодарна за яркое проявление чувств, но приходится охать, ахать, бежать за йодом, ватой, бинтами, я, в отличие от йоркширихи, лицемерна.

Снап ненавидит купаться, и о том, как мы загоняем его в ванну, следует писать саги.

Но самая отвратительная привычка у Банди.

Раз в году, в марте, он начинает тосковать и требовать даму сердца. Собачьи свадьбы не входят в наши планы, поэтому Бандюше пытаются объяснить, что он не кот и не должен реагировать на март. Но пит не внемлет словам и начинает хулиганить.

Действует он стандартно, для начала писает на лестнице. Если хозяева этого не замечают, безобразный акт начинает повторятся с тупым упорством. Маня, глядя на «море», мучается вопросом: сколько же надо выпить, чтобы напрудить такую лужу? Таблетки «Антисекс» Бандюше давать нельзя, у него на них аллергия. Мы пытались познакомить «малыша» с питбулихой из хорошей семьи, но у собак дело обстоит не как у людей, если партнерша не нравится — пиши пропало. Ни одна из предложенных невест не подошла Бандюше, все наши визиты к дамам проходили стандартно: кавалер вползал в чужую квартиру и мигом начинал трястись от ужаса. Обидно признавать, но Банди, огромный пес бойцовой породы, на самом деле страшный трус, который боится вечером гулять по нашему саду из-за квакающих там лягушек.

При виде питбулихи Банди окончательно впадал в ужас и с воем кидался на лестницу, волоча меня за собой. Дениска, узнав о неразрешимой проблеме, сказал:

— Позовите суку к себе и оставьте дня на три.

Но никто из хозяев «невест» на такое не согласился, и мы, тихо ругаясь, закупаем каждую весну литры всяких дезинфицирующих средств. Вернее закупали, потому что несколько лет тому назад Дениске пришла в голову поистине гениальная идея.

— Если заставить Бандюшу усиленно заниматься спортом и ограничить в питании, ему будет не до секса! — сообщил нам ветеринар.

И мы урезали несчастному питу порцию еды, перестали класть в кашу мясо и начали носиться с ним по лесу. Маршрут отработан до мелочей: километр до озера, где всегда гуляет детвора с няньками или мамами, потом пробежка вокруг круглого водоема, в котором в любую погоду плавают утки, затем тысяча метров до дома бодрым галопом. И так три раза в день. Утром выгуливать Банди моя забота, днем это делает, рыдая и стеная, Ирка, а на ночь к озеру несется Кеша. В результате сексуальная активность пса падает до нуля, а мы с Иркой приобретаем лишние килограммы — пробежки по лесу сильно развивают аппетит.

Поняв, что настал мой страшный час, я быстренько влезла в одежду, прицепила на Бандика ошейник с длинным поводком и велела:

— Вперед и с песней. Сначала мы с тобой побегаем, а уж потом будем завтракать.

Пит рванул по дорожке; к слову сказать, он обожает подобные прогулки, несется, задрав кверху саблеобразный, длинный хвост, а я мотаюсь сзади, изредка вскрикивая:

— Бандюша, тише! Банди, не спеши! Эй, мама задохнулась.

Удержать многокилограммовое тело пита, состоящее из литых мышц, мне не под силу. Одно хорошо — Бандюша умный, иногда он замирает, покорно ждет, пока я переведу дыхание, и стартует после того, как слышит:

— Можно, беги дальше.

Март — не лучшее время для подобных променадов, приятнее совершать их летом, когда в небе светит ласковое солнышко, а в лесу пахнет свежей травой, но гормоны бушуют у пита ранней весной.

Разбрызгивая в разные стороны жидкую грязь, в которую начал превращаться снег, мы добрались до озера. Банди сел на одну из скамеек, стоявших вокруг водной глади. Пит умен, он ни за что не опустит свой зад просто на землю, если есть возможность, Бандюша взгромоздится на лавку.

Несмотря на ранний час, на берегах озерка кишмя кишела малышня в разноцветных комбинезонах. Не знаю почему, но этот блюдцеобразный водоем никогда не замерзает, может быть, со дна бьют теплые ключи?

Штук десять уток мирно покачивалось на водной глади.

— Ути, — закричала маленькая девочка в розовой куртке, — баба, ути!

— Красивые птички, — одобрила сухонькая старушка.

— Авва, — еще больше обрадовалась девчушка, тыча пальчиком в пита.

— Это Банди, — улыбнулась старушка, — он хороший! Здравствуйте, Даша.

Пит забил хвостом и «заулыбался», я не знала пожилую даму, но она правильно окликнула Банди, знает мое имя, наверное, живет с нами, в Ложкине.

— Доброе утро, — кивнула я.

— Ути кормить! — потребовала малышка.

— Хлеба нет, — вздохнула бабушка, — забыла батон.

— А-а-а, ути кормить!

— Лялечка, мы их вечером угостим.

— А-а-а! Хочу-у! Ты противная, — затопала ножками капризница.

Старушка засуетилась.

— Тише, тише, успокойся.

— А-а-а! Ути кормить!

От группы нянек отделилась девушка с мальчиком, она подошла к нам и сказала:

— Лялечка, не расстраивайся, у Сени есть булочки, вы сейчас вместе покрошите их птичкам. Ой, какая собака!

— Спасибо, Аня, — обрадовалась старушка.

— Не за что, Инна Сергеевна, — ответила няня, — а этот пес не кусается?

— Что ты, — улыбнулась Инна Сергеевна, — это же Банди, он детей любит, мы его в сани запрягаем. Ира иногда отпускает его побегать по Ложкину, а мы саночки достаем.

Так, понятно. Ирке лень нестись к озеру, и она использует Бандюшу в качестве лошади! Ну, погоди, я сейчас вернусь и...

Додумать мысль до конца я не успела, потому что дальше события начали разворачиваться с кинематографической скоростью.

Глава 12

Аня открыла пакет, добыла оттуда три булочки, одну дала Сене, вторую Ляле, третью сама швырнула в воду.

— Ну, кидайте, — велела она детям, — вон уточки плывут.

Малыши размахнулись, и две сдобные плюшки закачались у берега, водоплавающие ринулись за угощением.

— Ути, ути, — захлопала в ладоши Лялечка.

— Авва, — закричал мальчик, — авва ути ест!

Я вздрогнула, повернула голову и с ужасом увидела, как Банди, двумя прыжками преодолев расстояние от скамейки до озерка, плюхается в воду.

— Он задушит уток! — заголосила Аня.

— Господи! — запричитала бабушка.

— Стой! — заорала я, кидаясь к озеру.

Но поздно! Черное гладкое тело вклинилось в утиную стаю. Птицы отчего-то не испугались, а принялись злобно крякать. Бандюша разинул треугольную пасть, утыканную большими, острыми зубами, и схватил... булочку.

— Бедный, голодный песик, — запричитала Инна Сергеевна, — он кушать хочет!

Я онемела от возмущения. Да Бандик ест от пуза! Просто сегодня в связи с возросшей сексуальностью его лишили завтрака.

— Авву кормить! — заверещала Лялечка.

— Несчастное животное, — пробормотала Аня, бросая питу новую булку.

Потом няня с осуждением взглянула на меня и добавила:

— Встречаются же такие люди, заведут животное, а жрать не дают.

Новая плюшка упала в воду и была незамедлительно проглочена питом, нагло внедрившимся в стаю разгневанных уток. Я наконец обрела дар речи:

— Банди, домой!

Но пес упорно изображал из себя селезня, у Бандюши на морде прочно поселилось выражение счастья. Во-первых, он обожает купаться, во-вторых, булочки достаются ему лишь по праздникам, не из-за нашей жадности, а по соображениям здоровья, печеные изделия — не лучшая еда для собак. А еще Бандюша, как все питы, малочувствителен, ему что холодная вода, что теплая, разницы нет, не понимает, дурачок, что может заполучить воспаление легких!

— Немедленно вылезай! — заорала я.

— Вот бедняжечка, — причитала Аня, швыряя в воду сдобу.

— Перестаньте его кормить! — возмутилась я.

— Экая вы злая, — покачала головой девушка, — раз уж еле живое от голода создание решилось на отчаянный шаг, то пусть уж наестся от души.

— Он вполне сыт!

— Оно и видно, — хмыкнула Аня, — за жрачкой в ледяную воду полез.

Полюбоваться на невиданное зрелище явились детки, покормить заморыша, плавающего в стае уток, захотели все. Несмотря на мои протесты, в озеро полетели харчи: бутерброды с колбаской, творожный сырок, мятные леденцы, сухарики. Малыши щедро делились припасами, жалея умирающую от истощения псинку.

Бандюша, офигевший от счастья, на лету ловил подачки; каждый раз, когда он щелкал зубами, кто-то из взрослых вздыхал: «Бедняжка!» — или: «Вот беда, как ему кушать хочется!»

Большего унижения я в своей жизни не испытывала, к тому же основная масса гуляющих была из наших, из ложкинских, представляю, что они расскажут дома о происшествии.

Наконец продуктовый дождь иссяк, Банди вылез на берег и начал трястись, мелкие брызги полетели в разные стороны, дети взвизгнули и кинулись врассыпную. Я ухватила пита за ошейник, быстро пристегнула поводок и велела:

— А ну, пошел домой!

Бандюша облизнулся и покосился на малышню, я пнула его в гладкий зад:

— Шевелись, пакостник.

— Тетя бьет авву, — с возмущением заголосила Лялечка.

Послышался неодобрительный шепоток Ани:

— Да уж! Кое-кому не следует заводить животных.

Объяснить глупой девице, что пит даже не ощутил пинка? Сказать про сексуальную озабоченность? Но с какой стати мне оправдываться перед незнакомкой!

Я дернула поводок:

— Банди! Шагом марш! Домой!

Пес понесся вперед и взял слишком высокий темп, а хозяйка не успела вписаться в поворот. Левая нога зацепилась за правую, тело покачнулось и шлепнулось в сугроб.

Когда я, дрожа от холода, встала на ноги, то обнаружила, что держу в руках один поводок с болтающимся ошейником. Получив слишком много запретных калорий, Банди опьянел, сумел непостижимым образом выскользнуть из кожаного «ожерелья» и сейчас уже, наверное, греет бока у камина.

Чувствуя, как озноб пробирается от ног к спине, я пошла по дорожке.

— Молодец собачка, — догнал меня визгливый голосок Ани, — правильно поступила! Таких хозяев учить надо!

Дома я от души отругала Бандюшу и, пообещав оставить нахала на неделю без ужина, пошла переодеваться. Не успели ноги переступить порог спальни, как до уха долетел сердитый писк мобильного, на том конце провода оказалась злая, словно мегера, Зайка.

— Почему не отвечаешь? — накинулась она на меня.

— Извини, ходила с Банди гулять, оставила дома сотовый, представляешь, пит...

— Мадлен Кудо и Вадим — обманщики, — перебила меня Ольга. — Нет! Ужасно! Их мобильный выключен, и вообще, он был куплен недавно и другим человеком, тариф копеечный. В Институте геронтологии о них и не слышали! Книга, которую они рекламировали, была выпущена издательством «Момо» за счет авторов! Их имена Марина и Дмитрий Кудовы, они муж и жена, родились в одном, тысяча девятьсот шестьдесят восьмом году! Восемь лет назад были осуждены за мошенничество! Катастрофа!

— Спокойствие, — попыталась я урезонить Зайку, — только спокойствие.

— Хорошо тебе говорить! Привела в наш дом воров!

— Я? Кудо приехали с тобой!

— Ладно, — слегка сбавила тон Ольга, — пусть так, но почему ты разрешила им у нас остаться? Отчего не выгнала уголовников вон?!

И как бы вы ответили на подобное обвинение?

— Что теперь делать, — зашмурыгала носом Зая, — представляю, какой вопль поднимет Дегтярев, когда вернется! Кеша обозлится...

— Успокойся, мы им ничего не скажем.

— Ага, а где колечки?

— Купим новые, Машку я предупрежу, она тоже молчать станет.

— Думаешь, прокатит? — слегка оживилась Зайка.

— Конечно, — воскликнула я, — дорогие вещи в банке, а про всякую ерунду ни Кеша, ни полковник не помнят. Мы потихонечку сгоняем в магазин, и дело в шляпе, попробуем подобрать похожие вещи. А в следующий раз станем внимательней к гостям, спасибо Кудо за науку.

Неожиданно к глазам начали подступать слезы. Фиг с ними, с колечками и прочей лабудой, но у меня воры украли очень дорогую вещь, единственную память о бабушке Афанасии: ожерелье и серьги. Насколько знаю, комплект не особо ценный, раритетных камней в нем нет, к тому же колье, состоящее из подвесок-цветочков, имеет дефект: одна незабудка отвалилась. Произошло это еще при жизни бабушки Фаси, она прицепила отлетевшую деталь на цепочку, и у нее получился кулон. Его-то я и надела вчера на шею, повинуясь внутреннему голосу. От талисмана осталось хоть что-то, значит, удача не покинет меня окончательно.

— Может, заявить в милицию, пусть их найдут и посадят! — гневно заявила Зая.

— Ну, тогда нам точно не избежать скандала с мужской стороны семьи, — вздохнула я.

— Твоя правда, — шепнула Зайка, — значит, молчим!

Сами понимаете, какое настроение было у меня после всех вышеизложенных приключений и неприятных известий. А еще в душе начинал разгораться костер злобы. Ну почему на свете существуют воры, такие, как Кудо, и наглые обманщики типа Саши Лактионова? Отчего люди не хотят жить честно? Неужели думают, что имеют право безнаказанно безобразничать?

Я схватила чистые брюки, свежий пуловер, быстро привела себя в порядок и побежала к машине. Хватит заниматься дурацкими размышлизмами. По какой причине ряд граждан не желает жить в дружбе с законом? Да очень просто, хотят, не работая, получить кучу денег. Я готова забыть о краже, которую совершили Кудо, фиг с ними, с кольцами и серьгами. Жаль лишь память о Фасе, впрочем, спасибо гадкой Мадлен за науку, теперь ни я, ни Зайка не станем спокойно впускать в особняк незнакомых людей, какими бы милыми они ни казались. Но разрешить Лактионову разгуливать с паспортом на имя Александра Михайловича Дегтярева невозможно, я обязана отыскать мерзавца, мошенника, а теперь еще и убийцу.

Лиды опять не оказалось дома, я потерзала звонок, попинала дверь, потом вырвала из блокнота листок и нацарапала записку: «Очень волнуюсь. Как твое здоровье? Не нужна ли помощь? Позвони обязательно. Мобильный включен круглосуточно».

Указав на всякий случай два раза номер своего телефона, я свернула бумажку трубочкой и впихнула в замочную скважину. Так, не стоит опускать рук, есть еще одна зацепка — дом, где Лактионов провел детство и юность. Вполне вероятно, что там его помнят, может, у Саши имелись близкие друзья, поболтаю с ними, узнаю кое-что интересное.

Если желаешь получить сведения о жильцах, лучше всего идти в домоуправление, ДЭЗ или ЖЭК, не знаю уж, как это теперь называется. Человек не может испариться без следа, нас всю жизнь сопровождают разные бумажки.

С тех пор как кто-то весьма разумно придумал деньги, многие проблемы стали решаться очень легко. Пожилая дама, хранительница домовых книг, не стала ломаться. Выслушав мою просьбу, она открыла шкаф, и очень скоро я узнала, что мужчина по имени Александр Лактионов — увы мне — никогда не был прописан в данном доме.

— Это точно? — теряя последнюю надежду, спросила я.

«Домоуправша» кивнула и похлопала рукой по амбарной книге.

— Не знаю, как другие, а я очень аккуратная. Карточки в картотеке, книга на полке. И потом, сама тут живу, раньше всех в лицо знала. Сейчас многие жилплощадь сдают, но тем не менее учет ведется, стараюсь контингент изучать.

Я заморгала и попыталась подъехать к ситуации с другой стороны.

— Здесь когда-то обреталась девушка, Лена Макеева. С ней случилась неприятная история, Лактионов ее изнасиловал, получил срок, вышел, хотел вновь осесть в отчем доме, но жильцы категорически воспротивились...

— Кто вам рассказал эту чушь? — изумилась тетка. — Ничего подобного не случалось. Я тут с двадцати лет тружусь; конечно, всякое бывало, кое-кто конфликтовал с милицией, но об изнасиловании речи никогда не шло, да и Лена Макеева тут не проживала. В третьем подъезде, правда, живут Малеевы, Надежда и Константин.

— Может, перепутала имя с фамилией, и это она?

Собеседница помотала головой.

— Маловероятно, Надежде Ильиничне девяносто восемь лет, ее сыну семьдесят. Даже если ваш Лактионов совершил преступление тридцать годков тому назад, старушка уже не могла служить объектом сексуальных домогательств. Может, речь шла о другом доме?

— Да нет, — растерянно протянула я, — именно о том, где расположен книжный магазин.

— Тогда вранье, — пожала плечами тетка, — Саша Лактионов никогда у нас не жил.

Я вышла на улицу почти в отчаянии, но потом, решив не сдаваться, зарулила в книжный магазин, купила справочник «Предприятия питания Москвы», раскрыла его на разделе «Пиццерии» и принялась изучать названия. Там имелась куча названий, но никаких вариантов со словом «Сладкая». Либо Лактионов не был разносчиком пицц, либо Лида перепутала наименование точки.

Прижав к себе брошюру, я села в «Пежо»; скорее всего, Иванова ошиблась, Саша ведь прибыл к ней по вызову... Минуточку! А где Лидочка взяла телефон пиццерии?

В голове моментально вспыхнули слова женщины: «И эта кассирша дала мне визитку с номером».

Нога нажала на педаль, машина рванулась вперед. Очень надеюсь, что возле дома Лиды не десять супермаркетов.

Прежде чем идти на поиски магазина, я снова поднялась наверх, понажимала на звонок, потом наклонилась и заглянула в замочную скважину, там белела записка, Лида не возвращалась.

Тревога, как кошка, царапала мне душу острыми когтями: ну куда могла подеваться женщина? Может, ей стало плохо, закружилась голова, подкосились ноги, и Лида упала в обморок? Как узнать, куда отвозят людей, потерявших сознание на улице? Наверное, сердобольные прохожие вызвали «Скорую помощь». Мне, чтобы найти девушку, придется методично обзвонить клиники Москвы, работы хватит на неделю.

А может, Лида соврала? Она на самом деле хорошо знает имя и адрес любовницы Саши? Убежав из больницы, Иванова прямиком отправилась к Лактионову и заявила ему:

— Мы с тобой сейчас вместе уходим, ты по-прежнему живешь со мной, твоей женой, и забываешь о новой даме сердца. Если нет, тут же иду в милицию и сообщаю, кто убил Клавдию. От тебя зависит, что я скажу следователю. Решишь продолжить нашу семейную жизнь, версия будет такая: к нам в квартиру, по неосторожности не запертую, ворвался маньяк.

Ну, не дурацкое ли поведение? Однако, учитывая, с какой безоглядной страстью Лида любит Сашу, оно вполне вероятно. Но станет ли Лактионов мирно жить с бывшей женой, которая шантажом затащила его назад на семейное ложе?

Я резко повернулась на каблуках и понеслась на улицу. Надо как можно быстрей отыскать Лактионова, и не только потому, что он, мерзавец, решил воспользоваться честным именем Дегтярева, а еще и потому, что над головой Лиды нависла страшная туча. Ее расчудесный Саша зарезал Клавдию; догадайтесь, кто следующий на очереди? Супруга теперь представляет для мужчины нешуточную опасность, она знает, кто убил тетку, — это раз. А второе, Саша не хочет жить с опостылевшей бабой, а вернуться к ней его могут заставить шантажом. Знаете, некоторые мужья убивали своих вторых половинок и по менее веским причинам.

Слава богу, около дома Лиды оказался всего один супермаркет, я вошла в длинный, полупустой зал и поспешила к кассам.

Хорошенькая девушка в синем форменном халатике равнодушно взглянула на меня.

— Здравствуйте, — улыбнулась я.

Кассирша быстро окинула взглядом потенциальную покупательницу и не очень приветливо отозвалась:

— Добрый день.

— Мне нужна пицца.

— Посмотрите слева, у окон, там стоят прилавки с замороженными полуфабрикатами.

— Они невкусные.

— Может, и так, — равнодушно пожала плечами девчонка, — сама такое не ем, проконсультируйтесь у менеджера.

— Хотелось бы только что испеченную лепешку, — осторожно подбиралась я к цели. — Не знаете, где ее можно заказать?

— У нас только куры-гриль, — пояснила собеседница, — в мясном отделе готовят.

— А вот моей подруге у вас дали визитку пиццерии. Не посмотрите и для меня такую?

Кассирша широко раскрыла глаза.

— У нас? А кто сунул-то?

— Девушка, принимавшая деньги за покупки.

— Ну, это не я была.

— Простите, а как вас зовут?

Кассирша вытащила из кармана бейджик и стала прикреплять его к отвороту халатика.

— Марина, а что?

— Мариночка, значит, лично у вас никакой рекламы пиццерии нет?

— Зачем бы она мне?

— Ну, иногда фирмы приносят бумажки со своими координатами, просят раздать их в качестве, так сказать, рекламной акции.

Марина скривилась.

— Ну, это к управляющему. Велят — начну всем подсовывать.

— Кстати, у вас много кассирш?

— Вообще или в нашу смену?

— Сколько всего девушек трудится за кассами?

Очевидно, Марина была патологически нелюбопытна, потому что она, не задав мне никаких вопросов, спокойно стала говорить:

— Ну, сегодня тут я, Лера и Света; завтра Верка и Машка выйдут, у них в смене одной не хватает; потом Марья Сергеевна, Алиса и Тамара Дмитриевна сядут. Должно быть девять, но реально нас восемь.

— Скажите, а Эсфирь Гринберг когда выходит?

— Кто?

— Кассирша Эсфирь Гринберг!

— У нас нету такой, — ответила Марина с искренним удивлением.

— Видите ли, моей подруге визитку с координатами пиццерии подарила девушка с бейджиком «Эсфирь Гринберг».

— Ваша знакомая перепутала, — решительно ответила Марина, — супермаркет три года работает, я сюда одной из первых устроилась, никаких Эсфирей у нас не имеется, очень хорошо помню.

— Вы уверены?

— Ну, такое имя странное, — вздохнула Марина, — в нашем магазине девочки простые служат: Лена, Маша, Катя, Света, да и среди тех, кто постарше, обычные тетки — Мария Васильевна, Елена Петровна... хотя... Эсфирь... Эсфирь... Где-то слышала... Гринберг... Эсфирь... или видела... Знаете что?

— Что? — грустно спросила я.

— Вы купите справочник, сходите к нам в отдел, где газетами торгуют, найдете адреса и телефоны пиццерий.

— Спасибо, — кивнула я, — дельное предложение, но мне, если честно, очень эта Эсфирь Гринберг нужна.

— Тут ничем не могу помочь, — сообщила Марина, — извините, за вами покупатель с тележкой ждет.

Я обернулась, увидела парня с кучей продуктов, извинилась и пошла бесцельно бродить по залу. Супермаркет ничем не отличался от всех ему подобных. Фрукты-овощи, мясо-рыба, печенье-конфеты. В небольшом закутке помещалась печка, в которой золотились красивые плюшки, я их пробовала, аппетитные на вид, они имеют вкус ваты, и съесть их можно лишь с пылу с жару, чуть остыв, выпечка превращается в кусок резины.

Мгновенно налетели воспоминания. Вот мы с бабушкой Фасей покупаем в булочной хлеб.

— Ну, выбирай, — предлагает бабуля.

Я оглядываю прилавок, если честно, ассортимент не слишком велик. За стеклом лежат круглые ситники по десять копеек, пухлые калачи, городские булочки с высоко поднятым хрустящим гребешком и три вида белого: «Нарезной» за двадцать пять копеек, «Подмосковный» по восемнадцать и батон без названия, его цена совсем невелика, чуть больше гривенника. Черные кирпичики тоже не поражают разнообразием — «Бородинский», «Дарницкий», «Ржаной» и «Ароматный». Булочек же вообще всего два сорта — «Калорийная» и «Свердловская». Но у меня разбегаются глаза, я в детстве очень любила хлеб, он казался невероятно вкусным, да и был таковым, почти никогда не плесневел, долго сохранял свежесть. Ну куда подевались любимые москвичами сорта?

Нет, я не против французских багетов и круассанов, оказавшись впервые в Париже, попросту объелась ими до приступа холецистита. Но теперь, когда в столице России выбор продуктов европейский, отчего-то хочется той «Свердловской» сдобы, с большими желтыми крошками, кривоватой булочки, нелепо большой, некрасивой, но безумно вкусной. Впрочем, наверное, это просто приступ ностальгии, тоска по детству...

— Послушайте, — раздался слева слегка задыхающийся голосок.

Я обернулась и увидела Марину.

— Прямо все мозги из-за вас скрутило, — заулыбалась она, — сижу и кумекаю: ну откуда про эту Эсфирь знаю? Где фамилию Гринберг слышала? И вспомнила!

— Правда? — обрадовалась я.

— Пошли, покажу, — заговорщицки прищурилась Марина.

— Так Гринберг все же работает в магазине? — обрадовалась я. — Ты с ней знакома?

Ничего не сказав, кассирша двинулась в сторону выхода, я побежала за ней.

Глава 13

Марина подвела меня к двери и ткнула пальцем влево:

— Во, любуйся, Эсфирь Гринберг.

Я посмотрела в указанную сторону и увидела банкомат.

— Информация стоит денег?

— Ты о чем? — вытаращилась Марина.

— Указываешь на аппарат по выдаче купюр.

— Еще левее гляди!

— Там театральная касса, закрытая. У вас билетами торгуют?

— Это арендаторы. Видишь Гринберг?

— Нет.

— Ну даешь, разуй глаза! Прямо перед носом висит.

— Кто?

— Эсфирь Гринберг!

— Висит?

— Тяжело быть непонятливой, — завздыхала Марина, — во!

В ту же секунду кассирша подошла к большой афише, приклеенной на стене, у самого выхода из супермаркета. Я уставилась на плакат: «Эсфирь Гринберг. Всего три концерта в апреле, билеты в кассах города». Ниже была помещена фотография худенькой горбоносой женщины со скрипкой в руке.

— Вот глупость, — захихикала Марина, — этот плакат тут давно наклеили, я в него каждый раз тычусь, когда ухожу, машинально фамилию читаю и уношусь. Вот в голове и застряло — Эсфирь Гринберг. А где видела, и не припомню. Ваша знакомая, наверное, тоже перепутала! Нет в нашем магазине кассирши Гринберг и не было, зато афишка имеется! Поняла? Ладно, мне за кассу пора, пока.

Я растерянно рассматривала снимок скрипачки. Наверное, Марина права, Лида часто ходит сюда за продуктами, вот и перепутала. Но что мне теперь делать?

В кармане завибрировал мобильный.

— Даша, привет, — послышался бойкий женский голосок, — как делишки?

— Спасибо, отлично, — машинально ответила я.

Меня всегда удивляют люди, задающие подобный вопрос. Интересно, как бы отреагировала пока что не опознанная мною тетка, услышь она сейчас правдивый ответ: «Вообще-то не слишком классно, никак не могу отыскать никаких следов мерзавца и убийцы Лактионова»?

А еще имеются особи, которые подбегают к жертве происшествия и осведомляются:

— Все хорошо?

Ей-богу, глупее вопроса не придумать! В каком смысле хорошо?

В ноябре к нам приезжала Клодетта, моя приятельница из Франции. Клоди отлично говорит на русском языке, она великолепный переводчик, поэтому никакого дискомфорта в Москве не испытывает, но я все же не решилась отпустить ее одну в город. Было холодно и скользко, мы с Клодеттой аккуратно брели по тротуару, шаркая ногами, словно древние старухи.

— Мне бы очень не хотелось шлепнуться, — пробормотала Клоди.

Не успела она договорить фразу, как шедший перед нами мужчина неловко взмахнул руками и рухнул наземь.

— О боже! — вскрикнула Клоди. — Несчастный, он разбился.

Забыв про гололед, француженка ринулась к потерпевшему, наклонилась над ним и сочувственно поинтересовалась:

— Ну как? Все в порядке?

Дядька сел, глянул на Клоди и рявкнул:

— Глупей ничего не могла спросить? Какой на... порядок? Издеваешься, да? Топай мимо, кретинка! Ничего интересного нет, упал человек, эка радость.

Я схватила Клоди за рукав, отволокла ее в сторону и принялась отчитывать:

— Зачем полезла к нему?

— Спросить о самочувствии, — растерянно ответила подруга.

— И что ожидала услышать в ответ?

— У нас, как правило, говорят: «Спасибо, мадам, все нормально!»

— Даже если ногу сломал?!

— Ну... да! Потом сам по мобильному «Скорую» вызовет. Конечно, если уж совсем плохо, тогда прохожие помогут, но обычно...

— Зачем тогда осведомляться о здоровье, если ответят дежурной фразой?

— Не знаю, — еще больше растерялась Клодетта, — никогда не думала об этом, просто так принято. Но почему ваш мужчина на меня обозлился? Отчего москвичи сердитые?

— Мы не злые, а откровенные, — хихикнула я, — ты спросила, соблюдая светскую вежливость, а получила честный ответ.

— Ах уж эта загадочная русская душа, — пробормотала Клоди, переводившая когда-то Достоевского, — мне ее не понять!

— Ты меня не узнала? — продолжал щебетать голосок. — Лика Робертс.

— Привет, привет, — попыталась я изобразить радость, недоумевая, с какой это радости Даша Васильева понадобилась госпоже Робертс, с которой до сих пор она лишь вежливо раскланивалась во время редких встреч.

— Мне звонила Жулька, очередная жена твоего бывшего мужа, — затарахтела Лика, — и сказала, что ты хочешь сделать ей подарок на день рождения, купить такого же слоника, как у меня.

Я закашлялась. Ай да Жулька, вот это предусмотрительность! Госпожа Васильева уже забыла о данном обещании, самое отдаленное воспоминание о золотой безделушке с хоботком начисто испарилось у нее из головы.

— Так вот, сообщаю, подобных слонов больше нет! Мой — уникальный, — продолжала Лика.

Ну, ясное дело, Робертс просто не хочет, чтобы кто-нибудь повесил себе на шею то же украшение, как у нее!

— И если ты думаешь, что я говорю это из вредности...

— Нет, нет, мне такое и на ум не могло прийти! — изобразив возмущение, откровенно лгала я.

— Послушай, — взвизгнула Робертс, — знаешь ведь, как тяжело получить эксклюзивную вещичку. Покупаешь платьишко в бутике, так гады-продавщицы в глаза улыбаются, уверяют: «Одно такое на всю Москву». И что? Только войдешь в ресторан, ба, трое сидят в таких же. А с прибамбасиками ваще чума, у всех сумочки от «Луи Вултона»! Ну никакого креатива!

Про обувь и пояса вообще молчу, словно детдомовские ходим. Со всякими украшениями дело не лучше! Стоило одному из журналов поместить на обложке девицу с серьгами из перьев, как, пожалуйста, вся тусовка их прикупила! Ну, куда податься бедным девушкам, не желающим выглядеть, как клоны?

Я вздохнула. Надо признать, что Лика права. Не слишком-то приятно прийти в дом и увидеть, что у хозяйки то же ожерелье, что и у гостьи. С моей подругой Оксаной вообще произошла анекдотическая история. У Ксюты имеется хорошая знакомая Арина, на протяжении многих лет так и остававшаяся просто знакомой, а не подругой. Арина обожает, растопырив пальцы, рассказывать об эксклюзивности собственных шмоток. На мой взгляд, не слишком красивое поведение, у Арины имеется богатый муж, а у Оксаны зарплата хирурга и больше никаких доходов. Так вот, придя в очередной раз в гости, Арина стала снимать в прихожей шубу и завела, как всегда:

— Видишь, норку купила! А ты все в куртенке бегаешь... Ну-ну!

Ксюта улыбнулась.

— Вешай обновку на плечики, пойду чай поставлю.

Пока Оксанка хлопотала около плиты, Арина разоблачалась.

— Чего-нибудь новенькое появилось? — крикнула она из коридора.

— Кухонные занавески, — ответила Оксанка, — материал недорого взяла, сама сшила.

— Понятненько, — донеслось из прихожей, — ну, у меня в особняке окна давно прикрыты, мне агентство драпировки делало! Не слишком дорого и взяли, всего по полторы тысячи у.е. за штуку. Зато я себе костюм купила, фирма! Двести тысяч выложила!

— Долларов? — уронила на пол чашку Оксанка.

— Нет, рублей, — недовольно уточнила Арина, —

совершенно эксклюзивная вещь! Дизайнерская! Вот, приехала показать.

С этими словами она влетела на кухню и замерла с открытым ртом, а Оксанка рухнула на диванчик.

Занавески на окнах и «уникальный» прикид Арины были сделаны из одинаковой тряпки.

С тех пор Арина к Ксюхе ни ногой, она отчего-то решила, что Оксана сшила драпировки ей назло, узнала таинственным образом про обновку и решила «уесть» давнюю знакомую.

— И куда деваться тому, кто хочет выглядеть оригинально? — вещала Лика. — В общем, есть у меня ювелир, вернее, торговец золотишком. Зовут Сержиком, где уж он свои штукенции достает, понятия не имею, но всякий раз нечто суперское предлагает. На моего слоника народ обзавидовался, второго такого в природе нет, но у Сержика имеется сейчас пара оригинальных примочек. Дать телефончик?

— Буду очень благодарна.

— Пиши, — деловито велела Лика, — соединишься с Сержиком и сразу скажи: «Вас посоветовала Робертс», — иначе и разговаривать не станет. Да не тяни, он на данном этапе дома.

Сказав Лике все приличествующие в данном случае слова, я хотела было сунуть мобильный в карман, но он запрыгал у меня в руке. Решив, что суматошная Робертс забыла сообщить еще какую-то информацию, я поднесла аппарат к уху.

— Говори, пожалуйста.

— Даша? — спросил, пробиваясь сквозь помехи, другой голос, тихий, какой-то сухой, похожий на шуршание бумаги.

— Да.

— Это Лида.

— Господи, — закричала я, — ты где?

— Мы с Сашей решили начать жизнь с нуля.

— Лактионов с тобой?

— Я нашла записку в скважине, извини, не думала, что станешь так беспокоиться о малознакомой женщине. Право, ты редкий человек, никому бы и в голову не пришло заниматься чужими проблемами! — сказала Лида, видимо, не желая отвечать на мой прямой вопрос.

— Лида! Лактионов — убийца.

— Нет.

— Он зарезал Клаву!

— Господи, откуда у тебя такая информация?

— В больнице рассказали.

— Неправда, на нас грабитель напал, наркоман. Я дверь запереть забыла, он и ворвался.

— Но медикам в приемном покое ты сказала иное!

— Нет! Они перепутали! А вообще-то я в шоке была, ничего не помню.

— Но как ты обнаружила Лактионова?!!

— Он сам меня нашел.

— Зачем?

— Хотел прощенья попросить. Та женщина его бросила, а я люблю. Вот и решили снова сойтись, в семейной жизни случаются кризисы, следует их преодолевать с достоинством.

Я удрученно молчала, потом с большим трудом выдавила из себя:

— Лактионова будет искать милиция, Клава-то убита!

— Нет, нет, мы ходили в отделение и все объяснили, нас отпустили, — бодро сообщила Лида.

— И ты сможешь спокойно жить в квартире, где зарезали Клаву?

— Сейчас временно перебрались на другую площадь, старую продадим... Послушай, Даша...

— Что? — шепнула я.

— Конечно, ужасно, что Клавы нет, и мне досталось. Хоть и один порез, да болит. Но теперь нам с Сашей нет никакой нужды прикидываться, паспорт на имя Дегтярева я сожгла, пользоваться им мы больше не станем. Тебя ведь это в основном волнует?

— Да, — кивнула я, — в принципе, это, но еще и...

— Ты мне веришь? Я не умею врать, документ уничтожен, мы зарегистрируем брак по настоящему паспорту, больше никогда не побеспокоим ни тебя, ни твоего друга.

— Но...

— Я хочу жить вместе с любимым человеком!

— Он врун, понимаешь...

— Люблю его...

— Лактионов наговорил...

— Мне все равно!

— Как же так?

— Просто! Он мой единственный мужчина, очень прошу, не приходи больше на Строгинский бульвар. Квартиру продадим, а про дурацкую историю с Дегтяревым забудем. Честное слово, фальшивка исчезла в огне.

— Дай сказать.

— Не надо.

— Ты ошибаешься, Лактионов...

— Пожалуйста, не трогай нас, прощай. Саша никого не убивал, он честный человек!

Я потеряла дар речи, потом хотела крикнуть: «Тебя обманули, он никогда не жил в доме с книжным магазином и не насиловал женщину по фамилии Макеева». Но Лида внезапно очень четко произнесла:

— Если с Сашей что-нибудь случится, его вдруг арестуют или он убежит прочь, в ту же секунду покончу с собой. Поняла? Твердо обещаю — фамилия Дегтярева нами забыта, произошла дурацкая ошибка, человек, который делал паспорт, что-то напутал. Я приношу тебе свои искренние извинения! А все Клава! Очень уж она вздорная была! Нервная, истеричная, ну да оно и понятно, с такой генетикой! Знаешь, мать Клавы умерла в психушке, но я хочу жить счастливо, а счастье возможно лишь около Саши, пообещай забыть нас!

Я кивнула, потом, сообразив, что Лида не видит меня, коротко ответила:

— Да.

— Честное слово?

— Да.

— Ты не похожа на человека, который станет обманывать! — воскликнула Лида. — Прощай, понимаю, что хотела мне добра, спасибо. Не надо насильно тащить человека в рай, мне хорошо там, где я есть. Желаю тебе встретить такую любовь, как у меня, и ощутить такое же счастье.

Я потрясла головой, сунула трубку в карман и пошла к «Пежо». Господи, милый боженька, сделай одолжение, не дари Дашутке столь страшное, всепоглощающее чувство, которое сжирает глупую Лиду. Иванова наврала мне, никакого наркомана и в помине не было, Клавдию зарезал Лактионов. Уж не знаю, каким образом Лиде удалось отмазать любимого, легче всего было бы предположить, что она дала следователю денег, но, похоже, Иванова не из тех, кто располагает особыми средствами. А может, в милиции ничего не знают о произошедшем, врачи проявили халатность.

Нет, не стану больше размышлять на эту тему, ситуация прозрачна, словно чисто вымытое стекло. Несмотря на рабскую, всепоглощающую любовь к Саше, Лида порядочная женщина, следовательно, фальшивого паспорта на имя Дегтярева теперь нет. И как поступить? Рассказать Александру Михайловичу об этой истории? Полковник, естественно, обозлится, начнет расследование, Лактионова притянут к ответу, а Лида... Лида покончит с собой. Промолчать? Оставить убийцу на свободе?

Так и не решив, что делать, я снова достала телефон и набрала полученный от Лики номер.

— Слушаю, — ответил густой бас.

— Можно Сержа?

— Слушаю.

— Мне посоветовала обратиться к вам госпожа Робертс.

— Слушаю.

— Хочу купить подарок для подруги, на день рождения, нечто оригинальное, — забубнила я.

И через пару секунд, почувствовав, что мои слова проваливаются, как в болото, остановилась и спросила:

— Алло, вы еще тут?

— Слушаю.

— Так можно приехать?

— Хорошо.

— А когда?

— Сейчас.

— Но я нахожусь далековато от вашего дома.

— Хорошо.

— Что же тут хорошего? — стала злиться я.

— Жду.

— Но я не знаю, сколько времени это займет.

— Жду.

— У вас есть нечто интересное? Я не зря потрачу время?

— Жду, — словно автомат, повторил Серж.

Да, мужчина, похоже, не отличается словоохотливостью и приветливостью.

Глава 14

Серж обосновался в одном из кривых переулочков Замоскворечья. Дом, в котором располагалась нужная мне квартира, был старым, двухэтажным и выглядел гаже некуда: штукатурка осыпалась, дверь в подъезд болтается на одной петле, некогда мраморные ступеньки затерлись, а перил не было вовсе, вместо них торчали железные штыри.

Честно говоря, я немало удивилась, ознакомившись с упомянутым пейзажем. Трудно было представить в этом загаженном месте светскую львицу типа Лики Робертс. Неужели она, не пожалев соболиную шубу, шла по лестнице, прижимая к носику надушенный кружевной платочек? Интересно, как выглядит хозяин? Скорей всего, он маленький, согнутый старикашка в теплом свитере, а плечи обсыпаны перхотью. В квартире у него пахнет пылью, повсюду натыканы книжные шкафы, на полу — изодранный любимыми кошками некогда персидский ковер...

Образ хозяина представился мне настолько ярко, что, увидав молодого мужчину, открывшего дверь, я ляпнула:

— А где ваш дедушка?

— Думаю, он умер, — прозвучал спокойный ответ.

— Не может быть, — воскликнула я, — разговаривала с ним час назад!

— Маловероятно. Впрочем, никогда не был знаком с дедом и даты его жизни не назову, — безо всякой улыбки пояснил незнакомец.

Тут только до меня дошел идиотизм ситуации.

— Вы Серж?

— Да.

— Я Даша, от Лики Робертс.

— Пойдемте, — велел Серж и толкнул вторую дверь, закрывавшую вход в прихожую.

Яркий, безжалостный свет ударил по глазам, я невольно зажмурилась, потом осторожно приоткрыла веки. Холл выглядел словно фото из журнала «Архитектура и стиль». Блестящий белый пол, отделанный полированным гранитом, черные кожаные кресла, стеклянный столик и скульптура, изображавшая голую девушку самого отвратительного вида. Неужели хозяину нравится любоваться на кривую, горбатую, лысую особу?

— Хотите снять куртку? — неожиданно приветливо спросил Серж.

— Да, спасибо.

— Вешайте сюда.

Я повертела головой, не обнаружила ничего похожего на шкаф и решила уточнить.

— Куда?

— Сюда.

— На скульптуру?

— Это вешалка, — безо всякой улыбки сообщил Серж, — руки и горб для пальто, голова под шляпу, из спины торчит крючок, на который можно пристроить сумку.

— Да уж, оригинально, — буркнула я, пытаясь приладить курточку на один из оттопыренных пальцев страшилища.

— Нравится?

— Изумительная вещь, — покривила я душой.

Взгляд Серж внезапно стал ласковым.

— Вам правда по вкусу? — вдруг расцвел он улыбкой.

— Нигде не встречала подобной штуки.

— Верно, — обрадовался хозяин, — долго создавал!

— Это ваша работа?

— Я скульптор, — заявил Серж, — дизайнер, архитектор. На беду, обладаю слишком креативным мышлением. Кстати, если вешалка пришлась по сердцу, ее можно купить.

Я вздрогнула, представив лица домашних, и быстро сказала:

— У нас уже есть встроенный шкаф.

На лице Сержа появилась презрительная гримаса.

— Встроенный шкаф, — повторил он, — ну это, конечно, суперская вещь! Весь такой с полками и раздвижными дверками! Адресок фирмы-производителя в газете нашли?

Мне отчего-то стало стыдно.

— Понимаете, прихожая маленькая, — вдруг сам по себе начал врать язык, — ничего не поставить.

— Ну-ну...

— Ваша вешалка великолепна!

— Ну?

— Но ее не впихнуть к нам!

— Ну!!!

— Мне бы слоника, — быстро перевела я разговор на иную тему, — как у Лики Робертс.

Серж сел в одно из кресел, я плюхнулась в другое и с ужасом поняла, что оно качается; если что и ненавижу, так это «шевелящуюся» мебель, у меня от нее мигом начинается морская болезнь.

Хозяин сложил на груди руки, сцепил в замок наманикюренные пальцы и вдруг разразился длинной тирадой:

— Я не держу магазин ювелирных изделий, являюсь, так сказать, скупщиком. Свои координаты не афиширую, но люди все равно каким-то образом узнают о Серже и приходят. Собственно говоря, мой бизнес — чистая благотворительность. Как обычно бывает, приходит некая бабушка в скупку, вынимает единственную ценность, семейную реликвию, колечко, доставшееся ей от матери. Знаете, сколько ей предложат денег?

— Понятия не имею.

— Три копейки, — фыркнул Серж, — расплатятся по весу золота. Имеем пять граммов драгметалла, за него и получите. Камни и возраст украшения в расчет не берутся. Что антикварная штучка, что новодел — тариф один, ерундовый. И куда деваться бедняжке? Отправиться в ломбард? Там еще меньше получишь! Большинство людей, поплакав, отдают за бесценок дорогую как в прямом, так и в переносном смысле вещь в лапы грабителей из скупок, но кое-кому везет, и он находит мой адрес. Понимаете?

— В принципе, да, — кивнула я.

Серж вдохновенно продолжил:

— У меня много постоянных клиентов. Допустим, вдова генерала N. Имени ее, по понятным соображениям, не назову. Пожилая дама появляется регулярно и приносит совершенно уникальные вещи на продажу. Муж ее давно скончался, вместе с ним умерло и финансовое благополучие, поэтому женщина постепенно проедает свой «алмазный фонд». Слоник пришел от нее, второго, как догадываетесь, не будет. Но сейчас имею не менее оригинальные штукенции, желаете посмотреть?

— Да, — закивала я.

Серж вышел, отсутствовал он буквально пару мгновений и вернулся с большим лаковым подносом, заставленным бархатными коробочками.

— Если надумали сделать вложение капитала, — начал он представлять ассортимент, — то могу порекомендовать вот этот комплект. Рубины удивительной глубины, брильянты, золото. Немного купеческая вещь, но она и была сделана для жены торговца зерном в качестве рождественского подарка в тысяча девятисотом году, носить подобные серьги вкупе с кольцом лично я считаю дурновкусием. Но коли имеете деньги и понимаете, в какой нестабильной стране мы живем, то покупка явно оправданна; случится новый дефолт, революция, война... А подобная красотища лишь поднимется в цене. На данном этапе стоимость набора может показаться большой, но, поверьте, через пару лет она удвоится, и вы поймете, что сделали правильный выбор. Хотите изучить поближе?

— Нет, спасибо. В мои планы пока не входят дорогостоящие покупки, ищу подарок для знакомой на день рождения, — напомнила я.

— Не забыл о вашей просьбе, — улыбнулся Серж, — но раз уж нашли время заглянуть на огонек, то отчего бы не повертеть в руках разные вещи? Вдруг что-нибудь тронет душу? Допустим, милый браслетик.

Вот он, совершенно копеечный, но оригинально сделан, смотрите, кошка держит во рту собственный хвост, замечательный китч, из серебра с эмалью, произведен неизвестным шутником в шестидесятые годы двадцатого столетия, при коммунистах, купить достойное украшение было трудно, поэтому процветало незаконное производство, и порой на дому создавались шедевры.

— Хорошенькая вещичка, — абсолютно искренне сказала я, — но она на ребенка.

— Верно, для маленькой девочки.

— Такого не надо, дочь уже выросла, внучка слишком мала.

— Отложим в сторону, — терпеливо продолжил Серж, — получили приятные впечатления, полюбовались на кошечку и пойдем дальше. Я, знаете ли, никогда не давлю на покупателя. Кое-кто месяцами ходит, пока нечто по сердцу обнаружит. Значит, подружка... Блондинка?

— Брюнетка.

— Тогда ей это не подойдет, — забубнил Серж, открывая футлярчик, — но все равно полюбуйтесь. Новая штучка, получил от своей генеральши за час до вашего прихода. Девятнадцатый век, но возраст — единственная ценность вещи, подобные ожерелья десятками продавались в лавках и в те годы были доступны горничным. Знаете, если у вас дома имеется жуткое кольцо с синтетическим рубином, такое, из дутого золота... Помните, ими были завалены прилавки в советские времена?

— Толстый ободок, «паучьи лапки», а в них кроваво-красный камень прямоугольной формы?

— Да, да, еще имелся вариант с квадратным булыжником. Уважающие себя люди никогда не украшали себя подобной, с позволения сказать, ювелиркой. Так вот, коли являетесь счастливой обладательницей сего монстра, отложите «жабу» на пятьдесят лет. По истечении этого срока она будет названа антиквариатом, изделием неизвестного мастера и т. д. и т. п. Вот сие ожерелье из той же породы. Ну-ка! Опля! Миленькое, да? Мечта прачки!

Я, словно завороженная, смотрела на ловкие движения наманикюренных пальцев. Из темно-синей длинной коробки они вытягивали тонкую золотую цепочку, на которой болталось множество подвесок-цветочков, чьи лепестки были сделаны из синей эмали, а в сердцевинках поблескивали прозрачные камушки.

— Можно посмотреть? — обомлев, спросила я.

— Пожалуйста, примеряйте.

Я стала перебирать цепочку.

— Одного цветка нет.

— Верно, и это сразу удешевляет изделие, — кивнул Серж, — понимаете, никогда не обманываю клиентов, демонстрирую украшение в том виде, в котором получил его. Другой бы сделал отсутствующую часть, это легко, и привесил на нужное место. Но я не такой. И середина в незабудках — это не брильянты.

— Правда?

— Горный хрусталь.

— Да ну?

— Стопроцентно, я уже не раз говорил: не обманываю ни продавцов, ни покупателей.

— К ним должны быть серьги, — вырвалось у меня, — маленькие висюлечки из одного соцветия.

— Вполне вероятно.

— У вас их нет?

— Увы.

— А кто принес ожерелье?

— Генеральша.

— Нельзя ли спросить у нее про серьги?

— Вы бы купили комплект?

— Да.

— Ну... ладно, — после некоторого колебания ответил Серж, — сейчас.

Он вынул мобильный и сказал в трубку:

— Добрый день. Нет, но ожерелье заинтересовало клиентку, да, да, то самое, незабудочное. Скажите, к нему есть серьги? Дорогая моя, их следовало принести вместе! А! Понятно! Попробуйте объяснить девушке. Ладно. Жду!

Продавец отложил телефон и взглянул на меня.

— У вдовы есть внучка, насколько понял, отвратительно избалованная особа. Бабушка собралась ко мне, стала складывать комплект в коробку, но тут девчонка приметила сережки, схватила их, вдела в уши и удрала на очередную дискотеку.

— Капризница никогда до этого не видела бабушкиного добра? — удивилась я.

— Может, и так, только сейчас она пляшет в клубе. Генеральша поговорит с девчонкой, попытается отнять у нее висюльки. Если хотите, придержу ожерелье, а вы оставьте координаты, сообщу, удалось ли отобрать у девицы украшение.

— Дайте мне телефон вдовы!

— Зачем?

— Попытаюсь сама побеседовать с нахальной внучкой.

— Извините, имена продавцов и покупателей не разглашаю.

— Мне очень надо! — заныла я.

— Не волнуйтесь, сам решу проблему.

— Ну, что за секрет — координаты генеральши!

— Нет, не просите, — твердо отрезал Серж, — совершенно исключено.

Я помедлила пару секунд, потом расстегнула блузку, сняла с шеи тоненькую цепочку и протянула Сержу.

— Вот. Видите?

— Цветочек, — слегка растерянно ответил парень.

— Это недостающая часть ожерелья.

— Ничего не понимаю, — протянул Серж, потом он взял с подноса лупу и уставился на драгоценность.

— Сейчас объясню. Вещь, которая лежит сейчас в футляре, принадлежала женщине по имени Афанасия, моей бабушке. Откуда бабуля взяла комплект, я не знаю, но он всегда лежал в тумбочке. Цветочек отвалился в незапамятные времена, бабушка привесила его на цепочку, самую простую, и сказала:

— Дашенька, это твой талисман, он принесет удачу, никогда не продавай набор, даже если станешь умирать от голода.

В свое время я захотела узнать историю ожерелья с сережками, но Фася отмахнулась, буркнув:

— Потом поговорим.

Я несколько раз пыталась возобновить разговор, затем поняла, что Фасе неприятны воспоминания, и замолчала. Тайны комплекта узнать так и не удалось, бабуля умерла, не открыв ее, я своим детям об уникальности украшения не рассказывала, оно вместе с сережками мирно лежало у меня в шкатулке. В нашей семье имеются раритетные ценности, но мы держим их в банке, этот же набор особых денег не стоил, лично для меня он был ценен как память, и еще я была свято уверена — цветочки приносят удачу, поэтому и хранила их у себя. Моя дочь и невестка никогда не покушались на эти цацки, они понимали, что ожерелье и серьги дороги мне как вещь, доставшаяся от бабушки. К тому же набор был не в их вкусе.

— Я понятно объясняю?

— Более чем, — слегка испуганно ответил Серж.

— Я надевала цепочку с цветочком лишь в тот момент, который считала значимым для себя, она висела на шее в день поступления в институт, брала украшение в больницу. Колье же не трогала никогда. Ясно?

— Да, да, — закивал Серж.

— Сознание того, что в комоде находится талисман, создавало ощущение защищенности. Совсем недавно я, сама не понимая почему, нацепила цепочку. Ничего особенного не ожидалось, просто что-то стукнуло внутри, некий голос велел: «Надень ее».

— Знакомое чувство, — пробормотал Серж, — со мной такое случалось. Идешь по делам, вдруг ноги тормозят, а в голове звучит: «Не надо туда, плохо будет».

— Так вот, ушла с цепочкой из дома, потом, не сняв ее, легла спать и утром не снимала... А затем нас обворовали мошенники, некие люди, прикинувшиеся специалистами-геронтологами. Ну да это неинтересная для вас часть. Им достались не плохие и не дешевые вещи, но не эксклюзив, так, массовый ширпотреб, который мне, дочери и невестке дарили разные люди. Но я лишилась ожерелья и серег, осталось лишь утешаться тем, что на шее болтается цепочка с цветочком, следовательно, удача окончательно не покинет меня. Дальнейшее вам известно, прихожу сюда и вижу ожерелье. И что должна я подумать? Серж скупает краденое?

Парень вскочил.

— Нет, имею дело лишь с интеллигентными людьми. Поверьте, не вру, мои поставщики — вымирающий класс старушек. Бывшие актрисы, некогда знаменитые, а теперь всеми забытые особы, вдовы высокопоставленных чиновников, писателей, военных. Кое-кто из бабушек даже не понимает, чем обладает, но я их не обманываю. Вот недавно одна из моих божьих одуванчиков приносит фигурку и щебечет:

«Сержик, продай, копеечная штучка, но больше ничего нет».

Я глянул и ахнул — скульптурка гоголевской Коробочки. В свое время одним из фарфоровых заводов была выпущена серия, она так и называлась — «Мертвые души». Сейчас коллекционеры тысячи за нее дадут, причем не рублей, а моя бабуся, надумав по одной штуке подборку сплавлять, попросила:

«Если кто за пятьсот рублей согласится, очень довольна буду».

Другой бы обрадовался, всучил бы бабке пару сотен баксов, а потом толкнул истинному ценителю за чемодан денег. Но я не такой! Свел старуху с одним дипломатом, любителем фарфора, теперь мой старушонок черную икру ложкой лопает.

— Но вы же видите, цветок от ожерелья!

— Да, ваша правда.

— Так откуда у генеральши украшение, если его у нас недавно украли?!!

Серж взял мобильный.

— Евдокия Семеновна? Извините, еще раз беспокою, можно мне к вам подбежать? Поговорить надо. Денежки за ожерелье? Да, конечно, несу.

Сунув телефон в карман, Серж сказал:

— Пошли, она в соседнем доме живет.

Я вынула кошелек.

— Сколько с меня?

— За что?

— Хочу ожерелье выкупить.

Парень нахмурился.

— Это невозможно. Так верну.

— Почему? Вы предложили вещь для продажи.

— Она же ваша.

— А вы зарабатываете деньги, помогая старухам, ведь не знали о происхождении колье?

— Нет, но верну так.

— Очень хочу получить его обратно, но бесплатно не надо.

— Глупости!

— Не могу!

Серж покраснел.

— Пошли к Бордюг.

— Это кто?

— Евдокия Семеновна Бордюг, вдова генерала. Знаете, мне очень неприятна эта история, всегда считал, что хорошо разбираюсь в людях. Евдокия Семеновна категорически не похожа на перекупщицу. И потом, ну зачем ей мне вещи сплавлять? Сама бы и толкала. На фиг ей еще и Серж? Давайте поторопимся и все выясним.

Глава 15

Серж не обманул, бывшая генеральша на самом деле обитала в двух шагах от его дома, в таком же старомосковском, правда, пятиэтажном здании.

По бесконечным лестничным пролетам мы взгромоздились почти на самый верх, Серж приоткрыл прикрепленную на старой дубовой створке латунную полоску с надписью «Почта» и заорал:

— Евдокия Семеновна, ау! Это Серж! Эге-гей!

— Вы не хотите воспользоваться звонком? — слегка удивилась я.

— Он не работает, — вздохнул парень, — кто-то срезал. Евдокия Семеновна-а-а!

— Иду, — долетело из щели.

Загромыхал замок, и на пороге появилась дородная дама в шелковом халате.

— Экий ты, Сержик, торопыга, — укорила она парня, — не могу же козой скакать. Я хожу не торопясь, а тебе все бы поскорей.

— Добрый день, Евдокия Семеновна, — ласково сказал Серж и поцеловал даму в морщинистую щеку. — Это Даша, знакомьтесь!

Старушка вгляделась в меня, я заулыбалась.

— Здравствуйте!

— Никак девочку завел, — констатировала бабуля, — сейчас я ей свежие тапки дам.

Кряхтя, хозяйка наклонилась и стала рыться в большом дубовом гардеробе.

— Старуха плохо видит и еле слышит, — шепнул мне Серж.

— С вашей стороны откровенное хамство сообщать мне об этом, — столь же тихо ответила я, — если бабуля настолько древняя, значит, я могу сойти за вашу девушку лишь из-за ее слепоты?

Серж заморгал, Евдокия Семеновна выпрямилась.

— Чего шушукаетесь? Эх, молодежь! Ладно, проходите в гостиную.

Серж уверенным шагом двинулся по коридору, я, быстро сунув ноги в холодные пластиковые тапки, поспешила за ним.

Сев за большой круглый стол, покрытый бархатной темно-бордовой скатертью, Евдокия Семеновна спросила:

— Сержик, ты принес мне денежки?

— Да, — кивнул парень.

— Вот, — торжественно повернулась ко мне бабушка, — если ты, деточка, надумала замуж выйти, то лучше нашего мальчика не найти. Знаю его... э... и не вспомнить сколько! Его мать у нас в горничных ходила, честнейшая женщина! Таких теперь нет! Благодарная! Когда Иван Петрович умер, сама понимаешь, средств не стало, а тут еще с дочкой несчастье. Осталась я одна, с маленькой внучкой на руках. Валечка же, поняв, что платить не смогу, бесплатно, бесплатно... понимаешь, безо всякой платы, помогала! Святая женщина! Теперь нас Сержик опекает. Он чудесный, мальчик родной... Выходи за него, а мы все твоими бабушками станем, и я, и Нинель Митрофановна, и Лилечка... Ей, увы, такого сына бог послал, слов нет!

— Евдокия Семеновна, — ласково остановил бабушку Серж, — вот это ожерелье, из цветочков, вы его где взяли?

Старушка моргнула слегка выцветшими глазами.

— Так в тумбочке.

— Уверены? — продолжил допрос Серж.

— Ясное дело, где ж еще!

— Помните, откуда оно у вас появилось?

— Иван подарил, — не моргнув глазом, соврала бабуля, — а вот по какому поводу, не скажу, давно дело было. Муж часто приносил презенты, и вот теперь дожила до печальной поры, распродаю его подарки, иначе от голода умру, пенсия копеечная, а у меня внучка на руках!

Серж взглянул на меня, я сняла с шеи цепочку и тихо спросила:

— Видите, мой кулон в пару к колье. Но один цветок...

Евдокия Семеновна тут же перебила меня:

— Да, да, его тоже Иван принес! Там и сережки были, но их Мила надела, прямо выхватила. А что, без подвесочек не продать?

— Евдокия Семеновна, — вкрадчиво завел Серж, — и цепочка ваша?

— Ясное дело!

— С этим цветочком?

— Конечно.

Серж закашлялся, а я сурово заявила:

— Вы врете.

Добродушное лицо Евдокии Семеновны побагровело.

— Милостивая государыня, — церемонно протянула она, — извольте подбирать выражансы, хоть вы и невеста Сержика, это не позволяет вам хамить пожилым людям.

— Евдокия Семеновна, — тихо ответил Серж, — Даша очень резко высказалась, я не одобряю ее поведения.

— Ты — милый мальчик, — понемногу успокаивалась старуха, — знаешь меня всю жизнь и понимаешь: Евдокия Бордюг никогда не лжет!

— Конечно, конечно, — закивал Серж, — просто ошиблись.

— В чем?

— Вы не приносили мне цепочку, только колье!

Бордюг выпятила нижнюю губу.

— Да?

— Да.

— Ну... может, запамятовала чего, — с неохотой призналась дама, — в коробочке много всякого лежит, и не упомнить.

— Муж столько надарил, что запутались? — вступила я в разговор.

— Ничего странного, жизнь длинной была.

Серж побарабанил пальцами по скатерти.

— Сейчас Даша кое-что расскажет, а вы послушайте.

По мере того как лилось повествование, лицо генеральши попеременно меняло цвет, оно то краснело, то бледнело, в конце концов Бордюг вцепилась пальцами в столешницу.

— Евдокия Семеновна, — мягко произнес вдруг Серж, — я вдруг вспомнил одну странную ситуацию. Некоторое время тому назад ко мне обратилась одна светская особа, попросила найти ей украшение, обязательно старинное, новодел не подходил. Сей даме хотелось заполучить нечто, покрытое пылью времен; разыскивая что-нибудь подходящее, я обратился к вам, и что услышал в ответ?

— Сержик, — недовольно откликнулась старуха, — ничего не припоминаю. Извини, конечно, память иногда подводит. Вот Нинель Митрофановна...

— Вы, — перебил старушку Серж, — очень расстроились и сообщили: «Ничего больше нет, с последним рассталась», — а потом опять кольцо на продажу принесли!

Евдокия Семеновна заерзала на стуле.

— Ну... сначала были просто золотые изделия, потом решила — хватит, надо остановиться, вот и перестала транжирить, но жизнь-то...

У Сержа запел мобильный, парень поднес к уху трубку.

— Да, да... не слышу... сейчас...

Продолжая говорить, он вышел в коридор. Евдокия Семеновна моментально схватила меня цепкими холодными пальцами.

— Душенька, простите! Не знала, что его у вас украли, экое дурацкое совпадение, прямо водевиль.

— Ожерелье не ваше!

— Да, правильно.

— Откуда оно у вас?

— Ангел, не могу при Сержике, он умрет, если узнает правду! Давайте встретимся в другой раз! Расскажу без утайки! Крайне неприятная история, но я не виновата, клянусь памятью покойного мужа! Всего лишь хотела помочь.

— Кому?

— Сразу и не объяснить! Мать Сержика, Валечка, умерла давно, он школьником был, а моя внучка совсем крошкой. Такая история! Сержа Нинель Митрофановна поднимала, вернее, и я помогала, но она его в дом к себе взяла. Я очень не хотела, чтобы мальчик один остался. Сколько же ему было, когда Валечка исчезла?

— Исчезла?

— Умерла, — быстро поправилась Евдокия Семеновна, — в смысле, исчезла с лица земли. Не припомню его возраста, но совсем юный. У меня внучка на руках, младенец, двоих не вытянуть, а Нинель одна куковала, вот и стала Сержика опекать. Он ее теперь второй матерью считает, мне иногда даже обидно бывает, ведь тоже помогала! Хотя Сержик очень внимателен, да! Крайне! И к Лиле тоже! Нас, знаешь ли, три подружки закадычные: я, Нинель и Лиля. У каждой своя беда! У Нинелечки деток не случилось, я вот одна внучку тяну. Но хуже всех Лиле приходится! У нее сын есть, Александр, Саша. Вот где горе так горе! Сама понимаешь, что он не маленький, здоровенный мужик! Но! Работать не желает, лоботрясничает, последние деньги у матери из кошелька вынимает, пару раз бил Лилю. В общем, ужас! Отец его, как и наши с Нинелью мужья, военным был, да рано умер. Думаю, он теперь под памятником ворочается, коли видит, как Лилю деточка изводит. Его, Александра этого, даже посадить хотели, натворил гадких дел, но Лиля, святая женщина, все почти продала, а поганца выкупила. Боже, ну в какую я дурацкую ситуацию попала! Ведь хотела всего лишь...

— Так на чем мы остановились? — проговорил Серж, возвращаясь в комнату.

— Ангел, я устала, давление поднялось, — застонала Евдокия Семеновна, — лучше потом поговорим.

— Вам плохо? Вызвать врача? — забеспокоился Серж.

— Нет, нет, просто лягу.

— Следовательно, беседу об ожерелье пока закроем?

— О-о-о, просто разламывается череп, — схватилась за виски хитрая Евдокия Семеновна.

Серж с сомнением глянул на нее.

— Хорошо, вернее, плохо, мне жаль, что у вас мигрень, тогда до завтра. Вот тут, в конверте, деньги за украшение, считайте, я его купил.

— Прощайте, — помахала Евдокия Семеновна, — ты иди надевай ботинки, а я один совет Даше дам. Деточка, если хочешь быть счастливой с Сержем, научись готовить его любимое блюдо...

Мужчина вздохнул и ушел. Евдокия Семеновна опять воткнула в меня пальцы, похожие на замороженные гвозди.

— Ты от него по дороге отделайся и возвращайся.

Право слово, совет нужен. Ты девочка не посторонняя, будущая супруга Сержа, никому и признаться не могу...

По дороге домой Серж воскликнул:

— Она что-то знает!

— Несомненно, — подтвердила я.

— Неужели и правда краденое приносила! Ну, невозможно в такое поверить! Вы же ее видели! И потом, на самом деле знаю Евдокию Семеновну много лет. Не похоже на нее, не способна она с уголовниками связаться! — недоумевал Серж.

— Думаю, кто-то просто воспользовался наивностью Бордюг, — медленно ответила я, — принес ей золото с незабудками и попросил продать. Кстати, сколько должна вам за украшение?

— Так берите.

— Нет, говорите цену.

— Оно ваше.

Продолжая спорить, мы дошли до квартиры Сержа, мужчина открыл дверь, усадил меня снова в черное кожаное кресло и ласково спросил:

— Чай? Кофе?

— Спасибо, пойду, мне пора.

— Обязательно отниму у Милы серьги, — пообещал Серж, — оставьте свой телефон, сразу позвоню, как только недостающая часть комплекта окажется в руках. Вот, заберите пока ожерелье.

— Сколько?

— Ничего.

— Так нельзя.

— Можно.

Я набрала полную грудь воздуха, чтобы объяснить Сержу свою позицию: мне не хочется, чтобы на этом украшении «повисла» хоть одна отрицательная эмоция. Если Серж, отдав мне ожерелье, подумает: «Ну и ну, надули меня с этими цветочками», — уже нехорошо, поэтому лучше выкуплю свою собственную вещь и забуду об отданных деньгах.

А вот с Евдокией Семеновной обязательно побеседую, бабушка способна вывести меня на след воров. Отыщу мерзавцев, называющих себя геронтологами, и потребую назад краденое. Уж у них ничего выкупать не стану!

Но подготовленная речь так и не выплеснулась наружу. Из глубины квартиры послышалась бодрая трель. Серж встал.

— Извините, телефон.

— Идите, конечно, — улыбнулась я.

Мужчина исчез в коридоре, а я быстро положила на столик показавшуюся мне вполне достаточной сумму, схватила футляр с ожерельем и была такова. С души словно бетонная плита свалилась. Слава богу, талисман со мной, его отдали не из милости, я сама за него заплатила. Дело за малым, следует вернуться к Бордюг и разговорить бабушку.

В кармане ожил мобильный.

— Даша, — воскликнул Серж, — вы забыли деньги!

— Они ваши, заплатила за ожерелье.

— Вы уже уехали?

— Сейчас отъезжаю.

— Погодите.

— Не несите деньги, не возьму их, боюсь, талисман потеряет силу, — взмолилась я.

— Хорошо, — неожиданно согласился Серж, — будь по-вашему, но как-то неприлично расстались, хочу сказать вам до свидания не по телефону.

— Спускайтесь, — разрешила я.

Не прошло и пяти минут, как из обшарпанного подъезда выплыла... жуткая вешалка, та самая, изображающая обнаженную горбатую женщину, затем показался Серж.

— Вот, — пропыхтел он, подтаскивая монстра к «Пежо», — берите.

Я попыталась выдавить из себя: «Зачем?» — но не сумела.

— Решил сделать подарок, — лучезарно заулыбался Серж, — видел, что скульптура вам понравилась. Кстати, могу отметить, вы обладаете безупречным вкусом, вещица оригинальная, моя лучшая работа.

— Небось очень дорогая, — обрела я дар речи.

— Пока нет, — спокойно ответил Серж, — но, если лет через пятьдесят захотите продать, думаю, получите состояние.

— Сколько с меня?

— Это подарок, — очень обиженно протянул мужчина, — презент автора, берите. Знаете, Ван-Гог в свое время раздал кучу своих картин, в частности, врачу, который лечил его от сумасшествия. Доктор ни секунды не верил в гениальность пациента, но у него не поднялась рука сжечь мазню. Холсты психиатр складывал на чердаке, да так и умер, не узнав, чем обладает. О ценности собрания стало известно лишь его внукам, которые теперь одни из самых богатых людей мира. Представляете, сколько дают за крошечный эскиз великого импрессиониста? Вы не волнуйтесь, я обязательно потом схожу к Евдокии Семеновне и поговорю с ней, подожду, пока ей лучше станет, и разберусь.

— Ага, — кивнула я, — спасибо за вешалку. Помогите только впихнуть ее в «Пежо».

Мы провозились около получаса, втискивая изделие в малолитражку, наконец, опустив переднее пассажирское сиденье, достигли нужного результата. Я смахнула пот со лба, улыбнулась Сержу, подождала, пока мужчина скроется в своем подъезде, и порулила в соседний двор, к Евдокии Семеновне.

Открыв дверь, пожилая дама спросила:

— Деточка, ты одна? Сержика нету?

— Он дома, — улыбнулась я.

— Хорошо, а то, право, неловко получится, — засуетилась Бордюг, — держи тапочки, а теперь пошли на кухоньку. И давно у вас с Сержиком любовь? Надеялась, он на Милочку внимание обратит, да, видно, не судьба.

Наверное, следовало сказать плохо видящей от старости и не слишком умной от рождения женщине, что она ошибается: «Между мною и Сержем ничего нет, да и быть не может, я намного старше этого парня, совершенно не знаю его, познакомились пару часов назад!»

Но тогда Евдокия Семеновна моментально замолчит, и я никогда не развемаю, откуда к ней приплыло мое ожерелье.

— Что ты знаешь о Серже? — тарахтела старушка, вводя гостью в огромную кухню. — Хотя нет, сначала расскажи о себе. Кем работаешь, или еще учишься в институте?

Конечно, Бордюг практически потеряла от возраста зрение, но как приятно, когда тебя принимают за студентку!

— Преподаю французский язык в институте, — сообщила я почти правду, — закончила вуз и мирно тружусь на кафедре иностранных языков.

— А родители кто? — продолжала допрос старушка. — Не сочти мои вопросы за обезьянье любопытство, но Серж мне родной человек, душа за мальчика болит, вот и хочу его невесту поближе узнать.

— Боюсь, покажусь вам неподходящей для него партией, — спокойно ответила я, — насколько мне известно, отец мой никогда не регистрировал брак с женщиной, родившей ему ребенка. Если честно, то никаких особых подробностей ни о нем, ни о матери не знаю. Мама умерла, когда я еще не умела разговаривать, жив ли папа, не знаю, никогда с ним не встречалась. Меня воспитывала бабушка Афанасия, она не желала рассказывать ни о своей дочери, ни о несостоявшемся зяте. Иногда, правда, бабуля проговаривалась, и кое-что проскальзывало в ее речах, из чего я сделала заключение: мама была не слишком крепкого здоровья, она произвела на свет девочку, а потом скончалась. И это все.

— Надо же! — всплеснула руками Евдокия Семеновна. — Вы с Сержиком созданы друг для друга, оба перенесли тяжелые испытания. Ну, слушай! Мой муж, Иван Павлович Бордюг, был умница, талант...

Я поудобней устроилась на стуле, ну все, бабушка оседлала коня воспоминаний, теперь главное — не перебивать ее, очень хорошо знаю, что пожилые люди сразу никогда не начинают говорить на нужную тему, прежде им необходимо рассказать свою биографию.

Не стану вас утомлять сведениями о том, где, когда и при каких обстоятельствах встетились Дуся и Иван. Отмечу лишь, что быть женой военного — нелегкая доля, и еще, если захочешь иметь супруга-генерала, начинать придется с невесты солдата.

Дуся прошла вместе с Ваней по всем ступенькам служебной лестницы, было в их совместной жизни многое, поездили по стране, помотались по гарнизонам.

Достойной профессии Евдокия не имела, вернее, в кармане у нее лежал диплом педагогического училища, но судьба частенько забрасывала супружескую пару в такие места, где ни о школе, ни о детском саде никто и не слыхивал. Дуся ни дня не работала педагогом и очень скоро забыла начатки полученных в учебном заведении знаний, зато обрела иные, более полезные супруге военного навыки. Переезды случались в ее жизни часто; когда дребезжащий грузовик подвозил Дусю и Ваню к дому, где их ждала очередная оклеенная дешевыми обоями голая комната, муж целовал жену и говорил:

— Побежал представляться начальству, ты уж тут сама!

Дусенька ласково кивала:

— Ступай, Ванечка, все хорошо.

Когда Иван Павлович к ночи вваливался в новое жилище, его ждал горячий обед из трех блюд, на окнах трепыхались накрахмаленные занавески, на подоконнике зеленели невесть откуда взявшиеся растения, со стола свисала кружевная скатерть, а постель топорщилась свежим бельем.

И если судьба заносила семью в крохотный киргизский городок, где не было и малейшего намека на магазин, а местное население не умело говорить по-русски, обстановка в доме военного не менялась. А еще Дуся моментально вскапывала огород, у нее был талант: воткнет в землю какую-то палку, и она превращается в дерево, усыпанное фруктами. В общем, Ивану Павловичу досталась отличная жена, но и муж старался изо всех сил. Он не пил, не гулял, угождал начальству. Ясное дело, что столь ценного офицера не обходили повышениями, и в конце концов семья Бордюг оказалась в Москве.

Глава 16

Первое время Дуся не верила собственному счастью. Они с Ваней получили отличную квартиру, вокруг была не степь, не барханы, не безлюдная пустыня, а огромный город с магазинами, театрами и кино. Дочку наконец-то можно было нормально выкупать в ванне, и за продуктами не приходилось ехать полдня на верблюде до ближайшего кишлака. Дуся расцвела, правда, ей в первый год частенько снился один и тот же сон. Вот Ваня, пыльный, усталый, в выгоревшей гимнастерке, входит в комнату и зявляет:

— Уезжаем. Машина в двадцать ноль ноль.

И Дуся начинает совершать отработанные действия: складывает в дожидающиеся своего часа коробки домашний скарб, берет дочь, засовывает в сумку бутылку с кипяченой водой, горшок, хватает кошку и лезет в прибывший грузовик.

Видение было настолько четким, что Евдокия мгновенно просыпалась, садилась на кровати, но, окинув взглядом спальню из карельской березы, падала на пуховую подушку и замирала от счастья: она в Москве, дома, в собственной квартире, в паспорте постоянная прописка, можно расслабиться, переездов больше не предвидится.

Иван Павлович обожал жену и хотел вознаградить ее за годы лишений, поэтому по любому поводу, а иногда и без оного, притаскивал любимой подарки, в основном ювелирные изделия. Где Ваня брал украшения, Дуся не знала, она плохо разбиралась в золоте и камнях, и откуда появляются колечки, не спрашивала — ясное дело, муж их покупает в магазине.

Потом случилась не слишком приятная история. 9 Мая, в очередную годовщину Победы, Дусенька вместе с Ваней отправилась на праздничный концерт в Большой театр. Естественно, генеральша основательно подготовилась к мероприятию. В ателье было сшито бархатное платье, а шею украсило замечательное ожерелье из сапфиров, подаренное Ваней к 8 Марта. Колье еще ни разу не показывалось в свете, и Евдокия радовалась, предвкушая эффект, какой она произведет на ее лучшую подружку Нинель, тоже жену генерала. Конечно, дамы дружили, частенько собирались вместе, перемывали кости окружающим, сплетничали и ощущали себя почти родственницами, но, согласитесь, приятно быть на празднике самой роскошной.

На концерт Евдокия прибыла в лучезарном настроении, которое слегка испортилось при виде Нинели. На подруге оказалось платье, сшитое в том же ателье, черное, бархатное, а в ушах покачивались замечательные серьги.

После первого отделения отправились в буфет. Ваня и Федор, муж Нинели, отлучились покурить, дамы мирно болтали, лакомясь шоколадными конфетами. Ничто не предвещало беды, и вдруг к Дусе подлетела худая до безобразия тетка, облаченная в плохо сидящее, дешевое платье.

— Быстро отвечай, — завизжала она, тыча пальцем в сапфировое ожерелье, обвивавшее шею Бордюг, — где взяла? А? Живо говори!

Дуся поперхнулась шоколадкой, а Нинель, вспыхнув огнем, рявкнула:

— В чем дело?

— Не с тебя спрос, — взвизгнула хулиганка, — с нее! Откуда камушки?

— Муж подарил, — растерянно ответила Дуся.

И тут психопатка накинулась на генеральшу, пытаясь сорвать с ее шеи ожерелье. Евдокия закричала, она была основательно напугана, Нинель заголосила, посетители буфета заволновались, из курилки прибежали генералы... В общем, продолжения концерта Дуся не увидела, ее с мужем отвели в милицию в качестве потерпевших.

Безумную тетку звали Зинаидой Пановой, она спокойно отдала свой паспорт, сообщила домашний телефон и заявила:

— На шее у этой бабы колье, принадлежавшее моей матери. Могу привести доказательства, если дрянь его снимет, то покажу секрет.

— Не затруднит ли вас дать мне на секунду украшение? — очень вежливо попросил милиционер.

Дуся кивнула и протянула ему ожерелье. Зинаида выхватила у дежурного вещь, потом покрутила ее в руках, Евдокия ахнула, украшение распалось на две части.

— Вот, — засмеялась Панова, — глядите, какая у нее морда удивленная! И не знала ничего! Оно в браслеты превращается! Мне мама показывала! Они его у нас украли.

Иван Павлович возмутился:

— Купил вещь!

— Где? — поинтересовался милиционер.

Генерал замялся.

— Ну... понимаете, приехал на Арбат, а там в магазине ничего, вышел на улицу, подходит старушка, открывает коробочку и говорит: «Приобретите для жены, хорошая вещь, старинная». Я и взял!

— Вор! — заорала Зина.

Дуся в растерянности глядела на мужа, а Иван старательно отбивался от Пановой.

— Я деньги отдал, большие. И ничего старуха о трансформации ожерелья не говорила!

Панова истерически зарыдала, а дежурный внимательно изучил распавшееся на несколько кусков ожерелье и сказал:

— Очень прошу, подождите в соседнем кабинете, вам туда чай принесут.

Дуся и Ваня покорно перешли в другую комнату, генерал ощущал себя не слишком комфортно, да и Евдокии было невесело, в тягостном молчании пара просидела довольно долго, потом на пороге появился все тот же милиционер и сказал:

— Уж извините, мы разобрались, пойдемте, объясню суть.

В кабинете, на стуле, обнаружилась худенькая девушка, почти девочка, с испуганным взглядом.

— Знакомьтесь, — вздохнул сотрудник отеделения, — Валя Панова, дочь Зинаиды. Валечка, объясните генералу и его супруге суть проблемы.

Внезапно девушка сползла на пол, встала на колени и, отвешивая земные поклоны, стала причитать:

— Простите, Христа ради, пожалейте, умоляю, не губите маму! Это я виновата, не усмотрела!

Иван Павлович оторопел, а сердобольная Дуся кинулась к Вале.

— Встань немедленно! Дайте ей воды! Ну чего стоите? Налейте из графина.

Схватив протянутый стакан, Валечка осушила его

и обрела способность изъясняться нормально. Рассказ ее был печален.

Зинаида — психически неполноценная женщина, чей пораженный болезнью мозг полон фантазий. Нигде не работающая, находящаяся на инвалидности Панова целыми днями читает книги, иногда Зину переклинивает, и ей начинает казаться, что она брошенная дочь обеспеченных родителей.

— Мамочка из очень простой семьи, — всхлипывала Валя, — бабушка дворничихой работала, дедушка в сапожной мастерской сидел, никаких драгоценностей они не имели, от аванса до зарплаты еле тянули. Извините маму! Ей ерунда мерещится, в мае обострения случаются. Если сейчас настаивать станете, ее в психушку определят, там бить станут. Я по гроб жизни буду вам благодарна, коли так уйдете, без заявления. Это наша соседка виновата, она с мужем на концерт в Большой театр приглашение получила, да ее супруга в командировку отправили, вот и предложила мамочке пойти. А я на работе была, недоглядела. Теперь все, запру маму дома.

Дусе стало жаль Валю до слез. Бедная девушка, она, наверное, очень хороший человек, раз не сдала сумасшедшую родительницу государству, а сама пытается справиться с несчастьем.

— Но Зина откуда-то узнала про секрет, — вдруг подал голос Иван Павлович, — ожерелье распалось на браслеты!

Валя понурила голову, а следователь кашлянул.

— Кхм, тут такая штука. Мне тоже вначале показалось, что Панова говорит правду, но потом вгляделся и сообразил: она попросту разорвала колье. Видите?

— Ну и сила в руках у бабы, — восхитился генерал, — просто Илья Муромец, эк она его, спокойно, без напряга, мне и то не справиться.

Милиционер сочувственно поглядел на вытиравшую слезы Валю.

— Психи в момент буйства горы свернут.

— Верно, — прошептала Валечка, — мама весь год тихая, а в мае дверь сломать может, одним движением вышибает.

— Значит, колье испорчено, — резюмировала Дуся.

— Не расстраивайся, дорогая, — мигом отреагировал супруг, — починим.

Валя снова упала на колени.

— Простите, простите, простите, — монотонно, словно капающая вода из крана, зачастила она, — не губите, не губите, не губите...

Дуся и Ваня ушли из милиции, прихватив изуродованное ожерелье, никакого заявления против несчастной Пановой они оставлять не стали. Евдокия решила починить колье и убрать подальше, ей очень не хотелось вспоминать об идиотском происшествии.

Через два дня в квартире раздался звонок, времена были советские, о криминальных личностях тогда обычные граждане особо не думали, поэтому Евдокия спокойно распахнула дверь, не поглядев в замок и не задав традиционного вопроса: «Кто там?»

В прихожую вошла Валя с плетеной сумкой в руках.

— Чего тебе надо? — удивленно воскликнула Дуся.

— Вот, — стала впихивать девушка корзинку генеральше, — возьмите.

— Зачем?

— Там подарок.

— Не нужно.

— Уж не побрезгуйте, яички из деревни, сметанка своя, мед в сотах, — тараторила Валя, — специально в колхоз, к родне смоталась и привезла. Ешьте на здоровье. Спасибо вам.

— Уноси, — простонала Дуся, у которой с утра немилосердно трещала голова.

— От чистого сердца, — не отступала Валя, — не обижайтесь, другим ничем поблагодарить не сумею.

— До свидания, — еле выговорила Дуся.

— Ой, вам плохо?

— Нет, ступай домой.

— Вся красная, небось температура.

— Сама разберусь.

— У вас ребенок кричит, не слышите?

Евдокия хотела сказать: «Девочка больна корью», — но не сумела, у генеральши подкосились ноги, перед глазами потемнело... Дальнейшее вспоминалось с трудом. Вроде кто-то привел ее в спальню, раздел и уложил в кровать, сунув под мышку противный холодный градусник. Затем из тумана выплыло испуганное лицо Ивана Павловича...

Очнулась Дуся внезапно, обнаружила себя на постели, села, потрясла головой, потом кое-как встала на дрожащие ноги и добрела до кухни.

В просторном помещении приятно пахло свеже-пожаренными котлетами, у стола сидела крохотная Галечка с ложкой в руке, а возле плиты стояла... Валя.

— Ты что тут делаешь? — выпалила Евдокия.

— Ой, — засуетилась девушка, — скорей сядьте! Корью вы заболели, от Галечки заразились. Вовремя я пришла, вы с такой температурой свалились! Аж градусник зашкалило. Иван Павлович так испугался! Чуть сам не помер! Вот я и осталась, по хозяйству помочь! Ну, не бросать же вас было! Галечка в кровати, жена тоже плохая... Разве мужику с больными справиться!

Дуся хотела сказать «спасибо», но пошатнулась от слабости.

— Зря встали, — укоризненно сказала Валя, — сил сейчас у вас как у воробья. Ну-ка, давайте в постельку.

Поправлялась Дуся очень медленно, она получила осложнение, заболело сердце, потом невесть откуда навалился отит, его сменило воспаление легких, и все время, пока женщина лежала в кровати, Валечка твердой рукой вела хозяйство. Иван Павлович выходил из дома в тщательно отутюженной одежде и начищенных ботинках. Галечка щеголяла в белоснежных платьицах, кошка исправно получала еду, и на плите имелся вкусный обед. Легкая на подъем, веселая Валя отлично управлялась с тряпкой и пылесосом, любила цветы и животных. А еще она не гнушалась сгонять к родне в деревню и припереть оттуда местных деликатесов: то привезет полкабанчика, то притащит необыкновенно вкусные яйца с ярко-оранжевым желтком. И Дуся сообразила — ей без Вали будет плохо, впервые в жизни трудолюбивая, всегда рассчитывающая на собственные руки генеральша поняла: как приятно, когда жирную посуду моет кто-то иной, а ты в это время мирно пьешь чаек.

Валя согласилась стать домработницей, у девушки не было особого образования, и на хорошую службу ей рассчитывать не приходилось.

Мирно текли счастливые годы, случалось, конечно, и горе. Умерла Зина, но, поскольку последнее время она была совсем невменяемой, кончину матери Валя восприняла без трагизма. У девушки наконец-то появилась надежда устроить личную жизнь. Валечка была вполне симпатична внешне, но кавалеры, услыхав про мать-психопатку, мигом улетучивались, никто не желал иметь тещу с душевным заболеванием, женихов не привлекало даже наличие у невесты отдельной квартиры почти в центре Москвы. И вот сейчас Валечка осталась одна.

Принц не заставил себя ждать, появился словно по мановению волшебной палочки, Валечка влюбилась и очень скоро забеременела. И тут королевич повел себя совсем не благородно, на Валину просьбу: «Давай сходим в загс», — он спокойно ответил:

— Как-то стыдно, с животом, вот родишь, и сбегаем.

Валя поверила будущему мужу и сказала Евдокии:

— Уж извините, покину вас временно.

— Может, погодишь пока дитем обзаводиться, — осторожно спросила генеральша, — помогу аборт сделать, есть у нас с Нинель и Лилей неплохой специалист, сначала следует замуж выйти, какие твои годы? Посмотри на меня, дочку себе позволила далеко не в юном возрасте, только тогда, когда муж наверх выбился. Не торопись, погоди.

— Да я не уйду надолго, — заулыбалась Валя, — рожу и вернусь. Мой Алеша надомник, картинки рисует, потом продает, ему нетрудно будет за малышом приглядеть.

Евдокия только вздохнула. До самых родов Валечка помогала генеральше, а потом ее увезли в клинику, Бордюг позвонила счастливому отцу, хотела спросить, что купить новорожденному в подарок, но телефон не отвечал. Не приехал молодой папаша и за женой, в нужный час растерянную Валю забирали Дуся и ее лучшие подруги Нинель с Лилей. Они же справили малышу приданое. Алексей испарился в неизвестном направлении.

Валя не стала плакать, она вообще очень редко унывала, умела находить радость в любой ситуации. Иван Павлович крякнул и устроил маленького Сережу в ведомственные ясли, на пятидневку. Валечка с понедельника по пятницу служила домработницей, а на выходные становилась мамой, благо Сереженька рос здоровым, послушным, тихим мальчиком, с самых ранних лет обожавшим лепить фигурки из пластилина, подвижные игры пацанчик недолюбливал.

Через некоторое время скончался Иван Павлович, вместе с ним умерло и материальное благополучие, Евдокия осталась одна, без профессии и мужа, с дочкой-школьницей.

Первое время она тратила накопления, но потом пришлось сказать Вале:

— Извини, нам придется расстаться, платить больше нечем.

— Эка ерунда, — отмахнулась Валя, — я че, денег прошу? Давно вас мамой считаю, хоть по возрасту и не подходите, молодая вы еще!

Дуся заплакала, вот какая Валечка замечательная, не бросила в трудную минуту. Следующая неприятность приплыла с той стороны, откуда ее совсем не ждали. Галечка, едва поступив на первый курс университета, забеременела. Евдокия поздно заметила беду, да и Валя прошляпила ситуацию. Галечку не тошнило, она просто стала очень хорошо кушать. Возросший аппетит всегда капризного в еде ребенка не насторожил мать, наоборот, Дуся обрадовалась, решила, что дочка взрослеет и теперь ныть около полной тарелки не станет.

Прозрение наступило слишком поздно, что-либо предпринимать было уже нельзя, на свет явилась крошечная Милочка.

Сколько Евдокия ни пытала дочь, но так и не добилась ответа на вопрос: кто отец малышки?

Галечка отводила в сторону взор и молчала. Нинель, не давившая на психику матери-одиночки, добилась большего результата. Ей в конце концов девочка призналась:

— Наш преподаватель, он женат.

Нинель мигом принесла новость подруге, Дуся разъярилась.

— Ну, сейчас пойду к ректору, пусть вычисляет мерзавца.

— Не делай глупости, — предостерегла ее лучшая подруга, — пусть все идет своим чередом, авось устаканится.

— Хорошо тебе говорить, — обозлилась Дуся, — с мужем живешь, не нуждаешься. А нам где деньги брать? Нет уж! Прищучу пакостника, если жениться откажется, обязан алименты платить!

— Не надо!

— Еще чего! — рявкнула Дуся и рванула в университет.

Имени похотливого преподавателя она не узнала, ректор женщину не принял, разговаривала она с деканом факультета, где училась Галечка. Седовласый начальник заверил Дусю, что разберется в ситуации; успокоившись, вдова генерала вернулась домой и легла спать.

На следующее утро, оставив крохотную Милу с Валей, Галечка убежала на лекции и домой больше не вернулась никогда. Через два дня в почтовом ящике Дуся обнаружила письмо, содержание которого запомнила навечно: «Ты сломала мою жизнь. Зачем ходила к декану? Теперь любимый на мне никогда не женится. Прощай, я умираю, а ты живи дальше и знай, что убила меня».

Глава 17

Евдокия бросилась в милицию, но там ей ничем не помогли, среди обнаруженных в столице трупов Галечки не нашлось. Примерно через год Бордюг вызвали в отделение, показали ей сумку, сапоги и спросили:

— Узнаете?

— Да, — кивнула Дуся.

Следователь вытащил паспорт.

— Бордюг Галина Ивановна — ваша дочь?

— Да.

— В сумке еще ключи, ваши?

— Галечкины.

— И кошелек, в нем деньги.

— Наверное, то есть он ее... — прошелестела Дуся, — девочка нашлась?

Милиционер кивнул.

— И мне можно ее увидеть? — приободрилась плохо въехавшая в ситуацию Евдокия.

— Не надо, — осторожно ответил мужчина.

— Но почему? — возмутилась вдова. — Очень хочу обнять дочь, поговорить с ней. Где она?

Следователь помялся, затем решительно заявил:

— Теплеть стало, снег сошел.

— Конец апреля на дворе, — удивилась Дуся странной перемене темы разговора, — давно сухо.

— Это в городе, — гнул свою линию представитель правоохранительных органов, — а в лесу только-только все растаяло, вот «подснежники» и появились.

Дуся захлопала глазами.

— Подснежники? Но они же в начале марта цветут.

Следователь начал передвигать на столе всякие предметы, перекладывать бумажки и в конце концов выпалил:

— Обнаружен труп вашей дочери, в лесу, в Подмосковье. Сомнений теперь нет, опознание не потребуется, то, что осталось от Галины Ивановны, выдадут для похорон, лучше не настаивайте на вскрытии гроба, вы имеете на это право, но... не надо.

Галечку упокоили около Ивана Павловича, Евдокия осталась одна с крохотной Милочкой, и вновь на помощь пришла Валечка.

— Живым жить надо, — уговаривала она лежавшую на кровати хозяйку, — вам внучку поднимать.

— Сил нет, — ответила Дуся, — и денег тоже! Как ребенка тянуть? Ума не приложу! Нет уж, лучше к своим уйти.

— А Милочку куда, в детдом? — напомнила Валя.

Евдокия вздохнула, ради внучки следовало взять себя в руки. В конце концов, наступив ногой на собственную гордость, вдова генерала сняла со стены картину и продала ее. Иван Павлович не любил тратить деньги попусту, генерал предпочитал покупать вещи, представлявшие, на его взгляд, ценность, он вкладывал средства в произведения искусства, посуду, украшения для жены.

«Ничего, — думала Дуся, возвращаясь из комиссионки с деньгами, — конечно, рассчитывала получить больше, но то, что дали, неплохо. Как-нибудь проживем, навряд ли мне станет хуже».

Но как Евдокия ошибалась! Прошло чуть больше года после похорон Галечки, как исчезла Валя.

Стоял последний месяц лета, Сережа был отправлен в лагерь, Валя, поработав у вдовы, поехала домой. Добралась ли она до родной квартиры или сгинула по дороге, так и осталось загадкой.

Когда утром домработница не появилась, Дуся стала набирать номер ее телефона, вдова решила, что прислуга заболела, но Валя не снимала трубку. Поначалу Евдокия не заволновалась, в конце концов, Валентина могла опоздать. К обеду насторожилась, к вечеру испугалась, на следующее утро понеслась на квартиру к домработнице. У генеральши с незапамятных времен лежали ключи от хором Вали, та принесла связку и, подав хозяйке, попросила:

— Пусть будут, вдруг чего случится.

До этого дня Евдокия никогда не пользовалась ключами и сейчас никак не могла впихнуть нужную «открывалку» в скважину. Леденея от предчувствия беды, Дуся ковыряла замок, и тут дверь сама по себе распахнулась, на пороге стоял Сережа.

— Здрасти, — удивленно воскликнул он.

— Ты дома? — заорала вдова.

— Ага, — закивал юноша, — в девять утра приехал.

— Где мама? — перебила его Евдокия.

— К вам пошла, — растерянно ответил Сережа.

— Значит, ты ее видел! — почувствовав облегчение, выдохнула вдова.

— Сегодня нет, только сейчас прибыл, даже вещи разобрать не успел.

— Тогда почему решил, что мать у меня? — снова сорвалась на крик генеральша.

— Где же ей быть? — попятился Сережа. — Всегда ровно в семь тридцать уходит.

Дуся шлепнулась на табуретку в прихожей и заголосила:

— Господи, спаси и сохрани! Что делать станем?! Верни Валю!

Сережа притащил стакан воды и забормотал:

— Чего вы переживаете! Мама небось в магазин завернула.

— Ее со вчерашнего дня нет! — простонала вдова.

Мальчик вздрогнул, потом воскликнул:

— Ногу сломала! В больнице лежит.

Евдокия схватилась за голову.

— Твоя правда! И не подумала о таком! Где телефон? Скорей, звоним в бюро несчастных случаев.

Тот, кому довелось разыскивать пропавшего родственника, представляет, через какие круги ада прошли Евдокия и Сережа. Хорошо, что на помощь им пришла Нинель, она велела плачущей без остановки Бордюг сидеть дома, а сама стала бегать по инстанциям. Валю так и не нашли, женщина словно испарилась.

— Ну кому она нужна? — твердила Дуся. — Некрасивая, немолодая, одета так себе, чисто, конечно, но бедно. Никаких драгоценностей не имела, в кошельке ерунда лежала. Разве это объект для грабителя или насильника?

— Ты не волнуйся, — отвечала Нинель, — милиция сложа руки не сидит, ищет.

Но Валя сгинула окончательно, Дуся осталась одна с Милой. А еще имелся Сережа, конечно, уже не крохотный ребенок, но и не взрослый человек, один он жить не мог, следовало, помня о доброте Вали, пригреть ее сына. И тут Дуся проявила малодушие. Ну как ей взвалить на себя еще одного нахлебника! Милу с трудом ставит на ноги, мальчика не потянуть.

На помощь снова пришла Нинель. Лучшая подруга Евдокии не имела детей. Федор, ее муж, целыми днями пропадал на работе, и генеральша поселила школьника у себя.

Дуся, испытывавшая некое неудобство из-за ситуации с парнишкой, всячески выказывала ему свою любовь, поддерживала добрыми словами, поощряла, так сказать, морально, материальную тяжесть взвалила на свои хрупкие плечи Нинель. Впрочем, Лиля, третья подруга, тоже заботилась о Сереже как могла. Правда, мальчик, которого дамы начали звать Сержем, никаких хлопот не доставлял, он блестяще окончил Строгановское училище. Наверное, у парнишки имелся талант, большинство студентов занимались с репетиторами и все равно сыпались на экзаменах, а Серж получал за все творческие конкурсы пятерки.

Уже на первом курсе юноша начал подрабатывать, хватался за любой заказ, а еще он оказался благородным человеком: закончив институт, съехал назад в квартиру, где провел детство, но Нинель, Евдокию и Лилю не бросил, до сих пор помогает старухам чем может.

— Видишь, какой Сержик замечательный, — закончила рассказ Евдокия, — ему в жизни пришлось перенести много испытаний, и жена нужна хорошая! Сумеешь сделать Сержа счастливым? Имей в виду, мы с Нинель и Лилечкой придираться станем.

— Что же он вам просто так денег не дает? — прищурилась я. — Отчего ваши драгоценности на продажу берет? Разве это красиво?

Евдокия нахмурилась.

— Мне милостыни не надо, слава богу, не нищая. У Сержа особых средств нет, и рад был бы мне вторую пенсию платить, но откуда ее взять? Впрочем, я просто так ничего не возьму. И огромное спасибо Сержу, что покупателей находит, время на меня тратит.

Я помолчала и осторожно спросила:

— Но я так поняла, что ваш золотой запас иссяк?

Евдокия кивнула.

— Увы, любой колодец имеет дно, последнее колечко сдала.

— Так откуда ожерелье?

Старушка сгорбилась.

— Некрасиво получилось. Но, пойми правильно, Мила растет, ей нужна хорошая одежда, еда, потом, девочка учится в институте, сама не зарабатывает. Вот... поэтому...

— Откуда ожерелье?

Евдокия повздыхала, поохала и наконец призналась:

— Нинель дала.

— Зачем? И как оно к ней попало?

— Ну... хорошо, расскажу, но ты, душенька, Сержу ни словечка. Нам перед ним стыдно будет, все нищета проклятая!

— Ладно, говорите.

Евдокия схватила край скатерти и, нервно заплетая бахрому в косички, начала:

— Мое золотишко исчерпалось, я приуныла и пошла к Нинель за советом.

На ум генеральше лезла всякая глупость. Может, продать большую квартиру, приобрести маленькую в спальном районе, а на полученную разницу ставить Милу на ноги? Или наняться нянькой в приличный дом?

Услыхав о планах подруги, Нинель покачала головой.

— Апартаменты — капитал, оставь их на крайний случай. В прислуги тебя никто не возьмет, возраст не тот, да и не справишься с обязанностями.

— Лифтершей сяду!

— Они гроши получают.

— В уборщицы наймусь.

— Не ерунди, — обозлилась Нинель, — найду выход!

Слегка повеселевшая Дуся поехала домой, она знала: Нинель Митрофановна сумеет придумать нечто замечательное, ведь лучшая подруга в сложной ситуации всегда приходила на помощь.

Так и вышло. Спустя неделю Нинель явилась к Бордюг и сказала:

— Серж знает, что ты все распродала?

— В общем, да, — кивнула Евдокия.

— Отнеси ему этот браслет, — велела Нинель.

— Какой красивый! — восхитилась Дуся.

— Верно, — согласилась Нинель, — жаль, не мой.

— А чей?

— Вот этого не скажу.

— Почему? — удивилась Евдокия. — Откуда он у тебя?

Нинель вытащила сигареты, закурила и, выпуская дым, сообщила:

— Серж ведь занимается продажей ювелирных изделий?

— Ну да, — подтвердила Дуся, — он мне очень помогал.

— И у него хорошая клиентура, — продолжила Нинель.

— Что ты говоришь! Значит, я не одна?

— Нет, конечно.

— Скажите, пожалуйста, — восхитилась Дуся, — экое доброе сердце у юноши!

— Доброта здесь ни при чем, — отрезала Никель, — Серж зарабатывает на комиссии.

— Это как?

— Берет колечко, продает за десять тысяч, а хозяйке отдает семь, остальное забирает себе.

— Не может быть!

— Почему? — пожала плечами Нинель.

— Это спекуляция!

— Дуся, — засмеялась подруга, — очнись, иные времена на дворе. Теперь это именуется коммерцией и весьма приветствуется. Сержу ведь жить надо.

— Он художник!

— Бог мой! Малюет никому не нужные картины.

— И скульптор!

— Еще хуже, — захихикала Нинель, — сними розовые очки. Сержик — торговец золотишком, делает он это тихо, не привлекая к себе внимания, боится нарваться на скандал, поэтому вещи на реализацию берет лишь у хороших знакомых либо по рекомендации. Думаешь, мало таких, как ты? На век Сержа хватит! Мы по бедности продаем, другие по богатству покупают.

— Он хороший мальчик!

— Конечно, никто с этим не спорит, — вздохнула Нинель, — но даже Иисус Христос, пока жил на земле, был вынужден приобретать хлеб и одежду. Если Серж станет рассчитывать лишь на свое творчество, он с голоду умрет. Неси ему браслет, скажи, желаешь получить за него тысячу долларов.

— И что?

— Украшение стоит чуть дороже, — принялась растолковывать Нинель суть операции малопонятливой подруге. — Серж вручит тебе штуку.

— Не поняла, какую штуку? — разинула рот Евдокия.

Нинель хмыкнула.

— Извини, оговорилась, доллары получишь, отдашь мне восемьсот.

— Но ты только что говорила про тысячу, — напомнила Дуся.

— Верно, двести тебе останутся, вот он, хороший

заработок. Если в месяц ты три-четыре украшения пристроишь, уже здорово.

— Ничего не понимаю, — замотала головой Евдокия.

— Ох и тяжело с тобой, — укорила Нинель, — дело выеденного яйца не стоит! У меня полно знакомых, в отличие от тебя, общаюсь с самыми разными людьми, встречаются среди них некие дамочки, замужние. Получит такая фря от любовника сувенирчик и не знает, что с ним делать. Домой тащить опасно. Конечно, большинство богатых мужиков и не помнят своих подарков бабам, но попадаются чересчур внимательные. Они-то и могут спросить: «А это откуда?» И что ответить? Потом, многие люди разбогатели после долгих лет нищеты, они не забыли о лишениях и не разрешают супругам бесконтрольно тратить семейные деньги. А тем охота пошнырять по магазинам, не слыша упреков.

Нинель схватила чашку, залпом осушила ее и закончила:

— А тут я. Шалунья приносит мне браслет, дескать, купи, а я и говорю ей — пятьсот долларов. Штучка стоит почти в два раза дороже, но свиристелке никогда ее за истинную цену не сдать, вот и приходится соглашаться, пять сотен лучше, чем ничего.

Дальше — просто: несу тебе, ты отдаешь Сержу, он продает золото, и все довольны. Сержик получил профит, ты отщипнула крошку, я пылинку, дамочка имеет копеечки.

— Но отчего ты сама не хочешь относить Сержику драгоценности? — удивилась Дуся.

Нинель скривилась.

— Серж знает, что у меня ничего такого отродясь не было. Мой Федор, в отличие от твоего Ивана, добро в дом никогда не нес! Пока Иван Павлович пополнял кубышку на черный день, Федор Михайлович развлекался, он и сейчас загулять может, да чего я тебе рассказываю, знаешь все лучше меня! Серж очень осторожен, он с абы каким продавцом связываться не станет, а у тебя возьмет украшение без страха.

— Может, сами попытаемся торговлю начать? — предложила Дуся.

— Не получится.

— Почему?

— Где клиентов искать? У Сержа их много, есть постоянные, которые часто брильянты покупают. Нет, надо использовать Сержа, но так, чтобы он не догадался. В конце концов, мы для него много сделали! — стукнула кулаком по столу Нинель.

— Но я уже призналась: сундук пуст, — пыталась отбиться от сомнительного, на ее взгляд, предприятия Евдокия.

— Не страшно, — не сдавалась Нинель, — скажешь так: «Сержик, оставила кое-что совсем уж на черный день, вот он и настал»!

Евдокия замолчала.

— И вы пошли на поводу у подруги? — удивленно спросила я.

Кивок.

— Начали обманывать Сержа?

— Ну, это не ложь, — возмутилась Евдокия, — просто маленькая хитрость. Жить надо, кушать, Милу одевать, учить. Но Сержику правду рассказать никак не могу, он оскорбится до глубины души, и Нинель подведу. Кстати, никаких проблем у нас не было, пока ты, деточка, не появилась. Сделай одолжение, не выдавай меня, а?

— Хорошо, только дайте телефон Нинели, — потребовала я.

Обрадованная тем, что «невеста» собирается молчать, Евдокия, даже не поинтересовавшись, зачем мне понадобилась ее подружка, мгновенно назвала необходимый номер.

Я откланялась, еще раз поклялась свято хранить тайну и пошла к машине.

Ожидая, пока прогреется замерзший на улице «Пежо», я оперлась на руль и призадумалась. Пожалуй, не стоит прямо вот так, с бухты-барахты, наезжать на Нинель Митрофановну, нужно поразмыслить над ситуацией. Да еще эта вешалка, которую мы с Сержем еле впихнули в машину, сильно мешает мне. Значит, так, рулю в Ложкино, вытаскиваю горбунью, а потом тщательно разрабатываю план действий.

Глава 18

У ворот меня тормознул охранник. Очень удивившись, я опустила стекло.

— Толя, что случилось? Ты не узнал «Пежо»?

— Нет, Дарь Иванна, знаю вашу машину.

— Тогда в чем дело?

— Понимаете, — замямлил секъюрити, — дело такое, собак очень люблю... у меня их трое... да... целая стая!

— Хочешь, чтобы Машка сделала им прививку, — осенило меня, — без проблем, она по воскресеньям свободна. Насколько знаю, ты живешь в двух шагах отсюда, приводи псов, и дело с концом, а теперь открывай шлагбаум.

— Да не... не надо уколов.

— Говори живей, чего хочешь?

— Уж не обижайтесь.

— Не буду.

— Не побрезгуйте.

— Чем?!

Толя протянул пакет.

— Вот, небольшой подарок Бандюше, очень мне ваш пит по душе, такой славный.

Мой нос ощутил знакомый запах, исходящий от кулька.

— Что ты решил передать Банди? — удивилась я.

— Так, ерунда, полкило колбаски, ливерной, свежей. Только не ругайтесь, от души и чистого сердца, — покраснел страж ворот.

— Хорошо, — пожала я плечами и схватила кулек, непременно вручу Бандику «собачью радость», только непонятно, с какой стати Толя надумал подкармливать нашего пита.

Со скоростью больной черепахи я проехала по поселку и уткнулась в родные ворота, пальцы нащупали пульт, нажали на кнопочку, но железная решетка почему-то не сдвинулась с места. Я насторожилась: что случилось? Мотор, приводящий в движение створку ворот, работает на электричестве, а в Подмосковье часто выключают свет, и не надо думать, что при свечах и керосиновых лампах сидят лишь жители умирающих деревень, в таких поселках, как Ложкино, тоже частенько не зажигаются люстры и перестает бежать вода из кранов. Оказавшись пару раз в подобной ситуации, мы купили автономный генератор и теперь не испытываем проблем, лампочки на секунду гаснут, но потом загораются вновь. Правда, теперь появилась новая головная боль — закупка солярки, на которой работает «электростанция», но в жизни ничего идеального не бывает. Вот почему в первую очередь я подумала не о перебоях со светом, а о том, что мотор сломался и придется ставить новый. Угадайте, кому пришлось бы ехать в контору и, тряся гарантийным талоном, требовать мастера? Поначалу я помучилась бы, добиваясь бесплатной замены или починки системы, выслушала бы жалобные речи об отсутствующих запасных частях и смертельно больных или уже умерших механиках, но под конец, не надеясь на чудо, вынула бы из сумочки пару купюр. И как вы понимаете, в таких случаях необходимые железки как по волшебству материализуются, а нужный специалист, восстав из гроба, мчится ко мне со скоростью ветра.

Повздыхав на разные лады, я вылезла из «Пежо» и пошла к калитке, сейчас войду во двор и стану откатывать решетку, так сказать, ручным способом.

Но не успели ноги добрести до створки, как глаза увидели то, что мешало работе механизма: на земле, загораживая паз, по которому должна катиться железка, лежал мешок.

Я подняла его, заглянула внутрь и рассердилась. Ну, Ирка! Ездила за продуктами и потеряла одну торбу. Внутри полиэтиленовой сумки лежали пакеты с кефиром и питьевым йогуртом, банка плавленого сыра и коробочка пастилы.

Ругая сквозь зубы растеряху, я устранила помеху, села в машину и услышала стук в стекло: около «Пежо» возникла маленькая девочка, лет семи-восьми. Она явно была ложкинской, но я мало общалась с соседями и не знала ни имени, ни фамилии ребенка.

— Вы тетя Даша? — прочирикала малышка.

— Да, мой ангел.

— Вот, возьмите!

Я уставилась на кулек, который протянула миниатюрная ручонка.

— Это что?

— Подарок бедному Бандику!

— Кому?

— Вашей несчастной собачке, — тихо добавила девочка, — мне очень и очень ее жаль.

Я машинально схватила пакетик и в полном недоумении спросил:

— А что с Банди?

— Разве вы не знаете? Он умирает! На магазине объявление весит, ну, такое, большое, помогите несчастной собаке! — понуро сообщила девочка.

Забыв о вежливости и не сказав ребенку ни «спасибо», ни «до свидания», я резко отпустила педаль тормоза, вкатилась во двор и бросилась на кухню, вопя, словно обезумевшая пожарная сирена:

— Банди, Банди, Банди!

Послышалось бодрое цоканье когтей, и в прихожую вылетела вся стая во главе с радостно улыбающимся питом.

— Мальчик, ты жив?!!

Бандюша забил тонким длинным хвостом. Я сунула руку в пакет, полученный от охранника, вытащила ливерную колбасу и уже собралась разделить ее на равные части, но тут престарелая, почти слепая пуделиха Черри, ловко подпрыгнув, вырвала угощение из моих рук и с бешеной скоростью понеслась к лестнице. Остальные собаки, взвыв от негодования, кинулись за нахалкой. Наша Черри недавно справила очередной день рождения, возраст у пуделихи более чем почтенный, она плохо слышит, еще хуже видит и совсем ничего не соображает, настолько ничего, что ее никто не ругает за лужу в прихожей, — в конце концов, старость не красит, и неизвестно, какие чудачества стану совершать я на пороге столетнего юбилея. Мы постоянно кормим Черричку всякими таблетками, а недавно перевели ее на специализированный корм «для собак с ослабленной мозговой деятельностью». До сих пор члены нашей семьи были активными противниками готовых кормов для животных, мы варим стае кашу, но Денис принес банку и сурово заявил:

— Черри теперь хавает только это.

Пришлось подчиниться и вываливать пуделихе в миску нечто непонятное. К слову сказать, Черри с огромным аппетитом накинулась на еду, которую до тех пор и не пробовала, она вообще большая охотница жрать всякую дрянь. Но через пару недель мы заметили у старушки явные изменения к лучшему, лужи в прихожей больше не появлялись, Черри перестала путаться в коридорах и комнатах, избавилась от немотивированной агрессии — одним словом, стала почти прежней, благовоспитанной и милой пуделихой.

Трансформация оказалась настолько волшебной, что однажды Ирка со вздохом сказала:

— Может, и мне этот корм на завтрак поесть? Может, он не только собакам мозги на место ставит? А то я какая-то забывчивая стала!

Вместе с разумом к Черри вернулась и хитрость. Глядя, как она со стоном бредет по лестнице, медленно-медленно перетаскивая со ступеньки на ступеньку артритные лапы, вы, обливаясь слезами, подхватите страдающую животинку и внесете в спальню на руках да еще сунете бедняжке в пасть строго запрещенную Денисом карамельку. Если на улице льет дождь, то Черри не отзывается на хозяйский крик, не слышит приказа: «Всем гулять», — и вы, обежав весь дом, находите ее в бане, на диване, в куче пледов. Если бы так повел себя молодой Хучик, он бы вмиг получил выговор, но Черри все сходит с рук, ясное дело, что ее уши плохо слышат, нельзя же проявлять жестокость к старому, больному животному.

Но вот парадокс! Слова «Идите есть» Черри улавливает еще до того, как вы произнесли магическую фразу. А при виде еды к старушке мигом возвращаются прыть и резвость. Вон как ловко сориентировалась она на местности, первая увидела батон колбасы, шустро выхватила его у хозяйки и унеслась, забыв про артрит, ревматизм и наступившую старость.

— Ну, Дарь Иванна, — всовываясь в прихожую, сердито воскликнула Ирка, — на фига вы собаке ливерку сунули! Пришло же в голову ее купить!

Я повесила куртку в шкаф и стала оправдываться:

— Это охранник для пита передал. Странно! А еще незнакомая девочка приволокла для Банди кулек с продуктами. Отчего-то ребенок решил, что наш пес умирает. Кстати, ты потеряла у ворот пакет с продуктами.

Ирка уперла кулаки в бока.

— Умереть не встать! Народ в Ложкине опсихел!

Нам весь день жратву несут, звонят, не переставая, я вспотела дверь открывать! Протягивают пакеты и ноют: «Это Бандюше, вот несчастный». Так что я ничего не роняла, это очередное подаяние оставили!

Я замерла с ботинком в руке.

— Почему люди так ведут себя?

— Говорю же, опсихели, шизофрения обострилась! — заявила Ирка. — Так всегда весной случается, в марте и коты, и люди бесятся.

Но мне подобное объяснение не пришлось по вкусу. В Ложкине не принято заглядывать к соседям на огонек без приглашения. Внезапно на ум пришли слова девочки: «На магазине объявление висит, такое большое, помогите несчастной собачке».

— Эй, вы куда? — крикнула Ирка.

— Сейчас вернусь, — ответила я и понеслась из дома.

Назвать магазином крохотный павильончик, расположенный в центре Ложкина, можно лишь с большим трудом. В торговом зале — самый примитивный ассортимент: сигареты, хлеб, молоко, яйца, водка, конфеты. Летом здесь продают еще уголь в мешках и свежие овощи. Мы практически никогда не заглядываем в «супермаркет», предпочитаем привозить харчи из Москвы. Поэтому я была страшно удивлена, когда незнакомая продавщица весьма вежливо сказала:

— Здрассти, Дарь Иванна.

Похоже, моя популярность в Ложкине очень высока, а я-то полагала, будто имя мадам Васильевой знают лишь два-три человека.

— Хлебушка хотите? Берите, совсем свежий, — мило улыбалась торговка.

— Вас как зовут? — налетела я на женщину.

— Наташа.

— Скажите, что за объявление висит здесь? Про Банди. Где оно?

— Около входной двери, — ответила Наташа, — слева, не заметили?

Не отвечая на вопрос, я вылетела наружу и мгновенно уперлась взором в лист формата А 4, прикрепленный прозрачным скотчем к стене.

«Дорогие ложкинцы! Все, кто любит животных! Спасем питбуля Банди из дома Дарьи Васильевой. Собака голодает, хозяева разорены и не способны прокормить пса! Люди, если имеете возможность, принесите голодающему питу еду, он будет рад любой крошке! Все на помощь Банди! Не дадим погибнуть животине!»

Сломав два ногтя, я содрала дацзыбао и, вернувшись в магазин, ткнула обрывки Наташе под нос.

— Кто написал эту гадость? Банди великолепно питается, и мы не собираемся разоряться! Если это ваша шутка, то она совершенно неуместна! Кстати, сегодня не первое апреля!

— Я здесь ни при чем, — заквохтала Наташа, — это Аня прицепила, нянька Журовых из двенадцатого коттеджа. Я, вообще-то, против была, но Аня так налетела, кричала: «Неужели позволишь собаке от голода померети?», — ну и...

Не слушая причитаний торговки, я выбежала из магазина и решительно направилась к дому Журовых; не знаю ни хозяев, ни их прислугу, но сейчас ни тем, ни другим мало не покажется!

— Кто там? — каркнуло из домофона.

— Дарья Васильева, хозяйка погибающего Банди, пришла поблагодарить вас за заботу, — старательно сдерживая гнев, сообщила я.

Калитка распахнулась, я мгновенно узнала представшую перед глазами девушку, это она бросала в пруд сдобные булочки, за которыми ринулся в ледяную воду наш обжора.

— Вы Аня?

— Ой, здрасти, не надо мне «спасибо» говорить,

просто решила спасти милую собачку. Если у вас трудности, всегда следует обратиться к людям, непременно помогут, вон в газетах часто объявления печатают: «Люди, пришлите денег». И знаете, очень многие...

— Надеюсь, ты в периодическую печать ничего не сообщала? — перебила я идиотку.

— Нет, — растерянно ответила Аня. — А надо?

Обозлившись до крайности, я схватила дурочку за плечи, встряхнула и рявкнула:

— В суд на тебя подам!

— За что? — попыталась вырваться Аня.

— За клевету! Отчего ты решила, что мы нуждаемся?

— Так Банди... булочки... голодный, — стала лепетать нянька.

Я не дала ей договорить, приперла девушку к ограде и изложила той ситуацию про диету, прогулку и сексуальную активность Банди.

— Ой, ой, ой! — вскрикивала Аня по мере того, как в ее голове укладывалась нужная информация. — Ой, ой, ой, хотела как лучше...

— ...а получилось как всегда, — докончила я крылатую фразу.

— Ой, простите!

— Хорошо, попытаюсь.

— Давайте повешу другое объявление.

— Какое? — насторожилась я.

— Ну... типа... все неправда, у Васильевой много денег, Банди сыт...

— Не надо.

— Ладно, извините.

— Так и быть.

— Спасибо! Приходите на пруд гулять.

Я кивнула и пошла было по дороге.

— Стойте! — окликнула Аня.

— Что еще?

— Знаете, — заговорщицки зашептала Аня, — могу вам помочь.

— О чем вы?

— Банди хочет жениться?

— Не отказался бы, — вздохнула я, — только где невесту взять? Сразу у него не получается, и на чужой территории он всего боится, а питбулихи в гости не приезжают.

— В девятом доме, — воскликнула Аня, — живет Стелла, она давно мечтает выйти замуж! Очень красивая, хорошо воспитанная девочка!

— Боюсь, ты не поняла, мне надо женить не сына, а собаку.

— Ясное дело, о Банди речь, — захихикала Аня. — Стелла — девочка-питбулиха, чистопородная, опять же в Ложкине обитает. Вы к ним сходите, думаю, они с дорогой душой Стеллу отпустят.

— Неудобно, я не знакома с хозяевами.

— Ладно, — закивала Аня, — я тут всех знаю, поговорю с Элиной, владелицей Стеллы. Вы пока дома?

— Некоторое время да!

— Вот и замечательно, — засуетилась Аня, — прямо сию секунду займусь, может, у Стеллы с Бандюшей любовь выйдет, и вам не потребуется с ним фитнесом заниматься. Несчастная, страдающая собачка!

Я хмыкнула, мне-то казалось, что в этой ситуации страдающая сторона — Дашутка. Ей приходится вскакивать ни свет ни заря и, не попив кофе, нестись на утреннюю пробежку. Но Аня, похоже, жалеет лишь одного Банди, которому прогулка до озера доставляет истинное удовольствие.

Я вернулась домой, налила себе чай и поднялась в спальню.

Мне надо во что бы то ни стало поговорить с Нинель Митрофановной, но как это сделать, чтобы не вызвать у дамы подозрения? Может, она такая же наивно-глуповатая, как Евдокия Семеновна? Вдова генерала мигом разболтала секрет, испугалась, что я подниму шум из-за колье.

Но что-то мне подсказывает: Нинель Митрофановна намного умнее закадычной подружки. Впрочем, я никогда не видела эту женщину и могу ошибаться, вполне вероятно, что они с Евдокией два сапога пара. И как поступить? Представиться клиенткой?

Но кто мог рекомендовать мне Нинель? Не могу же позвонить старухе и нагло заявить: «Помогите продать брюлики!»

Однако проникнуть в дом к этой бабульке просто необходимо и, усыпив ее бдительность, сподвигнуть на откровенный разговор. А почему бы не поступить совсем просто? Свое настоящее имя называть не стану, хотя я ничем не рискую. Главное, прикинуться идиоткой; если Нинель Митрофановна умная, расчетливая особа, она сделает весьма распространенную для прожженных особ ошибку, не станет принимать дурочку всерьез, а коли она кретинка, то клюнет на наживку.

Я схватила телефон и мгновенно набрала номер.

— Здравствуйте, — отозвался безукоризненно вежливый голос, — сейчас, к сожалению, не имею возможности ответить на звонок, но обязательно соединюсь с вами, если оставите свои координаты после звукового сигнала.

У нас дома тоже работает автоответчик, правда, я хватаю трубку сразу, а вот Зайка, опасающаяся докучливых фанатов, как правило, ждет, пока включится «секретарь», потом внимательно вслушивается в голос вызывающего человека и в случае необходимости хватает трубку с воплем: «Да дома сижу! Слышу тебя».

Нинель тоже могла сейчас находиться в непосредственной близости от аппарата, поэтому я, собрав в кулак все имеющиеся актерские способности, хныкающим голоском завела:

— Здравствуйте, Нинель Митрофановна, ах, так волнуюсь! Ужасно! Прямо дрожу! У меня беда! Жуткая! Одна надежда на вас! Но по телефону не хочу говорить, вдруг мой муж услышит! Тогда пропала! Короче, намекну... имею некую вещь! Замечательную, дорогую сердцу, но должна с ней расстаться! Рыдаю! Это подарок от любимого. Но муж! Он сатрап! Лишусь всего! Говорят, вы кудесница! Спасительница! Позвоню позднее. Да, не представилась, меня зовут Виолетта, а фамилию не сообщу из предосторожности! Милая, чудесная... о-о-о, как страдаю...

Пошмурыгав носом в трубку и решив, что нужное впечатление произведено, я сунула телефон в карман и услышала крик Ирки:

— Дарь Иванна! К вам пришли.

Глава 19

В прихожей обнаружилась милая, совершенно незнакомая девушка в ярко-розовой куртке.

— Здравствуйте, я Элина, — улыбнулась она.

— Добрый день, — хором ответили мы с Иркой.

— Только что беседовали с Аней и сказали ей, будто ваш пит не прочь жениться.

— Так вы хозяйка питбулихи Стеллы! — воскликнула я.

— Ну да!

— Очень рада, проходите.

— Спасибо, неохота раздеваться, — пробормотала Элина. — Стелла здоровая собака, прививки сделаны, ничем не болела.

— Замечательно, Банди тоже регулярно ходит на уколы, — обрадованно закивала я, — ни блох, ни глистов, ни клещей не имеем. Только один нюанс.

— Какой? — насторожилась Элина.

— Бандюша застенчив, сразу не умеет брать девушку в оборот, ему требуется познакомиться с невестой, пообщаться...

— Сходить в кино, — захихикала Элина, — ощутить общность интересов!

— Ну, вроде того, — улыбнулась я, — наш Банди настоящий кавалер, честный человек с серьезными намерениями, не вертопрах.

— Пусть отправится со Стеллой в ресторан, — продолжала веселиться Элина.

— Это навряд ли, — подхватила я шутку, — он столько не зарабатывает, но дома кашей угостит, с мясом. Понимаете, Бандюша на чужой территории теряется, забивается под диван, вам придется привести Стеллу к нам.

— Не вопрос.

— И, вероятно, оставить на пару деньков, пока Бандюша к ней привыкнет.

— Запросто.

— Не волнуйтесь, мы за ней хорошо присмотрим.

— Да забирайте, — радостно воскликнула Элина, — эй, Стелка!

Входная дверь скрипнула.

— Давай, втягивайся, — велела Элина, — вечно она так, морду всунет, хвост во дворе оставит, шагай живей!

С невероятным изумлением я стала вглядываться в животное, медленно втискивающееся в прихожую. Сначала показалась голова, длинная, совсем не чемоданообразная, как у пита, а острая, словно у лисы. Большие лопухообразные уши задорно топорщились на макушке, пасть была приоткрыта, внутри сверкали острые, крепкие зубы, без всякой желтизны и признаков камней; похоже, Стелла совсем молодая девушка, ей едва ли больше двух лет. За мордой показалась шея, длинная-предлинная, совершенно жирафья, потом вдруг замахал огромный, веерообразный хвост. Я икнула и чуть было не поинтересовалась: «А где же грудь с животом?» — однако вовремя успела сообразить: то, что я приняла за невероятно длинную шею, и есть тело, Стелла худа до безобразия. Впрочем, юные собаки редко бывают толстыми, жирные бока они, как правило, наедают годам к четырем, когда перестают активно носиться по комнатам, предпочитая энергичным играм тихий сон в диванных подушках.

Но самое невероятное впечатление производили лапы. Они были стройными, высокими — таким нижним конечностям могла бы позавидовать любая супермодель, если бы не густая рыжая шерсть, покрывающая ходули. А еще из подушечек лап торчали огромные, черные, похожие на зубья грабель, когти, Стелла стояла на них, словно на каблуках.

— Вы уверены, что она питбуль? — растерянно поинтересовалась я.

— Стопудово, — кивнула Элина.

— Но питы выглядят иначе, — принялась я втолковывать Элине, — они черные, с белым пятном на груди и мощной головой, ноги у них мускулистые, но рост не слишком высок, а хвост изогнутый, длинный.

— Разве у Стеллы култышка? — возмутилась Элина. — Куда уж длиннее, чистая пальма!

— Это верно насчет пальмы, — согласилась я, — только у питов хвост узкий, длинный, просто кнут! А у Стеллы веник, веер, лопух, что угодно, но не...

— За пита покупали, — обиделась Элина, — дорого отдали.

— И сколько?

— Полторы тысячи баксов, — гордо сообщила дурочка, — мой муж дешевку не возьмет, всегда войдет в магазин и скажет: «Дерьмо за сто у.е. не надо, не суйте барахло, несите настоящий, дорогой товар».

— И в каком питомнике брали Стеллу?

— «Корабль звезд», — гордо заявила Элина, — самый суперский, сверхэлитный.

— Не слышала о таком.

— Ну, не можете же вы знать обо всем, — скривилась Элина.

Я еще раз оглядела весело обмахивающуюся хвостом Стеллу. Насчет знаний согласна, я профан во многих вещах, но пита от дворняги отличить легко. Стелла, похоже, плод горячей страсти неизвестных родителей.

— Ну, типа, договариваемся конкретно, — продолжила Элина, — моему мужу охота щеночков. У вас купец, у нас товар. Согласны?

— Ага, — вдруг закричала стоявшая до сих пор тише мыши Ирка, — с дорогой душой. Сразу видно, ваша питбулиха — чистопородная красавица, красивше некуда!

— Верняк, — кивнула Элина, — тут без сомнений. Мы ща с Пашкой едем в Египет, на две недели, к морю, можете Стеллу у себя оставить.

— Отлично, — еще больше обрадовалась Ирка, — приглядим как за родной, вы купайтесь спокойно и ни о чем плохом не думайте, наш Бандюша вашу Стеллу за это время того самого! Получите уже набитую щенками!

— Имейте в виду, она привыкла хорошо кушать, — предостерегла Элина, — если от пуза не нажрется, хулиганить начинает!

— Ну, этим нас не удивить, — фыркнула Ирка, — тута у всех пробки в желудке нет! Жрут, словно в последний раз, никаких припасов не хватает.

— Вот и отлично, — улыбнулась Элина, — один щенок ваш, алиментный! Идет? Больше не дадим.

— Можете и алиментного себе оставить, — воскликнула Ирка, — на фига он нам сдался?

Элина прищурилась.

— Ты, похоже, не в материале! Моя питбулиха элитная, ее детки не две копейки стоят.

— Тогда нам одного мало, — быстро переориентировалась Ирка, — делим пополам.

— Офигела? Отцу одного дают.

— Это почему? Кто щенят сделал?

— Ерунда! Кто их выносил и родил!

— Пока наш Банди не постарается, у вашей Стеллы никаких детей не получится.

— Мать главней, ее и сливки, — отрезала Элина.

— Ага! Без козла не вытащить рыбку из пруда, — заявила Ирка.

Я хотела вмешаться в глупый разговор и сказать Элине горькую правду: Стелла не питбулиха, ступайте спокойно с непонятной помесью домой, но в кармане застрекотал мобильный.

Выйдя из прихожей в холл, я ответила в трубку:

— Слушаю.

— Это Виолетта?

— Вы ошибли... — завела было я, но тут же, поняв свою оплошность, быстро поправилась, — вы ошибиться боитесь? Чего спрашиваете?

— Беспокоит Нинель Митрофановна, — сухо ответила дама, — нашла на автоответчике ваше сообщение, номер определился, вот и звоню.

— Ах, ах, спасибо! — капризно загундосила я. — Помогите, родная.

— В чем?

— Ну... не по телефону! Понимаете, муж, — зашептала я, — он страшный человек... О-о-о! Моя жизнь на волоске, только вы сумеете помочь!

— Полагаете? — насмешливо осведомилась Нинель Митрофановна.

И я поняла: дама попалась на крючок, она составила «правильное мнение» о Виолетте, приняла ее за непроходимую идиотку и потеряла чутье вкупе с бдительностью. Глупых женщин, как правило, не опасаются, у дуры что на уме, то и на языке. У кретинки не хватит хитрости для лукавства, и окружающие лишь посмеиваются над подобными дамочками, не принимая их всерьез. Если хочешь, чтобы человек потерял бдительность, играй роль Барби, и дело в шляпе.

— Конечно, Нинелечка Митрофановна, — зашептала я, — можно приеду? А?

— Прямо сейчас?

— Угу.

— Ситуация настолько запущена?

— Ага.

— Не может подождать до завтра?

— Угу.

— И когда вы хотите подъехать?

— Если не попаду в пробку, то примерно через час.

— Ладно, — сдалась Нинель Митрофановна, — будь по-вашему, жду. Вечно из-за своего доброго сердца страдаю! Не способна даже незнакомого человека в беде бросить!

Я понеслась в спальню, надо одеться соответственно выбранному имиджу. Эх, жаль, в моем гардеробе нету мини-юбок и обтягивающих кофточек с вырезом до колен. Но ничего, сейчас что-нибудь придумаю!

В конце концов, переворошив гардеробную, я обнаружила в самом дальнем углу гадкий костюмчик. Ума не приложу, откуда ко мне приплыла сия шмотка, может, кто-то подарил на день рождения, или сама купила ее в припадке безумия? Ясно одно, ярко-красные брюки стрейч с низким поясом, штанинами, расшитыми бисером, и невероятно узкий пиджак, застегивающийся всего на одну, зато неправдоподобно огромную пуговицу, я не надевала ни разу, а сейчас сие облачение оказалось как нельзя кстати.

Слегка поколебавшись, я нацепила вульгарную шмотку, подошла к зеркалу и удовлетворенно вздохнула — выгляжу словно ожившая фотография из модного журнала, глянец переполнен подобными снимками, под ними, как правило, стоит подпись типа: «Этот удивительно сексуальный костюм позволит вам ощутить себя королевой бала». Правда, фэшн-писаки забывают прибавить, кто устраивает праздник и что за гости соберутся за столом. Но хватит ехидничать, мне надо заняться макияжем, впрочем, много времени это не займет! Очень хорошо знаю, что следует сделать, чтобы стать похожей на любимую детворой куклу: густо наложить на ресницы тушь, обсыпаться бело-розовой пудрой, нанести румяна и нарисовать ярко-красной помадой губки-бантики. К сему макияжу замечательно подойдут противно сладкие, карамельные духи, облиться ими надо щедро, буквально искупаться в парфюме.

Умная женщина великолепно знает, что пользоваться «ароматной водой» следует более чем осторожно. Французские духи — опасная вещь, через пару секунд вы перестаете ощущать исходящий от себя запах и думаете, что он выветрился, но это не так. Лучше всего капнуть духами на те места, где бьется пульс. Еще имейте в виду, что ваша подруга и вы, побрызгавшись из одного флакончика, станете пахнуть по-разному, это огромная загадка, и почему такое происходит, я объяснить не могу. Никогда не опрыскивайте шею и декольте — задохнетесь. И еще — если хотите, чтобы мужчина, с которым вас на данном этапе связывают интимные отношения, запомнил любовницу на всю жизнь, приобретите редкий парфюм, не поленитесь перепробовать в магазине множество ароматов, загляните туда, где стоят классические вещи, которыми пользовались ваши мамы и бабушки. Их запах не стал хуже, просто сейчас в фаворе иные ароматы. Купите что-нибудь особенное, какой-нибудь резкий парфюм, и тайком подушите постельное белье любовника, главное, не переборщите, не «мочите» подушку, хватит двух пшиков. И не меняйте духи, пользуйтесь одними и теми же. Предположим, через год он вас бросил. Что ж, такова судьба, не надо рыдать, но месяца через три-четыре позвоните бывшему возлюбленному и загадочно скажите:

— Милый, мне нужна твоя помощь, дело не в

деньгах, просто необходим совет умного человека, удели пару минут.

Редкий парень откажет вам в подобном случае, и тут вы, щедро надушившись тем самым парфюмом, являетесь на свидание и сообщаете:

— Мне сделал предложение богатый человек, денег у него несчитаные мешки, но не люблю олигарха, просто понимаю — устала от бедности, и знаю — этот мужчина сделает меня счастливой. Посоветуй, как поступить? На что решиться: идти под венец с богатым, обещающим беспроблемную жизнь человеком или, не имея возможности купить лишние колготки, ждать великой любви?

Исходящий от вас запах мигом взбудоражит в прежнем любовнике воспоминания, а сообщение об обеспеченном кавалере слегка разозлит... Кое-кто из моих подруг после подобной проделки снова завязал отношения со старым партнером и живет счастливо. Ну, а если вам неохота опять ступать в ту же воду, знайте, всякий раз, уловив аромат тех, ваших духов, мужчина станет вспоминать прежнюю любовь, и происходить это будет помимо его воли. Если же на его жизненном пути встретится новая женщина, которая, по иронии судьбы, любит те же духи, то знайте — вы будете третьей в их постели.

Руки быстро перебирали пузырьки, жаль, у меня нет нужных духов, хотя...

— Ира, — заорала я, выбегая в коридор, — дай подушиться тем, что ты купила себе позавчера.

— Берите, не жалко, — отозвалась домработница, — в моей комнате на подоконнике стоят.

Я вбежала в спальню Ирки, схватила пузатый флакончик и улыбнулась: то, что надо, тяжелый, обволакивающе сладкий «восточный» аромат, такой вползает в нос и живет там сутками.

— Куда это вы разоделись? — полюбопытствовала Ирка, войдя вслед за мной в прихожую.

— Так, в гости собралась, — уклончиво ответила я, — лучше скажи, почему решила пригреть Стеллу. Она похожа на питбулиху, как я на кенгуру.

Ирка захихикала.

— Дарь Иванна, какая нам разница? Эта Элина с мужем, похоже, ничего в собаках не смыслят, втюхали им дворнягу за дикие бабки, а они и рады. Банди нужна невеста?

— Ага, — пропыхтела я, обувая сапоги Зайки на высоком, отвратительно неудобном, тонком каблуке.

— Ему ж без разницы качество невесты, — продолжила Ирка, — Стелла — единственная, кого согласились оставить, неужели мы станем привередничать? Лично меня ломает к озеру бегать.

— Твоя правда, — согласилась я, пытаясь удержаться на шпильках, — но куда щенков потом девать?

— У нас муж, — пожала плечами Ирка, — детками жена занимается! Вы, Дарь Иванна, не идите в этих баретках, скосопятитесь!

— Почему? Разве не красиво?

— Ничего, — меланхолично кивнула Ирка, — только не для вас!

— Мне не идет? По-моему, такая шпилька замечательно подходит к костюму, стиль один.

— Насчет стиля не скажу, — вздохнула домработница, — а вот то, что шлепнетесь, абсолютно уверена, вы ж на каблучищах двух метров не прошагаете.

— Что за манера говорить человеку под руку, вернее под ногу, всякие глупости, — возмутилась я, — лучше иди свари собакам побольше каши, у нас Стелла появилась.

Ирка кивнула, а я, желая продемонстрировать легкость и непринужденность походки, оторвала правую ногу от пола, переместила ее вперед, попыталась проделать то же незамысловатое действие левой, но покачнулась и, чтобы не упасть, ухватилась за жуткую

фигуру, подаренную Сержем. Когда-нибудь я еще расскажу вам, как доставала горбатую скульптуру из «Пежо» и перла ее в дом.

— Вот-вот, — не замедлила отметить домработница, — о чем и речь! Дома-то за статую ухватились, —
прости господи, ну и страшилище, — а на улице чего
делать станете? На людей вешаться? Не выпендривай-
тесь, Дарь Иванна, цепляйте кроссовки.

— Спасибо за совет, — прошипела я. — Кстати,
забыла сказать, в столовой, у комода, пять дней пятно
маячит, Аркашка кофе пролил, а кто-то никак не вы-
моет пол.

Ирка горестно вздохнула.

— Ну что за характер! Ежели неприятность случилась, мигом на других злитесь! Чем я виновата? Ну, не
умеете на каблучищах ходить! Эка беда. Ладно, пока
вам, удачи и успехов!

Страшно разобидевшись, Ирка исчезла в доме, а я
очень аккуратно пошкандыбала во двор. Следовало
признать: вредная Ирка оказалась права, идти по дорожке до «Пежо» оказалось почти невозможно, пару
раз я, шатаясь, хваталась за растущие на пути деревья.
Можно было вернуться и сменить обувь, но это озна-
чало признать правоту Ирки и расписаться в собственной глупости. Закусив нижнюю губу, я добралась до
«Пежо» и плюхнулась на сиденье. Ага, все-таки сумела
справиться с каблуками, главное, не падать духом и
четко, даже на спотыкающихся ногах, идти вперед, к
своей цели.

Глава 20

— Вы Виолетта? — мило улыбнулась Нинель Митрофановна. — Входите, не снимайте обувь, нет необходимости.

Я повесила куртку на крючок, одернула задрав-
шийся пиджачок и лучезарно улыбнулась.

— Подружки зовут меня Лэтти, Виолетта слегка простонародно звучит.

В глазах хозяйки зажглись смешинки.

— Пойдемте, Лэтти, лучше разговаривать в гостиной, в ногах правды нет.

Вот с последним заявлением совершенно согласна, в особенности если на тебе страшно неудобные сапожки на шпильке. Интересно, могла ли предположить мадам Помпадур, в какую муку превратится ее желание быть выше ростом для миллионов женщин последующих поколений?

— Прошу садиться, — церемонно указала Нинель на стул. — В чем проблема?

Я захлопала тяжелыми от туши ресницами.

— Мой муж! О! Это кошмар! Во-первых, он старик, шестьдесят сравнялось! Представляете, какая развалина!

Нинель хмыкнула, но ничего не сказала, а я продолжала радостно вещать:

— Ну, на что эта старая безумная перечница надеялась, женясь на молодой? То есть на мне. Обещал шикарную жизнь, иначе бы не согласилась! Знаете, каких кавалеров имела! Один Миша Иванов чего стоит! Между прочим, он имеет титул «Мистер Фитнес», а мой супруг? Вау! Если честно, голым он отвратительно выглядит!

Нинель кашлянула и деликатно попросила:

— Давайте сразу перейдем к сути!

— На что намекаете?

— Всего лишь прошу объяснить, зачем я вам понадобилась.

— Пытаюсь это сделать!

— Ладно, — сдалась Нинель, — слушаю.

И я продолжила стенания, краткое содержание которых выглядело так. Муж-олигарх оказался не только уродом, но и жадиной, пришлось мне сидеть дома, запертой в золотых хоромах. Супруг постоянно мотается в командировки, пойти в ресторан — денег нет... В общем, тяжелая жизнь вынудила завести любовника. Я — женщина честная, только супруг — козел, оттого и решила изменить ему. Любимый мужчина женат, разводиться не собирается, я тоже не могу стать свободной, жду смерти олигарха, завещание должно вознаградить меня за все мучения.

Некоторое время тому назад мы с любовником приняли решение расстаться, безо всякой обиды, тихо-мирно, как друзья. В качестве прощального подарка мне преподнесли колье. Ничего не предвещало беды, и тут... О ужас! Я беременна! Причем уже давно!

— Сделайте аборт, — не выдержала Нинель.

— Катастрофа! Четвертый месяц.

— Тогда родите.

— С ума сошли! А муж?

— Вполне вероятно, что он обрадуется, и вам не так тоскливо будет.

— Господи! — заломила я руки. — Да олигарх глубокий импотент! Он ко мне в спальню три года не заглядывал! Откуда дети? А? Не могу же я напеть ему про непорочное зачатие. Не поверит!

— Не слишком приятная ситуация, — согласилась Нинель, — но, простите, при чем тут я?

— Нашла врача, который за большие деньги согласился помочь.

— Хорошо.

— Но у меня ни копейки.

— Плохо.

— Зато есть ожерелье, подаренное любовником. Мне тут рассказали, что вы... в общем... ну... интересуетесь... покупаете... — замямлила я, — может, глянете? В скупке такую смешную цену предложили, копеечную, а вещичка шикарная, поверьте! Мне надо всего три тысячи долларов! Родная! Не бросьте в беде!

Нинель усмехнулась.

— Вас, похоже, обманули, я не занимаюсь торговлей драгоценностями.

Я схватила со стола салфетку и, размазывая по лицу макияж, попыталась изобразить рыдание.

— Жизнь кончена! Остается лишь утопиться!

Нинель вздохнула:

— Успокойтесь!

— А-а-а! Не могу же я мужу правду рассказать!

— Обратитесь за помощью к любовнику.

— У-у-у, он уехал из России, продал бизнес, забрал семью и испарился.

— Вот, выпейте воды.

— О-о-о.

— Да перестаньте лить сопли!

— И-и-и, хорошо вам говорить!

— Держите, это валокордин.

— Га-адость!

— Коньяк сейчас налью.

— Фу-у, он вонючий.

— Очень прошу, перестаньте.

— Не могу-у-у, совсем не получается, — всхлипнула я, уткнулась лицом в ладони и затряслась всем телом.

Легкая рука коснулась моего плеча.

— Ладно, ладно, попытаюсь помочь.

— Правда?

— Ну, уж не знаю, получится ли.

— Можно, поцелую вас?

— Нет, нет, — отшатнулась Нинель.

— Вы продадите колье?

— Понимаете, — осторожно завела дама, — не занимаюсь подобными вещами... Кстати, кто вас ко мне направил?

Я вытерла нос кулаком и погрозила хозяйке пальцем.

— Никогда не выдаю чужих секретов! Одна моя

подруга! Лучшая! Пришла к ней, а та и сообщила... Нет, не пытайте, не скажу!

Во взгляде Нинель промелькнуло: «Господи, ну и дура ко мне пришла». Потом хозяйка тихо продолжила:

— Сама была молода.

— Вы и сейчас замечательно выглядите, — не упустила я возможности сделать старухе комплимент.

— Хорошо понимаю вашу проблему.

— Изменяли мужу? — продолжала я корчить из себя идиотку.

Нинель улыбнулась.

— Кто из нас без греха. Ладно, успокойтесь, выпейте валокордин и слушайте внимательно.

Мне пришлось покорно опустошить рюмку с пахучей жидкостью.

— Я не торгую брильянтами.

— Колье без дорогих камней!

— Вообще не занимаюсь подобными вещами, — терпеливо продолжала Нинель, — но вам, наверное, сумею помочь, из женской солидарности. Имею одну подругу, вот та страстная любительница всяких изделий и, в отличие от меня, скромной жены своего мужа, живет на широкую ногу. Ей средства позволяют баловать себя. Оставьте ожерелье, покажу его, вполне вероятно, что Дуся его приобретет. Принесли колье?

Я кивнула.

— Давайте.

Пальцы медленно расстегнули сумочку, вынули коробочку.

— Вот, говорят, антиквариат!

Нинель Митрофановна аккуратно открыла крышку, брови пожилой дамы поползли вверх.

— Ну и ну! — воскликнула она.

— Что-то не так?

— Да нет, просто... странно, — забормотала Нинель, вытаскивая украшение, — очень даже непонятно! Ожерелье-близнец! Право, смешно. И одной подвески не хватает. Мистика.

— Вы о чем? — прикинулась я ничего не понимающей особой.

Хозяйка задумчиво повертела колье.

— Буквально на днях видела точь-в-точь такое на одной даме, — соврала она, — даже цветочек отсутствовал. Вы посидите пять минут в одиночестве? Мне позвонить надо.

— Подруге?

— Да.

— Той самой Дусе, чтобы спросить, купит ли она колье?

— Верно.

— Тогда скажите ей, что колье легко починить.

— Вы о чем?

Я вытащила из сумки цепочку с цветочком.

— Вот, его можно на место приладить. Впрочем, Евдокии Семеновне звонить не следует, хотя вы, наверное, собирались спросить, куда она подевала полученное от вас украшение, точь-в-точь похожее на это.

Нинель вздрогнула.

— Что за глупость!

— Вовсе нет, — спокойно ответила я, — выслушайте меня. Колье принадлежало...

Слушая мой рассказ, Нинель Митрофановна все больше горбилась на стуле, а лицо ее теряло равнодушно-спокойное выражение. В конце концов передо мною оказалось жалкое существо, скрюченное, как младенец в утробе матери.

— Так и знала, — прошептала она, — предвидела, добром это не кончится!

— Вы реализуете краденое, — безжалостно добивала я Нинель Митрофановну, — используете наивную Евдокию Семеновну и Сержа, желающего помочь женщине, которая сделала ему много добра. Одного не пойму — ну каким образом вы связались с ворами и почему подставили лучшую подругу вкупе с мужчиной, которому на некоторое время заменили мать?

Нинель схватила пузырек, накапала валокордин в пустую рюмку, опрокинула ее в рот и повторила:

— Так и знала!

— Сколько веревку ни вить, а концу быть, — пожала я плечами. — Мне нужны украденные драгоценности. Прямо сейчас звоните «поставщикам» и забирайте у них вещи.

Нинель вздрогнула.

— Это невозможно.

— Почему? Не знаете телефон Кудо?

— Кого?

— Наглых воров, Мадлен и Вадима, вернее, Марины и Димы, или уж не знаю точно, какие имена вписаны в паспортах у негодяев. Короче говоря, тех, кто обокрал нас!

— Кудо?

— Да.

— Не знакома с такими людьми...

— Ага, колье нашли на улице, возле магазина, куда пришли купить кефир.

Нинель выпрямилась.

— Не смейте оскорблять меня! Проникли обманом в мой дом, прикинулись дурой!

— Думаю, в противном случае вы бы не захотели со мной беседовать.

— А я и сейчас не желаю говорить с вами.

— Ладно, пойду в милицию.

— Скатертью дорога!

— Расскажу там правду про вас!

— Да? Какую же?

— Про колье!

Нинель усмехнулась:

— Интересно!

— Вы торгуете краденым.

— И где доказательства?

— Вот ожерелье.

— Оно у вас, а не у меня.

— Правильно, забрала его у Евдокии.

— А я тут при чем?

— Вы дали его наивной вдове генерала.

— Нет.

— Как это?

— Очень просто, нет.

— Но Евдокия Семеновна сказала...

— Бордюг выжила из ума, несет чушь.

— Колье было у нее.

— Правда?

— Вы издеваетесь?

— Упаси бог, просто трясете передо мной украшением и сообщаете, что оно ваше.

— Верно.

— Тогда при чем тут Дуся?

— Колье дали ей вы!

— И кто это видел? Где свидетели? Сказать можно что угодно! — нагло прищурилась окончательно взявшая себя в руки Нинель. — Если обратитесь в милицию, я заявлю легавым: первый раз вижу эту штуку. И что дальше?

Слово «легавые» ударило по ушам, в моем мозгу моментально вспыхнул свет.

Легавый — это сотрудник милиции, теперь людей в синей форме определенная часть населения, приблатненный слой, называет иначе — ментами, волками позорными. Легавыми оперативников и следователей окрестили в 60-е годы, потом наша лексика изменилась. Кстати, это относится не только к слову «легавый». В свое время в молодежной компании звучало: «чувак», «чувиха», «предки», «фарцовщик», «хрусты» — теперь же, имея в виду парня, девушку, родителей, спекулянта и деньги, произнесут иное: «перец», «герла», «шнурки», «бабло», а спекулянт превратился в коммерсанта. Испарилось и словечко «клевый», уж и не знаю почему, но Машкины сверстники говорят «шоколадный».

И еще одно, в начале 90-х стало модно подчеркивать свою связь с криминальным миром, люди начали делать татуировки и щеголять знаниями блатной фени, лексикона у́рок. Кстати, слово «урки», то есть криминальные личности, тоже увязло в толще дней, сегодня в ходу — «братки». Но не в этом суть, главное иное: в наши дни вполне интеллигентный человек, допустим актер, пересыпает речь словами «чалиться», «грев», «шконки». Это не вызывает удивления, ну, может, кто и поморщится слегка, да и только. А во времена моего детства говорить «легавый» было крайне стыдно, люди могли подумать, что у тебя в семье есть родственник, который не в ладах с законом, а подобные связи скрывали.

Нинель же легко, очень привычно обронила «легавый», и я решила идти ва-банк.

— Ладно, согласна, свидетелей нет, но мой ближайший друг полковник Александр Михайлович Дегтярев приватно займется вами, откроет архив, обнаружит некие сведения о Нинель Митрофановне, якобы честной вдове. Ну-ка, сколько раз вы сидели и за что?

Нинель широко распахнула глаза, я уперлась ладонями в стол. Сейчас вдова генерала заорет: «Нахалка, пошла вон», — а я встану и перекричу мерзкую бабу! Посмотрим, кто кого!

Но Нинель неожиданно прошептала:

— Скорей дай лекарство, там, в столе, в ящике, стеклянная трубочка.

Лицо дамы приобрело землистый оттенок, глаза словно ввалились; испугавшись, я в два прыжка оказалась около стола, вытащила упаковку нитроглицерина, сунула старушке в рот белую крупинку и сказала:

— Успокойтесь, давайте договоримся. Вам плохо? Может, врача позвать?

— Нет, — прошелестела Нинель.

— Вы уверены?

— Да, сейчас отпустит. Как зовут вашего полковника?

— Дегтярев Александр Михайлович!

— Он жив?

— Ну, в принципе, да, — растерялась я, — вполне хорошо себя чувствует.

— Не может быть.

— Почему?

— Мне уже много лет!

— Вы прекрасно выглядите, — не к месту проявила я светское воспитание.

— Александр был старше, намного, ему сейчас за сто!

— Да нет, Александр Михайлович вполне бодр, — улыбнулась я и собралась продолжить фразу, сказать, что Дегтяреву еще не так много лет.

Внезапно Нинель Митрофановна заплакала, жалобно, безнадежно, отчаянно, заскулила, словно щенок, которого выбросили на мороз жестокие люди.

Я обняла вдову за плечи.

— Тише, тише, успокойтесь.

— Он жив! Невероятно! Столько лет прошло!

— Нет, нет, наверное, ошибка, мой Дегтярев еще не на пенсии! Просто однофамильцы, — решила я успокоить старуху.

— Господи!

— Не плачьте.

Внезапно Нинель оттолкнула меня.

— Врешь!

Я отшатнулась.

— Дегтярев-то здоровехонек, он не умер, как всегда, выкрутился, выполз намыленным ужом! Вот оно как! Он его сын!

— Кто, чей? — окончательно растерялась я.

Нинель вскочила на ноги.

— Это он тебе рассказал, больше некому было.

— Про что?

Вдова захохотала.

— Про меня, про отсидку... Давай, поехали к нему! Вместе! Вот откуда драгоценности! А я-то, наивная, поверила парню!

— Простите, ничего не понимаю, — залепетала я.

Нинель села на стул, на щеках пожилой дамы вспыхнули красные пятна.

— Впрочем, — устало сообщила она, — жизнь прожита, конец пришел, хватит бояться. Откуда ты узнала, что я сидела? Кроме него, некому было рассказать!

Я глубоко вздохнула.

— Извините, я ничего не знала, просто взяла вас на испуг.

Нинель снова сгорбилась.

— Но ожерелье твое?

— Да, случайно увидела его у Евдокии, а она рассказала, что его принесли вы...

И я стала рассказывать. Нинель Митрофановна молча качала головой, а я возмущенно продолжала:

— Ничего не понимаю! Ожерелье мое, его украли Кудо. Доказать, что оно принадлежит мне, очень просто, в альбоме полно фотографий, где я снята в этом украшении. Но как оно попало к вам? И еще, простите, откуда вы знаете Дегтярева? Наверное, это однофамилец моего приятеля. Да уж, они плодятся, как кролики!

Нинель Митрофановна вздрогнула, потом, прижав ладони к лицу, стала раскачиваться, повторяя на одной ноте:

— Да, да, да, да. — Она явно не обратила внимания на мое последнее заявление о длинноухих.

Я решила, что старухе снова плохо, и кинулась за

нитроглицерином, но вдова вдруг опустила руки и решительно сказала:

— Ладно, завертелось дело давно, думала, оно похоронено и забыто, ан нет. Тебя мне господь в наказание послал, а может, из милости явил, не пойму пока. Только придется сейчас нам вместе в этой ситуации разбираться. Наверное, создатель мне такое наказание придумал — перед чужим человеком покаяться. В общем, слушай. Ты детективы любишь?

— Очень, а почему спрашиваете?

— Жизнь иногда такие сюжеты закручивает, — вымолвила Нинель, — что человеку не придумать.

Глава 21

Много-много лет тому назад Нинель Митрофановна совершила страшную глупость — украла в магазине платье. Слабым оправданием ее поступка служило несколько факторов. Всего несколько лет назад кончилась война, и в СССР был огромный дефицит всего, о красивой одежде большинство женщин и не мечтало. Впрочем, в Москве и Ленинграде модницы имели возможность купить обновки, но Нинель жила в крохотной деревеньке, там в сельпо на полках лежали одни мочалки, длинные, рыжие ленты, остро пахнущие деревом. Родители Нинели погибли, отец — с оружием в руках на Курской дуге, а мать пристрелили фашисты, временно оккупировавшие село, поэтому позаботиться о девушке было некому. Из одежды у Нинели имелась пара ситцевых, еле живых от старости халатов и ватник.

Пятнадцатого июня ей исполнилось восемнадцать лет, ни пирога со свечами, ни пакетов с подарками, ни просто ласкового поцелуя ждать Нинели было не от кого, праздничный день прошел как обычно, сначала на поле, с граблями, затем дома, в огороде, лишь вечером Нинель вдруг вспомнила про свой день рождения и заплакала — ну кому она, горькая сирота, нужна? Не успели руки вытереть слезы, как в избу влетела хорошенькая Рая Митина и зачастила:

— Нинелька! Я замуж выхожу.

— За кого? — удивилась девушка.

Рая плюхнулась на лавку и принялась рассказывать о необыкновенном счастье. Пару недель тому назад в колхозе сломался трактор, местный умелец не смог устранить поломку, и на помощь деревенщине прибыл механик из района, довольно еще молодой Петя, бывший солдат, холостой, большая редкость в те послевоенные годы. Петю подселили в избу к Митиным, и вот теперь он сделал Рае предложение и через шесть дней увозит девушку к себе.

— В воскресенье мы танцы устраиваем, — захлебываясь от счастья, тараторила Рая, — в клубе, приходи, Петька приятелей приведет, двух вдовцов, и еще один неженатый. Может, тоже судьбу найдешь, в нашем-то колхозе из мужиков лишь Николаич убогий, на протезе скачет, а тут целых три кандидата.

— Угу, — невесело кивнула Нинель, великолепно понимая, что никаких шансов заинтересовать заезжих кавалеров у нее нет. В чем она явится на праздник? В халате? В ватнике?

На следующий день в селе только и было разговоров что о надвигающейся вечеринке. Молодые бабы спешно пытались сварганить платья из всякого барахла. Одни перетрясли уцелевшие в передрягах сундуки, другие содрали занавески с окон, а третьи, самые богатые, подались в райцентр — ходили слухи, что там в магазине можно приобрести готовые наряды.

А у Нинели не было ничего: ни старых отрезов, ни портьер, ни денег, — но пойти на танцы хотелось до безумия. И в конце концов девушка придумала выход: набрала свежих яиц в сарае и рванула в город. Она надеялась обменять «куриную икру» на шмотки, но, очевидно, ангел-хранитель забыл в тот день о Нинели.

Оказавшись на шумной площади, девушка разинула рот, растерялась, испугалась толпы, и тут кто-то вырвал у нее из рук кошелку.

Порыдав от отчаяния, Нинель вытерла глаза и пошла бродить по райцентру, ноги сами привели ее в магазин.

Затаив дыхание, Нинель застыла, она никогда не бывала в подобных лавках. Ей и в голову не могло прийти, сколько замечательных вещей существует на свете. Конечно, какая-нибудь москвичка, оказавшись в провинциальной торговой точке, скорчила бы недовольную гримаску, но для колхозницы, имевшей в гардеробе лишь пару еле живых от ветхости халатов, ассортимент казался сказочным.

В особенности поразило Нинель красное платье в крупный горох. Оно было сшито в талию, горловину украшал белый воротничок, на рукавах имелись кружевные манжеты, а лиф от юбки отделял довольно широкий пояс.

Нинель стояла, словно жена Лота, не в силах отвести глаз от роскошной вещи.

— Померить хотите? — спросила продавщица.

— А можно?

— Да.

— Прямо тут, — испугалась Нинель, — у прилавка?

— Нет, конечно, — фыркнула торговка, на вид чуть старше лапотной покупательницы, — вон кабинка, ступайте туда.

В достаточно просторном помещении имелось окно, замазанное белой краской, и зеркало. Нинель, вздрагивая от холодных объятий шелка, натянула платье и ахнула. Оно сидело словно влитое, кто-то сшил его будто на Нинель, нигде ни морщинки, лиф идеально облегает грудь, а широкая юбка красивыми складками лежит на бедрах. Нинель сама себе показалась красавицей.

— Ну как? — спросила, стоя за занавеской, продавщица.

— А сколько оно стоит? — безнадежно поинтересовалась Нинель.

Цена убила девушку наповал, даже если б гадкий
вор не спер кошелку с яйцами, все равно нечего было
и думать об обновке.

— Мало́ мне, — дрожащим голосом соврала Нинель, — в груди жмет.

— Другого размера нет, — равнодушно ответила
торговка, — одно платье, снимайте и выносите в торговый зал.

Нинель глянула в зеркало и поняла, что она не
способна расстаться с красотой, ну невозможно теперь
нацепить старую дерюжку.

Решение пришло спонтанно, девушка мгновенно
распахнула окно и, благо примерочная располагалась
на первом этаже, выпрыгнула на улицу, ноги понесли
Нинель на вокзальную площадь. Самое интересное,
что авантюра удалась на все сто, воровка вернулась домой в обновке, прошлась по единственной улице села
под завистливыми взорами соседок. В тот день первый
раз в жизни Нинель легла спать абсолютно счастливой.

«Ничего, — думала она, — судьба изменится, пойду на вечеринку, один из парней точно влюбится в меня, женится и увезет в город».

Нинели даже не пришло в голову, что она совершила противоправный поступок, за который преду-
смотрено суровое наказание.

К вечеру следующего дня за девушкой приехала милиция: убегая из примерочной, Нинель забыла
на крючке старый халат, в кармане которого лежала
справка из правления колхоза. В те годы крестьянам
не выдавали паспортов, власти боялись, что оголодав-
шие люди в массовом порядке рванут в города и некому станет заниматься сельским хозяйством, поэтому

основной бумагой, удостоверявшей личность колхозника, являлась справка, в которой указывались имя, фамилия, отчество, местожительство и иные сведения.

Следствие не заняло много времени, Нинель не отрицала факта кражи, девушку осудили и отправили на зону.

Вот где ей пришлось глотнуть лиха. Впрочем, по тем временам в лагерях было много самого разного народа, только Нинель презирали и так называемые политические, и уголовницы. Первые считали девушку воровкой и отношений с ней не поддерживали, а вторые, узнав, за какую проделку Нинель оказалась в бараке, стали насмехаться над глупышкой. Нинель крупно не повезло, кражу она совершила через несколько дней после своего восемнадцатилетия. Приди ей в голову идея спереть платьишко на месяц раньше, она бы считалась несовершеннолетней и получила иной, маленький срок. Но теперь несчастная являлась взрослой, и справедливый советский суд отсыпал ей наказание полной мерой.

Тот, кто, на свое счастье, никогда не сидел за решеткой, как правило, считает, что заключенные только работают и спят. Но это не так, даже на зоне случаются часы отдыха и веселья, однако Нинели снова не повезло.

Когда ее отряд в очередной раз помылся в бане, конвойный, мрачный дядька лет пятидесяти, построив всех женщин, велел Нинели:

— А ты ступай убери там, нагваздали, наговняли, а еще бабы.

Пришлось Нинели, чистенькой, с вымытой головой, браться за вонючую тряпку. Не успела девушка бросить кусок мешковины на пол, как за спиной возник тот же конвойный, Нинель даже не поняла, как оказалась под противным потным мужиком; кричать, звать на помощь было бесполезно, хорошо, что милиционер недолго мучил девушку.

— Теперь пошла вон, — велел он ей, застегивая брюки.

Нинель вылетела из бани и кинулась в барак, она очень надеялась, что никто из товарок не поймет, что случилось, но ушлые бабы мигом начали хихикать и интересоваться, понравился ли девушке первый опыт.

Через неделю тот же конвойный затащил Нинель в каптерку, а потом, удовлетворившись, привел своего приятеля. Очень скоро девушку не использовал лишь ленивый.

В женском лагере основная часть заключенных мечтала о мужской ласке и старательно строила глазки охранявшим их мужчинам. Стать любовницей солдата или офицера согласились бы многие, о вспыхнувших романах с завистью говорили в бараках. Та, которой удалось заполучить мужика, моментально попадала в число привилегированных. Такая заключенная получала непыльную работу в библиотеке, столовой или медпункте. Мужчина в любых условиях остается мужчиной, своим любовницам охранники приносили мыло, новое белье и конфеты. А еще из уст в уста передавался рассказ о том, как некий начальник лагеря полюбил зэчку и потом, после того, как та стала свободной гражданкой, женился на ней.

Поэтому тех, кто спал с людьми в форме, не осуждали, им скорее завидовали, надеясь, что подобная удача улыбнется и им.

Но вот парадокс, Нинель мгновенно стали называть проституткой и подстилкой, а солдаты, задиравшие юбку покорной девушке, не спешили отблагодарить ее печеньем, использовали несчастную, словно резиновую куклу, а потом отшвыривали прочь.

В результате через год Нинель превратилась в автомат по удовлетворению любого, кому не противно было прикасаться к ней. И снова Нинель ненавидели все: те, которые не имели успеха у местных мужчин, и те, что обзавелись обожателями.

Под Новый год в лагерь пришел новый хозяин, но на судьбе Нинели перемены никак не отразились. 30 декабря ее запихнул в каптерку очередной охранник, Нинель покорно задрала платье, закрыла глаза и отвернулась, она давно поняла: главное — не обращать внимания на сопящего мужика, следует думать о чем-то ином, ну хоть о макаронах, которые могут дать на ужин, каша-то надоела...

Внезапно едва начавшееся действие было прервано, охранник вскочил и затараторил:

— Это не я... она сама!

— Так уж и сама, — ухмыльнулся вполне симпатичный мужчина средних лет, в котором Нинель узнала нового хозяина зоны. Никакого ужаса девушка не испытала, хуже ей все равно не станет.

— Она меня изнасиловала, — вдруг выпалил охранник, — принудила к развратным действиям.

— Это правда? — повернулся начальник к Нинель.

Та, по-прежнему лежа с задранным платьем, равнодушно ответила:

— Не знаю.

— Во, видали нахалку, — оживился солдат, — ее тут все, того, очень развратная.

— Пшел вон! — обозлился начальник.

Солдатик кинулся в коридор, а главный глянул на Нинель с явным раздражением.

— Вставай, чего развалилась.

Женщина медленно села.

— Не стыдно тебе, молодая, а всем даешь, — покачал головой хозяин.

— Сами тащат, — тихо ответила Нинель, — один снасильничал, а остальные потянулись.

— Дала бы в морду — и отстали.

— Ваши сильней.

— Платье-то одерни, — протянул начальник.

В его голосе неожиданно промелькнула жалость,

и тут в горле у Нинели словно лопнула некая веревка, сдерживавшая тяжелый, горький ком.

Захлебываясь в слезах, девушка схватила мужчину за рукав и выложила ему все: про сиротство, платье, тягостную жизнь на зоне. Ей показалось, что добрый дядя внимательно слушает ее и даже, совсем уж невероятное дело, сочувствует несчастной, но тут вдруг крепкие руки опрокинули Нинель на спину, подол платья привычно шлепнулся на лицо.

Потешив основной инстинкт, начальник ушел, не сказав ни слова, а Нинель отправилась в барак, ей было так плохо, что даже всегда готовые поиздеваться товарки притихли.

Девушка заползла на нары и заколотилась в рыданиях, она выла и стонала до тех пор, пока перепуганные бабы не вызвали доктора. Врач лишь развел руками и угостил лагерной панацеей — половинкой таблетки анальгина.

К утру девушка пришла в себя и поняла, жить ей незачем, оставалось лишь выбрать удобный момент и правильный, безошибочный способ самоубийства.

В восемь часов Нинель вызвали в кабинет начальника.

— Садись, — велел тот спокойным голосом, — давай знакомиться, я — Александр Михайлович Дегтярев, а ты теперь убираешь административное здание, по зоне начнешь передвигаться бесконвойно, жить станешь в конторе, там есть чулан.

— Не надо, дяденька, — прошептала Нинель, — отпустите назад.

— Дура, — ласково произнес Александр Михайлович, — да любая за такое предложение сапоги лизать начнет. Почему отказываешься?

— В конторе мужиков полно, они меня замучают, — откровенно призналась Нинель, — и так все болит, а еще хуже станет.

Александр Михайлович побагровел.

— Теперь я тебе начальник, ясно?!

— Ага, — кивнула Нинель, — понятно.

С тех пор положение девушки на зоне кардинально изменилось, из убогой парии она превратилась в королеву.

Если бывшая лагерная проститутка шла в библиотеку или просто выходила на прогулку, все встречные кланялись и подобострастно говорили:

— Добрый день, Нинель Митрофановна.

Даже собаки, жившие при зоне, радостно виляли хвостами любовнице начальника, чего уж там говорить об охране и заключенных! И те, и другие очень боялись, что, возвысившись, Нинель станет мстить тем, кто унижал ее, но девушка проявила подлинное благородство, она не стала сводить счеты ни с зэчками, ни с охраной.

Отчего Дегтярев, вполне интересный, холостой мужчина, выбрал самую последнюю женщину в лагере? Этого не понимал никто. Пожалел Нинель? Полюбил ее? Понравилась она ему как женщина? На все эти вопросы ответа не было.

Начальник никогда не говорил спутнице о своих чувствах, а Нинель сначала испытывала к нему благодарность, а потом полюбила мужчину, за доброту, за тарелку супа, за кусок мыла, за возможность спать на кровати с постельным бельем, за ощущение защищенности.

Находясь в непосредственной близости от Дегтярева, Нинель узнала кое-какие тайны. Для начала стало понятно: начальник богат, у него имелся тайник, набитый золотыми изделиями.

Вскоре Нинель просекла и кто пополняет казну. Не все родственники бросали своих дочерей, матерей и жен, попавших в беду. Кое-кто, тяжело груженный сумками, приезжал на зону, и только от Александра Михайловича зависело, пустят ли их на свидание и каким оно будет: десятиминутным, в присутствии конвоира, или трехдневным, в маленькой, но тщательно закрытой от чужих глаз комнатенке.

Дегтярев был умен, простым деньгам он предпочитал золотые изделия. Потом никогда никому ничего не рассказывающая Нинель приметила еще один интересный фактик. Кое-кто из женщин покидал зону намного раньше окончания срока, вроде их переводили в другой лагерь, но как-то странно, очередную меняющую место заключения особу увозил сам Дегтярев. В общем, много интересного творилось в лагере.

Спустя полгода начальник окончательно перестал стесняться «жены», начал поручать ей кое-какие дела, а Нинель, проявив недюжинный ум, скумекала: ее покровитель нарушает закон, получает от родственников взятки. Поймать Дегтярева было невозможно, до Москвы далеко, проверяющие наезжали редко, на зоне имелся лишь один человек, обладающий безраздельной властью: сам Александр Михайлович.

Глава 22

Потом наступил день, когда Дегтярев заявил:

— Завтра тебе на свободу.

Заявление испугало Нинель.

— Зачем?

— Скажи спасибо, расстарался ради тебя, раньше выйдешь, досиживать до звонка не станешь, — усмехнулся Александр Михайлович.

— Ой, не надо, — взмолилась женщина.

— Похоже, ты как была дурой, так ею и осталась, — покачал головой Дегтярев. — Не век же в лагере куковать!

Нинель затрясло, будущее пугало. В лагере у нее положение королевы, своя комната, еда и любимый мужчина. А что делать на свободе? Ехать в родную деревню? Видеть односельчан, слышать их шепоток: «Вон уголовница пошла»?

— Миленький, — рухнула женщина в ноги к Дегтяреву, — не выгоняй меня.

— Вставай, — велел любимый, — в лагере тебя оставить нельзя.

— Но почему?

— Хорош, отсидела.

— Давай еще что-нибудь сопру? — предложила Нинель. — Новый срок навесят!

— Не блажи, — приказал Дегтярев, — а собирайся.

— Куда? — зарыдала Нинель.

— Успокойся, — без тени волнения велел любовник, — и слушай. Отправляйся в Москву, вот адрес, в квартире проживает Семен Раков, он поможет.

— Как? — колотилась в истерике Нинель. — Мне с ним жить?

— Тьфу, — сплюнул Дегтярев, — лишь одно на уме! Сиди молча, на ус мотай.

Тщательно проинструктированная Нинель слегка успокоилась и уехала в столицу. Дальнейшее напоминало сказку.

Семен Раков выдал Нинели паспорт, имя и отчество у девушки остались прежними, а вот год рождения и фамилия стали иными. Потом Семен прописал бывшую зэчку к себе, в милицию он женщину не пустил, сам сходил в отделение и чудесным образом устроил дело.

Стали жить вместе, как отец с дочерью. Семен никаких поползновений в адрес Нинели не позволял, он был болен, постоянно кашлял, сплевывал мокроту в банку с тщательно завертывающейся крышкой и не разрешал женщине брать свою посуду.

Неожиданно Нинель почувствовала себя счастливой, по документам она была «чистой» гражданкой, и все тот же Семен пристроил «дочку» в академию, где учились будущие военные. Ясное дело, что Нинель там не читала лекции, она стояла в буфете, хорошее, сытное место, а вокруг роились мужчины самых разных возрастов, многие набивались в кавалеры, но Нинель помнила об Александре Михайловиче и блюла верность, в конце концов, она замужняя особа, пусть в паспорте и нет нужного штампа, но отметина стоит в душе.

Потом Семену стало совсем плохо.

— Похоронишь меня по-человечески, — велел он Нинели, — одна не живи, распишись с хорошим человеком, детей нарожай, квартира тебе останется, с имуществом. Ну-ка, скажи, нравится кто?

— Федор Попов, — призналась Нинель. — Да и я ему, похоже, глянулась, но ничего не получится.

— Почему? — скривился Семен. — Или у парня требования высокие? Прынцессу хочет?

Нинель вздохнула и рассказала Семену свою историю.

— Как же мне теперь с Федором роман крутить? — завершила она повествование. — Не девушка давно, да Александр Михайлович может нагрянуть, не поздоровится мне тогда.

Семен тихо рассмеялся.

— Дегтярева забудь, он в Москву не явится, другую себе завел. Ох и жучила Александр Михайлович, хоть у него иногда припадки доброты случаются. Вот, тебе жизнь устроил.

— Он меня любит, — прошептала Нинель.

— Не, — закашлялся Раков, — просто постоянная баба, из зэчек, — это удобно, все сделает — обстирает, обштопает, накормит, в постели ублажит, возражать и спорить не станет, потому что боится снова в бараке остаться. Сам зону прошел, хорошо порядки знаю.

— Вы сидели? — вытаращила глаза Нинель.

Семен хмыкнул.

— На фига тебе правда обо мне? Помру скоро, и ладно. А ты за этого Федора выходи, о Дегтяреве забудь, начни новую жизнь.

— Хорошо бы, — пригорюнилась Нинель, — да не получится.

— Почему?

— Не девушка я, поймет Федор правду, всю жизнь попрекать будет.

— Эх, дуры вы, бабы, — покачал головой Семен. — Слушай внимательно, плохого совета не дам. Ничего жениху о себе не рассказывай, правду, имею в виду. Глаза в пол опусти и тверди: «Я честная девушка, до свадьбы не дам». Ясно? Упаси бог про зону каркнуть. И вообще, поменьше болтай, сообщи одно: родители умерли, живу с дядей. Твой Федор какого года рождения?

— На пять лет моложе, это если по-честному, а по теперешним документам мы ровня.

— Ты слова «по-честному» проглоти, — нахмурился Семен, — живи в новой биографии. А по поводу девушки... Хитрее надо быть, проследи на свадьбе, чтобы напился. Ну да если доживу, сам жениха напою; потом палец порежь, измажь простыню и спать ложись. Он наутро ничего и не вспомнит, а следы вот они.

Наверное, фортуна решила вознаградить Нинель за все прежние несчастья, все вышло так, как запланировал Семен. Федор сделал предложение буфетчице, происхождением невесты жених особо не интересовался, удовлетворился известием о сиротстве. На свадьбе Семен напоил зятя до отключки, утром Федор увидел простыню и обнял жену.

Нинель кинулась к Семену в комнату и зашептала:

— Спасибо, ничего он не понял.

— Пожалуйста, — с натугой улыбнулся «дядя», — плохо мне совсем.

— Врача позвать? — испугалась женщина.

— Чем же он мне поможет? Ты вот чего, отправь мужа на учебу и возвращайся, — прохрипел Раков, — есть одна тайна, велено было ее тебе на краю могилы открыть.

— Кем велено? — спросила Нинель.

— Сначала парня выпроводи, — прошептал Раков, — лишние уши нам ни к чему.

Новобрачная быстро покормила мужа завтраком и прибежала к «дяде», а тот, без конца кашляя, попытался растолковать ситуацию.

— Небось догадалась, откуда у Дегтярева золотишко?

— Ага, — кивнула Нинель, — люди приносят.

— Верно, причем давно тащат, Сашка в органах с незапамятных времен, — шептал Семен, — ну, не может же он свое богатство в чемодане таскать, спрятали мы его, в разных местах разместили. У Дегтярева полно верных, как собаки, людей. Вот ты, попроси он золотишко припрятать, чего бы сказала?

— Несите, приберу, — кивнула Нинель.

— Ага, — закивал Семен, — вы, бабы, благодарные, а ты у Сашки не одна была. Распихал он «золотой запас» по своим «женам», не побоялся, сказал мне: «На крючке они, замуж выйдут и честными станут, если мое имущество разбазарят, мигом правду о них сообщу, вот и опасаются». Всем он через меня документы новые сделал, всех пристроил.

Нинель вздрогнула, а Семен все говорил и говорил:

— Я к утру умру, тебе теперь быть смотрящей за всеми да по первому требованию хозяину добро выдать. Дегтярев сам не приедет, человека пришлет. Ты слушаешь?

— Да, — кивнула Нинель.

— Запоминай, — забормотал Семен, — надо будет к одной бабе прийти, она список имеет с адресами любовниц, скажешь ей: «Заря горит, от хозяина привет с поклонами, выдай грамоту». И заберешь список. Держи координаты. К остальным бабенкам не езди; если Дегтярев захочет золотишко забрать, он тебя сам отправит, скажет, к кому топать, там очень дорогие вещи есть. Велено тебе бумагу стеречь, пароль запомни,

228 ···

про зарю, с таким и к тебе рано или поздно придут, да еще...

Семен замолчал, Нинель терпеливо ждала, пока «дядя» продолжит рассказ, потом вгляделась в осунувшееся, враз пожелтевшее лицо мужчины с остановившимися глазами и заорала. Ее собеседник умер, не успев договорить фразы.

Нинель похоронила Семена честь по чести, отметила девять дней, сороковины и постаралась жить счастливо. Прошлое не напоминало о себе, Федор шагал по служебной лестнице, ловко делая карьеру, его жена сидела дома, вела хозяйство и чувствовала себя счастливой.

К бывшей любовнице Дегтярева она, поразмыслив, не поехала, начальник зоны как в воду канул. Да и быть охранной собакой неких сокровищ, объезжать хранительниц золота Нинель не хотела. А потом, она не поверила Семену, мало ли какие фантазии придут в голову умирающему. Ну, зачем Александру Михайловичу распихивать драгоценности по бабам? Небось наболтал «дядя» глупостей перед смертью.

Покатились вполне счастливые годы; детей у Нинели и Федора не случилось, но ни жена, ни муж не страдали из-за отсутствия наследников, оба были не слишком чадолюбивы и хотели провести земные дни в комфорте, особо не заботясь о других. Никаких родственников у супругов не имелось, а в подругах ходили лишь глуповатая и наивная Дуся и милая, но тоже недалекая Лиля, которым, естественно, правды о себе она не открыла.

Жила Нинель и радовалась, но тут внезапно случилась беда, да еще какая! Неприятности начались с самого обычного телефонного звонка. Не подозревавшая ни о чем плохом женщина схватила трубку и пропела:

— Алло.

— Нинель Митрофановна? — послышался приятный баритон.

— Да, слушаю.

— Привет вам издалека.

Думая, что звонит знакомый Федора, какой-нибудь провинциальный офицер, приехавший бог весть откуда в Москву и желающий бесплатно пристроиться на ночлег, Нинель крайне сухо ответила:

— Федора Михайловича нет сейчас в столице, вернется через три месяца.

Заявление было совершеннейшей неправдой, муж корпел в министерстве и, как всегда, должен был явиться домой около восьми, но Нинель Митрофановна, больше всего ценившая размеренную жизнь, совершенно не хотела впускать в свою уютную, сверкающую чистотой квартирку отвратительного, потного мужлана из какого-то Задрипанска. Главное теперь, не подпускать к телефону Федора — хлебосольный генерал мигом зазовет давнего приятеля к себе, из буфета появится бутылка водки, затем они заведут песни... Нет, такой поворот событий Нинели был не нужен.

— Вы меня слышите? — с легким раздражением повторила она. — Федор отсутствует.

— И очень хорошо, — как ни в чем не бывало продолжил баритон. — Заря горит, от хозяина привет с поклонами, выдай грамоту.

Разверзнись у генеральши под ногами земля и выскочи из образовавшейся дырки сам сатана, женщина и то испугалась бы меньше. Горло сдавила железная рука.

— Эй, Нинель Митрофановна, — издевательски напомнил о себе баритон, — вы никак забыли об Александре Михайловиче Дегтяреве? Сам он приехать не может, возраст уже почтенный имеет, меня прислал, так как? Встретиться надо. Да не молчите, или мне сейчас к вам домой заявиться?

— Нет! — в ужасе завопила Нинель.

— Отчего же? — саркастически поинтересовался мужчина. — Одна сидите, Федор Михайлович в командировке, вернется через три месяца.

— Приказывайте, куда прибыть, — от шока перешла на лексику мужа Нинель.

— В скверик на Пушкинской площади, — спокойно назвал место баритон, — сядете на скамеечку, найду вас сам.

На дворе шпарило августовское солнце, москвичи шли в легкой, почти невесомой одежде, а Нинель Митрофановну колотил озноб, согреться не было никакой возможности, ни в душном метро, ни на раскаленной площади несчастной генеральше не стало теплее, руки у нее превратились в ледышки, а ноги в задубевшие поленья.

Кое-как дойдя до свободной лавочки, Нинель плюхнулась на деревянное сиденье и принялась с ужасом оглядывать присутствующих. Отчего-то ей подумалось, что баритон — ровесник Александра Михайловича, ему, наверное, лет сорок... Таких мужчин на площадке не оказалось. Нинель слегка расслабилась и вдруг сообразила: господи, Дегтяреву сорок было в том году, когда Нинель мотала срок, сейчас ему намного больше, жизнь-то катит вперед.

— Здрасти, — неожиданно прозвучало сбоку.

Нинель вскочила и прижала ладонь к груди.

— Да вы сядьте, — ласково сказал довольно молодой, лет двадцати пяти, человек, — чего испугались? Мне дедушка вашу фотку показывал, совсем почти не изменились, даже волосы не поседели.

— Я их крашу, — неожиданно для себя объяснила Нинель, — это очень просто.

— Дедушка вам привет передает, — оборвал ее паренек.

— Кто? — прошептала Нинель.

— Дегтярев Александр Михайлович, — спокойно пояснил парнишка, — я, кстати, его полный тезка, назвали в честь дедушки Сашей, а отец у меня Миша, вот и получился опять Александр Михайлович Дегтярев. Во, смотрите! Только меня все Сашок зовут.

Перед носом переставшей что-либо соображать Нинели появился раскрытый паспорт.

— Дегтярев Александр Михайлович, — прошептала Нинель. — Он жив?

— Кто, я? Конечно, — откровенно издеваясь, заявил внучок.

— Нет... он...

— Дедушка?

— Да.

— Нормально себя чувствует, — улыбнулся юноша, — возраст над ним, похоже, не властен. Ладно, давайте к делу. Вы список имеете, теперь надо всех объехать и то, что дедушка на сохранение оставил, забрать, ему деньги нужны, срочно.

Нинель вздрогнула.

— Нет списка.

— Как это? — нахмурился Сашок.

— Списка нет, — исторгла из себя Нинель.

— Где же он?

— У другой женщины.

— Какой?

— Ну, бывшей его, — Нинель Митрофановна сообщила заученную информацию, — улица...

— Так вам же было велено взять его у нее! — рявкнул Сашок, сжимая кулаки.

— Д-да.

— И что?

— Забыла, — пролепетала Нинель.

— Забыла? — повторил Сашок. — Забыла?

— Муж у меня тогда приболел, — попыталась разжалобить парня несчастная женщина, — больница, то да се, а потом из головы вылетело.

— Вылетело?

— Ага.

— Списка нет?

— Нет.

— Он у этой бабы?

— Наверное, — закивала Нинель Митрофанов-
на, — надо вам к ней пойти, пусть отдает, я вообще-то
больше ничего не знаю, так и передайте Александру
Михайловичу.

На лице Сашка заиграла широкая улыбка, Нинель
Митрофановна перевела дух: слава богу, парень сейчас
исчезнет и больше никогда не покажется на горизонте.
И тут в бок Нинели Митрофановне уперлось нечто
острое.

— Слышь, маманя, — продолжая лыбиться, сказал
Сашок, — зарежу на хрен за такие шутки. Забыла?
Только про список или про зону тоже? И что твой муженек скажет, коли о подвигах бывшей зэчки услышит? Думаешь, документы исчезли? Все они в пра-
вильном месте хранятся, усекла? Ой, много интересного мне дедуля о тебе порассказал, Федор сильно
обрадуется, когда узнает про то, что на лагерной б...
женился.

Свет померк в глазах у Нинели, больше всего на
свете она боялась, что правда, страшная тайна об
ошибках молодости, вылезет наружу.

— Сашенька, — простонала она, — лучше убей меня сразу!

Но юноша усмехнулся.

— Э, нет, — заявил он, — станешь теперь вину за-
глаживать, отрабатывать.

— Как? — пролепетала Нинель. — Где?

— Сиди дома, жди приказа, — велел Сашок.

Глава 23

Несчастная женщина вернулась к себе и с тех пор
опрометью кидалась на любой звонок, но Сашок не
проявлялся. Нинель Митрофановна стала успокаи-
ваться, может, встреча с юношей ей приснилась? Но

только несчастная женщина перестала вздрагивать от любого шороха, как Сашок вновь дал о себе знать; он не позвонил по телефону, а подстерег Нинель в родном дворе, окликнул женщину, когда та шла в магазин:

— Здрассти!

— Вы... ты... тут?! — ахнула Нинель.

— Естественно.

— Знаете мой адрес?

Сашок рассмеялся.

— Поглупей чего спроси! Значитца, так, вот, держи.

— Это что? — прошептала генеральша, рассматривая бархатный мешочек.

— Два браслета и ожерелье.

— Зачем они мне?

— Продать надо.

— Кому?

— Хороший вопрос. Кого найдешь, подружкам сдай за нужную цену. Сроку тебе неделя, если не успешь, пеняй на себя. Ты уже Александра Михайловича один раз подвела, второй он тебе не простит, усекла?

Что оставалось делать Нинели? Пришлось ей схватить телефонную книжку. Бедная женщина оказалась в отчаянном положении, Сашок мог рассказать правду мужу, поэтому не выполнить приказ мерзавца было невозможно. С другой стороны, до Федора мог дойти слух о том, что жена торгует драгоценностями, естественно, муж задал бы вопрос: «Откуда взялись побрякушки?»

На всякий случай Нинель Митрофановна заготовила ответ: «Подружка попросила помочь».

Но если Федор не удовлетворится объяснением и начнет проверять информацию, то Нинели придется называть имя несуществующей женщины, ее телефон, адрес, и в конце концов муж сообразит: супруга дурит ему голову.

Нинель выполнила приказ и спрятала вырученную сумму. Сашок перезвонил в указанный час и сухо сказал:

— Одиннадцать вечера, платформа Мичуринская, скамейка у головного вагона поезда, идущего из Москвы. Жду.

— В это время мне никак не приехать, — робко возразила Нинель.

— Хорош выпендриваться.

— Муж дома.

— Плевать.

— Как объясню ему свое отсутствие?

— Твоя печаль, вези деньги. Если не получу всю сумму в означенный час... лучше тебе не выкобениваться, — спокойно вымолвил Сашок и отсоединился.

Нинель заметалась по квартире, потом попыталась взять себя в руки, выпила стакан холодной воды и придумала отмазку. Сейчас она позвонит Дусе и попросит прикрыть ее, повод найдется...

Плавный ход мыслей прервало появление Федора.

— Ты? — удивилась Нинель. — Так рано? Еще пяти нет.

Муж кивнул.

— Верно, наверное, грипп подцепил, температура под сорок, раскрой постель и вызови врача.

Весь мир словно восстал против несчастной женщины, о какой поездке к подруге может идти речь в подобной ситуации?

Федор упал под одеяло. Нинель стала ждать доктора, потом, когда пришедший эскулап выписал рецепт, понеслась в дежурную аптеку... Взгляд несчастной дамы не отрывался от часов. Наконец она не вынесла напряжения и позвонила Евдокии. Нинель хотела попросить единственную близкую подругу съездить на платформу Мичуринская, отвезти деньги. Дуся была не слишком умна, она не дружила с логикой, обмануть Бордюг казалось легким делом. Нинель Митрофановна придумала вполне правдоподобную историю о некоем дальнем родственнике, который находится проездом в Москве и попросил в долг... Здравомыслящий человек мигом бы понял, что Нинель лжет, но Дуся не заподозрит вранья, она слишком глупа.

Трубку в доме Бордюг взяла домработница Валя.

— Евдокия Семеновна спит, — шепотком сообщила она.

— Так еще девяти нет! — воскликнула Нинель. — С чего в постель улеглась?

— Похоже, грипп подцепила, — тихонько ответила Валя, — голова у хозяйки разламывается, температура вдруг подскочила.

— Я пропала! — забыв про всяческую осторожность воскликнула Нинель. — Лучше утопиться!

— Что-то случилось? — спросила услужливая Валечка. — Может, помочь сумею?

И тут Нинель сообразила: вот кто может отвезти деньги! Домработницу Бордюг она знала не один год и не сомневалась в честности Валечки.

— Послушай, — зашептала Нинель, — ты что вечером делать собралась?

— Ничего, сейчас домой отправляюсь.

— Пожалуйста, приезжай ко мне, только в дверь не звони, подожди на площадке, у меня Федор Михайлович болен, не хочу его разбудить. Я тебе заплачу за услугу, — зачастила генеральша.

— Не надо денег, — ласково ответила Валечка, выслушав сбивчивую речь Нинели, — мне не трудно человеку помочь.

Домработница приехала, спокойно взяла пакетик, выслушала указания Нинели и улыбнулась.

— Не волнуйтесь, передам вашему родственнику прямо в руки.

Нинель вернулась в квартиру и, не раздеваясь, рухнула в кровать.

Но утром никаких известий от Вали не последовало, а через некоторое время позвонила Бордюг и сообщила об исчезновении домработницы.

Нинель замолчала, я, не шелохнувшаяся на протяжении всего разговора, откашлялась и тихо спросила:

— Значит, вот почему вы взяли к себе Сержа? Чувствовали вину перед ним?

— Да, — прошептала генеральша, — именно так, Валя исчезла, выполняя мою просьбу.

— И, естественно, молчали о том, куда отправили женщину?

Нинель кивнула, потом прижала ладони к щекам и начала раскачиваться из стороны в сторону, словно китайский болванчик.

— Она довезла деньги? — зачем-то решила уточнить я.

— Не знаю.

— Как это?

— Валентина пропала, — напомнила Нинель, — а уж когда, не знаю! То ли по дороге туда, то ли обратно.

— А Дегтярев-младший вам не звонил?

— Нет.

— Нет?!

— Да нет, — кротко ответила генеральша, — он тоже исчез, испарился, словно его и не было.

— Ничего не понимаю, — воскликнула я, — честно говоря, полагала, вы приносите драгоценности на продажу от него, сами боитесь отдавать их Сержу, впутали в дело глупую Дусю, пообещали ей денег.

Нинель Митрофановна моргнула, по ее щеке медленно потекла слеза.

— Деточка, — прошептала она, — не дай тебе бог испытать то, что мне довелось. Всю жизнь провела в страхе, вдруг раскроется тайна! Мой муж в молодости горячий был, ревнивый. Чуть что не так, мог руки распустить. А еще он обмана не терпит, к старости же совсем в бешеного превратился, много лет ему, а сила в руках словно у Ильи Муромца. В отставке давно, раньше на подчиненных злость выливал, то ему не так, это не по вкусу, нонче же она вся моя, не дай бог, правда откроется, убьет и не заметит.

Я с огромной жалостью смотрела на Нинель Митрофановну. Ну, что она такого ужасного совершила? Украла шелковую тряпку? Не слишком большое прегрешение! Огромное количество людей воруют в магазинах, кое-кто из моих знакомых, богатых женщин, сделало это своим хобби, скучно милым дамам в особняках, душа жаждет подвигов и приключений, вот и нагоняют адреналин, проходя мимо охраны с неоплаченной «покупкой».

Конечно, зона — тяжелое испытание, и кого-то она ломает, словно высохший прутик. Нинель Митрофановна оказалась именно из таких, и ее наивностью и беззащитностью воспользовался Дегтярев. Какой же мерзавец этот полный тезка нашего полковника!

Как бы я поступила, оказавшись на месте Нинели? Трудно сказать, но одно знаю точно: жить в вечном страхе — тяжелейшее испытание, скорее всего, я не сумела бы выдержать его и выложила мужу правду. Страх — отвратительный попутчик, даже совершив гадкий поступок, лучше мужественно признаться в нем. Рано или поздно правда непременно выползет наружу, все тайное когда-нибудь становится явным.

— Жизнь шла своим чередом, — шелестела Нинель Митрофановна, — а я на каждый шорох оборачивалась, думала: «Все, за мной Дегтярев явился, решил небось, что я его драгоценности распродала». Боже мой, боюсь до сих пор. Знаешь, милая, я ведь ни разу в Турцию не съездила, хоть Федор Михайлович и хотел.

— Почему же не отдыхали за границей, если средства позволяли?

— А как загранпаспорт оформить? — вздохнула Нинель Митрофановна. — Мне же Семен фальшивый документ сгоношил. Имя и отчество родные, а фамилия не своя. Станут проверять — откроется. И на работу устраиваться побоялась, отдел кадров в соответствующие органы запросы делает... Страшно! Ой, страшно!

— Так откуда драгоценности?

Нинель промокнула глаза рукавом.

— Год тому назад голос позвонил.

— Голос?

— Ну да, — еле слышно протянула генеральша, — противный такой, скрипучий, и не поймешь, то ли мужик, то ли женщина у трубки...

Неизвестная личность короткими, отрывистыми фразами выдала информацию: ей известно все о Нинели Митрофановне. Поскольку за дамой долг, ей придется теперь его отрабатывать, Нинель Митрофановне станут передавать драгоценности, а старухе надлежит продавать их за указанную цену. Где она найдет покупателей — без разницы, только им следует говорить: золото и камни из личных запасов, генеральша расстается с драгоценностями из-за материальных трудностей. Если Нинель откажется, то Федору расскажут все. Кстати, Нинель в свое время не досидела срок, Дегтярев сумел выпустить любовницу на волю обманом, поэтому, если милиция сейчас узнает правду, старуху отправят на зону, досиживать остаток.

— Неправда! — закричала я. — Шантажист обманул вас!

— Но меня на самом деле раньше срока выпустили, — еле слышно уточнила Нинель, — Александр Михайлович как-то устроил.

— Господи! Да сколько лет прошло, — закричала я, — не человека убили, не Родину продали! Платье унесли! Экая ерунда! Никто вас снова за решетку не отправит!

Нинель Митрофановна прижала руки к груди.

— Тише, милая! Хоть муж и в санатории, но, не дай бог, соседи услышат! Ты газеты читаешь?

— Ну, изредка.

— Видишь, какой в стране беспредел! Страшное дело! А Федор Михайлович в последнее время совсем ума лишился.

— В каком смысле? — встрепенулась я.

Генеральша горестно вздохнула.

— На пенсию его ушли, сопротивлялся, как мог, да выперли. Если честно, характер у супруга тяжелый, бескомпромиссный, не гибкий он, правду-матку в глаза всем режет, ничьих советов не слушает. Он и дома ведет себя как в казарме, возразить ему нельзя. В общем, оказался без службы и совсем измучил меня придирками.

Нинель Митрофановна совсем приуныла, но тут к генералу обратился некий Потапов, молодой, да ранний политик, решивший создать партию «Военный фронт». Нинель Митрофановна сразу просекла, что Потапову охота получить статус депутата, ни о какой службе на благо народа он и не думает, но Федор Михайлович, которому Потапов предложил стать лидером нового движения, вмиг загорелся идеей и бросился в омут нового дела.

Глядя, как наивный супруг с жаром создает партию, связывается со своими многочисленными знакомыми, высшими офицерами, Нинель Митрофановна не выдержала и сказала:

— Феденька, у тебя безупречная репутация, незапятнанное имя, все знают — генерал Попов ни в чем противозаконном никогда замешан не был; если Федор Михайлович стоит во главе какого-то дела, то всем честным людям с ним по пути.

— И что? — рявкнул муж.

— Ты осторожней.

— Говори прямо, — велел генерал, — знаешь ведь, не люблю, когда юлят и прикидываются.

— Зачем с Потаповым связался? — не выдержала Нинель Митрофановна. — Он тебя попросту использует, эксплуатирует связи Попова и его кристально чистую репутацию. Вот увидишь, если этот «Военный фронт» в Думу пройдет, ты дураком станешь, куклой в руках хитрого, беспринципного мальчишки...

Договорить Нинели Митрофановне не удалось. Муж отвесил ей оплеуху и заорал:

— Молчать, дура, шагом марш на кухню, стой у кастрюль, не смей в серьезные дела вмешиваться.

Генеральша притихла, а муж с утроенной силой принялся строить политическую карьеру, ни о чем другом, кроме как о своем будущем депутатстве, он больше говорить не мог. А Нинель Митрофановна через некоторое время поняла: ей теперь стало легче жить, супруг больше не муштрует жену, выплескивает запас агрессии на конкурентов. Больше всего Федора бесил некий генерал Вяткин, тоже решивший податься в политику, лидер нового движения «Меч».

— Вот мерзавец, — злился Попов, — все у меня слямзил — и программу, и идею!

Нинель Митрофановна сочувственно кивала и поддакивала мужу, но в глубине души была очень благодарна Вяткину: раньше муж за ужином постоянно ругал супругу, находил недоработки по хозяйству, а теперь весь залп злобы был направлен на Вяткина.

Но некоторое время назад Федор пришел домой сияющий, словно начищенный медный таз, обнял жену и расхохотался:

— Спекся Вяткин.

— Да ну? — воскликнула Нинель. — Умер?

— Морально.

— Что ты имеешь в виду?

Попов потер руки.

— У Вяткина сынок имеется, великовозрастный

болван, его вчера милиция с наркотиками взяла, торговало милое дитятко дурью. А жена Вяткина, идиотка, в отделении скандал устроила, кричала: «Это его отец виноват! Бил мальчика все детство, и вообще, он мерзавец, мне изменял...» Ну, и такая информация выплеснулась! Сегодня газеты фото опубликовали, интервью с женой Вяткина, с сыном... В общем, прощай карьера политика! Никто теперь за Вяткина голосовать не пойдет.

— Да уж, — покачала головой Нинель, — ну и дела.

— Хорошо, что у нас детей нет! — воскликнул Федор. — Не от кого подлянки ждать!

Жена кивнула.

— А друг друга мы отлично знаем, всю жизнь вместе, никаких тайн не имеем. Или я чего про тебя не знаю? — засмеялся генерал и шутливо погрозил жене кулаком.

На секунду Нинели Митрофановне стало страшно. В ее биографии как раз имелось темное пятно, о котором ничего не было известно мужу, но на тот момент ей казалось, что прошлое похоронено, внук Александра Михайловича испарился без следа, никаких известий от него давно не имелось, поэтому генеральша, старательно придав голосу твердость, отчеканила:

— Это верно, ничем постыдным никогда не занималась!

А наутро вдруг позвонил голос и потребовал отрабатывать долг. Понимаете, как испугалась Нинель? Теперь ее жизнь стала совсем беспросветной. Хорошо хоть шантажист появляется нерегулярно и много вещей на продажу не дает — три-четыре предмета, как правило, необычных, дорогих, оригинальных. Естественно, в скупку Нинель Митрофановна пойти не может, использует Сержа, ей просто повезло, что воспитанник занялся торговлей ювелирными изделиями. Принести Сержу цацки самостоятельно Нинель боится, поэтому и привлекла Дусю.

Добравшись до этого места, Нинель осеклась, потом прошептала:

— Вот, призналась во всем честно. Была откровенна по нескольким причинам: если ты, деточка, сейчас поднимешь бучу, понесешь ожерелье в милицию, сообщишь обо мне, то, считай, убила Нинель Митрофановну. Я ничего о голосе сказать не смогу, даже не понимаю: мужчина или женщина приказания отдает, такая «механическая» речь, вроде как в кино или мультфильмах, понимаешь?

Я кивнула, есть теперь специальные примочки. Я слышала, как изменился мой голос, когда по просьбе Машки дурила Дениску, рассказывая ему о морской свинке с ластами.

— Значит, — тихо продолжила Нинель, — мне никто не поверит, и что получится? Газеты поднимут вой: жена лидера партии «Военный фронт» торгует краденым, а Федор сначала супругу убьет, потом сам застрелится. Ты этого хочешь?

— Нет, конечно, — быстро ответила я, глядя, как по щекам генеральши катятся слезы. — Не волнуйтесь, никому ничего не скажу.

— Спасибо, — прошептала Нинель, — отчего-то верю тебе. Можешь ответить на мой вопрос?

— Да, спрашивайте.

— Откуда знаешь Александра Михайловича Дегтярева?

Я откинулась на спинку стула.

— Тут произошла идиотская случайность, думаю, Клава, тетка Лиды, решив подпортить жизнь неверному мужу племянницы, ошиблась, раздобыла телефон не того Дегтярева. Мой Алексадр Михайлович не ваш Александр Михайлович. Это разные Александры Михайловичи.

— Да ну? — заморгала Нинель. — Ничего не понимаю! Вот разговариваю с вами и думаю: ну откуда вы знаете про Дегтярева?

Глава 24

Я вздохнула и рассказала Нинели Митрофановне о нашей ситуации.

Генеральша выслушала меня, потом всплеснула руками:

— Ну и ну! Вот глупость получилась.

— Ага, — согласилась я, — абсолютная. Теперь понимаю, ваш голос — это голос мужа Лиды, уж не знаю, зачем он ей наврал про зону, изнасилование и купленный паспорт, только Клаву убил внук вашего Дегтярева... давайте дадим им номера, чтобы не запутаться.

— Кому? — заморгала Нинель.

— Дегтяревым, — радостно воскликнула я, — мой будет первым, ваш начальник зоны вторым, а его внучок третьим. Так вот, номер три убил Клаву, и это он заставляет вас продавать золото, ворованное. Думаю, он в сговоре с негодяями Кудо.

— Да нет, деточка, — легкомысленно отмахнулась Нинель, — Сашок исчез, он совсем по-иному разговаривал.

— Тембр легко изменить при помощи одного приспособления.

— Совершенно ничего не понимаю в технике.

— Это он!

— Что вы!

— Он, — настаивала я, — мерзавец, шантажист и убийца! Ну-ка, скажите, хотите снова жить спокойно?

— Конечно, — закивала генеральша, — так устала бояться.

— Тогда помогите мне.

— В чем?

— Мерзавца надо поймать!

— Зачем? — испугалась Нинель.

— Как это? Пусть понесет наказание! Вы можете назвать хоть какие-нибудь координаты подлеца?

— Нет, нет! Он даже не представлялся, просто трезвонит.

— А где золото берете?

— В камере хранения, на вокзале, он мне номер ящичка сообщает и шифр.

— Ключ как передает?

— Какой?

— От шкафчика!

— Там просто надо циферки набрать и ручку крутить.

— Ага, — протянула я, — ладно, зайдем с другой стороны. Имя женщины помните?

— Какой?

— Той, что прятала список!

— Нет, забыла! Очень простое, незатейливое, вроде Таня или Лена, — забубнила Нинель Митрофановна, — понимаешь, сразу решила, что не поеду ни за какими бумагами, и выкинула информацию из головы. Со мной так всегда, нужное запомню, а другое напрочь вылетает.

Я в растерянности стала ломать пальцы. Давно заметила за собой одну особенность: очень хорошо держу в памяти номера телефонов приятных мне людей — Оксанки, например, — не заглядывая в книжку, назову кучу цифр: мобильный, домашний, несколько рабочих... А вот простенькие координаты противной Аллы Кольской никак не желают запечатлеваться в памяти...

— Значит, никаких концов «голоса» нет?

— Нет, — подтвердила Нинель.

— Тогда сделаем так, — не сдавалась я, — он же позвонит!

— Вдруг нет! — с надеждой воскликнула генеральша. — Пропадет снова!

— Маловероятно, «голос» ждет денег за ожерелье, — напомнила я, — небось купюры укладываете в ту же ячейку, с тем же шифром?

— Угадала.

— Вот и хорошо, — обрадовалась я, — как соберетесь на вокзал, сразу позвоните мне, держите визитку со всеми номерами.

— Зачем? — насторожилась Нинель.

— Спрячусь в укромном месте, увижу, кто вынимает из ящичка пакет, пойду за незнакомцем и таким образом узнаю, где прячется мерзавец! Его необходимо поймать! Он убийца! Вор! Шантажист! Неужели разрешите такому мерзавцу разгуливать на свободе!

— Ой! Ни в коем случае! — испугалась Нинель. — Умоляю, никому ни слова, пожалуйста, молчи. Вот, погоди...

С быстротой молнии пожилая дама метнулась в коридор, потом примчалась назад и принялась впихивать мне в руки довольно толстую пачку денег.

— Возьми скорей.

— Это что?

— Доллары. Купи себе новые украшения.

— Спасибо, не надо.

— Ерунда, бери и беги в магазин, сейчас много хорошего на прилавках лежит. Не волнуйся, средства лично мои, о них никто не знает, на похороны коплю.

— Я не нуждаюсь в деньгах.

— Но ведь у тебя пропали колечки!

— Их не вы украли!!!

Нинель Митрофановна бросила стопку купюр на стол.

— Твоя правда, я попала словно курица в ощип, жизнь так перемолола, но отчего-то чувствую себя виноватой перед тобой.

— Не надо, вы ни при чем, тоже пострадали от мерзавца! Давайте его поймаем и сдадим куда следует! Нельзя, чтобы подобное существо ходило на свободе! Сей Александр Михайлович, просто язык не поворачивается называть сволочугу этим именем, должен быть посажен за решетку!

Нинель заморгала, потом по ее щекам потекли слезы.

— Деточка, умоляю, не надо, я погибну! Мне отчего-то кажется, что он исчезнет из моей жизни, ну... пожалуйста...

— Лучше вскрыть нарыв, — принялась я уговаривать даму, — вам следовало тогда, когда мерзавец впервые появился в поле зрения, честно признаться во всем мужу. Тогда бы не жили в страхе и не стали пособницей воров. Ну, не убил бы вас Федор.

— Убил бы! — отозвалась Нинель. — Ты его плохо знаешь! Деточка, умоляю, не активничай.

— Но...

— Дай пару дней на обдумывание ситуации, пожалуйста...

Мне стало жаль несчастную женщину, вот ведь какая тяжелая судьба ей досталась, расплачивается всю жизнь за ошибку молодости. Другие люди давным-давно забыли бы о том платье...

— Хорошо, — вырвалось у меня.

— Ты не пойдешь в милицию? — с робкой надеждой спросила Нинель.

— Нет, но вы должны понимать, что в случае ареста воры мгновенно сдадут свою сбытчицу, и тогда станет совсем худо... сейчас...

— Деточка, — тихо сказала Нинель, — огромное спасибо тебе за то, что выслушала старуху. Уж не знаю, по какой причине открыла перед тобой душу, лицо у тебя такое... доброе, а у меня внутри пустыня выжженная, устала очень, измучилась, сейчас легче стало. Наверное, ты права, следует хоть в конце жизни поднять голову, почувствовать себя человеком. Но пока не могу решиться, мне страшно. Дай время! Очень прошу, не ходи в легавку, мне надо самой заявиться туда, понимаешь?

— Да, — кивнула я, хотя слово «легавка» слегка

покоробило меня, похоже, Нинель и впрямь никак не может забыть зону и своих мучителей-конвойных!

— Я соберусь с силами и сама сдамся властям. Обязательно позвоню тебе. Непременно! Ты проводишь меня? — лепетала дама. — Скорей всего, домой потом не вернусь!

— Вас не станут арестовывать, это же смешно.

— Ты неправильно поняла меня! Я не сумею вернуться к Федору...

— Хотите, я ему расскажу вашу историю? Меня генерал не посмеет тронуть!

— Да. Нет. Не знаю! Мне надо подумать! Подумать! Подумать!

И Нинель Митрофановна разразилась горькими рыданиями.

Кое-как успокоив пожилую даму и твердо пообещав ей не обращаться в правоохранительные органы, я в самом гадком настроении села за руль и поехала домой. В голове копошились разные мысли, по большей части неприятные и тяжелые. В конце концов я твердо сказала себе:

— Дашута, утро вечера мудреней. Обо всех проблемах ты, моя кисонька, подумаешь завтра. И обязательно догадаешься, где найти шантажиста.

Ноги монотонно жали на педали, руки крутили руль. Конечно, я обещала Нинели Митрофановне не ходить в милицию и сдержу слово. Только очень хорошо понимаю, что мерзкий вор и убийца должен быть найден, и я обязательно сделаю это сама! А уж потом, когда генеральша наконец-то решится сбросить с плеч груз прошлого, пойду вместе с ней... Кстати, скоро вернется мой Дегтярев, он поможет, милый, замечательный полковник. Александр Михайлович, несмотря на вредность характера, добрый человек, он сумеет помочь Нинели, надо дать ей возможность пожить спокойно хоть на склоне лет. Дегтярев придумает, каким образом не сказать ни слова Федору. Полковник вредный только со мной, других он никогда не ругает..

«Пежо» уткнулся в ворота, я пощелкала пультом, створка медленно стала отъезжать в сторону. Завтра, все завтра, сейчас проведу тихий вечер в компании с телевизором, выпью чаю, нет, лучше сладкого какао, съем парочку пирожных, плюхнусь на диван, укроюсь пледом и уставлюсь в какой-нибудь сериал, желательно по Агате Кристи...

Бросив машину у дома, я вошла в прихожую и вздрогнула.

В углу стояло непонятное существо, то ли мужчина, то ли женщина. Это нечто было одето самым диковинным образом, на голове топорщилась старая вязаная шапка, на плечах сидела куртка Иры, ноги... Они были голыми...

Преодолевая ужас, я сказала:

— Здравствуйте, вы кто?

Тишина.

— Давайте познакомимся. Даша!

Снова нет ответа. Потом я догадалась щелкнуть выключателем, под потолком ярко вспыхнула хрустальная люстра, из груди вырвался вздох облегчения. Нет, к нам не явились сумасшедшие гости, любящие разгуливать полуобнаженными. В углу стоит скульптура, сделанная Сержем, отвратительная вешалка, которая чуть не довела меня сейчас до инфаркта.

— Есть кто дома? — закричала я, расстегивая сапоги.

Странное дело, из собак встречать хозяйку вышла лишь Жюли, куда подевались остальные псы?

Слегка удивившись, я дошла до кухни, зажгла свет, включила чайник, повернулась к небольшой этажерке, где мы держим всякие припасы, и поразилась еще больше: пластмассовые полочки пусты — ни банки с чаем, ни пакета с какао, ни упаковок с печеньем и конфетами...

Очень хорошо помню, что еще утром тут всего было полным-полно. В этот момент из кладовки донесся тихий звук, то ли стон, то ли хныканье. Немного испугавшись, я распахнула дверь в помещение, где хранится основной запас продуктов, и гаркнула:

— Если тут есть кто — выходите!

— У-у-у.

— Хватит идиотничать, — дрожащим голосом продолжала я, — уже охрану вызываю, прибегут через минуту.

— У-у-у, — раздалось теперь от порога.

Я наклонила голову и ахнула — на кафельном полу распластался Хучик.

— Милый, — бросилась я к мопсу и попыталась взять его на руки, — что с тобой?

— Ну ты зараза! — донесся из коридора голос Ирки. — Опять в кладовке шуруешь! Ща мало не покажется! Брось немедля! Кому говорю! Пшла вон из чулана! Свинья! Уродка прожорливая!

Я замерла, сидя на корточках около Хучика. Похоже, пока меня не было, домработница сошла с ума, заперла Хуча около банок с консервами и мешков с крупой, а теперь еще и поносит хозяйку.

— Притаилась, мерзость? — зашумела Ирка у меня за спиной. — Притихла, падла!

Не понимая, как лучше поступить, я скрючилась над стонущим Хучем. Эх, мобильный лежит в сумке, а та осталась в прихожей, позвонить врачу сразу не удастся, надо приводить Ирку в чувство самостоятельно.

Навесив на лицо самую сладкую, ласковую улыбочку, я хотела встать, но тут Ирка вдруг звопила:

— Еще и не убегает! Совсем офигела! Ну, получай, что заслужила!

В следующую минуту меня окатили холодной водой, а на макушку шлепнулся непонятный мокрый шматок.

— Мама! — заорала я, подскакивая. — Мама!

— Мама! — завизжала Ирка. — Дарь Иванна! Вы! Господи! Дайте у вас с головы половую тряпку сниму.

— С ума сошла, — обозлившись до последней степени, затопала я ногами, — с какой стати ведро на меня вылила! Знаю, что с психами спорить нельзя, но ведь не до такой же степени!

— Извините, — заломила руки Ирка, — не признала вас! В кладовке темно, слышу, она там шевелится, зараза, вот и решила душ устроить... Чтоб неповадно...

— Кому?

— Ну, этой, гостье.

— К нам приехали посторонние люди? — ужаснулась я.

Прощай, вечер у телика. Сейчас придется улыбаться невесть кому, корчить из себя радостную хозяйку, хотя больше всего на свете хочется сказать тем, кто свалился на голову: «Ребята, на фига вы приперлись, а?»

— Слава богу, никого, — ответила Ирка и, сняв с головы хозяйки половую тряпку, стала вытирать лужу.

— Тогда что за гостью ты надумала окатить водой?

— Стеллу! Бандикову, прости господи, невесту!

— Ты перепутала меня с собакой!!!

— Ага, — прокряхтела Ирка, выжимая тряпку в таз, — ну, ошиблась, с кем не бывает, ведь не со зла, случайно получилось.

— Хочешь сказать, что я похожа на эту жуткую, лохматую тварь?

— Нет, конечно, — меланхолично сообщила Ирка, — ща поняла, она крупней будет, вы на корточках-то чуть больше кошки глядитесь! Просто я сегодня устала, словно колокольная кляча.

— Какая? — захлопала я глазами.

— Ну... та, что воду возит!

— Водовозная!

— Во, точно, слова уже путаю, — вздохнула Ирка.

— У-у-у, — застонал Хучик.

— Что с мопсом? — снова испугалась я.

Ирка выпрямилась.

— Ох, спину ломит! Живот ему скрутило! Уже лекарство дала. Все Стелла, дрянь! Затихла где-то, новую пакость замыслила...

Не слушая бубнеж домработницы, я, вздрогнув от липких объятий мокрой одежды, вновь попыталась поднять Хуча и поставить его на лапы. Мопс неожиданно принял вертикальное положение, выглядел он как-то странно, необычно, но, слава богу, не лежал, а все же стоял и больше не стонал, наверное, колика утихла.

— Милый, — нежно сказала я, — иди попей водички.

Хуч печально глянул на меня.

— Давай, дорогой, тебе станет легче, ступай сюда, Хучик, кис-кис-кис.

Мопс не шевелился.

— Котик, двигай лапками к миске, — настаивала я.

Ирка хихикнула.

— Ну даете, Дарь Иванна, а еще на меня обозлились, что со Стеллой вас перепутала! Где у него лапки-то! Гляньте во все глазки.

Я внимательно присмотрелась к Хучу, потом плюхнулась на диванчик. Вы бы тоже слегка растерялись, внимательно оглядев пса. Мопс стоял, вернее, лежал на животе. У нашего Хучика объемное брюшко, но сегодня оно напоминало пуховую подушку отличного качества, а по бокам свисали маленькие лапки, они попросту не доставали до пола, и Хучик был лишен возможности передвигаться, больше всего он сейчас напоминал тюленя. Правда, милые морские животные весьма ловко ползут в нужном направлении, используя мощный хвост, но Хуч не умел ходить подобным образом, да и скрученный жгутик, коим украшена его филейная часть, не помощник, на него не опереться.

— Что с ним? — испуганно прошептала я.

Ирка шумно вздохнула и принялась загибать пальцы.

— Халва, батон, сколько зеленого горошка, не знаю, бананы, печенье... всего и не перечислить. Сейчас еще вон кое-как поднялся. Столько сожрать! Ясное дело, расперло!

— Кто ему дал все это!!!

— Стелла.

— Что?! Ира, прекрати идиотничать.

Домработница швырнула тряпку в ведро.

— Во, всегда я у вас виноватая!

— Одна собака не способна угостить другую халвой, — уточнила я, — поэтому быстро проясни ситуацию.

Ирка вымыла руки и тоже села на диванчик.

— Ща, по порядку, значит, так...

Когда я уехала из дома, Ирка, очень довольная появлением Стеллы, отправилась убирать комнаты. Конечно, нежданная гостья совершенно не похожа на питбулиху, дворняга дворнягой, но ведь Бандику-то все равно, особых заморочек по поводу «жены» у пита быть не должно, главное, что она существо женского пола, вполне готовое для воспроизводства потомства. Следовательно, сейчас Бандюша перестанет писать на ступеньки, а переключится на любовь, не надо будет носиться с ним к озеру, теперь парочка спокойно станет ходить по саду, женитьба оказывает умиротворяющее воздействие не только на людей, но и на четвероногих.

Радостно напевая, Ирка подошла к Бандюше, мирно спавшему на диване, и воскликнула:

— Эй, хватит дрыхнуть, смотри, какая девочка!

Стелла, маячившая за домработницей, изобразила приветливость, при виде суженого замахала хвостом.

— Ну, Банди, — продолжила Ирка, — ты ведешь себя не по-джентльменски, вставай.

Пит затрясся, нехотя стек с ложа и моментально юркнул под него.

— Бандюша! — взывала к совести пса домработница.

Но Банди затаился, из-под дивана доносилось лишь нервное сопение. Ирка плюнула и повернулась к Стелле.

— Не переживай, — приободрила она невесту, — все они так! Трусы! Ничего, скоро пообвыкнется, еще отбиваться начнешь, дай ему свое счастье осознать!

Стелла, словно поняв обращенную к ней речь, тихо гавкнула. Ирка, не теряя хорошего расположения духа, схватилась за пылесос, решив оставить парочку в покое.

Домработница довольно долго елозила щеткой по коврам на втором этаже, потом решила протереть мебель, пошла было вниз и увидела на только что вымытой лестнице лужу.

— Банди! — в полном негодовании заорала Ирка. — Вот пакостник! Теперь-то почему хамишь? Девушка рядом стоит. Эй, Стелла! Ты где?

Из кухни послышался ужасающий шум, крупное, мохнатое, рыжее тело стрелой метнулось в гостиную и забилось под диван. В ту же секунду из-под уютной мягкой мебели выполз Банди и переместился под кресло. Пит явно не хотел находиться с невестой в непосредственной близости.

Слегка встревоженная поведением Стеллы, Ира пошла на кухню и остолбенела. Весь пол был усеян обрывками упаковок из-под чипсов, печенья, кексов...

Наши собаки — огромные любители похарчиться, только не надо думать, что держим их впроголодь. В доме подрастает собственный ветеринар, а еще имеется дипломированный «собаковед» Дениска, поэтому рацион у всей живности, включая жабу, разработан до мелочей. Утром вкусная каша, вечером не менее приятный ужин, взрослых четвероногих нельзя кормить более двух раз в день, это чревато ожирением и всякими болячками.

Сознавая, что веду себя неправильно, я иногда, оглядываясь по сторонам, дабы не увидела Маня, засовываю в разверстые собачьи пасти куски сыра, изюм, печенье. Конечно, поступаю очень плохо, но при виде вазочки с курабье глаза у Хуча становятся такими несчастными, что рука сама тянется к сдобному кусочку.

Но, повторюсь, никто из собак не начнет охотиться на этажерку в кухне. Естественно, порой у нас случаются некие казусы, только стая считает: если лакомство упало на пол или было забыто кем-то на диване, его можно смело хватать, благодаря провидение за удачу. Но мародерствовать на этажерке и на полках в кладовке не комильфо.

Тот же Хуч будет тихо стонать, глядя, как я выуживаю пастилу из коробки, и если белый прямоугольник выпадет из рук неловкой хозяйки, то мопс мигом подлетит и схватит добычу, в большой семье клювом щелкать нельзя, кто первым встал, того и тапки! Но сбрасывать еду с полок — такое исключено! Сейчас же пол в кухне напоминал сцену из спектакля «Погром на складе харчей».

Стелла ухитрилась стырить хлеб, разодрать пачку с какао, сбросить на плитку гроздь бананов... Ирку в особенности поразили вскрытые банки с зеленым горошком; похоже, у дворняги вместо клыков имелись открывалки, потому что железные кругляши были самым аккуратным образом вспороты.

Среди остатков пира бродил стонущий от счастья Хучик, такой радости до сего момента он не испытывал. Вон сколько жратвы рассыпано по полу, а все товарищи по стае пока не пронюхали о произошедшем.

Глава 25

Придя в себя, Ирка стала приводить в порядок кухню, но не успела вымыть пол, как со второго этажа послышался шум. Зная, что находится в особняке одна, домработница сразу сообразила: Стелла пробралась в комнату к Машке.

Увы, следует признать, Манюня, как бы это помягче выразиться, не слишком аккуратна. Вернее, не так! Машке очень нравится, когда в ее спальне вещи находятся на нужных местах, а с полок сметена пыль, только сама она ни за что не будет вешать одежду в шкаф. А еще Маня любит, сидя у компьютера, пожевать что-нибудь вкусненькое, но, согласитесь, каждый раз, желая слопать конфетку, очень тяжело вылезать из чата, спускаться по лестнице на первый этаж, потом идти на кухню... Чтобы сберечь время и силы, Машка поступила просто: у нее на столе, на подоконнике, на тумбочке, в общем, везде, где только можно, стоят вазочки с лакомствами, и сейчас Стелле есть где поживиться.

С воплем: «Пошла вон!» — Ирка полетела на второй этаж, по дороге на ступеньках ей встретилась еще одна лужа, но домработница не обратила внимания на очередное хамство Бандика, надо было отметелить Стеллу, которая оказалась на редкость невоспитанной особой.

Ирина неслась вверх, на площадке между первым и вторым этажом ей повстречалось большое, покрытое рыжей шерстью тело, которое со всех лап мчалось вниз. Ира машинально пробежала еще несколько ступенек, потом притормозила, сообразила, что Стелла просвистела мимо, и, развернувшись, ринулась за дворнягой.

Дом у нас огромный, тихих закоулков в нем много, поэтому Стелла легко нашла укрытие. С каждой секундой злясь все сильнее, Ирина принялась методично заглядывать в известные ей «захоронки». Изредка домработница кричала:

— Найду — убью!

Очевидно, Стелла хорошо понимает человеческую речь, потому что она словно под паркет провалилась. Но наша гостья плохо знает Ирку, та решила, не занимаясь уже ничем, отыскать разбойницу и отдубасить по полной программе.

Так они провели почти час: домработница ходила с ремнем в руках, а Стелла сидела в каком-то укрытии, зажав лапами пасть, чтобы не дай бог не чихнуть и не кашлянуть.

В конце концов «забава» надоела Ирке, и, в последний раз пообещав оторвать Стелле хвост, домработница пошла на второй этаж, чтобы привести в порядок Машкину спальню.

В комнате девочки ее ждал «приятный» сюрприз. На полу не обнаружилось ни крошки, пока Ирка металась по первому этажу, Снап, Черри, Жюли, Банди и Хуч методично съели все рассыпанные по ковру мармеладки, шоколадки, зефирки и иже с ними. Ругать членов стаи было не за что, подбирать вкусности с пола им не запрещено, и, в конце концов, «ребята» помогли Ирке, избавили ее от необходимости сгребать в кучу то, что расшвыряла Стелла. Но как собаки ни старались, под ногами все равно хрустели крошки, и Ирке пришлось хвататься за пылесос.

Едва домработница втащила агрегат в нужную спальню, как из комнаты Александра Михайловича послышался шорох. Конечно, Дегтярев думает, что никто из домашних не подозревает о его привычке лопать под одеялом орешки, но на самом деле о слабости полковника известно всем, Ирке тоже, поэтому сейчас она мгновенно сообразила: наглая, как танк, Стелла, которой уже два раза сошло с рук мародерство, решила вновь «поохотиться», теперь на любимое лакомство Александра Михайловича.

Оценив хамство Стеллы, Ирка решила действовать хитрей, на этот раз она не стала сотрясать воздух угрозами и проклятиями. Нет, Ирина очень тихо, взяв в руки мощный пылесос, на цыпочках вошла в обитель полковника и увидела, что Стелла лежит на кровати. Противная тварь целиком, вместе с головой и хвостом, заползла под покрывало, большой холм, прикрытый полностью пледом, мерно шевелился. Ирка стиснула зубы, беспардонность Стеллы поражала ее; очевидно, прихватив пакет с кешью, собака решила сожрать вкуснятину в комфортных условиях, в тишине, под шерстяным одеялом. Жадная Стелла, видно, сообразила: если восхитительные орешки рассыпятся по полу, ей придется делиться с остальными четвероногими.

Сгорая от жажды мести, Ирка подкралась к спрятавшейся нахалке, очень аккуратно приблизила к ней трубу пылесоса и включила машину на полную мощность.

— Думала, пледик «налипнет», сдернется, Стелла испугается, а уж я ей тогда покажу, где раки чай пьют, — каялась сейчас Ирка.

— И что, получилось? — заинтересовалась я.

— Ага, — растерянно кивнула Ирка, — здорово вышло, но по-другому!

— По-какому?

— Не по-моему, — протяжно вздохнула Ирина.

— Плед не сдуло?

— Конечно, смело, пылесос-то мощней некуда, — затараторила домработница, — только в постели Банди оказался, он, бедняжка, спрятаться получше решил.

— Можешь дальше не рассказывать, — еле сдерживая хохот, велела я.

Наш Бандюша всегда одинаково реагирует на любую стрессовую ситуацию, бойцового пса хватает в объятия энурез.

— Ага, — горестно закивала Ирка, — все менять пришлось: одеяло, покрывало, белье, матрас... Хорошо еще, что Дегтярева нет. Вы уж, Дарь Иванна, никому не рассказывайте...

— Не знаю, не знаю, — попыталась я шантажировать домработницу, — вдруг не удержусь.

— Но я-то Зайке не сообщила, кто разбил ее керамическую собачку, — пошла в наступление домработница.

— Ладно, — быстро согласилась я, — так и быть. Похоже, Стелла и Банди не хотят любовь крутить.

— Не-а, — горько ответила Ирка, — он на лестнице уже в шестой раз писает, то ли пылесоса перепугался, то ли специально хамит. На Стеллу даже не глядит, а она прямо неуловимая, в кладовке побывала, в бане порядок навела. Снап и Черри объелись и заснули, Хучу плохо, одна Жюли веселая.

— Почему ты Стеллу не заперла?

— А где?

— Ну... в технической комнате, возле котлов отопления!

— Вы ее сначала туда загоните!

— Как не фига делать! — усмехнулась я. — Ты только уйди.

— Куда?

— В свою комнату.

— Ну и пожалуйста, — внезапно обиделась Ирина, — погляжу потом, послушаю ваши речи!

Продолжая ворчать, домработница скрылась в коридоре, а я, вынув из холодильника банку, ласково заворковала:

— Стеллочка, гадкая Ирка ушла, хочешь сгущеночки?

— У-у-у, — взвыл Хучик, услыхав волшебное слово «сгущенка».

— Замолчи, — приказала я, — вот ты точно ничего не получишь! Стеллонька, выгляни, моя радость!

Послышался шорох, и из узкого пространства между стеной и холодильником высунулась рыжая морда, оставалось удивляться, каким образом здоровенная собака ухитрилась втиснуться в крохотную щель.

— Миленькая, видишь баночку?

Глаза Стеллы загорелись.

— Ты ведь любишь сгущенку?

Длинные уши вздрогнули.

— Тогда выходи.

Мохнатое тело стало вытягиваться в кухню, я с огромным изумлением наблюдала за процессом, похоже, в роду Стеллы имелись змеи, иначе чем объяснить ее невероятную гибкость и пластичность.

— Гав, — тихо сказала Стелла, подбираясь ко мне.

— Отлично, пошли.

— Гав.

— Давай, давай, — бормотала я, вертя консервами перед рыжей мордой, — съешь это в другом месте, там удобно, тепло...

Затея завершилась полнейшей победой. Сначала жадная собака, словно зомби, шла за мной до небольшой комнатенки, где расположены котлы. Потом я бросила банку внутрь и сказала:

— Бери, кисонька.

Стелла рванулась внутрь, мои руки мигом захлопнули створку, пальцы повернули ключ.

— Ира!!!

— Чего? — высунулась из комнаты домработница.

— Полный порядок, Стелла у котлов, там съесть нечего, одни железные трубы.

— Ну, не может же она в топочной вечно сидеть? — разумно заметила Ирка.

— Нет, конечно, сейчас пойду к ее хозяйке... забыла имя.

— Элина, — быстро напомнила Ирка, — девятый участок.

— Вот! Точно! — обрадовалась я. — И категорично скажу: «Забирайте красавицу, она...»

— Жрет все и ведет себя как сволочь!

— Ну, зачем людей обижать, просто сообщу: «Она и Бандик не желают жить вместе».

— Не сошлись характерами, — захихикала Ирка, — развод и девичья фамилия!

Калитка девятого участка была заперта, на звонок никто не отвечал. Я редко захожу в эту часть поселка, мне кажется, что тут как-то мрачно, слишком много елей, но, видно, Элина и ее муж не любят солнце, раз построили дом в темном месте.

Впрочем, мне нет дела до их пристрастий, сейчас меня волнует только одно: куда подевались хозяева?

Внезапно за забором послышался тонкий голос:

— Вы кто?

Я вгляделась сквозь прутья кованой решетки, между туями виднелась фигура женщины в дешевой грязной куртке.

— Даша Васильева, ваша соседка, скажите, когда Элина вернется?

— Хозяйка уехала.

— Ладно, а ее супруг где?

— Павел Петрович?

Я не знала имени мужа Элины, но на всякий случай ответила:

— Да.

— Так вместе отправились отдохнуть.

— Вот черт! — вырвалось у меня, только сейчас вспомнила, что, отдавая нам собаку, Элина скороговоркой обмолвилась про отпуск. — А вы кто?

— Дворничиха, Люся, дом стерегу.

— Люсенька, — заворковала я, — ваша милая собачка у нас.

— Стелла?

— Она самая.

— И чего?

— Заберите ее назад.

— Ой! Ни за что!

Калитка распахнулась, передо мной предстала плохо одетая женщина с усталым, очень милым лицом.

— Уж извините, — зачастила она, — только хозяева Стеллу сами увели, не могу без них никакие решения принимать, мне указания забирать ее не давали.

— Понимаете, — вкрадчиво завела я, — Стелла очень тоскует по родному дому...

— Все жрет, рвет занавески, дерет ковры, выдергивает цветы и сдирает обои? — перебила меня Люся.

— Пока только продукты изводит, — в испуге ответила я, — а что, она и остальное может?

Люся вжала голову в плечи.

— Нехорошо, конечно, но лучше будет, если вам правду расскажу. Стеллу купил сам Павел Петрович, два года назад, ее задорого продали, мне столько и за год не заработать, сколько хозяин за псину отдал. Павел Петрович в собаках не слишком разбирается, а денег у него лом, понятно?

Я кивнула.

— В принципе, да.

— Уж он ее любит, питбулем считает, — одними губами улыбнулась Люся, — спать с собой ложил, все ей позволял, ну и, ясное дело, избаловал. Потом хозяин на Элине женился, и пошла у них война, у собаки с молодой женой. Прямо цирк! Знаете, чего происходило? Только муж к своей половине вечером подкатывать начинает, со Стеллой истерика! Сядет около кровати, морду на матрас положит и воет, да так печально, что душа переворачивается, или в самый интересный момент в койку тоже полезет. Павел Петрович только смеялся, а Элина в слезы, кричит:

— Не могу с мужем спокойно время провести, Стелла за мной подглядывает!

— Заперли бы собаку внизу.

— Так она безобразничает. Знаете, чего хозяин

удумал? Вечером оденется по полной программе, и Элина тоже, выйдут в холл и говорят Стелле:

«Ну, пока, дорогая, мы на тусовку едем».

Стелка умная, страсть, человеческую речь понимает. Она, когда хозяева из дома уматываются, в баню идет и тихо там на диване спит. А они во двор спустятся, затем особняк обойдут и через окно влезут, да в спальню, тишком, чтобы не унюхала. Черным ходом им не воспользоваться, он в бане!

— Оригинально!

— Куда там!

— Элина не пыталась избавиться от собаки?

Люся оглянулась по сторонам и зашептала:

— Уж, простите, не знаю, кто у вас в мужьях.

— Я не имею штампа в паспорте.

— Ага, а Павел Петрович, до того как бизнесом занялся, деньги... э... э... не совсем хорошо добывал. Теперь-то он богатый человек, а привычки прежние остались. В общем, Элина завелась один раз, завопила:

«Пристрелить Стеллу!»

А Павел Петрович из тумбочки револьвер вытащил, здоровенный такой, и спокойно ответил:

«Лучше я тебя пристрелю, вторую жену легко найду, а такой собаки, как Стелла, больше никогда не будет».

— Да уж, — протянула я, — крутой парень.

— Зверь! — вздрогнула Люся. — За свою Стеллочку пасть порвет, один раз я ее чесала и из хвоста клок выдрала. И как же мне влетело! Павел Петрович ее на выставки возит и призы получает.

— Стелла — чемпионка?!

— Вроде да, думаю, хозяин просто судей подкупает. И еще, он очень щеночков хочет, но никто из питов с его Стеллой водиться не желает, — откровенничала Люся, — пару раз возил «доченьку» на свадьбу, но везде облом, ее «женихи» пугаются, им, как понимаете, заплатить нельзя, собака не человек, за деньги трахаться не станет.

— Понятно, — протянула я.

— Уж Элина мужа просила на море съездить, только тот ни в какую, Стеллу оставлять не хотел. А потом Элина узнала про...

Люся быстро излагала ситуацию, я только хлопала глазами.

— Здорово вышло, — закончила дворничиха, — Элина вам Стеллу отдала. Павел Петрович справки навел, узнал, в вашем доме животных обожают, вот и уехал со спокойной душой, мне сказал: «Смотри, Люська, за домом. А ты, Элинка, имей в виду: коли эта Васильева мою Стеллочку обидит или здоровье ей подпортит, пристрелю всех, и тебя, и ее! Кабы не щеночки, ни за что бы доченьку не оставил! Да очень хочется с мелкими повозиться!»

Я икнула.

— Поэтому лучше вам Стелку беречь, мыть, чесать и кормить от пуза, хотя пузо-то у нее бездонное, тонну сожрать может. Павел Петрович, он такой, пристрелит и не чихнет, ему не впервой, еще в девяносто первом году по улицам с «калашом» бегал, — выдала все хозяйские тайны Люся, — лично я его до беспамятства боюсь, кабы не нищета проклятая, унеслась бы отсюда на легком катере.

— Спасибо, — прошептала я.

— Пожалуйста, — вежливо ответила дворничиха и захлопнула калитку.

Я потопала домой, обдумывая ситуацию. Ну и влипли же мы! Стелла — любимая забава бывшего братка. Главное, не рассказывать домашним правду, потерпеть осталось недолго, скоро Элина явится назад и заберет дворнягу. Я, конечно, выскажу девице все, что думаю, по поводу и хозяйки, и собачки, но сейчас надо запретить Ирке нападать на гостью, похоже, та умна, коварна и мстительна, специально расшвыривает продукты, злится за то, что вынуждена жить у нас.

— Ира, — заорала я, вступая в дом, — слушай сюда! Внимательно! Но сначала поклянись, что никому ни словом не намекнешь о полученной информации!

Ирка закивала, в ее глазах вспыхнуло откровенное, не прикрытое ничем любопытство, которое по мере моего рассказа трансформировалось в оторопь.

— Ну и ну, — прошептала домработница, — бывают такие отморозки! Кстати, вы Стеллу у котлов заперли! А я ей ничего плохого не сделала, даже тряпкой шваркнуть не сумела. И не такая она и вредная! Ну, покушать любит!

Я молча пошла к технической комнате, да уж, в разведку с Иркой отравляться нельзя, сдаст в любой момент, вон как запела, услыхав про Павла Петровича с пистолетом. Хотя мне самой теперь отчего-то хочется говорить дворняжке комплименты.

— Стеллочка, кошечка, выходи, извини за временное неудобство, — залепетала я, ворочая ключ в скважине.

Первое, что отметил взгляд, была абсолютно пустая банка из-под сгущенки, похоже, собаке может позавидовать электрооткрывалка для консервов, вон как вспорота крышка, ровно, словно в пасти Стеллы не зубы, а остро наточенные ножи. Но где сама любимица бандита, а ныне легального налогоплательщика и честного бизнесмена Павла Петровича?

— Стеллонька, выгляни.

Нет ответа.

— Кисонька, хочешь орешки?

Послышался шорох.

— Котеночек, — обрадовалась я, — иди, иди, лапонька.

Из-за ярко-красного железного короба показалась голова, затем шея, она стала вытягиваться, вытягиваться, вытягиваться...

— Матерь Божья, — обморочным голосом прошептала Ирка, — это чего?

Секунду я в полном оцепенении любовалась огромной блестящей, издающей резкий запах кучей и лишь потом поняла катастрофический размер несчастья.

Глава 26

У нас, как, наверное, у многих людей, живущих в Подмосковье, имеется два котла. Один, работающий круглосуточно, топится при помощи газа, рядом с ним стоит второй агрегат, резервный, приобретенный на всякий случай. Ну, вдруг в России закончится газ? Или, что более вероятно, основной нагреватель сломается? В случае каких-либо казусов мы станем поддерживать в доме тепло, включив запасной вариант, он пашет на солярке. Вот почему в технической комнате имеется тоненький шланг, который соединяет бак с мазутом с котлом, по трубке в случае необходимости дозированно поступает маслянистая темная жидкость. Аркашка в свое время изучил кучу всяких механизмов, пока не выбрал этот, не требующий особых забот. Коли возникнет критическая ситуация, некая порция топлива попадет в котел, и тот спокойно начнет работу.

Запертая в одиночестве Стелла, очевидно, обозлилась до невменяемости и решила по полной программе отомстить людям, которые заперли ее в маленькой комнатушке.

Сначала она попыталась перегрызть железные трубы, но даже акульи зубы дворняги не справились с задачей, слава богу, во рту у Стеллы не пила-болгарка, собака лишь соскребла краску с чугунины, зато гибкий шланг с соляркой перекусила легко. Глупая Стелла, конечно, не предполагала, что из испорченной трубки разом выльется весь запас топлива, собранный в котле, боюсь назвать вам точную цифру, думаю, литров сорок. Наверное, дворняжка испугалась, когда ее окатил ливень из мазута. Хорошо еще, что газовый механизм исправно топил дом и аварийная система не стала накачивать из хранилища новую порцию дизельного топлива, вот тогда бы точно случилась катастрофа, в подвале стоит примерно полторы тонны солярки, и вся она оказалась бы на полу технической комнаты, потекла бы в баню, легко мог вспыхнуть пожар.

Сообразив, какого несчастья мы избежали, я мгновенно перекрыла кран у основания трубки и тихо сказала:

— Ирина, главное, не напугай Стеллу, а то она помчится по дому.

— Угу, — простонала домработница.

— Неси сюда простыни и конфеты!

Ирка при любом удобном случае начинает задавать кучу дурацких вопросов: а чего? Почему? С какой стати? Зачем белье? Кому сладкое?

Но сейчас она, тихо-тихо пятясь задом, выползла из помещения и буквально через пару секунд притащила необходимое. Я быстро развернула трюфель.

— На, Стеллочка.

Черный нос прикоснулся к моей руке, конфета была слизана в один момент.

— Ай, умница, ай солнышко... Ира, расстели на полу простыню, положи на нее шоколадки...

Домработница споро выполнила приказ.

Стелла, желавшая от души полакомиться, ступила на полотно, я мгновенно укутала собаку в постельное белье и приказала:

— Ирка, хватай ее за передние ноги, я ухвачу задние.

Самое странное, что Стелла не сопротивлялась, не вырывалась, не рычала, хорошо еще, что тащить многокилограммовое тело далеко не пришлось, мы сунули несчастную дворнягу в большую джакузи, которая расположена в бане, и приступили к помывочной процедуре.

Милые мои, если кому из вас придется отскребать от солярки здоровенную собачищу повышенной лохматости, запаситесь грузовиком терпения и примите мои соболезнования.

Целый час мы с Иркой, не разгибаясь, пытались привести понуро стоящую Стеллу в божеский вид, лили ей на спину сначала шампунь для собак, потом для людей, следом гели для душа, пенку, потом Ирка в порыве вдохновения приволокла средство для посуды, но тщетно, шерсть дворняги не становилась чистой, она по-прежнему имела слипшийся вид и темно-коричневый колер.

— Может, обрить ее наголо? — предложила Ира, вытирая пот со лба.

— Забыла про Павла Петровича с пистолетом? — напомнила я, отдуваясь и оглядывая несчастное животное.

Стелла сидела по шею в воде, наружу торчала лишь черная башка с прилипшими к черепу ушами и совершенно страдальческими глазами. Руки потянулись к трюфелям.

— На, милая!

Дворняжка благодарно слопала подачку.

— Дайте и мне конфетку, — попросила Ира.

— Пакет пустой.

— Вы Стеллу покараульте, в кладовку сбегаю.

— Лучше ты ее постереги, — предложила я, — сама схожу, заодно аспирин выпью, голова заболела.

— Ступайте, — милостиво кивнула Ирка, — меня покамест ничего, кроме совести, не беспокоит. Ну, чего я на бедняжку налетела? Ясное дело, растерялась она в чужом доме! А вы, Дарь Иванна, ваще Змей-Горыныч, славно придумали, запереть несчастную у котлов. Вот и результат, теперь мучаемся.

Прикусив нижнюю губу, я пошла на кухню. Ну

вот, виноватый, слава богу, найден, кто бы сомневался, что им окажется Дашутка!

Обозлившись на Ирку, я решила спокойно перевести дух. Не болит у нее ничего, кроме совести? Вот и пусть мучается около Стеллы, а ко мне подбирается мигрень, поэтому сначала выпью лекарство, хлебну сладкого чаю, выкурю сигаретку и лишь потом вернусь к джакузи.

Спустя десять минут я вошла в баню и услышала счастливый вопль Ирки:

— Смывается!

— Да ну?

— Точно, только медленно.

Я подошла к ванне, пены стало еще больше, а на голове у Стеллы торчала теперь «шапка» из взбитых пузырьков, оставалось лишь поражаться терпению собаки, или она перепугалась до остолбенения и поэтому беспрепятственно позволяет тереть себя, словно тряпку?

— Во, идея в голову пришла, — похвасталась Ирка, — применила одно средство, суньтесь в воду и потрогайте шерстку — скрипит.

И правда, липкая солярка наконец-то смылась.

— Класс, — радовалась Ирка, — лишь сполоснуть осталось.

Я схватила второй душ и принялась щедро лить на Стеллу воду.

Домработница вытащила затычку, мыльная жидкость с ревом устремилась в трубу, я смотрела на струи, которые стекали с тела Стеллы, сначала они имели коричневый цвет, потом рыжий, затем зажурчала совершенно прозрачная вода.

— Чой-то не пойму, — протянула Ирина, — полощем, полощем, а Стелла вся в пене.

Я оторвала взор от весело бегущих пузырьков и обозрела Стеллу, посередине джакузи тряслась... белая собака. Моя рука осторожно потрогала шерсть, абсолютно промытая, никаких признаков мыла.

— Поседела от ужаса! — попятилась Ирка. — Во, несчастье! Теперь этот Павел Петрович вас, Дарь Иванна, точно пристрелит.

— Почему меня? — только и сумела поинтересоваться я.

— А кого еще?

Действительно, железный аргумент. Кроме меня, никого и не найти.

— Мусик! — радостно закричала Маня, врываясь в баню. — Чем занимаетесь?

Я вздрогнула и ловко набросила на Стеллу банное полотенце, Ирка же кинулась к Манюне и, моментально забыв про мой категорический приказ молчать про Павла Петровича, вывалила девочке все новости.

Машка нахмурилась, подняла махровую ткань, поцокала языком и велела:

— Колитесь, чем мыли бедолагу?

— Шампунь, гель, пена, — стала загибать пальцы Ирка и остановилась.

— Дальше, — приказала Маня.

— Средство для посуды.

— Следующее.

— Все, — слишком честно воскликнула домработница, глаза Ирки забегали из стороны в сторону.

— Не ври!

— Ну...

— Говори!

— Ой, она правда поседела! От ужаса, ее Дарь Иванна у котлов спрятала, — попыталась перевести на меня стрелку домработница.

— Мировая ветеринария до сих пор не имеет примеров поседения собак в одну секунду, — прищурилась Маня, — лучше тебе признаться, что вылила на Стеллу. Надеюсь, не туалетного утенка?

— Что я — дура?

— Бывает иногда, — хихикнула Машка.

— Вот! Еще и обижают, — встала руки в бока Ирка, — старалась из-за Дарь Иванны! Мне вовсе неохота, чтоб ее тут пристрелили.

Я улыбнулась, Ирка лентяйка, но она, похоже, любит хозяйку.

— Придет этот Павел Петрович, — продолжала домработница, — натопчет, нагваздает, потом кровища хлынет, а кому убирать? Ясное дело, мне грязь выносить. А поминки сделают? Катьке одной не справиться, пеки, Ирка, пятьсот блинов! Нет уж, пусть Дарь Иванна живая-здоровая ходит, от нее, конечно, геморрою полно, но...

— Лучше говори, чем вымыла собаку! — оборвала я нахальные Иркины речи.

— Вон стоит, в коробке!

— Стиральный порошок!!! — всплеснула руками Маня.

— Ага, — залебезила Ира, — хорошая, дорогая штука, Александр Михайлович вечно пятна на рубашки ставит, совсем заколебал меня с ними, да и Дарь Иванна неаккуратная, а там написано: уничтожает любые следы!

Вербальная активность впервые в жизни покинула меня, потом в голове появилась мысль: наверное, это средство и впрямь замечательное, смывает все, даже пигмент волос.

— Не пользуйся им больше никогда, — сдавленным голосом прошипела Маня, — вот что со Стеллой сделалось.

— Отчего такое случилось? — недоумевала Ирка. — Раньше люди хозяйственным мылом головы мыли, оно какое ядовитое, и все путем, никто без цвета не оставался.

— Нет ответа, — буркнула Маня, — да он и неважен! Интересен результат применения порошочка! Мусек, из чего его делают?

Я кашлянула и, обретя дар речи, просипела:

— На мой взгляд, вопрос надо ставить иначе. Не «отчего такое случилось» и «из чего его производят», ясно же, порошок виноват, а «как сделать Стеллу снова рыжей». Времени на раздумья у нас маловато, скоро вернется Павел Петрович и первым делом пристрелит Ирку.

— Почему меня? — посерела домработница.

— А кто собачку порошком посыпал? — мстительно напомнила я.

— Ага! Кто ее у котлов запер?

— Кто по дому гонял?

— Кто ваще сюда впустил?! В дом войти разрешил?

— Спокойно! — гаркнула Маня. — Вынимаем собаку, сушим, успокаиваем несчастное животное и оставляем до утра в покое. Там видно будет.

Я согласно закивала, а потом, воспользовавшись тем, что Маня и Ирка резво начали вытаскивать фены, бочком выскочила в прихожую и пошла к себе в спальню. Машка права, надо лечь спать, утро вечера мудренее, что в полночь кажется огромной проблемой, на заре следующего дня чаще всего оказывается пустяком.

Еле-еле передвигая каменно-тяжелыми ногами и чуть не свернув от зевоты скулы, я добралась до кровати, упала на ортопедический матрас, завернулась в пуховое одеяло и, блаженно закрыв глаза, приготовилась к отбытию в царство Морфея. Но сон неожиданно исчез, я принялась ворочаться с боку на бок, пытаясь справиться с тяжелыми мыслями. Для начала мне стало жалко Нинель Митрофановну. Конечно, та совершила плохой поступок, украла платье, но объем наказания должен быть соизмерим с размером преступления.

Если человек совершил копеечную кражу, он не должен расплачиваться за это всю жизнь. Однофамилец Александра Михайловича, редкостный мерзавец, негодяй, пользуясь служебным положением, сделал морально сломленную Нинель своей постоянной любовницей, а потом натравил на нее внучка, Александра Михайловича-3. Ну, и где отыскать теперь мерзавца?

Внезапно матрас показался мне отвратительно жестким. Ну, зачем я купила непонятное сооружение из пружин, конского волоса и морских водорослей? Что за идиотизм пришел мне в голову? Отчего не захотела спать на прежней, уютной и мягкой «подкладке»? Почему вечно становлюсь заложницей чужого бизнеса? Ясное дело, владельцу фирмы по производству ортопедических матрасов надо продать как можно больше своих изделий, вот почему он заманивает идиоток типа Дашутки словами:

— Вы спите неправильно, у вас искривление позвоночника, посмотрите на наши изделия: экологически чистый материал...

Ну, а дальше продолжайте сами! По какой причине я все время попадаюсь на крючок? И с одеялом случилось так же! Мне просто всучили эту невозможно жаркую, душную перину, уверили в ее легкости, полезности... А еще имеется подушка из гречневой шелухи, поверьте, абсолютно отвратительная вещь. Вот она сейчас хрустит под головой. Боже, я дура! Ясное дело, тому, кто стрижет купоны с сельского хозяйства, неохота ничего выбрасывать. Человек подумал и нашел гениальный выход, начал запихивать никому не нужный отброс в наволочки и получил безотходное производство. И ладно бы я один раз наступила на грабли, так ведь проделываю нечто подобное регулярно, с тупым постоянством. Ну-ка, припомни, милая! Плед со встроенной грелкой, простыни из пропитанной маслом жожоба бумаги, тарелка из можжевельника... да много чего было куплено под воздействием рекламы.

Нет, следует завести специальный архив, такую папочку, куда буду складывать...

Архив!

Я села на кровати, потом ринулась к телефону. Конечно же, архив! Ну, как мне раньше не пришла в голову такая простая идея!

— Алло, — послышался в трубке недовольный голос, — вам кого?

— Рома, ты?

— Ну я.

— Как дела?

— Офигеть, — воскликнул Роман, — это кто?

— Даша Васильева.

— А-а-а, — слегка смягчился Рома, — чего надо?

— Похоже, ты не слишком рад моему звонку, — слегка обиделась я.

— На часы глянь!

Мой взгляд переместился в сторону циферблата.

— Ой, три утра! Извини, пожалуйста, решила отчего-то... вернее, ничего не решала... Прости, очень некрасиво получилось. Когда можно перезвонить?

Роман вздохнул:

— Говори сейчас.

— Неудобно.

— Ерунда.

— Лучше попозже звякну.

— Послушай, — начал злиться Роман, — ты уже меня разбудила, поэтому начинай.

— Ладно, как поживаешь? — решила подъехать я издалека.

— Отлично, — рявкнул Рома, — если поводом для столь, уж не знаю как сказать, раннего или позднего звонка было твое беспокойство о моей судьбе, то можешь спокойно отправляться давить подушку, поводов для тревоги нет.

— Машина бегает, не ломалась?

Роман кашлянул, потом тихо сказал:

— Так и знал! Я не забыл о своем долге, обязательно верну, просто пока испытываю некие материальные трудности, но с течением времени непременно их преодолею!

Дорогие мои, хотите совет? Давайте людям в долг только в одном случае, если желаете, чтобы эти знакомые навсегда исчезли из вашей жизни. Я, например, очень часто делала ошибку, кидалась на помощь тем, кто умоляюще говорил:

— Дашута, ссуди две тысячи всего на пару дней.

Отказать просителю вроде бы неприлично, ведь в нашей семье водятся средства, и люди об этом прекрасно знают, не дашь денег — и почувствуешь себя скупердяйкой, мерзавкой, жадиной-говядиной. Поэтому я всегда открывала кошелек. Но вот парадокс, никто из заимодавцев не вернул мне в оговоренный срок ни копейки. Я страшно мучилась, обдумывая, как попросить долг назад. Поймите правильно, я одалживаю не последние деньги, но не могу же я раздавать их направо-налево, да и с какой стати? Тем более что все, кто приходил с протянутой рукой, не были нищими, бомжами или больными людьми, в долг они брали не на батон хлеба, а на покупку дачи, машины, квартиры. Например, Маша Меркулова, шапочное знакомство, легкие, ни к чему не обязывающие отношения, мы не пили вместе чай, не переживали вместе горе и радость. Маша никогда не помогала мне, просто мы сталкивались на разных мероприятиях и мило перебрасывались парой ничего не значащих фраз. Согласитесь, такую женщину нельзя назвать лучшей подругой.

Так вот, полтора года тому назад Меркулова без всякого приглашения заявилась в Ложкино — она была беременна на последнем месяце и выглядела ужасно: большой живот, лицо в пятнах, глаза заплаканные, нос распух.

— Что случилось? — испугалась я, пораженная и внешним видом, и неожиданностью визита.

Меркулова истерически запричитала, я попыталась разобраться, в чем трагедия, но так ничего и не поняла. Однако стало ясно: девушке срочно, прямо сию секунду, требуются четыре тысячи долларов. Вот так, ни копейкой, простите, ни центом меньше.

Поливая меня слезами, Меркулова рассказывала о том, что у нее украли эти деньги... Где и почему девица таскала при себе столь внушительную сумму, я не поняла. Просто поставила себя на ее место, подумала, как опасно беременной Маше нервничать... Ну и отсчитала купюры. Мы вообще-то не держим дома крупных сумм, но на утро мы вызывали рабочих, в Ложкине начинался ремонт.

— Отдам через две недели, — клялась Меркулова, — ты святая, обожаю тебя.

— Можешь особо не торопиться, — кивнула я, — вернешь, когда сможешь, месяца через три-четыре.

— Конечно, конечно, — заверила женщина и исчезла навсегда.

Звонить ей и напоминать о долге мне отчего-то было стыдно.

Ремонт закончился, Аркадий начал приводить счета в порядок и с удивлением сказал:

— Мать! Вот странность! Тридцатого декабря ты брала со счета четыре штуки, аванс для строителей, так?

— Ага, — понуро ответила я.

— А тридцать первого вынула опять такую же сумму? Зачем? Или в банке нахимичили?

Пришлось каяться и рассказывать про Меркулову.

Аркашка швырнул карандаш на стол.

— Мать, ты неисправима! Мне не жаль денег, но для тебя! Купила бы себе любую вещь... да хоть фигурку мопса, ни слова бы не сказал. Но Меркулова!

— Она была беременна, плакала...

— И ты поставила себя на ее место, — протянул Кеша, — вспомнила, как мы с тобой жили на две медные копейки, кефира купить не могли?

— Да.

— И пожалела!

— Верно.

Кеша встал и обнял меня.

— Мать, Меркулова никогда не была в твоей ситуации. Она дочь обеспеченного отца и вполне преуспевающей матери, к тому же имеет мужа. Вероятнее всего, купила себе очередную шубку и побоялась признаться. Она не нищая, не убогая, просто решила: «Дай возьму у дуры, похоже, Даша Васильева такая, денег куры не клюют, даст и не чихнет». Она над тобой сейчас смеется! Немедленно звони и требуй у нахалки деньги. Кстати, американская валюта обесценивается, четыре штуки в декабре стоили сто двадцать тысяч рублей, а сегодня уже сто десять. Понимаешь?

Я пошла к телефону.

— Ой, Дашенька, — защебетала Маша, — конечно, верну!

Через месяц я повторила попытку и услышала:

— Бегу к банкомату, перезвоню через четверть часа.

Самое удивительное, что через пятнадцать минут мой телефон ожил, и Меркулова зарыдала:

— Ужасно, карточку заело, пин перепутала.

Все. Больше Мария не объявлялась, она исчезла из моей жизни вместе с кругленькой суммой.

Глава 27

— ...если намекаешь на долг, — продолжал бубнить Рома, — то...

— Ага, — радостно перебила я мужчину, — намекаю! Давно пора вернуть! Ты когда денежки брал?

— В январе.

— А какого года?

— Позапрошлого. Конечно, давно, но пойми, машина очень нужна, потом одалживал на покупку не только у тебя, брал еще у Сени и Миши, им в первую очередь отдавать надо, они не такие обеспеченные.

— Ладно, готова забыть про сумму, — перебила я Романа.

— Да?! — недоверчиво протянул Рома.

— Вернее, она пойдет в уплату за некую услугу.

— Какую? — напрягся знакомый.

— Срочно надо влезть в один архив и посмотреть данные на некоего человека.

— А я здесь при чем? — горячо воскликнул Роман. — Не связан ни с какими хранилищами.

Я села в кресло. Конечно, очень некрасиво шантажировать знакомых, но иного выхода сейчас нет.

— Слышь, Ромк!

— Ага?

— Ну, машину ты купил на деньги, взятые у людей в долг. А квартира откуда?

— Э... э... в кредит, — не растерялся Рома, — банк дал, под грабительские проценты, весь измучился, выплачивая.

— Ладно, но ты еще приобрел загородный особняк! Никак клад нашел?

— Это теща, ее накопления.

— Насколько я в курсе событий, Марья Ивановна инвалид, нигде не работает...

— Знаешь, Дашунь, она шапочки вяжет, сутками напролет, отсюда и заработок.

— Что, навязала на трехэтажный особняк?!

— Точно, очень работоспособная, не спит, не ест, спицами шевелит.

— Рома!!!

— Чего?

— Хватит врать! Очень хорошо знаю: ты получаешь нехилые суммы за хакерство.

— Даша! Ну и дурь тебе в голову пришла, — завозмущался приятель. — Закон соблюдаю, ничего...

— Ты добыл для Макса Полянского сведения о группе «ОМО», — припечатала я, — сказать, сколько мой бывший муж отвалил за информацию, позволившую ему в одночасье утопить конкурентов?

Рома замолчал, потом совсем иным тоном осведомился:

— Весь долг спишешь?

— Да.

— Целиком?

— Именно так.

— Приезжай завтра к полудню домой, адрес помнишь?

— Естественно, прибуду точно в назначенный час! — довольно ухмыльнулась я.

Напевая от радости, я снова шлепнулась в кровать и, раз уж стала жертвой бессонницы, решила почитать книгу, но не успели руки взять пухлый том, как глаза закрылись и все ощущения исчезли.

Тяжелая рука навалилась на спину, жаркое, чужое тело притиснуло меня к стене, я попыталась пошевелиться, но не тут-то было. Глаза медленно приоткрылись, перед замутненным взором предстала голова со спутанными блондинистыми волосами. Ужас охватил душу. Мама родная, мне, оказывается, снился долгий-долгий сон про богатство и повзрослевших детей. На самом деле все неправда, я нищая преподавательница, состоящая в тягостном браке с алкоголиком Генкой, муженек снова напился, вон как храпит, просто стекла трясутся...

В ту же секунду взгляд упал на подушку в кружевной наволочке, и я резко села в кровати. Ну и дурь же лезет иногда в голову! Я дома, в Ложкине, Генка давным-давно в Америке, мы после некоторых событий уже не общаемся, а на моей кровати нагло развалилась Стелла, и вовсе она не блондинка, шерсть собаки имеет странный, вытравленно-белесый цвет, и с этим надо что-то делать! Но волосяным покровом Стеллы я займусь позже, сейчас надо быстро одеваться и мчаться к Роме, я ухитрилась продрыхнуть до половины одиннадцатого.

— Кто тебе нужен? — деловито спросил Роман, введя меня в комнату, где стояло штук шесть компьютеров. — О ком сведения рыть?

— Дегтярев Александр Михайлович.

Роман захихикал.

— Да вы сколько лет вместе! Небось все про полковника знаешь!

— Речь не о нем!

— А о ком?

— Имеется полный тезка Дегтярева, он был начальником лагеря.

Роман почесал в затылке, потом включил один из агрегатов.

— Ну-с, попробуем. Сначала просто пишем письмо по e-mail.

— Кому?

Хакер вытащил сигареты.

— Понимаешь, можно сколько угодно потратить денег на защиту, но человеческий фактор — самое слабое звено в системах. Даже если они оснащены совершеннейшим программным обеспечением, виновницей взлома может стать глупенькая, недавно нанятая секретарша компании.

Простейший пример: по телефону какому-нибудь сотруднику, желательно новичку, звонит незнакомый человек, представляется системным администратором и, ссылаясь на известные работнику имена, просит назвать личный логин и пароль для входа в систему. Как ни странно, в большинстве случаев сотрудник сообщает хакеру секретные сведения.

Сценарий посложнее. Сначала роемся в помойке фирмы и, рано или поздно, находим там выброшенный кем-то справочник с телефонами и электронными адресами сотрудников. Поверь, их часто вышвыривают. Так вот, обнаружив то, что нужно, хакер может разослать, например, предложение о розыгрыше призов. Часть людей обязательно заинтересуется и, кликнув на ссылку, выйдет на ложный веб-сайт, предлагающий просто зарегистрироваться, занеся в специальную форму логин и пароль. Трюк в том, что многие люди, не желая забивать себе голову, частенько используют в Интернете одни и те же пароли. Поэтому велик шанс, что на ложном сайте они введут комбинацию, которую используют в корпоративной сети. Так хакер получает в нее доступ.

Но лично мне больше всего нравится другое.

На полу в лифте или в мусорной корзине некоего офиса вдруг оказывается дискета с логотипом фирмы и надписью: «Зарплаты сотрудников». Большинство работников компании, подобрав якобы случайно упавшую дискету, вставят ее в свой компьютер и, следуя природному любопытству, попробуют посмотреть, сколько получают его коллеги. Сделать это не удастся: машина ответит, что «приложение не может открыть файл». Но в память корпоративного компьютера будет уже запущена программа-шпион, которая передаст своему создателю пароли входа в корпоративную сеть и всю ценную информацию.

Поняла? Хакерство — творческая профессия, тут нужно обладать кучей талантов, чтобы влезть туда, куда чужака пущать никто не намерен. Во блин!

— Так что же? — расстроилась я. — Придется потратить много дней, чтобы влезть в архив? Лазить по помойкам? Мне совсем не хочется рыться в бачках!

— За хорошие бабки помойку и сожрать можно, — философски ответил Рома, — тебе просто повезло, я недавно уже шуровал именно в этом бумагохранилище, был один заказик, так что имею тайный ход. Ну, черт! Уйди, зараза, на хрен не нужен!

— Кто?

— Да информация о вкладчиках некоего банка, — хрюкнул Рома, — я у его специалистов кое-что вызнал, так финансисты ни фига не поняли, и теперь сюда всякие сведения шлют! Во, тупорылые! Класс! Вошли. Дегашин, Дегонин, Дегтярев... Это твой! Хочешь биографию полковника в деталях? Хотя — ничего интересного... Впрочем, вот резюме внутренней службы безопасности: во взятках не замечен, материальное положение стабильное, живет за счет любовницы. О... здесь и на тебя куча всего! Почитать?

— Не надо!

— Слушай, так ты четыре раза была замужем!

— Рома, глянь среди покойников.

— Где?

— Ну не среди живых сотрудников, а среди тех, кто уволен в запас или умер.

— Ща, секундочку. Так, так, так! Ого! Дегтярев Александр Михайлович.

— Другого нет?

— Один такой.

— Значит, тот. Можешь распечатать сведения?

— Айн момент!

Стоявший слева принтер тихо зашуршал, из него медленно выполз лист, я схватила бумагу и стала изучать текст.

Дегтярев Александр Михайлович шагал по ступенькам служебной лестницы вполне уверенно. Был женат, потом овдовел, причем еще совсем молодым человеком, прожил с супругой всего ничего, похоронил бедняжку и больше в загс не ходил.

Карьера дядьки складывалась неплохо, он очень рано стал начальником зоны. Минуточку, а это что? Вот так новость! Дегтярев был смещен с поста и уволен по причине привлечения к судебной ответственности. Ему дали безумное количество лет и самого запихнули за решетку. Срок он отсидел полностью, вышел, и далее о судьбе Александра Михайловича ничего не известно. У дядьки имелась сестра: Дегтярева Олимпиада Михайловна, москвичка, постоянно прописанная по адресу...

— Ну как? — спросил Рома. — Нравится?

— Не очень, — машинально ответила я. — У моего вроде имелся сын, а этот бездетный! Хотя кое-что совпадает! Давай еще поищем.

— Ох, житие мое, — протянул Рома, — грехи наши тяжкие.

Два часа подряд хакер лазил по всем углам и закоулкам и в конце концов выяснил — в системе управления исполнения наказаний имелся один-единственный Дегтярев Александр Михайлович, другого отыскать не удалось.

— Уж извини, — развел руками Роман, — но это конечный результат. Значит, должок списали?

Я кивнула и вышла из квартиры.

И что прикажете делать? Осталась крохотная зацепочка — Дегтярева Олимпиада Михайловна. Может, старушка жива? Во всяком случае, следует съездить по имеющемуся адресу и попытаться кое-что узнать от бабушки. Пожилые люди подозрительны, кого попало в свою квартиру не впустят; с другой стороны, бабуси оказываются доверчивы, они, словно маленькие дети, обожают подарки, а на дворе у нас весна...

Я притормозила около магазина и решительным шагом вошла внутрь, надеюсь, сумею правильно выбрать подарки.

Квартира, в которой некогда была прописана Олимпиада Михайловна, оказалась на последнем этаже. Слегка поколебавшись, я ткнула пальцем в звонок и отшатнулась. Дверь моментально распахнулась, чуть не ударив меня по носу, на лестничную клетку выскочил подросток в кожаной куртке, волосы парня были уложены гелем в гребень.

— Вам чего? — осведомился он.

— Понимаете, ангел мой, — осторожно завела я, — здесь прописана Олимпиада...

— Баба Липа? — перебил меня юноша, шмурыгая носом.

— Вы ее знаете? — обрадовалась я.

— Ага, — кивнул панк, — комнату у ней снимаю, а че?

— Она дома? — не веря своему счастью, поинтересовалась я.

— Куда ж ей болтыхать? Ваще старая! Спит себе и спит.

— Можно войти?

— А вы кто?

Я выставила вперед туго набитые пакеты.

— Из Общества ветеранов войны, заранее к Девятому мая подарки раздаем фронтовикам.

Панк нахмурился.

— А че это — девятое мая? Праздник какой?

— День Победы. Неужели не слышали?

— Не, — почесался парень, — а кто кого победил? И где?

— Советская армия разгромила войска фашистской Германии, — стала я просвещать представителя поколения пепси, — про Гитлера знаете?

Панк засмеялся.

— Кто ж про него не слышал!

— Вот и хорошо, — обрадовалась я «продвинутости» юноши. — Девятого мая, впрочем, может, восьмого, вот эту дату точно не помню, Гитлер покончил с собой, и...

— Врешь! — подскочил юноша. — Жив он!

— Нет, нет, отравился, а труп сожгли, вместе с

Гитлером умерла и его жена Ева Браун, вот уж чьей судьбе не позавидуешь, законной супругой Гитлера она стала всего за пару часов до своей кончины...

Панк разинул рот, потом помотал головой.

— Ну ты гонишь! Я его вчера видел! И он жениться не собирался, за фигом ему постоянная телка?

— Кого видел?

— Гитлера.

— Где? Не может быть!

— Запросто, в магазине.

Я уронила на пол пакет.

— Что он там делал?

— Водку покупал.

— Кто?

— Гитлер. Веселый такой, треснул меня по носу, в гости звал, а че?

Я перевела дух.

— Это не тот Гитлер! Адольф умер в сорок пятом году!

Панк с сожалением взглянул на меня.

— Тетя, — неожиданно ласково сказал он, — че в пещерные времена случилось, меня не колышет, я щас живу и ни об чем париться не хочу. Тебе баба Липа нужна?

— Да.

— Ну и ступай себе по коридору, ее комната вторая, только потом, когда уходить будешь, дверью покрепче хренакни, чтоб замок захлопнулся. Допёрло?

— Допёрло, — кивнула я.

— Ну, гуд бай, тетя, — вежливо кивнул панк и побежал вниз по лестнице, громко распевая один из хитов группы «Ленинград»: «На дачу, на дачу...»

Тело втиснулось в узкий, неприятно грязный, темный коридор. Слева высилась гора разнокалиберной обуви, справа топорщилась на крючках не слишком новая и совсем не чистая одежда.

— Олимпиада Михайловна! — заорала я. — Вы где?

Тишина.

— Баба Липа, выгляните!

Вновь без ответа.

Я посмотрела на серый от пыли пол, потом перевела взгляд на свои туфли и, решив не снимать их, пошла вперед. Первой по дороге попалась кухня. Я всунула нос в помещение и невольно вздохнула. Уму непостижимо, в какой грязи живут некоторые люди! Интересно, баба Липа и панк обитают тут вдвоем? Скорей всего, да, старуха не видит беспорядка, а парень не замечает отсутствия занавесок и клеенки, ему плевать на красоту и аккуратность.

— Милая, вы кого ищете? — проскрипело из угла. — Если Ванечку, то он на работу пошел. Хороший мальчик, никогда службу не пропускает!

Я вгляделась в ту сторону, откуда доносился голос. В узком пространстве между холодильником и кухонным шкафчиком на маленькой табуреточке сидела крохотная старушка, настоящая Дюймовочка. Перед бабушкой стояла корзинка с репчатым луком, рядом громоздилось помойное ведро, похоже, хозяйка перебирала овощи.

— Вы Олимпиада Михайловна? — уточнила я.

— Верно, Липой крестили, а батеньку Мишей кликали, — согласилась бабка.

— Очень рада встрече! Вам подарок! — воскликнула я и поставила на линолеум цвета асфальта набитые пакеты.

Глава 28

Дюймовочка отложила луковицу, в ее выцветших глазах появилась детская радость и предвкушение удовольствия.

— Подарок? — повторила она за мной. — А какой?

Я раскрыла один из пакетов.

— В сущности, ерунда, особых денег у Общества ветеранов нет, поэтому приобрели, что сумели: теплый халат, шаль, коробку конфет, по банке чая и кофе...

Олимпиада Михайловна весьма резво встала, быстро подошла к полиэтиленовым мешкам, пощупала край пеньюара и протянула:

— Какой мягкий! Очень кстати! Мой совсем истрепался, и не вспомню, когда его купила... вроде... ой, не скажу! Ну-ка, повторите еще раз, кто мне все это прислал?

— Общество ветеранов войны.

Баба Липа быстро отдернула морщинистую руку.

— А звать тебя как?

— Даша, — улыбнулась я, — фамилия Васильева, проще некуда, запомнить легко.

— Ошиблась ты, милая, — с огромным сожалением заявила старушка, — не в ту квартиру прибрела, не мне радость приволокла.

— Все правильно, — попыталась я успокоить бабушку, — берите спокойно.

— Не состою членом их общества, ты на бумажку с адресом внимательно глянь, — не успокаивалась Олимпиада, — а то начальство настучит по лбу за оплошность.

— Ваши подарки, — улыбалась я, — всем ветеранам войны ко Дню Победы раздают.

— Я не воевала, — спокойно сообщила баба Липа, — точно, обознатушка вышла.

Ну надо же, сейчас все, кому за семьдесят пять, рассказывают о своих подвигах на полях сражений, а Дюймовочка признается честно: оружия в руках не держала. Но меня трудно сбить с толку.

— Понимаете, сувениры положены и труженикам тыла...

— Милая, — спокойно возразила Олимпиада, — мне в сорок пятом году всего ничего исполнилось, хоть и слышала, что некоторые в детском возрасте героями стали, только мы с братом дома сидели, вот в этой самой квартире, в ней День Победы и встретили.

— Ну, не знаю, — воскликнула я, — велено отнести Олимпиаде Михайловне Дегтяревой, от совета ветеранов служащих МВД. Начальство наше всем помогает — и бывшим сотрудникам, и их вдовам. Может, у вас кто в милиции работал?

Олимпиада Михайловна вновь села на табуретку и подперла рукой щеку.

— Брат служил.

— Вот. Теперь понимаете, почему подарок прислали!

— Но он давно умер!

— Ну и что? Небось решили к юбилею Победы обо всех вспомнить, конечно, девятое число пока далеко, но нас, простых сотрудников, мало, поэтому заранее и разносим, уж извините...

Баба Липа стала рассматривать остальные подарки.

— Конфеты... люблю сладкое, но такие дорогие не по карману, все попробовать хотела, только кошель тонкий, на пенсию живу.

— Так открывайте коробку!

Олимпиада Михайловна снова подперла рукой щеку.

— Все же сомневаюсь... не мне сладости.

— Именно вам. Как брата звали?

— Александр Михайлович Дегтярев.

Я сделала вид, что роюсь в блокноте.

— Абсолютно точно. У меня так и записано, передать сестре бывшего начальника лагеря Дегтярева. У нас, как говорится, никто не забыт, ничто не забыто. Александр Михайлович руководил зоной?

— Да, — очень тихо ответила баба Липа.

— Значит, отбрасывая колебания, ешьте конфеты.

Олимпиада взяла картонную упаковку, сдернула с

нее целлофан, подняла крышку и восхищенно пробормотала:

— Ну и аромат! Голова кружится. Где ж такую красотищу производят?

— В Бельгии, — ласково улыбнулась я, — угощайтесь на здоровье, заодно и брата вспомните!

— Чтоб ему ни дна ни покрышки, — вдруг зло произнесла баба Липа, — жизнь мне поломал! Хотя я это от обиды, на самом деле она виноватая, стерва!

— Вы о ком? — насторожилась я.

— Жена его, сволочь! Кабы не Полина, может, не стряслось бы беды, хорошая баба своего мужа от дури удержит!

— Так супруга Александра Михайловича вроде бы давно умерла, — не подумав, ляпнула я и тут же испугалась своей оплошности.

Олимпиада Михайловна, несмотря на почтенный возраст, рассуждает вполне трезво, сейчас она насторожится и начнет интересоваться, откуда простая курьерша так хорошо знает биографию ее родственника. И что тогда отвечать? К подарку отдел кадров приложил подробную анкету? Ну, в такое даже маразматичка не поверит!

Баба Липа вытащила одну конфетку, сунула ее в рот и кивнула.

— Очень вкусно! А насчет жены верно, имелась у брата супруга, только все так плохо обернулось! Тебе еще много подарков разносить?

— Вы последняя, — быстро сказала я.

— Давай чаем угощу, — обрадовалась старуха.

— Не откажусь, — мгновенно согласилась я и, желая подтолкнуть Олимпиаду Михайловну к откровенной беседе, прибавила: — Уже целый месяц по людям хожу, везде угощают и много интересного рассказывают. Послушаешь и удивишься: ну и судьбы случаются, просто романы.

— Ну, у меня совсем особое дело, — радостно подхватила нить беседы Олимпиада Михайловна, — ты вот сядь спокойно.

Я облокотилась о стол. Если бы мне предложили выбор, у кого получать информацию — у молодой особы или у пожилой дамы, не колеблясь, выбрала бы старушку, с ними легче — пенсионерки, как правило, страдают от дефицита внимания, близких людей и подруг они уже похоронили, остались одни и рады любому слушателю. Баба Липа не является исключением, сейчас услышу от нее много интересного. И точно!

— Мне в сорок пятом году лет-то было всего ничего, — заплела кружево рассказа бабушка, — а брату, Сашке, чуть больше. На войну он не попал, потому что в сорок первом совсем маленьким был, это лишь в начале, когда мы отступали, всех под ружье пихали, даже подросткам берданки совали. Эх, лучше и не вспоминать; знаешь, кто битву под Москвой выиграл?

— Советские солдаты, — машинально выпалила я затверженный с детства постулат.

— Оно верно, — согласилась Олимпиада Михайловна, — только еще ополчение имелось. Песню слышала: «Вставай, страна огромная, вставай на смертный бой»? Вот и двинулся народ, такой, которому воевать было нельзя, — слепые, глухие, больные, калеки, старые совсем или маленькие вовсе, женщины... Хорошо помню, как колонна мимо нашего дома шла, я в окно смотрела, вроде крошка, а до сих пор в глазах стоит. Идут кто в чем, валенок и полушубков на всех не хватило, в ботинках чапают по морозу, в гражданских пальто, и оружие не у всех.

— Как же без винтовки на войне?

Баба Липа мрачно усмехнулась:

— Убьют товарища, бери его трехлинейку. Да уж, о таком потом в учебниках не писали. Я знаешь чего по радио слышала? Сталин наш гений был, задумал замечательный план, заманил фрицев до самой Москвы, а потом, когда они устали, вывел из-за угла сытые сибирские дивизии и врага раскурочил. Может, и так, только сначала фашисты ополченцев перебили, постреляли, словно котят, патроны потратили, живым щитом люди стояли, а уж потом вояки появились. Наверное, по-простому рассуждаю, но, думаю, Сталин москвичами пожертвовал, ну и мороз, конечно, помог.

Отец и мать Дегтяревых погибли в той самой битве за Москву. Липа и Саша остались сиротами, в неразберихе военного времени о детях забыли, а они сами в приют не стремились, жили тихо в родительской квартире, меняя оставшиеся от матери золотые украшения на хлеб и крупу. Если вы полагаете, что в Москве в то время продукты честно распределялись лишь по карточкам, то ошибаетесь, в столице государства, ведущего тяжелую, затяжную войну, имелись люди, у которых можно было получить все — от белого хлеба до остродефицитного тогда волшебного пенициллина.

Но потом, после Победы, жизнь стала налаживаться. Липа отправилась в ремесленное училище, так в те годы назывались ПТУ, стала осваивать профессию ткачихи, а Саша пошел на службу в милицию. В стране ощущался явный дефицит молодых, здоровых мужчин, поэтому Дегтярева легко взяли в органы, более того, он начал делать там стремительную карьеру.

Чтобы понять, каким образом юноша ухитрился за несколько лет лихо взлететь по служебной лестнице, надо хорошо знать реалии конца сороковых годов. В СССР идет демобилизация бывших воинов, основная часть оставшихся в живых мужчин имеет возраст от двадцати трех до сорока лет. Им уже не хочется носить оружие, мечты устремлены к мирной жизни, в планах женитьба, получение гражданской специальности, устройство на интересную работу. Но после Победы неожиданно происходит всплеск криминальной активности, из всех щелей выползают беспризорные дети, уголовники... Поэтому милиция начинает испытывать дефицит кадров, и тогда Моссовет принимает решение: открыть зеленый свет в ряды правоохранительных органов парням из колхозов, честным юношам, которые не желают заниматься сельским хозяйством.

У колхозников по тем временам не было даже паспортов, приехать в Москву, просто снять комнату, а потом устроиться на службу было невозможно. До перестройки еще сорок лет, человек без столичной прописки не имеет в главном городе страны никаких прав. Нет, он может прибыть на экскурсию, сходить в театр, навестить родственников, но потом обязан убираться прочь. Думаю, председателя Моссовета тех лет мигом хватил бы удар, кабы он увидел, какие порядки царят в городе сегодня. В конце сороковых с пропиской было строго, а служба в милиции являлась для мальчиков из колхозов одним из редких шансов стать москвичом.

К тому же — впрочем, вы, наверное, мне не поверите — сотрудникам МВД предоставляли комфортное общежитие, потом им первым выделяли отдельные квартиры, парням выдавали бесплатное обмундирование, паек, они имели неплохую зарплату, кучу льгот, а те, кто хотел, могли получить образование.

Предпочтение при приеме в милицию отдавали женатым, воевавшим, никогда не связанным с криминальным миром мужчинам, но, несмотря на хорошие условия, москвичи в органы не спешили.

Саша выделялся среди общей массы не только столичной пропиской, но и образованием. У Дегтярева имелся аттестат об окончании десятилетки, а это по прежним годам считалось серьезным плюсом. Основной конгломерат деревенских парней, поваливших в милицию, имел за плечами не более пяти классов.

Еще Саша не пил, не курил и рано женился. Едва ему стукнуло восемнадцать, повел в загс Полину. Он познакомился с девушкой в парке и, особо не интересуясь ее биографией, расписался с хохотушкой после месяца свиданий.

Липа невестке обрадовалась, та умела шить, легко превращала старую простыню в новую юбку, была веселой, мужа против единственной сестры не настраивала и охотно занималась хозяйством.

Два года промелькнули словно счастливый сон, потом Сашу отправили в один из лагерей, находившихся в области. Липа осталась в Москве, она переписывалась с братом и была в курсе всех его дел. Саше откровенно везло, начальник зоны, бывший фронтовик, внезапно скончался, и на его место поставили Дегтярева. Конечно, парень был очень молод для столь ответственного поста, но особо выбирать оказалось не из кого, к тому же Саша учился в институте, на заочном отделении, по-прежнему не пил, не курил, жене не изменял.

Липа гордилась братом безмерно, ни у кого во дворе не было столь успешного, хорошо зарабатывающего родственника. Саша, наезжая в Москву на всяческие совещания и инструктажи, всегда прихватывал сестре подарки. Затем счастье стало еще полнее, брат сообщил о беременности Полины. Липа побежала в дирекцию своей ткацкой фабрики, чтобы попросить фланели на распашонки. К слову сказать, Олимпиаду на работе уважали, выбрали в местком и ставили на собраниях в пример.

— Вот Дегтярева у нас молодец, — басом гудела секретарь парткома Елена Владимировна, — работает отлично, никогда не опаздывает, за мужиками не гоняется. Да и брат у нее уважаемый человек!

Через девять месяцев у Полины родилась девочка. Липа, от радости не чуя землю под ногами, сложила в чемодан сшитое приданое и понеслась к брату. Успела она как раз к... похоронам. На вокзале Липу встретил шофер и быстрым шепотком ввел сестру хозяина в курс дела.

Полину отвезли рожать в райцентр, Саша побес-покоился заранее, положил жену в больницу загодя, боялся, что роды начнутся ночью и он не успеет дос-тавить ее в роддом вовремя, растрясет на «козлике», и та родит в дороге.

Полина благополучно разрешилась от бремени, но наутро проникла в детское отделение, взяла свою крошку и выбросилась с ней из окна. Клиника была невысока, всего четыре этажа, но жена Дегтярева рас-шиблась насмерть, погибла и безымянная девочка.

Саша слег с сердечным приступом, естественно, началось следствие, которое моментально выяснило: Полина шагнула с подоконника сама, отношения в се-мье были хорошими, Саша очень ждал ребенка, ни о каком доведении женщины до самоубийства речи не идет. Следователь копнул глубже и обнаружил инте-ресный факт: мать Полины, — а девушка уверяла и мужа, и его сестру, что ее родительница давно сконча-лась, — на самом деле жива, находится в сумасшед-шем доме, ремиссии у нее не случается, она ведет жизнь овоща. Следовательно, безумие было возможно и у дочери, с некоторыми женщинами случаются по-сле родов приступы жесточайшей депрессии. Конечно, хороший врач мигом поможет пациентке, но в рай-центре, в роддоме, психиатра не держали, а о такой диковинке, как психолог, в те годы не слыхивали даже в столичных клиниках.

Дело закрыли, Полину и девочку, не успевшую получить имя, похоронили вместе, Саша попросился на работу в другое место. Учитывая обстоятельства, его просьбу уважили, мужчина стал руководить ка-кой-то зоной, потом его перебросили еще раз и еще, каждый раз с повышением по званию и увеличением оклада. Карьера Дегтярева совершала вертикальный взлет, но теперь в его анкете имелся минус — отсутст-вие супруги.

Пару раз начальство заговаривало с отличным со-
трудником о женитьбе, но Саша хмурился и бормотал:

— Поймите, не могу.

И в конце концов Дегтярева оставили в покое, в
кадрах проявили человечность, поняли, что смерть жены сильно травмировала одного из лучших сотрудников. А вот Липа очень хотела замуж, но где найти супруга? Женщина ходила по кругу: дом — работа — дом,
на ткацкой фабрике трудно встретить судьбу, основная
масса служащих — разновозрастные бабы.

Наверное, Саша в конце концов сообразил, что
Липу надо пристраивать. В один из приездов в Москву
он привел с собой совсем некрасивого, но и не про-
тивного мужчину.

— Знакомься, — сказал он сестре, — это Матвей,
мой зам, холостой, гроза девушек!

— Хорош шутить, — замахал руками Матвей, —
какие в нашей глуши девки!

Липа покраснела, похоже, брат демонстрирует ей
жениха. Саша кинул взгляд на сестру и кашлянул.

— Вы того, поболтайте, а я в магазин.

Ушел и пропал, вернулся лишь к вечеру, Матвей
с Липой за это время успели познакомиться и поговорить о куче вещей.

Так и начался роман. Мотя старался чаще приезжать в Москву, Липа понимала, что, скорей всего, он
скоро сделает ей предложение и придется отправляться туда, где служит муж, на зону, но жизнь при колючей проволоке Олимпиаду не пугала, да и брат был бы
рядом.

Рано утром 23 сентября — день Липа запомнила на
всю жизнь — в ее квартире раздался звонок. Думая,
что внезапно нагрянул Матвей, Липа крикнула:

— Сейчас, только халат накину! — а сама бросилась в ванную, живо взбила волосы, попудрила носик,

покрасила губки и опрыскалась духами, которые хранила для особо торжественных случаев.

Сияя улыбкой, источая аромат и предвкушая предложение руки вкупе с сердцем, Липочка распахнула дверь.

На пороге стояла группа хмурых мужчин в сером.

— Олимпиада Михайловна Дегтярева? — мрачно спросил один.

— Да, — кивнула Липа.

— У нас ордер на обыск.

— Здесь, в квартире? — обомлела Олимпиада.

— Так.

— Но почему? — окончательно перепугалась Липа. — Меня арестуют? За что?

— Дайте пройти, — сухо, но вежливо приказал самый пожилой из милиционеров, — вам объяснят. Понятые, сюда.

Глава 29

Пока основная часть неприятных гостей шарила по шкафам и ящикам, Олимпиаду начали допрашивать.

— Ваш брат часто приезжает в Москву?

— Ну... на совещания.

— Когда был в последний раз?

— Месяц назад.

— Что оставил?

— Ничего.

— Дарил какие-нибудь вещи?

— Да, — кивнула Липа.

— Покажите.

— Отрез на платье и губную помаду, еще духи, — старательно перечисляла презенты женщина.

— Золото приносил?

— Ой! Откуда оно у него!

— Золото приносил? — сердито повторил вопрос мужчина.

— Нет.

— Что прятать велел?

— Ничего, — совершенно растерялась Олимпиада.

— Правда?

— Ей-богу!

— И не стыдно! — с укором сказал мужик. — Комсомолка, а божится.

— Хоть намекните, — взмолилась Липа, — чего случилось?

Мужик откинулся на спинку стула и выдал сногсшибательную информацию.

Александр Дегтярев арестован за крайне неблаговидные дела. Чувствуя себя полным хозяином зоны, Саша брал с родственников заключенных взятки за неправомерные сведения, помогал кое-кому выйти на свободу раньше определенного судом срока и вообще вел себя неподобающим образом, в частности, выбирал среди женщин, посаженных за колючую проволоку, любовницу и совершенно открыто жил с бабой, не боясь никого.

— Не может быть, — прошептала Липа.

— Уж не думаете ли, что я вру? — прищурился мужчина.

Олимпиада ойкнула и прикрыла рот рукой.

По счастью, Дегтярева поймали за жадную лапу уже после смерти Сталина, иначе не миновать бы и Липе заключения, а так осудили лишь Александра. Сестра на суд не пошла и ободряющих писем ближайшему родственнику отправлять не стала. Да и зачем его поддерживать, если столько гадости натворил, сломал жизнь не только себе, но и ей.

Матвей мгновенно оборвал с Липой все отношения, ни о какой женитьбе речи и быть не могло, суженый канул, словно в болоте утонул. Липу выгнали из месткома, и хоть она по-прежнему ударно трудилась, стали обходить грамотами и больше не хвалили на собраниях. На 8 Марта Олимпиаде не досталось билета в клуб, где собирались чествовать работниц. Липа заглянула в партком и тихо сказала секретарю:

— Уж извините, что-то про меня забыли.

Начальство оторвало глаза от документов и сурово ответило:

— Дегтярева! Вспомни, где твой ближайший родственник, и подумай, нужно ли нам тебя в клубе видеть, а?

Олимпиада поперхнулась и молча ушла. Спустя некоторое время она покинула родную фабрику и устроилась горничной в скромный профсоюзный подмосковный санаторий, там особо не рылись в биографии прислужек.

Летели годы, Липа так и не вышла замуж, случались у нее романы, но до дверей загса дело не дошло, и детей у женщины не родилось. В конце концов Олимпиада привыкла жить одна, завела вместо дочери кошку и даже начала находить некую прелесть в своем бытии.

Плавное течение жизни оказалось прервано не так давно: в хмуром сентябре, через много лет домой вернулся Александр Михайлович.

Липа, распахнув дверь, не узнала брата, уставилась на худого, беззубого мужика с палкой и воскликнула:

— Вы к кому?

— К тебе, — тихо ответил незнакомец.

Неверующая Липа машинально перекрестилась и спросила:

— Ты кто?

— Саша, — ответил мужик, — брат, или не признала?

Секунду Олимпиада стояла молча, потом ее до макушки переполнили чувства, целый коктейль из злобы, ненависти, тоски, обиды за свою неприкаянную жизнь, одиночество.

— А-а-а, — зашипела она, оглядываясь на дверь соседей, — приперся? Целая жизнь прошла! Звали тебя?

— Нет, — мотнул головой Дегтярев.

— Когда закон нарушал, моего совета спрашивал? — не успокаивалась Липа.

Брат молча уставился в пол.

— Ну и вали, откуда пришел, — неистовствовала Липа.

— Заболел я, — горько прошептал Дегтярев, — похоже, помру скоро.

— А мне какое дело?

Дегтярев кивнул, потом развернулся и молча пошел вниз. Липа хлопнула створкой, затем в полном изнеможении навалилась на нее. Только бывшего зэка ей тут не хватало! Местные кумушки уже забыли о том, что у Олимпиады имеется в роду уголовничек, а он — бац, и приехал. Нет уж, каждый сам строит свою судьбу, пусть живет где хочет, из родительской, родной квартиры Саша давно выписан. А вообще-то во всем виновата Полина, скрыла про сумасшедшую мать! Не женился бы на ней Сашка, взял другую, супруга бы присмотрела за мужем, не разрешила разбойничать.

Вечером, наплевав на приметы, Липа понесла ведро на помойку; на лавочке в скверике она увидела сгорбленную фигуру Александра Михайловича. Гнев снова ударил в голову бывшей ткачихе, она подлетела к брату и, сильно пнув его в спину, приказала:

— Вали отсюда.

— Куда?

— Не знаю! Домой!

— В общежитии обретаюсь, в нашем городе хороших врачей нет, велели в Москве поискать, — зашептал брат.

— Не позорь перед соседями, — зашипела Липа.

Дегтярев пожал плечами, потом очень тихо пробормотал:

— Значит, всё, судьба помереть как собаке!

— Ты о чем? — не поняла Липа.

Брат осторожно пошевелил ногой, обутой в дешевый ботинок, поморщился и... заплакал. Липе стало жарко. Воровато оглянувшись по сторонам и убедившись, что все местные кумушки давно спят, она велела:

— А ну пошли, поговорить надо.

Александр Михайлович вытер лицо рукавом.

— Нет, спасибо. К женам пойти... да... пропало! Все! Может, к...

— Каким таким женам? — отшатнулась Липа.

— Долго рассказывать, да и незачем, — отмахнулся брат, — в области живу, туда и вернусь, прости, Липа, не хотел тебе навредить, так уж вышло, молодой был, жадный, о деньгах сильно мечтал, ну и попутал бес. Рассчитывал набрать на безбедную старость, тебе приданое дать, домик в деревне построить... Кто ж знал! Правильно поступила, вычеркнула меня, тебе одно горе принес! Но они-то! Впрочем, ладно. До седых волос дожил, а ума не нажил, надеялся на чужую порядочность!

Дегтярев встал, сделал шаг вперед и упал, Липа кинулась к брату.

— Это ты меня прости, — запричитала она, — бросила в беде, ой, горе, пошли домой.

Александр Михайлович поковылял за сестрой в родные стены.

Олимпиаду сильно замучила совесть, поэтому она ухитрилась прописать брата в квартиру и даже пристроила его на работу в свой санаторий, кладовщиком. Александр Михайлович стал выдавать горничным одеяла, подушки, полотенца, белье.

Жили брат с сетрой очень скромно, тихо, гостей у них в доме никогда не водилось, покупка новой чашки или рубашки для Дегтярева превращалась в целое действие: сначала копили деньги, потом долго рыскали по магазинам, изучая небогатый ассортимент.

— Семь раз отмерь, один раз отрежь, — твердила Липа, обшаривая глазами прилавки, брат лишь кивал, он стал настоящим молчуном, букой, общался лишь с двумя любимыми кошками.

Так прошел год. Александр Михайлович ходил по врачам, и вроде ему стало лучше, во всяком случае, речь о скорой смерти уже не шла, но вдруг Дегтярев слег с простудой, та переросла в воспаление легких. Врач осторожно сказал Липе:

— Готовьтесь, похоже, вашему брату не выкарабкаться. Возраст почтенный, туберкулез в анамнезе и рак легких, как только он до сих пор протянул!

— Туберкулез? — изумилась Олимпиада. — Про рак-то знаю, но туберкулез?

— Да, — кивнул врач, — правда, залеченный, но все же, а вы не слышали об инфекции?

— Нет, — растерянно ответила Липа.

— Странно, — пожал плечами доктор и ушел.

Олимпиада осталась в палате около тяжело дышащего Саши. В клинике умирающих отвозили в небольшую комнатку, медики не хотели травмировать больных, но те все равно понимали: коли мужика поволокли на каталке в конец коридора, да еще пустили к нему в неурочный час родственников, то смерть уже наточила свою косу. Знала о больничных повадках и Липа, сейчас она сгорбилась на табуретке, размышляя над вопросом доктора: «Вы не подозревали о туберкулезе?»

Нет, даже не слышала о болячке, перенесенной братом. И что она вообще о нем знает? Саша ничего не рассказывал о зоне и о том, как жил большую часть жизни. Первое время Липа приставала с вопросами, но брат только мрачнел и буркал:

— Не к чему прошлое ворошить, ничего хорошего из стога не вылезет. Я бы и не приехал к тебе, да очень жить захотел, вот и подался в Москву.

Не стал брат делиться информацией и о своих гражданских женах, просто сказал:

— Неприятно вспоминать, потом как-нибудь, извини.

Липа и отстала, ну к чему мучить человека? И вот теперь, когда впереди замаячила могила, приходится признать: ничегошеньки о Саше сестре не известно. Но он ведь жил, радовался, печалился, надеялся, влюблялся... Так и уйдет, не оставив о себе никакой памяти, никакого наследства, ни морального, ни материального, лишь несколько затрепанных рубашек да книжку Голсуорси «Сага о Форсайтах», которую Дегтярев без конца перечитывал, вон он, томик, лежит на тумбочке.

Проглотив горький комок, стоявший в горле, Липа взяла растрепанную книгу, сама она ни разу не заглядывала в этот роман, но сейчас перевернула обложку и увлеклась. История чужой семьи захватила ее безраздельно, Липа вцепилась глазами в текст, она была не особой охотницей читать, больше любила слушать радио, но «Сага о Форсайтах» очаровала Олимпиаду, ей не хотелось отрываться от текста.

— Как у вас дела? — спросил вошедший в палату доктор.

Липа вздрогнула, уронила книгу на колени, глянула на спокойное лицо Саши и обрадовалась.

— Ой! Ему, похоже, легче, тихо так спит, больше не задыхается! Может, выздоравливает?

Врач наклонился над Дегтяревым.

— Он умер, наверное, около часа назад, неужели не заметили?

— Нет, — потрясенно выдохнула Олимпиада. — Вы уверены? Да нет, просто спит!

Доктор поморщился.

— Но он молчал, — продолжала Липа, — ничего не сказал.

Врач покосился на женщину и довольно сердито ответил:

— Сколько работаю, ни разу не видел, чтобы человек в агонии произносил монологи или пел, как в опере.

На кладбище, у разверстой могилы, Липа стояла одна, во всем мире не нашлось более человека, который мог проводить Александра Михайловича, поминки справлять было не с кем, Липа купила несколько бутылок водки и угостила людей, служивших в санатории.

Только через полгода она собралась вынести из дома немудреные вещи брата. Собственно говоря, после Дегтярева практически ничего не осталось, все барахло уместилось в небольшую потрепанную сумку, у Александра Михайловича не было никаких мелких милых сердцу вещичек, которыми обрастают даже мужчины.

Липа открыла шкаф, оглядела скудный гардероб и заплакала. Пока из глаз текли слезы, руки запихивали в торбу никому не нужные рубашки. Внезапно на одной из полок обнаружилась простая ученическая тетрадь, Олимпиада взяла ее, раскрыла и пробежала глазами первую строчку: «Липа, я умер. Только в этом случае ты сумеешь прочитать мою исповедь».

Ничего не понимающая женщина взяла растрепанные странички, пошла на кухню и стала медленно изучать текст.

Очевидно, заболев простудой, Саша почувствовал приближающуюся смерть, потому что начал заполнять тетрадь, и Липа с огромным изумлением узнала такие подробности о жизни брата, о которых ей по сию пору было неведомо. Оказывается, у Дегтярева имелось несколько жен, официально Александр Михайлович не регистрировал брак. «Супруг» Дегтярев подыскивал в бараках женщин, присматривался к заключенным, находил молодую, симпатичную и делал ее своей любовницей. Не следует думать, что Александром Михайловичем руководил лишь расчет, он не хотел иметь близкие отношения с женщиной, помесью прислуги и сексуальной рабыни, нет, Дегтярев был влюбчив и искренно увлекался зэчками. Вступив в связь с одной, начальник зоны уже не смотрел на других, у него было свое понимание порядочности и представление о благородстве. Своих «жен» Дегтярев старательно поддерживал, ходатайствовал об их досрочном освобождении и отправлял не куда-нибудь, а в Москву. Александр Михайлович логично предполагал, что в большом городе легче затеряться и начать жизнь с нуля, нежели в деревне или крошечном райцентре. Расставаясь с бабами, Дегтярев честно предупреждал их:

— Жениться на тебе не смогу, при моей работе подобное невозможно, поэтому устраивай жизнь спокойно, вот тебе адрес человека, который временно пристроит в столице, а потом решит остальные проблемы.

Женщины начинали благодарить его и плакать, Александр Михайлович их останавливал:

— Не такой уж я добрый и бескорыстный, придется тебе отработать досрочное освобождение. Вот, смотри, тут два свертка, в обоих драгоценности, дорогие, золото с камнями, все настоящее, очень ценное. Один сверток твой, трать его содержимое смело, а второй положи в укромное место, когда-нибудь я попрошу его вернуть, поняла? Хранить накопленное при себе мне никак нельзя.

Любовницы, естественно, обещали выполнить просьбу и выходили на свободу.

С бывшими дамами сердца начальник не общался, во время коротких служебных командировок в Москву останавливался у Липы, Саша не хотел портить жизнь бывшим любовницам, которые, оказавшись на свободе, скорее всего, мечтали поскорее забыть зону. Да к тому же, благополучно отправив в столицу очередную бабу, Дегтярев мигом заводил новую. Кому-то подобное поведение покажется странным, ну почему бы мужчине не жениться, не растить ребенка... Но не забывайте, что Александр Михайлович работал в системе управления исполнения наказаний, за связь с зэч-кой, пусть даже потом и оформленную в официальный брак, его по голове не погладят, быстро выгонят вон. Вот почему Саша довольствовался необременительными отношениями в таких условиях, где он был, без преувеличения, королем. Как милостивый монарх, устраивал судьбы своих метресс.

Потом Александра Михайловича арестовали. Настучал на него муж одной заключенной, сначала заплатил полковнику за трехдневное нелегальное свидание, затем во время встречи насмерть разругался с отбывающей срок второй половиной и накатал огромную жалобу на начальника, настоящий донос.

Дегтярева схватили с поличным и нашли у него в квартире тайник с золотишком. Но следователю объем «клада» показался маловат, и Александра Михайловича принялись «ломать», требуя сообщить, куда он дел остальное.

Бывший начальник тайны не выдал, о свертках, розданных «женам», не проговорился, он вообще ни словом не обмолвился о любовницах, их имена так и не всплыли на следствии. Но благородство и забота о чести женщин тут ни при чем, просто Саша хорошо помнил о сверточках, лежащих в укромных местах, и понимал: коли сейчас натреплет лишнего, то потеряет абсолютно все, а так выйдет из заключения, заберет отданное на хранение и устроит себе райскую жизнь на свободе.

Много чего плохого пережил Александр Михайлович на зоне, заболел туберкулезом, но, видно, воля к жизни у него была столь велика, что победила даже страшную болезнь.

Бывшему начальнику зоны пришлось отсидеть огромный срок, вышел он на свободу совсем немолодым человеком и отправился в глухой угол Подмосковья, устроился на плохо оплачиваемую работу, получил комнатенку в общежитии и начал влачить жалкое существование. Трезвый мужчина, пусть даже в возрасте и с криминальным прошлым, был огромной редкостью в городке, где пили чуть ли не грудные младенцы, поэтому к Дегтяреву стали подкатываться местные невесты. Но бывший начальник зоны хотел лишь одного — спокойной жизни, жениться он не собирался, и скоро его оставили в покое, дав прозвище Немой. Дегтярев и впрямь постоянно молчал. Липе он о себе не напоминал, полагал, что у сестры собственная жизнь, дети, внуки, навряд ли она обрадуется призраку.

Скорее всего, Александр Михайлович жил бы себе тихо до конца дней, но неожиданно он начал сильно кашлять и впервые за долгие годы отправился к врачу. Местный эскулап велел ехать в районный центр, а уж там огорошили: рак.

— Конечно, можно вас поместить к нам, — сообщил онколог, — но возможности райбольницы ограничены, отправляйтесь, голубчик, в Москву, там даже вылечить смогут.

Александр Михайлович вышел на улицу, глянул на яркое солнце и внезапно понял: он очень не хочет умирать. Поколебавшись пару дней, мужчина поехал в столицу, он искренно надеялся, что сестра жива, обитает на прежнем месте и поможет ему.

Так и вышло, Липа пожалела брата, Дегтярев встал на учет в онкологический диспансер, и его активно начали лечить. Вначале болезнь вроде пошла на убыль, но потом набросилась с удвоенной силой, и тут врач сказал:

— Есть одно средство, но оно бешеных денег стоит! Может, попытаетесь деньги достать? Коли цикл уколов пройдете, проживете еще пару годков.

И Дегтярев дрогнул, пошел к бывшим любовницам, надумал напомнить о себе и стребовать отданные на хранение ценности. Он, конечно, понимал, что шансов мало, но надежда ведь умирает последней, может, кто из теток еще жив и хранит золото? Александру Михайловичу очень, очень хотелось ходить по земле.

Дегтярев сначала поехал к той женщине, которая была первой в его списке, нашел нужную улицу и ахнул. Дом номер пять исчез, впрочем, никаких других зданий тоже не было, все снесли. На этом месте высился огромный торговый центр. Жителей расселили в разные районы, произошло это довольно давно, и опечаленный Александр Михайлович отправился по другому адресу. Здесь его снова ожидало горькое разочарование. Нет, дом сохранился, и в нужной квартире оказались вполне милые люди, которые приветливо сообщили Александру Михайловичу:

— Ваша знакомая давно уехала.

— Подскажите, куда? — не теряя надежды, спросил Дегтярев.

— Не знаем, — радостно воскликнули хозяева, — мы сюда вселились по цепочке, в результате многоступенчатого обмена, сходите в милицию, может, там сведения остались.

Дегтярев приложил все возможные усилия и выяснил: тетка укатила во Владивосток, обмен был затеян не вчера, следы очередной любовницы затерялись во тьме прошедших годов.

Сжав зубы, Александр Михайлович ринулся на поиски третьей «жены», но та оказалась на кладбище, под скромной могильной плитой. Четвертой тоже не было уже в живых, в ее квартире хозяйничала родственница покойной. Дегтярев, явившийся на разведку, вынужден был старательно отбиваться от тетки, пытавшейся понять, кем приходится Светлане беззубый мужик, появившийся невесть откуда. Хорошо хоть, Дегтярев первым начал расспросы и понял, что настырная баба — родня его любовницы со стороны умершего мужа.

— Я троюродный брат, — живо сориентировался он, — по линии матери Светланы.

Тетка всплакнула, вынула бутылку водки и предложила:

— Помянем бедняжку.

Александр Михайлович оглядел бедно обставленную комнатенку и осторожно спросил у лихо опрокинувшей рюмку женщины:

— Небогато Света жила?

— Так откуда ж деньгам взяться? — запричитала тетка. — Мужики сволочи, один ребеночка сделал и удрал, второй тоже ускакал, как про беременность услышал, хорошо хоть, Светка аборт сделала, третий пил, гулял, четвертый ваще мерзавец! Никто жениться не хотел, один мой брат в загс ее отвел, только он, подонок, из судимых. Ох, беда, недолго с ним Света пожила, померла, а братца снова за решетку упрятали, большой срок мотает!

Потом баба, понизив голос, прошептала:

— Он ее и убил!

— Кто и кого? — вздрогнул Александр Михайлович.

— Мой брат, Светку, избил до смерти, из ревности, — заплакала тетка, — Светочка такая хорошая была, веселая, никогда не унывала, не жадная, мне подарки делала, вот теперь мы с ее дочерью Лидкой вместе живем. На гнутые медяшки. Откуда достатку взяться? Лиде одеться хочется, а средств нет!

Александр Михайлович вздрогнул, услыхав о дочери Светланы, хотел было поинтересоваться, сколько той лет, но потом решил, что подобная информация будет для него лишней, у бывшей любовницы, судя по рассказам тетки, мужики не переводились, кто-то другой, а не Дегтярев, сделал ей ребенка. И потом, ну выяснит он, что тут живет его кровиночка, и что? Александр Михайлович не желал такого открытия, надо было сматываться. Бывший начальник зоны в последний раз оглядел почти нищенскую обстановку. Нет, хозяйка не врет, она же не знала, что Дегтярев явится к ней с визитом, и, следовательно, не могла спрятать накопленное добро. И потом, предположим, под кроватью стоят чемоданы с добром. Но стены, обклеенные дорогими обоями, потолки с лепниной и красивую мебель с чужих глаз не уберешь. А хоромы тетки выглядели чистенько, но убого, из обстановки в «зале» имелся обшарпанный буфет, трехстворчатый покосившийся шифоньер, колченогий стол и диван с вытертой до потери цвета обивкой. Похоже, что Света не растратила данное ей на хранение богатство, но где оно спрятано, узнать невозможно.

У Дегтярева остался последний шанс, он поехал к той женщине, которая стояла особняком среди всех его любовниц.

Глава 30

Ее звали Лилия, и когда Дегтярев впервые увидел зэчку, она действительно чем-то напоминала этот цветок: нежная, стройная, с удивительно белым цветом кожи. Александр Михайлович сразу выделил лицо Лилии в группе вновь прибывших. Начальник зоны был опытным физиономистом, тех бабенок, которые в той или иной мере конфликтовали с законом, он мгновенно узнавал в толпе, бегущей по московским улицам. Было в их лицах нечто особенное, стояла на лбу невидимая неопытному глазу каинова печать. А еще только что прибывшие на «посадку» дамочки при первой встрече со всемогущим хозяином начинали изображать из себя невесть что, на их губах дрожали натянутые улыбки, женщины хотели произвести самое благоприятное впечатление на начальство, прикидывались скромницами, бедняжками, случайно попавшими в беду, несчастными, невинными созданиями. В общем-то, это было глупо, при каждой осужденной имелся пакет документов, прочитав который сотрудники зоны сразу узнавали правду.

В день, когда в лагерь прибыла Лилия, Александр Михайлович встал с головной болью, на дворе бился в истерике октябрь, погода резко менялась с тепла на холод, а в такие дни Дегтярев всегда ощущал недомогание.

— Трое к нам, — сказал предупредительный зам, сочувственно глядя на потирающее затылок начальство. — Анальгинчику принести? Или Машу прислать, пусть давление померяет?

Дегтярев крякнул.

— Само пройдет, не впервой, давай документы гляну.

Заместитель подал конверты, начальник вскрыл бумаги и погрузился в чтение. Нефедова Маргарита Валерьевна убила свекровь в порыве гнева, заранее преступление не планировала, просто схватила топор и опустила на голову дражайшей родственнице. Потом понеслась в милицию и сдалась, что существенно повлияло на судью, — срок Маргарите, учитывая тяжесть содеянного, дали ниже низкого. Сопотова Лилия Матрорановна, воровка на доверии, вместе с подельником занималась кражей и перепродажей драгоценностей, обманула много людей, за что и получила несколько лет. Федулова Нина Сергеевна, едва достигшая восемнадцатилетия, стащила в магазине, где работала на кассе, небольшую сумму денег, думала, потом вернет, купила на них туфли, хотела тем же вечером, получив зарплату, положить «кредит» на место, но, как на грех, явилась ревизия.

Дегтярев вздохнул, увы, таких наивных дурочек, как Федулова, в бараках много, утянут копеечную штучку, а получают за воровство по полной программе, ломают себе жизнь. Может, суд к ним слишком суров? Ну, зачем этим глупышкам дают срок? Заставьте отработать ущерб, и дело с концом, отправьте на «химию» или в сумасшедший дом санитаркой, а то ведь с зоны многие выходят уже настоящими преступницами, пройдя лагерные «университеты».

— Ладно, — стукнул кулаком по документам начальник, — новенькие в карантине?

— Ага, — кивнул зам.

— Пошли глянем, — велел Дегтярев, — да, чтоб времени зря не терять, веди их скопом в ленинскую комнату, туда же и воспитателей зови, определим первых двух в седьмой, а Федулову в девятый отряд, там бабы попроще.

Распоряжения хозяина на зоне не обсуждают, зам рванул исполнять приказ, а Дегтярев, напившись сладкого чаю, с удовлетворением отметил: головная боль начинает отпускать, крякнул и направился в ленинскую комнату. Александр Михайлович всегда лично знакомился с новенькими и строго предупреждал их: он не потерпит в подведомственном ему учреждении никакого безобразия, после карантина следует ударно работать, принимать участие в самодеятельности, ходить в библиотеку и не затевать свар. Для скандалисток имеются ШИЗО, БУР и ПКТ.

Сев за длинный стол, Дегтярев оглядел стоящих баб и мигом понял, кто есть кто. Вон та, коротконогая, грудастая, мордастая деваха, с вытравленными перекисью волосами и бегающими глазенками на испуганном лице, явно Маргарита Нефедова, прирезавшая мать мужа.

Худая, словно жердь, девушка, в очах которой плескался ужас, а на мордочке, несмотря на страх, застыло откровенно наглое выражение воровки, — Сопотова Лилия.

Последней же была восемнадцатилетняя дурочка Федулова. Александр Михайлович глянул на девушку и с трудом отвел глаза в сторону. Нина была редкостной красавицей, ее не изуродовали пребывание в изоляторе, тяжелая дорога до зоны и бессонная ночь в карантине. Водопад пышных блестящих волос волной лежал на хрупких плечиках, огромные, наивно-чистые глаза спокойно смотрели на начальника, во взоре Нины не было ни страха, ни робости, девушка попросту не понимала, какой властью будет обладать над ней этот человек. На картинно очерченных пухлых губах Ниночки не играла заискивающая улыбка, осужденная стояла совершенно спокойно, не пытаясь понравиться Дегтяреву, наверное, глупышка полагала, что трудовая колония сродни пионерскому лагерю, сейчас отведут, покажут кровать, затем обед, суп, компот, тихий час... В облике Федуловой было столько чистоты, юности, наивности, такое непонимание ситуации, в которой она оказалась, что Дегтярева охватила жалость. Огромным усилием воли оторвав взгляд от нежного лица, Александр Михайлович сначала произнес «вводную лекцию», а затем решил обратиться к каждой из новеньких по отдельности.

— Нефедова!

— Я, — бойко отозвалась мордастая.

Дегтярев мысленно улыбнулся, он не ошибся, именно крепко сбитая толстушка укокошила свекровь.

Сказав убийце пару слов, Александр Михайлович рявкнул:

— Сопотова Лилия Матрорановна.

— Я, — нежным голосом, безо всякого подобострастия ответила та, которую начальник считал Федуловой.

Дегтярев подавил вздох. Беда с новенькими, пока порядок усвоят, куча времени пройдет! Ну куда она лезет, не ее звали.

— Молчи пока, — велел он предполагаемой Нине, — до тебя дело не дошло. Сопотова Лилия!

Деваха с наглым выражением воровки на бесстыжем лице даже не дрогнула.

— Слышь, Сопотова Лилия, — начал закипать Дегтярев, — плохо начинаешь! У нас надо мгновенно отвечать, когда я спрашиваю. Ну, или глухая? Сопотова Лилия, шагай вперед, называй статью, срок!

«Федулова» аккуратно сделала небольшой шажок.

— Сопотова Лилия... — начала она.

Дегтярев обомлел.

— Ты Сопотова?

— Ну да, — совсем не по протоколу ответила осужденная, — сразу вас послушалась, только замолчать велели.

Глаза Александра Михайловича заметались по лицам. Он еле-еле оправился от изумления, такого с ним еще никогда не случалось, Лилия категорически не походила на прожженную воровку, ей следовало быть дурочкой Федуловой, наивной, глуповатой девушкой.

— Да уж, — в растерянности пробормотал начальник.

— Непорядок у нас? — мигом смекнул заместитель, озабоченный «нецарским» выражением на лице Дегтярева.

— Отчество у нее заковыристое, — нашелся Александр Михайлович, — может, перепутали при оформлении. Матрорановна! Небось спьяну ерунду написали! Проверить надо! Это как же отца звать должны?

— Матроран, — спокойно ответила Сопотова.

— Ты, того, молчи, — рявкнул заместитель, — не на воле находишься. У нас первыми не разговаривают, спросят, тогда и рот разуешь.

Нефедова и Федулова побледнели, страх на их лицах перешел в откровенный, совершенно неприкрытый ужас, а Лилия словно не услышала грубых слов, стояла со слегка отрешенным видом, красивая, необычная женщина, казавшаяся даже здесь, в ленинской комнате зоны, абсолютно свободной. Ей очень подходило имя Лилия, такая девушка не могла именоваться Таней, Леной или какой-нибудь Зинкой.

— Матроран? — повторил Дегтярев.

— Да, — кивнула Лилия.

— Он чего, татарин?

— У татар таких идиотских имен не бывает, — вмешался в беседу заместитель.

— Отец был хорват, — спокойно пояснила Лилия.

— Где ж его твоя мать нашла? — удивился Александр Михайлович.

— В лагере, — спокойно пояснила девушка, — подробностей не знаю, родители умерли, меня в детдоме воспитывали, фамилию от мамы получила, а отчество от отца. Мне директриса рассказала, да я особо не расспрашивала, неинтересно!

— Во, — ухмыльнулся зам, — династия! Родители воры, девка им под стать.

Лилия безо всякой улыбки парировала:

— Мать медсестрой служила, вольнонаемной, а как отец за решетку попал, мне неведомо. Всякое случиться могло, разные люди в лагерь попадают, вам это лучше, чем мне, известно.

— Ишь! Разболталась! — заорал заместитель.

— Хорош, — оборвал его Дегтярев, — ладно, пусть уходят.

— Понятно, — буркнул зам.

Через две недели Лилия стала сначала уборщицей в административном здании, а потом «женой» Дегтярева. Александр Михайлович впервые в жизни влюбился. До этого он испытывал по отношению к своим женщинам разные эмоции, но любовью назвать их было нельзя. А тут на голову уже не юного мужчины обрушилась самая настоящая страсть.

Лилия оказалась удивительной женщиной, очень скоро Дегтярев хорошо понял, почему любимая столь легко обводила вокруг пальца наивных людей, втиралась к ним в доверие, а потом обворовывала. В Лилии пропала великолепная актриса, талантливая, с буйной фантазией, не терявшаяся ни при каких обстоятельствах. Она врала, а ей верили наперекор всему.

Поверил Сопотовой и Александр Михайлович, настолько крепко, что дал ей список всех своих прежних любовниц — тех, что хранили «золотой запас». Произошло это в тот день, когда Лилия выходила на свободу. В последнюю ночь Александр Михайлович размечтался.

— Через пару лет могу спокойно проситься в отставку, ты ведь подождешь меня на свободе?

— Конечно, — тихо ответила Лилия, — мы никуда не денемся.

— Мы? — насторожился Дегтярев.

— Я беременна, — ответила Лилия.

Александр Михайлович вздрогнул, но понял, что не от страха, известие просто ошеломило его.

— Слушай меня, — велел он, — сейчас никак со службы уйти не могу, все непросто, надо еще поработать годок-другой, потом по здоровью и смоюсь, незаметно, тихо, без скандалов, не привлекая внимания, ясно?

— Да, — кивнула любимая.

— Но всякое может случиться, инфаркт разобьет!

— Не говори ерунды.

— И все же лучше предусмотреть возможные неприятности, — заволновался Дегтярев, — значит, запоминай, записывать нельзя, дам тебе имена, фамилии, адреса.

— Кто они? — спокойно спросила как всегда невозмутимая Лилия.

И Дегтярев рассказал любимой про золото.

— Девки между собой знакомы? — уточнила Лилия.

— Нет, конечно!

— Хорошо, — кивнула Лилия. — И что теперь делать?

— Ничего, — улыбнулся Александр Михайлович, — просто как следует запомни информацию. Если со мной что случится, вдруг умру в одночасье, ты баб обойдешь и золотишко стребуешь, есть пароль, произнесешь фразу, мигом тайники откроют, полагаю, не растратили имущество.

Лилия широко распахнула свои и без того огромные глаза.

— Тоже на это надеюсь, — произнесла она, — иначе мало им не покажется.

На следующий день Лилия покинула зону свободной женщиной. Естественно, Александр Михайлович не пошел провожать любовницу, хоть в лагере все знали, какие отношения связывают начальника и зэчку, требовалось приличия соблюдать.

Потом Дегтярев начал ждать очередной командировки в Москву. Лилия должна была устроиться в столице, ей в этом поможет старый знакомый Александра Михайловича, который устраивал судьбу всех прежних женщин начальника зоны.

Но встретиться с любимой так и не удалось, Дегтярева арестовали и отправили на зону.

Боясь подвести Лилию под монастырь, Александр Михайлович не делал никаких попыток связаться с ней. Писем, великолепно зная о том, что все они просматриваются специально обученными людьми, не писал. Впрочем, о себе он не напоминал никому: ни сестре, которая даже на суд не явилась, ни бывшим «женам», хранившим «золотой запас». Не следует считать Дегтярева наивной маргариткой, верившей в честность бывших зэчек. Нет, Александр Михайлович хорошо знал людям цену, только уголовницы оказались, благодаря неким телодвижениям хозяина лагеря раньше положенного срока на свободе. Документы на их освобождение были оформлены с некоторыми неточностями, если сейчас выяснится правда, то бабам придется досиживать срок, а они небось вышли замуж и не слишком откровенничали с супругами о своих прошлых шалостях. Побоятся зэчки растратить чужое добро, и лучше им о том, что хозяин зоны превратился в заключенного, не знать, пусть думают, будто Дегтярев по-прежнему сотрудник МВД, и опасаются его, страх сильней любых других чувств.

Но к Лилии у Дегтярева было особое отношение, с ней он хотел связать судьбу и нашел способ передать о себе весточку, попросил одного из товарищей по бараку:

— Ты скоро выходишь, загляни по этому адресу, отыщи женщину, передай: я жив-здоров, пусть ждет, может, освобожусь досрочно.

Посыльный не подвел, поручение выполнил, довольно скоро Александр Михайлович получил от приятеля небольшое письмецо, в котором имелась такая фраза: «А сеструху твою не нашел, она замуж вышла, адрес сменила, в другую квартиру переехала. Я расстарался, узнал, куда бабенка делась, приехал туда, да не застал дома, она с мужиком отдыхать отправилась, на море укатила. Потом еще схожу».

«Потом» не наступило, писем бывший «коллега» больше не присылал, забыл о Дегтяреве. А Александр Михайлович уже знал: раньше его не выпустят, мечтам о семье не сбыться.

Выйдя на свободу, Дегтярев решил не обращаться к Лилии, прошло слишком много лет, некогда любимая женщина, наверное, замужем. Не собирался бывший начальник беспокоить и родную сестру. Он не держал зла на Олимпиаду, просто понимал: никакой радости его появление Липе не доставит. Что ж, пусть и Лилия, и Липа живут спокойно и счастливо. Наверное, Александр Михайлович и впрямь любил сестру и мошенницу Лилию, раз решил вести себя подобным образом.

Вообще зона сильно изменила Дегтярева, превратившегося в одночасье из всесильного хозяина в бесправного заключенного. Александр Михайлович впервые задумался о смысле жизни. В библиотеке колонии имелось много книг самого разного содержания, сначала бывший начальник читал произведения советских авторов, потом классику, а затем хмурый библиотекарь, отсиживавший на зоне такой же срок, как и Дегтярев, мрачно сказал:

— Все ты перешерстил, читай теперь по второму кругу.

— Вот беда, — расстроился Дегтярев, — память у меня хорошая, отлично содержание помню. Неужели ничего больше нет?

Библиотекарь скривился.

— Есть, только это никто не берет! Читать невозможно!

— Почему? — удивился Александр Михайлович.

— Заумно слишком, аж скулы сводит, — пояснил книгохранитель.

— Давай тащи, — велел осужденный, — времени полно, стану изучать.

Так ему в руки попали бог весть как оказавшиеся на зоне труды Флоренского, а потом, допущенный до самых темных полок, Дегтярев нашел там Библию.

На свободу Александр Михайлович вышел верующим человеком, смирил гордыню, затоптал сребролюбие, понял, что господь наказал его за грехи, и решил, оказавшись за воротами зоны, начать новую жизнь. Вот почему он не стал обращаться ни к сестре, ни к бывшим любовницам, Дегтярев не хотел никаких напоминаний о прежних делишках, он отрекся от той жизни, от золота и попытался в маленьком поселке честно зарабатывать на хлеб. Но обрушившаяся на голову болезнь заставила забыть о принципах. Александру Михайловичу страстно захотелось еще хоть немного побыть на этом свете, и тогда он решил искать деньги на лечение, вот почему бывший начальник скрепя сердце отправился по тому адресу, который стоял в письме приятеля, Александр Михайлович накрепко запомнил и название улицы, и номер дома.

Глава 31

Дверь открыла сама Лилия, конечно, она сильно изменилась, лет с последней встречи прошло немало, но следы былой красоты все еще сохранились. Окинув быстрым глазом бывшего возлюбленного, она равнодушно спросила:

— Ищете кого?

— Не узнаешь? — шепнул Дегтярев.

Губы Лилии слегка вздрогнули.

— Ну? И что? — дрогнувшим голосом спросила она.

— Я вернулся.

— Впустить не могу.

— Знаю, ты замужем.

— Верно.

— Не бойся, плохого не сделаю.

— Я ничего не боюсь, — равнодушно выронила Лилия. — Зачем явился? Столько лет прошло! Женский век короток, ты мог вообще не выйти, что ж, мне бобылкой сидеть?

— Я не в претензии.

— У тебя на них и прав нет.

— Я вовсе не собираюсь с твоим мужиком говорить, рассказывать правду о тебе.

— Он не поверит, — по-прежнему спокойно отбрила Лилия, — и потом, секретов не имею, живу тихо, занимаюсь хозяйством. Мало ли кто чего выдумает.

— Уйду и больше не покажусь.

— Надеюсь.

— Только верни золото!

Глаза Лилии округлились, в них промелькнуло откровенное изумление.

— Какое?

— То, что тебе на хранение отдал.

— Мне?!

— Да.

— Ты?!!

— Верно.

— Извините, — скривила губы женщина, — но мы незнакомы. Ступайте прочь, пока милицию не позвала.

Дегтярев оторопел.

— Ты же со мной только сейчас как со старым другом разговаривала!

Лилия улыбнулась.

— Ну да. А как еще с сумасшедшими общаться? Открыла по неосторожности дверь, думала, подруга пришла, а на пороге безумец со странным разговором. И как отреагировать? Думала, поговорите и уйдете.

— Верни золото!

— Не понимаю, о чем речь!

Александр Михайлович уцепился пальцами за косяк.

— Неужели не боишься меня? Могу кучу неприятностей доставить. Сама знаешь, на свободу вышла не совсем честно, в документах...

Лилия весело рассмеялась.

— Испугал ежа голой задницей! Давным-давно дело забыто, все сроки вышли. И потом, это тебе меня опасаться надо. Думаю, уголовнику Дегтяреву не разрешено жить в столице. А ну как я пойду в отделение и скажу: явился Александр Михайлович из заключения, стал меня шантажировать. И кому полной меркой достанется?

Дегтярев молча слушал Лилию, она, похоже, осталась такой, какой была, никого не боялась, плевала на угрозы и не растеряла наглости.

— Лучше тебе уйти, — улыбнулась Лилия, — а то снова за решетку угодишь!

— Ты знала о моих бедах! — воскликнул бывший начальник зоны.

— Естественно, — равнодушно пожала плечами Лилия, — что ни делается, все к лучшему, у меня давно одна жизнь, у тебя другая. До свидания.

— Постой! А ребенок? — неожиданно воскликнул Дегтярев. — Он родился?

— Нет. Аборт сделала, — слишком быстро ответила Лилия.

И тут вдруг из квартиры раздался мужской голос:

— Ничего не случилось?

Из двери выглянул молодой мужчина и уставился на Дегтярева.

— Что-то произошло? — спросил он у Лилии.

— Нет, Саша, — ласково ответила та, — не беспокойся. Слесарь квартиру перепутал, ему в домоуправлении не тот адрес дали.

Мужчина исчез, Лилия и Александр Михайлович несколько мгновений смотрели друг на друга, потом бывший начальник повернулся и молча пошел вниз. Разговаривать с Лилей ему было решительно не о чем, все и так ясно. Золото продано, на вырученные деньги, очевидно, куплена новая квартира, доказать ничего невозможно, да и некому доказывать, вор у вора дубинку украл.

Больше Дегтярев Лилию не беспокоил, он довольно скоро после этой встречи попал в больницу и умер. Скорей всего, даже получив золотишко, бывший начальник зоны не выжил бы.

Олимпиада Михайловна на секундочку остановилась, перевела дух и грустно продолжила:

— Похоже, брат совестью из-за меня мучился, потому что на последней страничке тетради стояло: «Виноват я, Липа, перед тобой, жизнь тебе покорежил, так ты замужем и не побывала. Хочу перед смертью последнюю свою тайну открыть. Видел я, когда заболел, как ты расстраиваешься и деньги одалживаешь, вот и решил по бабам сходить. Но — зря. После моей кончины сходи к Лилии, сообщи ей, что я умер из-за ее подлости и жадности, вот адресок».

Олимпиада Михайловна замолчала, я в нетерпении запрыгала на табуретке.

— Ну, а дальше, дальше что?

— Ничего, — грустно ответила старуха.

— Как? Вы не пошли к Лилии? Не сказали ей пару слов?

— Нет, — со вздохом ответила баба Липа.

— Но ведь брат вам адрес написал!

— Нет, не успел, — грустно сообщила старушка, — наверное, хотел указать, да в больницу свезли, а тетрадь дома осталась, в шкафу, записи оборвались на словах: «Короче, вот тебе адрес...» Ничего больше! Может, где и лежат в укромном месте золото-брильянты! Лилия небось уж померла, а сынок ее, Сашка, может, жив.

Я навострила уши.

— Почему думаете, что он Саша?

— А в тетрадочке стояло, — охотно ответила Олимпиада. — Лилия, когда брат к ней пришел, сказала: «Ступай, Саша, все в порядке». А еще там написано было, что у Лилии муж генерал, богатый военный. Вон как, могла моему брату помочь, небось связей полно, да не захотела!

— Вы тетрадь сохранили?

— Пихнула куда-то! На антресоли!

— А можно ее найти?

— Наверно, только зачем?

— Наше Общество ветеранов издает сборники воспоминаний; если опубликуют записки Дегтярева, — лихо соврала я, — вам денег заплатят!

— Кому чужая жизнь нужна, — отмахнулась старушка.

— Поищите записи, — попросила я, — хотите

аванс? Вот, смотрите. А обнаружите тетрадочку, в два раза больше дам!

Баба Липа схватила купюры.

— Ладно, вечером Ваня придет, жилец мой, слазает наверх.

— Давайте я вам помогу.

— Нет, — твердо отрезала баба Липа, — сами добудем, ты вот что, завтра прикатывай часам к пяти, после обеда, и деньги вези.

Я уехала от старухи, испытывая то, что, наверное, ощущает человек, оказавшийся в открытом море, далеко от берега. Никаких надежд на спасение нет, но тут, о радость, мимо проплывает тонкая досточка, утопающий, как известно, схватится и за соломинку. Тетрадка Александра Михайловича — моя последняя надежда, вдруг в ней есть нужные, интересные сведения. Навряд ли Олимпиада Михайловна запомнила всю информацию дословно. Завтра получу рукопись, изучу ее как следует, скорей всего, обнаружу в тексте нечто... Обязательно найду... должна отыскать... непременно...

И тут на меня навалился голод, да с такой силой, что я мгновенно притормозила около первого попавшегося супермаркета, влетела в отдел, где торгуют хлебом, схватила слойку, быстро оплатила ее и вонзила в сдобу зубы.

Есть выпечку на ходу, несясь от супермаркета к машине, не хотелось, поэтому я встала около небольшого магазинчика, коих было полно в «предбаннике» супермаркета, и, спокойно жуя слишком жирную булочку, уставилась на витрину. Губная помада ядовито-сиреневого цвета, целая палитра лаков для ногтей, кремы для лица и краска для волос. На прилавке лежала картонка с «хвостиками», один из них, ярко-рыжий, красиво блестел в свете лампы. Ярко-рыжий...

Я проглотила остатки слойки и спросила у продавщицы:

— Этой краской можно любые волосы оттенить?

— Вам подойдет, — лениво зевнула девушка.

— Не себе хочу взять, Стелле.

— Лишь бы ваша Стелла не темнее русой была, — равнодушно сообщила продавщица, — на брюнетке хорошо не получится, а то некоторые черноволосые купят, а потом жалуются, не вышло ничего, надо ж понимать: из черного рыжее ну никак не сделать, только если совсем обесцветить.

— Стелла белая, она станет рыжей?

— Стопудово. Вам какую, стойкую?

— Не понимаю.

— Ну, ваша подруга хочет основательно покраситься или чтобы через несколько дней смылось?

— Посильней, пожалуйста.

— Тогда эту!

— А на какое количество волос рассчитан тюбик?

— Ну... если как у вас, то один на три раза.

Я молча проглотила издевательское замечание, похоже, девице потенциальная покупательница показалась почти лысой, но это неверно, просто я коротко постриглась.

— Ежели кудри ниже плеч и густые, то лучше две упаковки взять.

— Везде волосы покрасит?

Девица почесала щеку.

— Не поняла.

— Краску можно только на голову нанести?

— А куда еще? — захихикала дурочка.

— На ноги, — вздохнула я.

Продавщица вытаращила глаза.

— На голени?

— Да, — задумчиво протянула я, — и бедра тоже, сколько надо брать? У Стеллы на конечностях густые заросли, а еще спина...

— Спина... — эхом повторила продавщица.

— Угу, — кивнула я, — на позвоночник можно?

— У нее и там волосы есть?

— Причем много, и густые. Кстати, нельзя забывать и про живот с грудью, — размышляла я вслух, — ну, как же объем краски вычислить? Там на тюбике не написано.

— Про что? — дрожащим голоском осведомилась девчонка.

— Расход средства на метр площади.

— Вам, наверное, в магазин стройматериалов надо, там в ведрах красители продают.

— Нет, мне Стеллу красить, масляная краска не нужна.

Продавщица кашлянула.

— Попытаюсь решить вашу проблему. Значит, Стелла вся волосатая?

— Да.

— С головы до ног?

— Ой, верно, еще башка с ушами и шея.

— Вот бедняжка, — с чувством произнесла продавщица, вынимая калькулятор, — такой замуж не выйти.

— Да уж, — засмеялась я, — верное наблюдение, привели Стеллу к жениху, а тот сначала под диван залез, а потом на лестнице лужу написал, впрочем, он такое и раньше проделывал.

Девчонка уронила калькулятор.

— А вы, значит, надумали Стеллу покрасить, чтоб она парню по сердцу пришлась? — воскликнула она.

— Ну, не совсем так. Нам ее папочке отдавать, понимаете, Стелла в доме набезобразничала, вся в солярке перемазалась, а наша домработница решила хулиганку в стиральном порошке помыть, мазут сошел, но вместе с ним исчез и цвет волос. Надо восстановить статус-кво, иначе милый Паша, папочка Стеллы, нас пристрелит.

Девушка закашлялась, подняла калькулятор и упавшим голосом простонала:

— Ну, попытаемся посчитать. Если вся-вся в волосах... какой у нее рост?

Я прищурилась.

— Примерно метр, а в длину, думаю... э... сто двадцать сантиметров.

Калькулятор вновь шлепнулся на пол.

— Сколько? — взвыла девица.

— Впрочем, ошибаюсь, хвост забыла!

— Хвост?!!

— Что вы так удивляетесь? Нормальная дворняжка, правда, Паша ее за пита брал, — усмехнулась я.

Продавщица засмеялась.

— Так Стелла — собака?

— А вы думали, кто? — изумилась я. — Канарейка? Так у них лапы не волосатые.

— Я думала — человек, — простонала глупышка, — ваша знакомая.

— Собака — друг человека, — захихикала я, пораженная тупостью торговки. — Погодите, а эти краски для волос только для людей?

Девчонка поманила меня пальцем и зашептала:

— Для всех! Классно получается. Ко мне одна баба ходит, она котятами торгует, так свою кошку красит, ни аллергии нет, ни болячек. Животные-то нежнее человека, если коту хорошо, то нам ваще супер.

— Беру!

— Сколько?

— Спокойно, сейчас сообразим, — радостно воскликнула я.

Продавщица не обманула. Мы с Машкой и Иркой в шесть рук намазали покорно стоящую Стеллу и примерно через час получили изумительно рыжее животное.

— Стала лучше, чем была, — резюмировала Ирка, — только чем стену отскребать? В пятнах вся.

Машка направила душ на кафель.

— Никаких усилий, — воскликнула она, — раз, и нету.

— Классная штука эта краска, — задумчиво протянула Ирка, — может, мне тоже в рыжий цвет перекраситься? К лету поярче стать?

— Тебе не пойдет, — заявила Машка, — лучше в блондинку.

— Фу, хочу из толпы выделяться.

Оставив Иру и Машу обсуждать злободневную тему, я пошла в спальню, легла на диван и попыталась читать журнал. Внезапная мысль заставила отбросить его. Минуточку! Нинель кто-то шантажирует, заставляет торговать драгоценностями. У женщины есть две подруги — Дуся, с которой я имела честь беседовать, и незнакомая Лилия. А у Лилии имеется сын, Саша...

В памяти моментально всплыла фраза, которую обронила Евдокия:

— Лилечке сына господь в наказание послал, уж сколько она с ним намучилась! Страшно сказать, не учился, безобразничал, профессии не получил. Балбес балбесом, сидит сейчас у матери на шее. Его даже арестовать хотели, украл что-то, подробностей не знаю. Лиля тайком от мужа у нас с Нинелью деньги брала, давно дело было, выкупила оболтуса. Вот как случается: отец генерал, мать хороший человек, а Саша негодяй.

А ведь у той Лилии, которая обманула Дегтярева, супруг тоже военный! Неужели совпадение? Или парень каким-то образом узнал тайну Нинели и шантажирует ее? А его мать — та самая Лилия! Все совпадает, Саша знает имя, фамилию и отчество начальника зоны и...

Плавный ход моих мыслей прервал телефонный звонок, я схватила трубку.

— Алло.

— Даша?

— Да, это кто?

— Нинель Митрофановна. Деточка, ты все еще хочешь мне помочь?

— Конечно, — зашептала я.

— Сегодня «голос» велел положить деньги в ячейку, — забормотала генеральша, — ровно в полночь. Но я уже отнесла конверт.

— Так.

— Поможешь?

— В чем?

— Около полуночи войди в зал, только оденься попроще, голову платком завяжи, открой ячейку, сделай вид, что кладешь туда конверт, ясно?

— Ну, не очень.

— Думаю, тот, кому поручено вынуть деньги, будет стоять поблизости, он примет тебя за меня...

— Ясно, — закричала я, — сообразила! Притаюсь потом в укромном месте, увижу человека, забирающего деньги, прослежу за ним...

— Милая, мне тебя господь послал, — всхлипнула Нинель, — все обдумывала твои слова и поняла: в страхе жить больше нельзя. Только оденься попроще, не по-молодежному, темная юбка, кофта, платок.

— Да, да, не сомневайтесь, все выполню, ответьте только на один вопрос.

— Слушаю.

— У вас с Дусей есть подруга Лилия?

— Верно.

— А у той сын Саша, так?

— Абсолютно правильно.

— Он не слишком приятная личность?

— Мягко говоря, да, хотя и не люблю плохое о людях говорить, но хорошего о Саше сказать нечего, — призналась Нинель, — нигде не работает, а шикует, одет с иголочки. Где деньги берет? Не пойму, мать с ним столько слез пролила.

— Нинель Митрофановна, вы Лилию давно знаете?

— Достаточно.

— Правды ей о себе не рассказывали?

Старушка замолчала, потом очень тихо протянула:

— Недавно дело случилось, мне небольшую операцию делать пришлось, а в больницу Лиля со мной поехала. После наркоза меня выхаживала, а когда я очнулась, она смеется:

«Ну, ты даешь, подруга, такую чушь во сне несла, про зону, начальника, да так четко, ясно говорила. Неужели в твоей жизни подобное случалось?»

Я тогда чуть с ума не сошла от страха, еле-еле силы нашла и сказала:

«Чего люди под наркозом не натрепят... А почему спрашиваешь?..»

— Похоже, хорошо знаю, кто явится за конвертом, — воскликнула я.

— Да? Можешь имя назвать?

— Потом! Сейчас главное — его за руку поймать! Бегу собираться.

— Спасибо, милая, — всхлипнула Нинель, — только будь осторожна.

Чувствуя, как от жалости к несчастной старухе сжимается сердце, я ринулась в гардеробную. Есть у меня длинная черная юбка, серая кофта и платок цвета маренго, а на ноги нацеплю кроссовки, сегодня многие пожилые дамы носят спортивную обувь, она хорошо держит стопу.

В зал, где расположены ячейки, я вошла, слегка сгорбившись, шаркая ступнями. Нужный шкафчик оказался во втором ряду, и, чтобы достать до ручек, пришлось встать на цыпочки. В нашей действительности — геноцид коротышек, люди с моим ростом испытывают постоянные неудобства в магазинах, когда не могут дотянуться до нужных банок и коробок, или как сейчас, на вокзале. Ну кто додумался расположить ячейки так по-дурацки? Еще хорошо, что мне нужно просто сунуть туда конверт, а если в руках тяжелый чемодан? Как поднять его хрупкой женщине на высоту почти собственного роста? Не у каждой же есть рядом мужчина, Илья Муромец и баскетболист в одном флаконе?

Встав, словно балерина, на носочки, я покрутила ручки 4... 6... 8... 5. Дверца не открылась. Нет, неправильно. 6... 4... 8... 5. Снова ничего. А! Вспомнила! 4... 6... 5... 8. Ячейка не собиралась распахиваться. Я вспотела, обмотанный вокруг головы и шеи платок начал раздражать. 8... 4... 6... 5; 5... 6... 4... 8...

В конце концов пришлось признать, я забыла шифр! И что делать? Позвонить Нинели? Но за мной сейчас явно наблюдают, и возня с мобильным телефоном может спугнуть сына Лилии. Господи, помоги мне! 6... 5... 5... 8. Опять не то! Дашутка, ты дура! Но признание сего факта никак не поможет, шкафчик без правильной комбинации цифр не открыть.

— Слышь, мама, — хрипло донеслось снизу.

Я опустила глаза, на полу, на тележке, сидел опухший от пьянства безногий бомж, страшный, с жутким, синим лицом.

— Чего тебе? — испуганно спросила я.

— Никак ты номерок забыла?

— Ну, да.

— Могу помочь.

— Чем?

— Тыщу давай, открою шкафчик.

— И как вы это сделаете?

— Не все ли тебе равно, — в омерзительной улыбке оскалил остатки зубов маргинал, — плати и забирай хабар. Можешь, конечно, официально помощи попросить, только на поезд в свой Зажопинск опоздаешь, пока ячейку вскроют. А я за минуту управлюсь. По рукам?

Я вытащила купюру.

— На.

— Отзынь в сторону, мама, — велел парень, потом, ловко оттолкнувшись от пола деревянными «утюгами», подкатил к шкафу, вытащил из-под себя длинные, криво изогнутые железки и начал поворачивать ими ручки, бормоча: — Ну, сучьи дети, шевелитесь.

Я навалилась на соседний ящик.

— Во! — воскликнул бомж. — Пожа...

Больше он ничего произнести не успел. Из распахнутой ячейки сначала вылетел огненный шар, потом раздалось оглушительное «ба-бах», повалил дым, в воздухе запахло кислым. Шкафчик покосился, закачался, начал медленно падать на бомжа, я бросилась к тележке, пихнула ее, споткнулась и со всего размаха рухнула на отвратительно воняющего парня.

— Держись, мама, — взвыл тот, орудуя «утюгами», — ... нам пришел! Пихайся ногами, задавит на ... !

Не успело площадное ругательство повиснуть в воздухе, как ячейка с ужасающим грохотом рухнула вниз, за ней полетел и соседний железный шкафчик. Я обняла бомжа, попыталась отпихнуть его еще подальше, но тут в нос ударил смрад от давно не мытого тела, я сначала перестала дышать, потом видеть, слышать и... ощущать действительность.

Глава 32

Первое, что увидели глаза, было лицо Дегтярева, неожиданно большое и сердитое. Рот полковника шевелил губами, я моргнула, затем услышала голос:

— Ты разговаривала с Клавой?

— С кем? — выдавила я из себя, села и в ту же минуту окончательно пришла в себя. Поняла, что нахожусь в зале хранения багажа, вокруг полно народа, в основном люди, одетые в милицейскую форму, но полковник, как обычно, в штатском, и он задает вопрос:

— Ты разговаривала с Клавой, теткой Лиды?

— Ну...

— Отвечай!

— Откуда знаешь? — разозлилась я. — И вообще, ты же на рыбалку уехал!

— Вы бы девушку сейчас не трогали, — сказала молодая женщина в куртке с надписью «Скорая помощь».

Дегтярев повернулся к врачу и рявкнул:

— Она уже бабушка!

— Ну и что? — не сдавалась медичка. — Где написано, что человека в возрасте можно допрашивать в любом состоянии?

— Эту — нужно!

— Даже если гражданка — преступница, она имеет право... — загундосила врач.

Но полковник вдруг очень нежно произнес:

— Ступай займись делом, мы сами разберемся, верно, Дашутка?

Обрадовавшись ласковым словам, я кивнула:

— Верно.

Докторица с сомнением посмотрела на меня, потом твердо сказала:

— Нет, в больницу! У нее контузия.

Чьи-то руки подхватили меня, я потрясла головой. Странное, однако, дело, уши вроде слышат, но звук проходит словно сквозь вату, перед глазами трясется черная сетка, а ноги подгибаются в коленях. Внезапно стало очень душно, воздух превратился в желе, да такое плотное, что мне захотелось пальцем проковырять в нем дырку.

— На улице лучше станет, — донесся невесть откуда незнакомый женский голос.

Я попыталась кивнуть, ощутила тошноту, и какие-то незнакомые люди медленно поволокли меня куда-то.

Несколько дней я попросту проспала в кровати,

слава богу, в больницу меня не отправили, а домашние не стали ругать Дашутку, проявили сострадание и заботу. Впрочем, особого вреда взрыв мне не нанес, и к пятнице я ощутила себя окончательно здоровой. Теперь настало время задать Дегтяреву пару вопросов.

Схватив телефон, я набрала хорошо знакомый номер и бодро крикнула:

— Привет.

— Ну? — не слишком обрадовался, услыхав мой голос, приятель. — Как твое ничего себе?

— Отлично! Почему ты не на рыбалке? Как оказался на вокзале? Нашли пакет с деньгами? И вообще...

— Похоже, совсем очухалась, — протянул полковник, — Дашка-неваляшка.

— Ты о чем? — не поняла я.

— Разве не видела такие игрушки? Неваляшки называются, их по голове лупят, а они покачаются и снова в вертикальное положение возвращаются. Неваляшка с волынкой.

— Это кто?

— Ты, — хмыкнул Дегтярев.

— Почему с волынкой?

— Ну, она так противно зудит, — ляпнул полковник, — прямо тошно слушать.

Я сначала хотела обидеться, но потом быстро сказала:

— У меня к тебе много вопросов.

— У меня к тебе тоже, — отбил мяч приятель, — в двадцать ноль-ноль жду у себя в кабинете, пропуск будет внизу, не забудь паспорт. Любишь ты приключения, просто эффект черного кота.

— При чем тут кошки? — совершенно растерялась я.

Полковник хмыкнул.

— Был у нас водитель, — продолжал он, — Шурик, котов боялся, в приметы верил. Стоило хвостатому на дороге показаться, наш Шурочка — по тормозам и стоит. Уж его ругали, а толку ноль. Но что интересно, остальным шоферам кошки от силы раз в месяц встречались, а этому просто батальонами, полками, армиями попадались, по шесть штук на дню. Чуяли, что он их боится, и сбегались. Вот и у тебя так с приключениями, приманиваешь ты их!

— Абсолютно не жажду приключений, но и не опасаюсь их! При чем тут история про водителя? — обозлилась я.

— Да так, — хмыкнул Дегтярев, — к слову пришлось.

В хорошо знакомом мне кабинете стоял затхлый воздух, а на письменном столе полковника белела тарелка с недоеденными бутербродами.

— Ты форточку когда-нибудь открываешь? — поморщилась я. — Вонища несусветная.

Дегтярев подошел к окну, отворил его и вдруг сказал:

— Клава звонила в Ложкино?

— Да, — кивнула я, — но откуда ты знаешь?

Александр Михайлович крякнул.

— А ты услышала, что она разыскивает Дегтярева Александра Михайловича, и понеслась к бабе, хотела найти того, кто живет под моим именем?

— Ты следил за мной! — вскипела я. — Поставил прослушку на телефон, повесил «хвост»!

Полковник поднял руки.

— Тише, тише, не ори. Лучше скажи, что разузнала.

— Ну... не так уж и много! Дегтярев умер.

— Так.

— Он был начальником зоны.

— Верно.

— Потом сам попал за решетку... но лучше начну с самого начала!

Александр Михайлович кивнул.

— Говори, весь внимание.

Когда мой местами путаный рассказ стих, полковник вдруг сказал:

— Я про этого Дегтярева давно знаю.

— Откуда?

Когда Александр Михайлович на работу поступал, его в кадры вызвали и спросили: «В вашей семье имелись родственники, преступившие закон?»

— Нет, — удивленно ответил он, — отец служил шофером, всю жизнь честно баранку крутил, мать нормально работала, ни дяди, ни тети за решеткой не сидели.

— Кем вам приходится Дегтярев Александр Михайлович? — продолжил кадровик.

— Так это я! — удивился полковник, вернее, тогда еще даже не сержант.

Майор, занимавшийся вопросами приема на службу, забарабанил пальцами по столу и велел:

— Идите пока, сообщим о решении.

Александра Михайловича в конце концов приняли на работу в милицию, и тогда он узнал, что в органах работал его полный тезка, но, учитывая распространенное имя и отчество и совсем не редкую фамилию, сей факт не показался моему приятелю чем-то удивительным. Плохо было лишь то, что у бывшего начальника зоны оказалась подмоченная репутация, а сведения в архивах не уничтожаются, и пару раз нашему толстяку пришлось испытать неприятные минуты, объясняя, что он к тому Дегтяреву отношения не имеет. В частности, сложности возникли в момент получения Александром Михайловичем отдельной жилплощади. Квартирный вопрос, как известно, многих испортил, и кто-то из сослуживцев притащил в профком анонимку, где черным по белому стояло: «Нечего ему личные хоромы давать, у него родственник судимый». Дегтярев, естественно, сумел оправдаться, но ему было не слишком приятно разговаривать с официальными лицами, объясняя: «Я не верблюд».

Но потом буря утихла, и Александр Михайлович забыл о своем «родственничке». Вспомнил он о нем недавно, после того, как на мобильный телефон полковника позвонила тетка.

— Дегтярев? — рявкнула она.

Полковник насторожился, он сотрудник МВД, регулярно имеет дело с криминальными элементами, мало ли кто сейчас беспокоит его.

— Мерзавец, — завизжала тетка, — сволочь! Бросил жену! Она умирает! Поганец! Отмыли, отчистили, оборванцем пришел...

Сначала у Александра Михайловича голова пошла кругом, потом он сумел осадить бабу и почти нормально поговорить с той.

Клава, так представилась скандалистка, рассказала о своей родственнице Лиде... Ну да эту историю вы знаете.

Полковник поговорил с Клавой и пообещал ей:

— Обязательно разберусь в ситуации и тут же позвоню.

— Ладно, — вполне миролюбиво ответила баба, — жду звонка, только Лидке ни гугу, она ужасно переживает.

Полковник начал разбираться, и чем больше он занимался этой проблемой, тем сильнее она ему не нравилась. В конце концов, чтобы прояснить кое-какие детали, Дегтяреву пришлось поехать в крохотный городок, где до сих пор находилась зона, в которой некогда начальствовал его тезка. Но второпях Александр Михайлович совершил ошибку, он не созвонился с Клавой. А та сначала ждала известий от тезки зятя, потом стала злиться и попыталась соединиться с мужчиной. Но Александра Михайловича довольно трудно обнаружить при помощи мобильного, он часто выключает его, а еще чаще забывает дома.

Клава сначала решила найти Дегтярева, как и в

первый раз, по сотовому, а потом позвонила в Лож-кино.

— Я слышала, как орал мобильный, и обнаружила его дома, ты забыл аппарат!

— Ага, — слегка разозлился полковник, — а все потому, что некоторые завредничали, не захотели сра-зу открыть калитку... Вся история завертелась из-за твоего характера! Кабы я не забыл из-за тебя телефон, Клава не стала бы звонить в Ложкино, на домашний, ты бы не поехала к ней...

Я скептически глянула на полковника. Вот вам мужчина в полной красе! Найдется ли на земле хоть одна особь противоположного нам, женщинам, пола, которая способна произнести: «Ошибся, сам дурак!»

Похоже, такого мужчины не сыскать. И ведь что самое неприятное, наваляют глупостей, а потом нагло заявляют: «Я ни при чем, все она (жена, мама, сестра, подруга, любовница) виновата».

И Дегтярев, увы, не исключение. К тому же он все путает — ведь сначала забыл телефон, а уж потом стал требовать, чтобы я открыла ему калитку, а не наобо-рот. Так, теперь понятно, отчего полковник не поже-лал, чтобы я отвезла его в аэропорт, и вызвал такси. Не на рыбалку он рулил!

Дегтярев перевел дух и воскликнул:

— Ну зачем полезла в дело?

— Хотела узнать...

— Что?!

— Найти негодяя, который прикинулся тобой... помочь...

— Вот! Кто просил?! Наделала дел! Спугнула убий-цу! Мы ее с трудом нашли.

— Не ее, а его!

— О чем ты?

Я уставилась на полковника. Он издевается надо мной?

— Того, кто назвался Дегтяревым! Это Саша, сын Лилии!

— Он ни при чем, — сухо сообщил полковник.

Я засмеялась.

— Э!.. Не обманешь! Александр зарезал Клаву, нанес рану Лиде! Ты в это время уже уехал. Кстати, зачем соврал мне про рыбалку?

— Не хотел рассказывать правду про тезку, не желал никого волновать! — заорал Дегтярев. — Ваши нервы пожалел и свои тоже! Мигом бы завизжали, заохали, стали приставать с расспросами, давать советы... С вами с ума сойдешь! Умереть не встать! Нет уж, хотел потихоньку развести корабли.

— А они с треском столкнулись! — подскочила я на жестком стуле. — Неужели до сих пор не понял, кто твой лучший друг? Всегда приду на помощь! Вот и сейчас нашла...

— Ничего ты не нашла!

— Узнала...

— Нет.

— Что значит «нет»?

— То и значит, тебя все обманули, ни слова правды не сказали.

— Кто? — растерянно повторила я.

— Все. Слушай теперь внимательно, — неожиданно ласково сказал полковник, — наивная ты моя! Веришь всему, что услышишь! Горе луковое! Ладно, начну с самого начала.

Женщина с красивым именем Лилия и странноватым отчеством Матрорановна на самом деле попала в лагерь, где хозяйничал Александр Михайлович. Дегтярев не был пушистым ангелом, он, как уже известно, вовсю пользовался служебным положением, находил любовницу из числа заключенных, но главное, брал деньги с родственников, не гнушался никакой, даже копеечной, взяткой. Потом начальник зоны попался, на него дело завели. Александр Михайлович, предусмотрительно распихавший «золотой запас» по любовницам, молчал, словно сфинкс. Он очень хорошо понимал, что, сообщив о том, где находятся капиталы, он не только лишится всего, но и огребет огромный срок, поэтому бывший начальник зоны воды в рот набрал. Следователь, который занимался этим делом, оказался плохим профессионалом. Ему следовало тщательно изучить документы условно освобожденных женщин, покопаться в бумажках, он нашел бы тех, чьи документы были оформлены с нарушениями, потянул за ниточку и дорылся до интересных вещей. Но с делом Дегтярева так тщательно не поработали, просто лишили звания, навесили срок и отправили с глаз долой.

Лилия была последней любовницей Александра Михайловича. Даже Дегтярев, опытный мент, встречавший за время службы кучу разных преступниц, не сумел до конца разобраться в женщине. Несмотря на юный возраст, Лилия была очень опытна, артистична, обладала железной волей, красотой, умением околдовать человека, заставить любого плясать под свою дудку. Она успешно пользовалась своими недюжинными талантами, с подростковых лет занималась воровством, причем необычным. Лилия не лазила по форточкам, не вытаскивала у раззяв кошельки в трамвае. Нет, она ставила настоящие спектакли, люди сами отдавали ей накопленное, впуская в дом. В квартиры Лилия попадала под разными предлогами. Она обладала удивительно располагающей внешностью, и жертвы ограбления практически никогда не подозревали милую девушку с наивно распахнутыми глазами.

Лишь один раз Лилия совершила ошибку, ее поймали за руку и отправили на зону. Оказавшись впервые за колючей проволокой, Лилия, в отличие от подавляющего большинства «первоходок», не растерялась, сумела понравиться начальнику зоны и выйти на свободу раньше. В Москву Лилия явилась беременной, имея в сумочке записку с адресом приятеля Дегтярева и мешочек, набитый ценностями. Кроме того, в руках мошенницы оказался и список любовниц хозяина зоны, влюбленного в Лилию словно мальчишка. Да ты сама прекрасно знаешь историю этой любви.

Так вот, для начала девица устроилась на квартире ушлого мужика, чем-то обязанного Дегтяреву. Потом, хорошо зная, чем занимается ее бывший любовник, стала думать, как подставить его, чтобы избежать продолжения отношений, но тут негодяйке подфартило — Дегтярева арестовали. Между тем девица упустила нужный срок для аборта, и пришлось ей рожать.

Понимая, что ребенок ей абсолютно не нужен, Лилия уехала в Подмосковье, сняла комнатку у разбитной бабенки и там совершенно спокойно, при помощи местной акушерки разрешилась от бремени.

— И чего с младенцем делать? — поинтересовалась ушлая хозяйка, которую часто нанимали для решения деликатных проблем.

«Что хочешь», — хотела было сказать Лилия, но тут новорожденный чихнул и улыбнулся.

Материнским инстинктом обладают даже людоедки, они спокойно сделают шашлык из чужих детей, а своего станут загораживать от дуновения ветерка. Лилия не стала исключением, мальчика она полюбила сразу, но трезвости ума при этом не потеряла и спросила у деревенской бабы Фаины, сдавшей комнату:

— Тебе деньги нужны?

— Кто ж на такой вопрос «нет» ответит? — ухмыльнулась Фаина.

Лилия удовлетворенно кивнула.

— Отлично. Несешь младенца в сельсовет, оформляешь на себя, не старая еще, вполне могла родить. В общем, распускай слух, что младенец твой. А я живо избу в другом месте куплю, переберешься туда, всем говорить станешь: племянница в городе живет...

Фаина закивала, глядя, как Лилия вынимает из сумочки деньги.

— Эй, — опомнилась она, схватив пачку купюр, — как ребенка записать?

Лилия усмехнулась:

— Сашей назови, в честь, так сказать, папеньки, а уж фамилию свою давай. Ты кто?

— Лактионова.

— Ну и ладно, — согласилась Лилия, — вполне прилично звучит.

Глава 33

Побежали годы. Лилия удачно вышла замуж за военного. Он был полный дурак, солдафон, хорошо поддавал, но слушался жену во всем, буквально смотрел ей в рот, и Лилия сумела сделать из супруга то, что ей было нужно, — пристроила того учиться, а потом поспособствовала карьере идиота. Не надо думать, что женщина влюбилась в кретина. Нет, Лилией всегда руководил голый расчет, она очень хорошо понимала, что в Советской стране, чтобы не работать, следует быть замужем. Одинокая женщина, если она не ходит на службу, вызывает подозрение, на нее мигом навесят клеймо «тунеядка» и начнут проверять, из какого озерца гражданка черпает денежки. К жене военного, ясное дело, претензий нет, ей на безбедное существование зарабатывает муж. А кретин-супруг благодаря оборотистой жене споро шагал по служебной лестнице вверх. Лилия как будто занималась исключительно домашним хозяйством, но на самом деле проворачивала темные делишки. Она продолжала воровать, причем с каждым годом ее мастерство возрастало. Ей везло, мужа мотало по гарнизонам, Лилечка, словно жена декабриста, следовала за суженым. Долго на одном месте семья не задерживалась, каталась по провинции, но даже в маленьких городках встречаются дамы, обладающие раритетными драгоценностями. К тому же следует учесть, что благоверного завзятой воровки заносило в основном в республики Средней Азии, а на Востоке традиционно любят украшения, умеют их делать, хранят, передают из поколения в поколение. Отсутствие любимых побрякушек местные богачки замечали лишь тогда, когда Лилии с мужем уже давно след простыл. Воровка была осторожна, имела сообщников и кражу совершала исключительно в день отъезда. Можете мне не верить, но никто из пострадавших не заподозрил милую, тихую, наивно-улыбчивую жену военного, гнев обворованных женщин обрушивался на служанок — в Средней Азии мало-мальски состоятельная особа всегда окружала себя мамками, няньками, приживалками, вот на их головы и опускался карающий меч.

Потом Лилия поднатужилась, сумела понравиться жене одного из высокопоставленных военных, и та заставила своего мужа направить супруга подруги на службу в Москву.

В столицу Лилия прибыла с туго набитой сумочкой, где хранились поистине уникальные вещи. Идиот пил, в шкаф жены не лазил. Новую квартиру надо было обставлять, хотелось красиво одеться, а еще в деревеньке подрастал Сашенька. Лилия про мальчика не забывала, каждый летний отпуск она тащила муженька в столицу под предлогом посещения театров и концертов. Долдон не спорил, покорно ехал в поезде, добирался до гостиницы, покупал в буфете бутылку и уходил в запой. Державшая мужа в ежовых рукавицах Лилия обычно отнимала у того горячительное, но в отпуске вояка расслаблялся по полной и, наливаясь в номере «беленькой», наивно полагал, что супруга посещает театры, консерваторию, носится по магазинам. Но Лилия отправлялась в деревню, вручала Фаине хорошую сумму и одаривала Сашу игрушками, одеждой, книгами.

Мальчик обожал тетю, жену военного, и всегда с нетерпением ждал ее приезда. Пообщавшись с сыном, Лилия наведывалась к перекупщикам краденого — воровка уже наладила связи и слыла прожженной спекулянткой, в среде московских барыг она была известна под именем Фатима. Одетая в расписной шелковый наряд — платье, панталоны, платок, — женщина появлялась у скупщиков всегда летом, ровно на один день и приносила замечательные вещи. Она плохо, с сильным акцентом, говорила по-русски, но торговалась отчаянно, билась за каждый медный грош.

Ни разу ушлые московские парни, приторговывавшие золотом и камнями, не заподозрили, что под видом азиатки Фатимы скрывается абсолютно русская Лилия.

Перебравшись в Москву, Лилия в последний раз использовала образ Фатимы, сдала золотишко, обставила хоромы и призадумалась. Идиот пока служил, но неизвестно, как пойдет дело дальше. Муженек с годами совсем окретинился, жену, правда, он боялся до отключки, Лилия удерживала мужа от совсем уж дурацких поступков, но не могла же она сопровождать его на работу! А на службе солдафон проявлял себя не с лучшей стороны, и его в любую минуту могли уволить в запас.

Лилия стала думать, как обеспечить себе безбедную старость. Но ей хотелось не только денег, профессиональной мошеннице и воровке не хватало адреналина, привычного озноба, который спускался от шеи вниз по позвоночнику, когда она планировала преступление. Лилия любила риск, ей нравилось ходить по лезвию ножа, изобретать невероятные комбинации, ощущать себя вершителем чужих судеб и получать хорошие деньги. Многие преступники, заигравшись, ломали себе шеи, но Лилия была редкостным экземпляром, она мигом сообразила, что в Москве следует действовать по-иному, не так, как в Средней Азии.

Прежде чем замыслить очередное воровство, Лилия решила завести близкую подружку, ту, которая в случае провала станет козлом отпущения.

Оглядевшись, Лилия сделала ставку на Евдокию Семеновну Бордюг, жену генерала, очень недалекую, наивную бабенку, и сблизилась с ней в одночасье. Очень скоро Дуся и Лилия стали попросту неразлучны: вместе в гости, рука об руку в магазин.

Заполучив подружку, Лилия задумалась о помощнице, и тут ей на помощь вновь пришла богиня удачи.

Как-то раз, стоя в магазине, Лилия почувствовала у себя в кармане чью-то цепкую ручонку. Усмехнувшись, дама изловчилась и схватила ту, что собралась ограбить ее. Девица попыталась вывернуться, да куда там! Лилия крепко вцепилась в вороватую кисть.

— Пустите, тетенька, — зашептала девушка, вынужденная стоять около Лилии, — заплачу вам.

— Пошли поболтаем, — тихо велела жена военного.

Девушку звали Валечкой, она имела за плечами отсидку в «малолетке» и сумасшедшую мать Зину. Валя жила воровством, вернее, она работала дворничихой, но зарплаты хватало лишь на скудную еду, а в молодости хочется хорошо одеться, погулять. Вот Валюша и пополняла кошелек, шаря по чужим карманам, да еще девушка любила маму, не хотела сдавать ту в психушку и тратила много на лекарства.

Лилия мигом поняла, что добрый господь послал ей компаньонку. Валечка была хитра, умела ловко прикинуться белым лебедем и чем-то напоминала Лилию в молодости.

— Станем работать вместе, — предложила Лилия, — будешь слушаться меня — получишь много денег.

Валя закивала, за рубли она была готова на все.

Для начала Валечку следовало пристроить к Бордюг. Лилия придумала целый спектакль. В мае она дала Вале билеты на концерт и хорошо проинструктировала сообщницу, а та, прихватив сумасшедшую маму, явилась в театр и, улучив момент, показала больной на шею Дуси Бордюг.

— Видишь ожерелье?

— Да, да, — закивала безумная.

— Оно наше, бабушке принадлежало, если сильно дернуть его в разные стороны, распадется на браслеты! Надо забрать колье.

Несчастная психопатка бросилась на Дусю...

Да ты сама знаешь, как Валя оказалась у Дуси в домработницах. То, что она появилась в тот момент, когда генеральша подцепила от дочери корь, — случайность, которая оказалась на руку Лилии.

— Зачем такие сложности? — удивилась я. — Неужели нельзя было просто порекомендовать Валю? Ну привела бы ее Лилия к Евдокии и сказала: «Знаю, ты ищешь домработницу, вот очень хорошая девочка». Зачем было устраивать такой масштабный спектакль?

Александр Михайлович прищурился.

— Лилия хитра, словно крыса. Не забывай, что она задумала сделать Дусю прикрытием. Оказавшись в Москве, Лилия попала в среду богатых военных, у их жен было много драгоценностей, кроме того, Лилия воровала и в других местах. Но она очень осторожна, кражи совершала лишь в момент, когда жертва приглашала большое количество гостей, ну, допустим, на день рождения. Оказавшись в квартире вдвоем с хозяйкой, Лилия ничего не тырила, но приглядывалась, вынюхивала и в конце концов узнавала, где лежат наиболее ценные вещи. Сам же акт изъятия совершался тогда, когда по квартире ходило человек двадцать. Маленькая деталь: глупая, наивная Дуся пользовалась любовью окружающих — она верная жена, замечательная мать, хлебосольная хозяйка... У таких женщин всегда полно друзей. Дуся перезнакомила Лилию с ог-

ромным кругом своих знакомых, и в гости на всяческие юбилеи они, как правило, приходили вместе.

Стащив дорогую вещь, Лилия делала вид, что идет
покурить, выскакивала на лестницу, вставала у окна,
вынимала пачку сигарет... Если кто шел мимо, у него
складывалось впечатление, что дама намерена поды-
мить. Но на самом деле Лилия подавала условный
знак ожидавшей во дворе Валечке. Девушка опрометью кидалась на зов, хватала добычу и уносила ее... в
квартиру Дуси. Тайник был оборудован в доме наивной генеральши, там, а не у Лилии, хранились «запасы». Лилия не хотела рисковать. Она знала, что хозяйка обнаружит пропажу не сразу, в худшем случае науг-
ро после возлияний. И кого заподозрить?

По дому ходили лишь свои, посторонних не было.
В милицию в подобном случае не обращаются. Но если паче чаяния все же начнется расследование, то Лилия сумеет довести до следователя сведения о тайнике.
Дуся окажется виноватой со всех сторон, она ведь была на празднике...

Поэтому, готовя внедрение Вали в семью генеральши, Лилия не хотела, чтобы между ней и домработницей обнаружилась хоть какая-то связь. Иногда
Лилечке приходилось продавать кое-что из запасов,
и тогда именно Валечка ехала к барыге.

Так длилось довольно долго, Валечка верой и
правдой служила Лилии, девушка похоронила маму,
но бросать криминальный бизнес не собиралась, к тому же часть вещей из тайника, по договору между преступницами, принадлежала Вале. Девица лишь один
раз ослушалась начальницу и родила мальчика, Сережу; в остальном Валя покорно исполняла приказы,
мечтая о том моменте, когда насобирает себе на безбедную жизнь. Впрочем, Валя была из той же породы,
что и Лилия, ей тоже не хватало адреналина.

— Вот почему девушка не ушла от Дуси, когда
у той умер муж! — воскликнула я.

— Ага, — кивнул Дегтярев, — благородством там и не пахло! Только деньгами. Вале необходимо было жить возле тайника, отсюда и желание служить Дусе бесплатно.

Союз двух абсолютно подходивших друг другу мошенниц распался так же внезапно, как и возник. Лилия велела продать пару ничем не примечательных золотых колечек, дорогих только по весу металла. Валя достала их из тайника и отправилась на встречу с барыгой. Но вместо скупщика девушку поджидала милиция. За торговлю золотом тогда давали большой срок. Валечка оказалась в СИЗО, она крепко держала язык за зубами, изложила следователю простую версию: работает дворником, — что, кстати, было чистой правдой, — трудовая книжка женщины лежала в одной из контор, — колечки нашла в мусорном бачке и решила их продать! Все! Валечка понимала, что про Дусю и тайник следует молчать, за избавление от пары цацек ей, конечно, светил солидный срок, но если обнаружат весь «золотой запас», дело плохо, можно вообще не выйти на волю, сгнить в бараке. И домработница...

— Вот почему Дуся считала ее пропавшей! — перебила я Дегтярева.

— Да, — кивнул полковник.

— Но ведь Дуся искала девушку! Относила запрос в милицию.

— Нет.

— Ты ошибаешься, Евдокия Семеновна сама мне говорила...

Дегтярев почесал лысеющую макушку.

— Еще раз говорю: нет. Валю разыскивала Нинель Митрофановна, это она ходила в отделение, а потом сообщила Дусе о том, как идет дело.

— Все равно! Отчего милиция не сказала правду Нинели?

— Дай договорить, — крякнул полковник. — Оказавшись в СИЗО, Валечка нашла способ передать Лилии письмо, в нем она сообщала, что никогда не выдаст подельницу, если та позаботится о Сереже, временно заменит ему мать. В ином случае Валя обещала мигом открыть рот и сдать воровку с потрохами. Впервые в жизни кто-то посмел шантажировать Лилию и добился успеха. Пришлось ей укрыть Сержа крылом, позаботиться о нем. Валечка, оказавшись на зоне, при каждом удобном случае напоминала «начальнице» о себе. Она надеялась выйти на свободу, получить заработанную часть золота и спокойно жить вместе с сыном, но судьба распорядилась иначе. Женщина погибла в лагере, ее зарезали во время драки.

— Эй, эй, — завопила я, — неправильно! Сержа приютила Нинель Митрофановна! Лилия тут ни при чем!

Дегтярев наморщил нос, почесал ухо, бровь.

— Ты ничего не поняла, — заявил он наконец, — Лилия — это и есть Нинель Митрофановна. Кстати, в паспорте ее имя записано иначе — Нинеля. Немного непривычный вариант, но так уж получилось, сейчас объясню, почему...

Не дав полковнику договорить, я вскочила, подлетела к Александру Михайловичу, вцепилась ему в плечи и зашипела:

— Ты перепутал!

— Нет, — абсолютно спокойно ответил толстяк, — именно так. Лилия перепугалась, когда ты заявилась к ней, она же не знала, что существую я, поэтому твоя фраза о хорошем знакомом Дегтяреве выбила профессиональную воровку из колеи. На какой-то момент ей показалось, что нежданная гостья связана с начальником зоны и знает о Нинели Митрофановне все. Жена военного лихорадочно соображала, что делать, но тут ты, наивная маргаритка, изложила ей суть дела, и мошенницу осенило: незваная гостья сродни Дусе, глупенькая, наивная...

— Специально старалась произвести такое впечатление, — быстро сказала я.

— ...верящая всему, что слышит, — безжалостно продолжил полковник, — а Нинель — опытная лгунья, с фантазией у нее полный порядок. Дамочка, моментально поняв, с кем имеет дело, мгновенно принимает правильное решение и начинает излагать крайне трогательную историю о несчастной девушке, укравшей платье...

— Это неправда?

— Нет, конечно, ложь от начала до конца. Будь ты повнимательней, то задала бы себе пару вопросов. Да хоть такой: Даша приходит к Нинели под видом некоей Лэтти, желающей продать колечко. Кстати говоря, ты совершенно случайно выбрала очень правильный ход. Последние годы Нинель, кроме воровства, стала подрабатывать и торговлей. Ее клиентки — жены богатых людей, которым срочно, тайно от супруга, нужно сдать золотишко. Поэтому Нинель разрешает тебе войти и усаживает в комнате. Если она, как уверяла тебя, вынуждена торговать драгоценностями под давлением шантажиста, то с какой стати еще до всех разговоров впускает к себе Дашу—Лэтти? А? Нелогично выходит! Страдает оттого, что выполняет приказы некоего мерзавца, и приготовилась взять вещичку у Лэтти?!

— Да... — протянула я.

— И это лишь первая нестыковка! — воодушевился Дегтярев. — Полная путаница в цифрах! Ну сама сообрази, дама врет, что попала в тюрьму сразу после войны, году этак в 48-м—49-м, когда ей восемнадцать стукнуло, следовательно, родилась Нинель в тридцатом! А сейчас ей семьдесят пять! Дегтярев же еще старше, если на момент встречи с последней любовью ему было около сорока, верно? Она так говорила?

— Вроде да!

Дегтярев улыбнулся.

— На самом деле Дегтярев и Нинель одногодки, на зону баба попала в пятьдесят восьмом, им, начальнику и зэчке, по двадцать восемь лет, в шестьдесят пятом Александр Михайлович ухитряется отпустить Нинель, ей бы еще следовало отсидеть три года, но мужчина сумел помочь любовнице, как он, впрочем, содействовал и другим. По тем годам суд очень сурово относился к ворам и мошенникам, Нинели дали десять лет, обычный для пятидесятых годов срок, но она вышла раньше. В шестьдесят шестом родился мальчик Саша, и в том же году арестовали Дегтярева. Вот с ним цереможиться не стали, о милиционерах-оборотнях в советские времена и не слыхивали. Конечно, и тогда встречались служивые, преступавшие закон, но с ними жестоко расправлялись, им «вламывали» по полной катушке, чтоб другим неповадно было, а на Дегтяреве повисла куча статей, поэтому ему впаяли невероятный срок — двадцать лет, и он отсидел их от звонка до звонка, вышел в восемьдесят шестом; страна уже становилась иной, начиналась перестройка. Решив не беспокоить никого из прежних знакомых — не забудь, что и Олимпиада, и Нинель связи с Дегтяревым не поддерживали, — Александр Михайлович уезжает в небольшой городок под Москвой и пытается устроить свою жизнь с нуля, ему пятьдесят шесть лет, еще не старый мужчина, но уже и не добрый молодец, денег никаких, специальности нет. Но, повторюсь, страна стала иной, наличие судимости теперь не пятно, а медаль. Дегтярева спокойно берут на службу завхозом, и он честно трудится в конторе до последнего времени. Думаю, бывший милиционер никогда бы не приехал в Москву, но он внезапно заболевает, а местный доктор сообщает ему:

«Диагноз пугающий, но шанс есть, отправляйтесь в столицу, вот адресок, там могут помочь».

Александр Михайлович едет в клинику и узнает: да, ему могут продлить жизнь, но лечение очень дорогое. Найдете деньги — примем с дорогой душой, не найдете — прощайте.

Наверное, следовало плюнуть на барыг от медицины, коих в наше время, увы, много, и искать тех, кто по-прежнему лечит больных бесплатно. Но Александр Михайлович не москвич, к тому же он абсолютно уверен, что теперь в России без денег — никуда, но ему очень хочется жить. Поколебавшись немного, он решается поехать к сестре, надеется, что та жива и способна помочь брату материально. Олимпиада и впрямь оказывается в добром здравии, брата она пускает к себе, но денег дать ему не может. Баба Липа ненамного младше брата, правда, она на здоровье не жалуется, работает уборщицей и способна ухаживать за тяжелобольным родственником, но денег у нее нет. Дегтярев оседает у сестры, ему вдруг делается лучше, и Александр Михайлович наивно полагает: он выздоровел. Но краткая вспышка бодрости завершается новым витком болезни, требуются дорогостоящие лекарства, операция. И тут Дегтярев решает обратиться к бывшим любовницам, наверное, он не надеется получить назад отданные когда-то на хранение драгоценности, Александр Михайлович должен понимать, что прошла целая жизнь. Полагаю, он думал попросить немного денег у каждой, напомнить бывшим зэчкам о том, сколько хорошего сделал для них: пригрел, приголубил, раньше срока выпустил, пристроил в Москве.

И тут начинается иная история, о ней чуть позднее!

Дегтярев остановился и спросил:

— Ты же говорила, что видела документы бывшего хозяина зоны! Кстати, как влезла в архив?

— Не скажу, — буркнула я.

— Фиг с тобой, — махнул рукой Дегтярев, — на данном этапе интересно другое! В бумагах же стояли цифры! Неужели не задумалась над словами Нинели? Не поняла, что она врет?

— Не поняла, — эхом отозвалась я, — и даты не отследила, ну, не знаю, почему такое получилось. Впрочем, как раз знаю!!! Увидела, что у Дегтярева имеется сестра-москвичка, и обрадовалась, подумала: вдруг тетка жива-здорова, ну и вымело остальные мысли из головы! Начисто! Ветром сдуло! Хотя сейчас понимаю, что Нинель пару раз выпала из образа! Я даже насторожилась, сначала она ляпнула слово «легавка», а потом спокойно выронила «штука баксов». Ну согласись, не совсем нормальная лексика для генеральши, почтенной дамы в возрасте. Ой, а насчет мужа это правда? Ну там, про выборы...

— Нет, конечно, — пожал плечами полковник, — Федор — пенсионер, пьет горькую. Нинель хотела сначала вызвать жалость к себе, а потом убедить тебя ничего не предпринимать. Кстати, выслушивая ее рассказы, ты могла бы задать кучу вопросов. Ну, к примеру, каким образом парень, якобы внук Дегтярева, узнал Нинель в скверике?

— Он ей сказал: «Вы совсем не изменились, я видел фото!»

— Тебе самой не смешно?

— Нет. Значит, все ложь! Все!

— А еще она сказала, что «голос» велел ей класть деньги за проданные драгоценности в ячейку, дескать, суньте, бабуля, конвертик, я заберу! Но ранее Нинель заявила тебе: «Никаких координат «баритона» не имею, ни телефона, ни адреса!»

Вопрос на засыпку! Если все вышеизложенное правда, то каким образом шантажист узнавал, когда старуха сунет деньги в ячейку, а? Как она ему сообщала, коли никаких концов не имела? Или он жил в зале хранения багажа?

Я понурила голову, ей-богу, сказать нечего!

— В ее рассказе полно глупых неточностей, — не испытывая ко мне никакой жалости, продолжал полковник, — не хочу тебя в них носом тыкать. Нинель

мигом сориентировалась, поняла, кто перед ней, и
принялась врать, на первый взгляд довольно связно,
но только на первый. Женщина допустила много фак-
тических ошибок, запуталась в датах, возрасте, но
психологически сработала, как всегда, безупречно. Ты
моментально преисполнилась жалости к несчастной, а
старуха очень умело втирала тебе очки, рассказала про
то, как пригрела Сержа, и так далее... О быстроте реакции мошенницы может свидетельствовать ваш последний разговор. Ты спросила про Лилию, и она тут
же рассказала про операцию. Это первое, что пришло
ей в голову, и ты снова поверила!

— Кстати! Как она превратилась в Нинель?!! — решила я переменить тему.

Дегтярев усмехнулся.

— Настоящее имя преступницы — Лилия Матрорановна. Ее отец и впрямь был хорват, отсюда и
странное отчество. Когда стараниями любовника мошенница оказалась в Москве, она решила поменять
паспорт, но с новым документом вышла загвоздка, и
тогда мадам ничтоже сумняшеся поправила старый,
взяла подходящие чернила и немного отбеливателя.
Но когда стала вытравливать имя, до конца выжечь
его не сумела, побоялась сделать дырку, надо было
как-то использовать то, что не удалось уничтожить,
так Лилия превратилась в Нинелю. Вот смотри, она
«л» трансформировала в «н» — «Нин», затем из «и»
сделала «ел», а уж «я» никуда не делось, получилось
немного необычно — «Нинеля», но все вокруг звали ее
«Нинель». С отчеством пришлось поломать голову, и
вдруг бабу осенило — Матрорановна легко превращалась в Митрофановну. Таким-то образом и появилась
на свет новая гражданка, ну, а потом она вышла замуж, получила другую фамилию. Нинель очень хитро
поступила, паспорт она в Москве менять не стала, сделала это в Средней Азии, куда вскоре после свадьбы

отправилась вместе с мужем. Явилась в местный загс и стала ныть:

«Девочки, помогите, конечно, в месячный срок следовало новый документ получить, но сборы помешали!»

В загсе к проблемам молодоженки отнеслись с пониманием и дали другой паспорт, никаких проверок не затевали, где Москва, а где Средняя Азия!

— А я решила, что бывшая уголовница Лилия — подруга Дуси и Нинели!

— Котик, — употребил вдруг совершенно не свойственное ему ласковое слово полковник, — та — тетка Лиля. Ты спутала два очень похожих, но все же разных имени — Лилия и Лиля, но не огорчайся, ты не одна такая, большинство людей не видит различия между Лилией и Лилей. У подруги Дуси Лили и впрямь имеется великовозрастный сынок по имени Саша, доставляющий матери кучу неприятностей, но и только. Беда состоит в том, что ты, как всегда, видишь перед собой лишь одну версию и тупо ее разрабатываешь. Понимаешь, не все грибы в лесу растут вдоль дороги, иногда надо и в чащу заглянуть, и совсем уж незачем верить всему, что слышишь. Ну, с какой стати ты решила, что Нинель Митрофановна говорила правду?

В словах полковника содержалась большая доза истины, и мне это было особенно неприятно. Чтобы повернуть реку разговора в иное русло, я воскликнула:

— Ладно, тут понятно. Но почему Нинель попросила меня помочь ей? Проследить за тем, кто возьмет конверт?

Александр Михайлович чихнул и, выходя из себя, брякнул:

— Убил бы!

— Нинель?

— Нет, тебя! За глупость и чрезмерную активность! Самое худшее сочетание. Ты представляла для

Нинели нешуточную опасность. Да, с Кудо получился полнейший идиотизм...

— Ты про них знаешь?!

— Конечно.

— Откуда?

Полковник хмыкнул.

— Хороший вопрос, умный и очень кстати задан. Просто нет слов! Дарья, запру тебя дома, запрещу нос на улицу высовывать...

— Ты лучше о деле говори, — рассердилась я.

Дегтярев набрал полную грудь воздуха, потом с шумом выдохнул его.

— Кудо! Под этой фамилией милая парочка представлялась людям в последнее время. Мошенники. Она — Марина, он — Дмитрий, ее муж, — фыркнул полковник, — всю жизнь играют в прятки с законом, проделывали разные вещи, а в последнее время придумали фишку про геронтологов. Заказали при помощи некоего издательства тираж брошюрки за свой счет, показывали ее доверчивым людям, представлялись докторами наук. У Марины имелся фальшивый паспорт с неправильным годом рождения, у него тоже на руках была подделка. К сожалению, наш народ слишком доверчив и наивен, книжонка с фамилией Кудо на обложке действовала на многих гипнотически. Люди ведь как считают: «О, выпустили книгу, они великие». Никто же не задумывается, что брошюра отпечатана за свой счет, сейчас можно опубликовать всякую белиберду, только заплати.

Марина и Дмитрий втирались к простакам в доверие, селились в чужом доме, делали вид, будто проводят оздоровительные занятия, а сами вынюхивали, куда хозяева прячут ценности, и в конце концов уносили все, что плохо лежит. В паре с Кудо работали еще два бывших спортсмена. Их с масками на лицах демонстрировали как образец изумительной методики омолаживания.

Сорвав куш, Марина и Дмитрий уходили на дно, выныривали они через год-полтора под другой фамилией, и все начиналось сначала. Последнее, что они разработали, — «вариант Кудо», и окончательно обнаглели, решив принять участие в телепрограмме. Дальнейшее известно. Вечно озабоченная своим внешним видом Зайка привела воров в дом, те моментально осмотрелись и ночью, когда доверчивые хозяева мирно почивали, прошлись по комнатам, выгребли золотишко и рано утром смылись.

— Им досталась ерунда! Основное, слава богу, хранится в банке.

Дегтярев встал, включил электрический чайник и мирно сказал:

— То, что Даша Васильева, знающая про раритетные драгоценности Макмайеров, считает милыми пустячками, на самом деле — дорогие изделия, о которых большинство женщин не смеет и мечтать. Кудо были вполне довольны.

— Но каким образом мое ожерелье оказалось у Сержа?

Дегтярев потер руки и взял чайник.

— Ты ведь не будешь растворимый кофе?

— Нет, ненавижу его! Таблица Менделеева в одном стакане!

— Ладно, ладно, не злись, — усмехнулся толстяк, — правильное питание — это отлично! Но не только оно продлевает жизнь, основное — отсутствие любопытства и желания засунуть нос...

— Вернемся к ожерелью, — рявкнула я.

— Тут — ничего удивительного. Мадлен и Дима связаны с Нинелью Митрофановной. В последнее время старуха перестала заниматься воровством сама, годы взяли свое. Хотя иногда она еще могла пошарить по чужим комодам, но основные деньги бабуся теперь получала с перепродажи вещей. К ней, как тебе известно, обращались богатые дамы. Одни желали тайно продать подарки любовников или мужей, другие хотели приобрести эксклюзив. Нинель брала у первых драгоценности «на комиссию», продавала вторым, а разницу прятала в кубышку. Но имелись еще третьи лица, Марина, Дмитрий, несколько других «умельцев», они притаскивали ловкой бабусе краденое. Нинель Митрофановна — хитрая обезьяна, сама пристраивать такие драгоценности не хотела, использовала Сержа, как говорится, втемную. Тот считал, что помогает старушке Дусе, да что я тебе рассказываю! К слову сказать, у Сержа имелось много клиентов, и пожилых, и молодых, они с Нинелью Митрофановной — в некотором роде конкуренты. Сержик тоже берет безделушки на комиссию, только парень никогда не связывался с краденым, он ни сном ни духом не ведал о том, чем зарабатывает любимая им Нинель. Старуха не светилась, подставила остро нуждающуюся в деньгах Дусю.

— Вот дрянь, — вырвалось у меня.

— Что тебя удивляет? — пожал плечами полковник. — Она с малолетства такая!

— Но ведь возраст!

— Смолоду — капля, к старости — море, — изрек приятель. — Кто тебе сказал, что пожилые люди ангелы?

— Ну, вроде так считается, — заморгала я.

Дегтярев налил себе еще кофе.

— Да уж, замаскировалась Нинель лучше некуда, попалась на дурацкой случайности. Серж предложил ожерелье тебе. Наверное, судьба решила наказать старуху, раз подсунула ей именно госпожу Васильеву.

Кстати, Нинель почуяла опасность. В ячейку она поместила взрывное устройство, ты должна была погибнуть, открыть дверцу, и капут. Спасла тебя твоя забывчивость, хорошо, что цифры вымело из памяти, и большая удача, что бомж, вскрывавший беспамятным людям ячейки, был без ног, взрывная волна прошла над его головой, а ты стояла чуть поодаль. Это тот самый случай, когда следует поставить памятник склерозу.

— А где она взяла взрывчатку? — только и сумела я выдавить из себя.

Полковник допил кофе, почмокал губами и снова потянулся к чайнику.

— Вот уж глупый вопрос, — сказал он наконец, — милая Нинель общается с криминальными личностями. Кстати, даже ты, если озаботишься данной проблемой, ну, допустим, захочешь подорвать меня, то элементарно найдешь спеца. За определенную сумму он сам привезет, что нужно, и еще установит. Даже в Интернете, подлецы, объявления дают, типа «Решим все ваши проблемы. Быстро. Дорого. Анонимно. Оставьте свой контактный телефон».

— И что? Люди пользуются? — заинтересовалась я.

Дегтярев махнул рукой.

— Мы удалились от темы. За Нинелью по моему распоряжению велась слежка, наружка доложила, что объект утром поместил в ячейку пакет. На всякий случай в зале мы тоже оставили «топтунов». Кстати, у старухи за последнее время побывало несколько человек, в основном женщины, но тебя не заметили, как проскользнула?

— Фото есть? — усмехнулась я.

Александр Михайлович открыл сейф.

— Вот.

Я поворошила снимки.

— Во, любуйся, правда здорово загримировалась? Кукла Барби.

Пару секунд полковник разглядывал карточки, потом хлопнул себя ладонью по лбу.

— Ведь чуяло сердце, у этой бабы что-то не так!

— Не придумывай, — захихикала я, — ничегошеньки ты не понял! Я — мастер перевоплощений.

Полковник смел со стола фотографии.

— Ну, не злись, — продолжала улыбаться я, — со всяким могло случиться, не узнал старинную приятельницу...

Дегтярев насупился и засопел.

— Надеюсь, теперь у тебя наступила полная ясность в мозгах, — в конце концов очень сердито заявил он.

— Нет!!! А где же твой тезка? Он-то кто? Куда подевался? Почему убил Клаву?

С лица полковника сошла обида.

— Это совсем другая история, — бодро воскликнул он, — конечно, связанная с первой, но... другая. Только ты вроде во всем сама разобралась, мастер перевоплощений!

— Извини, милый, — замела я хвостом, — ты самый умный, талантливый, великий...

— Хватит сыпать лживыми комплиментами!

Я хотела было поддакнуть: «Комплимент не бывает правдивым», — но осеклась и с жаром воскликнула:

— Это чистейшая, прозрачнейшая истина!

Александр Михайлович отодвинул в сторону чашку.

— Настолько охота все узнать, что готова меня похвалить?

— Да!!!

— Ну, это крайняя степень любопытства! Ладно, слушай, — наконец-то смилостивился приятель.

Глава 34

Жизнь Нинели одно время текла спокойно, волнения у нее начались в восемьдесят шестом году. Однажды утром, проводив мужа на работу, генеральша спокойно села пить кофе. Домработниц она не держала, справедливо побаиваясь лишних ушей и глаз. Нинель сама великолепно управлялась с нехитрым хозяйством, но вот таскать с рынка овощи было тяжело, и генеральша договорилась с одной из торговок на базаре.

У той имелся сын, который и приволакивал на себе картошку, капусту, лук, морковь...

Не успела Нинель выпить чашечку кофе, как в дверь позвонили. Генеральша глянула в «глазок», на лестничной клетке всегда царил полумрак, поэтому лица гостя Нинель не разглядела, зато по фигуре, одетой в дешевую куртку, сразу поняла: на дом явились овощи.

Дама распахнула дверь, но вместо крестьянского сына увидела незнакомого молодого парня.

— Здрасти, тетя Нинель, — тихо сказал он, — не узнали? Я ваш племянник, Саша, сын Фаины.

Обрадованная тем, что мужа нет дома, и удивленная донельзя, Нинель Митрофановна сказала:

— Входи.

Саша робко ступил в прихожую.

— Богато как у вас! — вырвалось у него.

Нинель постаралась скрыть кривую гримаску. Да, в младенчестве и раннем детстве сын вызывал у матери самые светлые чувства, умиляя до слез, Нинель использовала любую возможность, чтобы увидеть ребенка, но потом пухлый малыш начал превращаться в школьника, появились проблемы. Нинель по-прежнему давала Фаине деньги, она сдержала свое слово, материально ни сын, ни его юридическая мать не нуждались, но можно ли любить дитя, встречаясь с ним два дня в году? Пока Саша был крошкой, Нинель радовалась встречам с ним, но потом он стал двенадцатилетним хамоватым подростком, и генеральша вдруг четко поняла: чужой! Да, это она произвела его на свет, ну и что? В мальчике — половина от отца, а еще присовокупилось воспитание Фаины, простой деревенской бабы, которая не сумела вправить сыну мозги. Нинель вздохнула и перестала мотаться в колхоз. Деньги Фаине передавала по-прежнему, но с мальчишкой встречаться не желала. Любимый малыш превратился в неотесанного мужлана, а такой родственник тяготил Нинель.

— Чего приехал? — осведомилась генеральша.

— Мама умерла, — тихо сказал Саша, — вам письмо от нее.

Нинель схватила листок, исчерканный корявым почерком женщины, больше приученной к лопате, чем к авторучке.

Фаина сообщала, что тайны своего рождения Саша не знает, считает Нинель теткой. «Помоги парню, он хороший, закончил медучилище, может врачом стать. Только в нашей глуши шансов нет. После моей смерти избу продаст, с деньгами явится...»

В сердце Нинели что-то екнуло, она глянула на сына.

— Так ты хочешь на врача учиться.

— Ну, да, — почтительно кашлянул Саша, — если поступлю.

— Хорошо, — приняла решение Нинель, — у меня тебе жить никак нельзя, муж дома никого не потерпит, генеральские погоны на плечах имеет и характер соответствующий, не сахарный. Вот что, постой минутку!

Саша покорно прислонился к вешалке, а Нинель схватила телефонную книжку и мигом устроила дело, позвонила одной своей дальней приятельнице, вдове военного, нуждающейся в заработке, та из-за бедственного положения сдавала комнаты в своей огромной квартире. Таким образом Саша и получил жилплощадь. В институт он не поступил, но унывать не стал, у парня оказался спокойный нрав и никаких амбиций, Нинель, совершив ряд телодвижений, пристроила юношу в московскую больницу, где он и начал работать санитаром, а потом медбратом. Наивный парень искренне радовался переменам в судьбе, жизнь в Москве нравилась ему намного больше, чем прозябание в деревне. Одна беда: Саше вечно не хватало денег, а Нинель сыну материально не помогала. На первых порах «племянник» пытался взять у тетки в долг, но Нинель живо объяснила юноше: у нее средств нет, и, кстати, в этой жизни — каждый за себя. Вообще-то, Нинель с большой охотой прекратила бы всяческое общение с Сашей, она всю жизнь жила в свое удовольствие, и никакой радости появление здоровенного, плохо зарабатывающего бугая ей не доставило. Пару раз Нинель откровенно хамила сыну, но тот словно не замечал грубостей, денег, правда, больше никогда не просил, но исправно, раза три-четыре в неделю, звонил, осведомлялся о здоровье и упорно напрашивался в гости.

В конце концов Нинели пришлось познакомить Сашу с Федором, соврать, что юноша — сын ее умершей подруги. Федор, для которого смысл всей жизни сводился к бутылке, особого интереса к парню не проявил, но Саша стал бывать в доме. Постепенно Нинель привыкла к нему и даже стала просить «племянничка» о некоторых услугах. Саша очень старался угодить «тетке», наверное, им руководил простой расчет: Нинель уже не молода, детей не имеет, ну, кому после смерти генерала и генеральши достанется накопленное добро? Вот он, шанс Саши стать наконец-то богатым, заиметь свою квартиру!

Несмотря на отсутствие лоска, воспитания и образования, Саша был симпатичен: высокий рост, приятное лицо, кудрявые волосы, а многим женщинам ничего, кроме смазливой внешности, не надо. Один раз в клинику, где парень служил медбратом, положили двадцатилетнюю Наташу, дочь вполне обеспеченных родителей. Ровно за неделю своего пребывания в больнице Наташа влюбилась в Сашу и заявила отцу с матерью:

— Выхожу за него замуж.

Родители пришли в полнейший ужас, нет, подобный зять был им не нужен. С девушкой провели серию бесед, но капризница уперлась рогом и твердила свое:

— Хочу свадьбу! Будете протестовать — выброшусь из окна.

В конце концов несчастные предки дали согласие на брак. Нинель пришла на свадьбу, среди новых родственников было много обеспеченных людей, с ними следовало завязать хорошие отношения, начать ходить в гости, а там и пошарить по комодам.

Появление тетки-генеральши слегка успокоило родителей невесты, все-таки зять не совсем голодранец. В качестве свадебного подарка молодая жена получила трехкомнатную квартиру, куда незамедлительно прописался Саша. Тесть счел непрестижной работу зятя в больнице и пристроил парня в фирму, торгующую лекарствами, Саше пришлось развозить по аптекам препараты, грубо говоря, он был курьером, но должность называлась красиво: менеджер по сбыту. Это звучало намного лучше, чем медбрат. Оклад, правда, невелик, но молодых содержали родные жены.

Вот когда Саша понял, что такое счастье! Квартира огромная, и он мог вести себя в ней как хотел, без оглядки на хозяйку и других жильцов, молодая жена обожала мужа, денег полный карман, работа не пыльная...

Но увы, эйфория продлилась ровно год. Двенадцати месяцев хватило Наташе на то, чтобы понять: Саша герой не ее романа. Мужчина, проводящий все свободное время у телика с бутылкой пива, начал бесить молодую женщину, а еще под красивой внешностью Саши скрывался неотесанный чурбан, ничего, кроме комиксов, никогда не читавший. Оказавшись в компании Наташиных друзей, Саша нес глупости, от которых жена покрывалась пятнами. В общем, девица сообразила, что сделала ошибку, завертела головой в разные стороны, обнаружила возле себя молодого адвоката Володю, сына обеспеченного отца, и пришла к своему папе с воплем:

— Хочу развестись!

Тесть крякнул, позвал зятя и напрямик заявил ему:

— Получишь однокомнатную квартиру, машину, останешься на хорошей работе, и вообще, помогу в дальнейшем, только не затевай скандала, не ходи в суд, Наташка тебе не пара, отпусти свиристелку.

Саша кивнул, он вовсе не испытывал к жене нежных чувств, Наташа тоже стала раздражать супруга, никакого покою от нее не было, вечно зудит, воспитывает. Саше просто нравилась жизнь без забот, но если тесть обещает материальные блага, то развод пройдет тихо.

Пара разбежалась без скандала. Наташа мгновенно вышла замуж за Володю, а Саша стал обладателем личной квартиры, авто и энной суммы. Узнав о произошедшем, Нинель испытала к «племяннику» чувство, похожее на уважение. Вот, дурак-дураком, а сумел устроиться, может, он и не такой идиот?

Превратившись в свободного москвича, Саша стал жить в свое удовольствие, его радовало все, кроме одного: бедности.

Денег ему катастрофически не хватало, и чем дальше, тем чаще Саша со вздохом говорил Нинели:

— Эх, кабы кто показал, где клад лежит, я бы зубами сундук из земли вырыл.

Сообразив, что Саша корыстолюбив, Нинель стала все чаще использовать парня, и через некоторое время он превратился в ее помощника, может, не слишком умного, зато исполнительного и совершенно не брезгливого. Саша понял, чем занимается «тетка», но не осудил ее, а, наоборот, восхитился: молодец старушка, ловко устроилась, сама золото имеет и ему, Саше, заработать дает.

Вот когда между матерью и сыном появились по-настоящему родственные отношения, их сблизила общая страсть, оба до умопомрачения любили хрустящие купюры. Впрочем, яблоко от яблони недалеко падает, а учитывая биографию родителей Саши, можно понять, откуда у него эта пагубная страсть.

Довольно длительное время тетка с племянничком радовались жизни, Саша более не собирался жениться, теперь, когда в его кармане завелись денежки, он не хотел иметь нахлебников, парень заводил временных подруг, положение холостяка устраивало его целиком и полностью.

И тут на голову Нинели сваливается призрак прошлого: появляется Дегтярев, пожилой, больной, требующий вернуть свои накопления.

Нинель давным-давно потратила все, что дал ей когда-то любовник, и, естественно, она прогоняет его прочь, Дегтярев уходит, на ходу роняя фразу:

— Бог вам, бабы, судья, на том свете встретимся. Увижу вас и к ответу притяну, спрошу: куда чужое добро подевали?

Нинель в задумчивости роется в своем шкафу и находит среди прочих бумаг список женщин, которым Александр Михайлович когда-то раздал ценности. В свое время Нинель не ходила по этим адресам, но сейчас ей в голову приходит мысль: а вдруг любовницы хозяина живы и хранят сокровища? Идиотское предположение, но оно не дает женщине покоя, Нинель начинает обход бывших любовниц начальника зоны и очень скоро узнает: одна уехала, вторая умерла. Причем в их квартирах давно живут другие люди, даже не родственники, которые, как и она, могли давно растратить богатство.

Но Нинель упорна, в последнюю очередь она приходит к Клаве и Лиде Ивановым. Она узнает, что Светлана умерла, ее зарезал ревнивый муж, но жива дочь женщины, Лида...

— Эй, эй, — заволновалась я, — значит, Светлана Иванова была одной из фавориток начальника зоны?

— Ты этого не поняла? — удивился Дегтярев.

— Нет, — помотала я головой.

— Как же так? — вздернул брови полковник. — Ведь Олимпиада Михайловна рассказывала, как брат ходил к тетке, а та рассказала про жену своего брата Светлану, убитую мужем, про ее дочь Лиду...

— Не сообразила, что речь идет об этой Светлане! — растерянно ответила я. — Значит, Лида — дочь Дегтярева?

— Нет, конечно, она же молодая, тридцати еще нет! Света родила девочку невесть от кого и в таком возрасте, когда у людей уже появляются внуки, — ответил приятель. — Но ты слушай!

Нинель проводит разведку и узнает: Лида и Клава особо не шикуют, живут скромно. Наверное, генеральша успокоилась бы, посчитав, что покойница Света растринькала чужую «захоронку», но тут вдруг Лида выходит из подъезда в шикарной шубе.

Нинель, собирающая потихоньку сведения об Ивановых, делает стойку. Вот оно, доказательство: у бабенок есть деньги. Откуда? Ясное дело, потрошат чужие запасы, очень осторожно вынимают по одной вещи и продают по мере надобности. Вполне вероятно, что у Лиды и Клавы еще полно золота. Нинели Дегтярев дал тугой мешочек, его содержимого хватило и на мебель, и на утварь, и на постельное белье, и на телевизор с холодильником, и еще осталось...

Но как подобраться к бабам? Мы уже знаем, что Нинель большая мастерица разыгрывать спектакли, у нее в голове моментально складывается изумительный план: Лида не замужем, она не слишком красива, не избалована мужским вниманием, следовательно, легко попадется на удочку к Саше.

— Ты женишься! — сообщает Нинель сыну.

— Зачем? На ком? — пугается мужчина. — Не хочу!

— Не волнуйся, — успокаивает его Нинель, — не по-настоящему, понарошку, дам тебе паспорт на чужое имя, туда штамп и поставишь. Тебе следует внедриться в семью, понравиться простым бабам, те будут

366

рады зятю. Поживешь с Лидой пару месяцев, потом станешь искать тайник...

Через некоторое время Саша получает точнейшие инструкции и... паспорт на имя Александра Михайловича Дегтярева.

— Но почему на имя Дегтярева?!! — удивилась я.

Полковник пожал плечами.

— Она сама не сумела ответить на этот вопрос. Была очень озадачена, когда я задал его, и объяснила просто: заказала паспорт своему старому знакомому, а тот спросил: «На чье имя делать документ?»

Нинель и брякнула:

— Дегтярева Александра Михайловича.

Может, оттого, что искала «клад» бывшего начальника зоны и постоянно о нем думала? Ответа на вопрос нет ни у меня, ни у нее самой, сказала, и все. В жизни не все поступки имеют логическое объяснение.

Хотя потом Нинель заметила:

— Парня-то зовут Сашей, следовало на то же имя паспорт выписывать, чтобы дурак не запутался. Вот отсюда и Александр. Отчество тоже родное оставила — Михайлович, он по настоящим документам — Александр Михайлович Лактионов. Ну, а фамилию Дегтярева, сама не пойму, почему назвала, оплошность случилась!

Если бы Нинель знала, какие ужасные последствия будет иметь для нее сия оплошность! Но человеку не дано предугадывать будущее.

С паспортом на имя Дегтярева Саша начинает атаку. Момент для «загона» невесты выбран самый подходящий: Клава уезжает на лечение, Лида остается одна. Саша ловит девушку в супермаркете, та рассматривает коробки с пиццами, берет одну, идет к кассе, становится в очередь, и тут мужчина говорит:

— Не берите эту дрянь.

— Невкусно?

— Отвратительно. Хотите, подскажу, где взять отличную пиццу?

— Ну? — слегка краснеет Лида.

Дальше дело разворачивается просто, Саша идет к Лиде домой, вызывает из трактира «Сладкая пицца» курьера... Все понятно?

— Но мне девушка изложила иную версию! — закричала я.

— Погоди, — отмахнулся Дегтярев, — еще не вечер.

Спустя некоторое время пара регистрирует брак и начинает семейную жизнь. Изредка оставаясь дома один, Саша упорно ищет тайник, но первое время безуспешно, в небольшой квартирке вроде все на виду, ну где там можно схоронить золотишко? Похоже, его просто нет.

Но Нинель не позволяет племяннику опустить руки.

— Носом чую, — говорит она, — имеются брюлики! Ты за Клавой внимательно смотри! Когда-нибудь полезет в схорон. Откуда шуба взялась?

— Она ремонт делала, — ответил Саша, — а у хозяина жена возьми и умри в родах, вот он и стал ее вещи раздавать, чтобы на шмотки не глядеть и не мучиться, шубу Клаве подарил.

— Это она тебе рассказала? — хмыкнула Нинель.

— Ну да! — подтвердил Саша.

— Лучше за бабой гляди, — обозлилась «тетка», — есть золото!

Саша удваивает старания, и тут происходит неприятность: Лида решает отнести в чистку вещи мужа, хватает его зимнюю куртку, начинает проверять карманы и обнаруживает в одном здоровенную дыру, а за подкладкой нечто плоское. Жена засовывает пальцы в прореху и вытаскивает... паспорт на имя Александра Лактионова, с фотографии на нее смотрит муж.

Лида, удивленная до крайности, звонит супругу на мобильный и спрашивает:

— Отчего у тебя документ на чужое имя?

Саша сначала впадает в панику, но потом берет себя в руки и говорит:

— Милая, давай вечером сходим в кафе, поговорим наедине, все объясню!

— Хорошо, — соглашается Лида, девушка очень любит мужа и заранее готова верить всему, что тот скажет.

Саша, который вместе с Клавой ремонтирует очередную квартиру, хватается за щеку и со стоном: «Господи, как у меня зуб разболелся!» — убегает якобы к врачу.

Но на самом деле он несется к Нинели с вопросом:

— Что делать?

— Идиот, — ругает недотепу старуха, — какого черта настоящий паспорт прихватил?

— Так не знал, что он за подкладку завалился, — пытается оправдаться «племянник».

— Ладно, — бурчит опытная мошенница, — ничего. Значит, так, рассказывай дуре Лидке такую историю. Ты — на самом деле Лактионов, сидел в тюрьме, несчастный, оклеветанный...

— А зачем я фальшивый паспорт сделал? — не врубается Саша.

Нинель стучит пальцем по лбу.

— Идиот! Ты же полюбил Лиду! Очень хотел на ней жениться! Испугался, что Клава станет наводить справки и не разрешит девке связывать жизнь с судимым! Ради любимой пошел на подлог! Усек? Так хотел с Лидой жить, что не побоялся закон нарушить!

— Ага, — кивает Саша и уходит озвучивать версию жене.

История, мягко говоря, не слишком правдоподобна, но Лида, до встречи с Сашей полагавшая, что ее ждет судьба старой девы, обожает мужа и верит всему. Она даже начинает испытывать к супругу чувство, напоминающее благоговейный восторг: вот как Саша к ней относится, на многое готов, чтобы жить с ней вместе!

В общем, Лида счастлива, а Саша, понукаемый Нинелью, упорно ищет клад и, как ни странно, находит его, правда, совершенно случайно.

В комнате, служащей семье и спальней, и гостиной, один угол занимает пальма в деревянной кадке.

— На фиг у вас дерево растет, — не выдержал однажды Саша, кстати, хорошо исследовавший землю под растением на предмет зарытых там сокровищ, — давайте вынесем монстра на помойку! А на освободившееся место телик воткнем.

— Что ты! — пугается Лида. — Это память о маме. Она мне часто говорила: «Доченька, я сама вырастила деревце, береги его».

Саша кривится, но спорить с женой не решается.

Далее события развиваются стремительно, со скоростью снежного кома, несущегося с горы. Однажды во время работы на очередном объекте Клава велит зятю:

— Ты тут пока заделай наличники, а я на рынок за уголками съезжу.

Саша кивает, ждет, пока тетка отбудет за материалом, и, пользуясь тем, что ремонтируемая квартира находится недалеко от дома, мигом бросает инструмент. Лида сидит в бухгалтерии, Клава шастает по стройдвору, самое время обшарить квартирку, никто не помешает простучать пол.

Открыв дверь, Саша входит в прихожую и видит пальто тещи, следовательно, Клава обманула его и приехала домой! Почему?

Мужчина очень осторожно заглядывает в комнату и видит Клаву, сидящую на корточках возле пальмы, руки женщины шарят в стенке кадки, а одна дощечка, часть «горшка», лежит на полу.

Саша возвращается в коридор и кричит:

— Эй? Есть кто дома?

Выглядывает Клава.

— Ты? Бросил работу?

— Заболел, похоже. А вы почему не на рынке?

— Переодеться решила, — улыбается Клавдия, — ложись в кровать, а я побегу.

Теща уходит, Саша кидается к кадке. Почти два часа изучает деревянный короб, пока соображает, куда следует нажать, чтобы одна из пластинок выпала. У кадки оказались двойные стенки, а между ними... Саша просто задохнулся, увидав сокровища. Первой его мыслью было бежать звонить Нинели. Тетка обрадуется и наконец-то похвалит племянника!

Но потом желание сообщать старухе о найденном тайнике пропадает.

Саша задвигает на место дошечку и задумывается. Нинель явно заберет себе все, ему в лучшем случае достанутся две копейки, старуха жадна до озноба. Так следует ли ей сообщать об удаче?

Находясь в глубоком раздумье и считая, что в ближайшее время домой никто не придет, Саша вновь открывает тайник и пытается оценить размер попавшего в его руки богатства. Парень ничего не смыслит в драгоценностях, но даже ему понятно: в кадке лежат дорогие вещи.

— Милый, — раздается за спиной недоуменный голос Лиды, — что это у тебя?

Саша оборачивается и в полной растерянности лепечет:

— Ты почему пришла?

— Клава позвонила, — растерянно отвечает Лида, — сказала, ты заболел, вот и отпросилась со службы. Господи, золото!

Саша в полной растерянности смотрит на жену. Когда та обнаружила паспорт, он был на работе и сумел до встречи с супругой проконсультироваться с Нинелью, но сейчас надо самому выкручиваться, посоветоваться со старухой не удастся.

Лида смотрит на мужа, а тот вдруг говорит:

— Сядь и слушай.

Женщина плюхается на диван, лже-Дегтярев начинает говорить правду. О том, что знал про золото, о Нинели...

Лида с трудом переваривает информацию, сначала она вычленяет самое главное для себя.

— Значит, ты меня не любишь?

— Неправда! — с жаром восклицает Саша.

Мужчина уже сделал выбор между Нинелью и Лидой в пользу второй и сейчас заявляет:

— Ты моя единственная! Давай возьмем богатство и уедем подальше.

Лида моргает и вдруг вскрикивает:

— Вот что имела в виду мама, когда говорила, что надо беречь дерево! Золото — мое, вернее, наше, Клава тут ни при чем. Она пользовалась вещами, ничего мне не сообщала... Дрянь!

— Спокойно, дорогая, — кивает Саша, — не следует терять хладнокровия.

И парочка придумывает замечательный, по их мнению, план.

Саша берет часть сокровищ и уходит, а Лида рассказывает Клаве байку о том, что муж ее бросил. Девушка думает, что Клава в сердцах воскликнет: «Ах он сволочь! Вычеркни его из памяти!» — и более о Саше заговаривать не станет.

Лида же потом, через несколько дней, когда муж сообщит ей адрес новой квартиры, — на жилплощадь Лактионова супруги ехать боятся, этот адрес известен Нинели, — прихватит остальные ценности и, оставив Клаве письмо со словами: «Прощай, будь благодарна за доставшуюся тебе квартиру, свое золото я забрала», исчезнет. Супруги не боятся Клаву, их пугает Нинель, старуха способна на многое. Но Саше и Лиде не хватает расчетливости генеральши. Клава, услыхав про сбежавшего мужа, сначала выдает ту реакцию, которую от нее ждет Лида. Но потом тетка задумывается, открывает тайник и понимает: часть золота исчезла. Клава стискивает кулаки и решает найти мерзавца, у нее есть паспортные данные зятя. Дальнейшее известно.

Дегтярев замолчал, потом мрачно добавил:

— Когда ты появилась на пороге квартиры, Лида поняла: случилось нечто плохое. Чувство опасности даже ее сделало умной и ловкой.

Лида умоляюще смотрит на гостью, Даша замолкает и спускается вниз. Лидочка бежит следом и начинает вываливать ложь пополам с правдой.

— Ну, зачем она столько наболтала? Про кассиршу, визитку... даже фамилию назвала — Гринберг. Сейчас-то я знаю, что Лида видела афишу с сообщением о концерте, но вначале поверила ей! Дала мне фальшивый адрес Лактионова! И при этом назвала его настоящую фамилию! Просто бред!

Александр Михайлович кивнул.

— Да, я нередко сталкиваюсь с такой ситуацией, лично меня очень настораживает, когда подозреваемый, которого допрашивают, на вопрос: «Были ли вы вчера на стадионе?» — начинает давать ответ с массой ненужных деталей, сообщает, что он пошел не на соревнование, а в кино, да не один, а вместе с друзьями, только те... Ни в чем не замешанный человек спокойно скажет «нет» или «да», а вот, коли рыльце в пуху, появляется масса подробностей. И чем меньше человек умеет врать, тем длиннее и путанее будет рассказ.

Лида старается изо всех сил, она пытается нафантизировать складную историю, невесть зачем излагает историю своего знакомства с Сашей, мешает ложь с правдой, приплетает совсем уж никчемные детали про никогда не существовавшую кассиршу Эсфирь Гринберг, потом в запале сообщает настоящую фамилию мужа, пугается, выдает придуманную в свое время Нинелью версию об изнасиловании, называет от балды адрес, словом, путает следы. И, что удивительно, добивается успеха. Ты ей веришь!

— Ну... э... — забормотала я, — были некие нестыковки...

— Да ладно, — улыбнулся полковник, — есть у Даши Васильевой, в принципе, неплохая черта характера: верить людям. Ты жалеешь Лиду!

— Верно, — кивнула я, — такая нелепая, некрасивая, плохо одетая, брошенная мерзавцем женщина...

Дегтярев снова пошел к чайнику.

— Лида полагала, что ты успокоилась, пришла в себя и больше не возникнешь на ее горизонте. Но нервы у нее на пределе. Женщина поднимается наверх и налетает на Клаву.

— Не смей искать Сашу! Ты звонила в деревню, где он прописан?

— Что хочу, то и делаю, — парирует тетка.

Закипает скандал, в процессе которого Клава теряет голову и орет:

— Он — вор! Украл золото!

Лида сохраняет олимпийское спокойствие.

— И откуда оно у нас? — спрашивает она, притворяясь удивленной.

Клавдия осекается, потом говорит:

— Твоя мать умерла не сразу, я сопровождала ее в больницу. По дороге Света открыла тайну: некий человек велел ей спрятать ценности. Мужчина явно умер, он давно не появляется, золото можно продавать осторожно, лишь по мере необходимости.

— Значит, ты согласилась жить со мной в расчете на деньги? — краснеет Лида.

— Нет, нет, — машет руками Клава.

— И лазила в тайник!

— Очень редко! Только в острый момент!

— Какой?

— Ну... заболела, на операцию...

— Ага, на себя потратила, — окончательно теряет

разум Лида, — мы жили в тесной квартиренке, экономили на всем, но мне ты ни словом о тайнике не обмолвилась. Для себя хранила, падла!

— Нет, нет! Что ты, — пытается оправдаться Клава, — хотела бы украсть, давно бы унесла, ты же ничего про схорон не ведала, кто мешал мне золото забрать? Нет, нет.

— Что — нет?! — орет Лида. — Жизнь мне поломала, в рванье я ходила...

Облако злобы затмило женщине мозг, она хватает длинный, острый кухонный нож и кидается на Клаву.

Сколько раз Лида вонзала в тетку лезвие, она не помнит, черная ярость отключила сознание, но в конце концов припадок прошел, Лида бросилась к телефону.

— Саша, — закричала она в трубку, — я убила Клаву!

— Сейчас приеду, — мигом сообщил муж.

Он на самом деле мчится к жене и застает ужасную картину: в кухне, на полу, в луже крови лежит пока еще живая Клава, в комнате рыдает Лида.

Саша лихорадочно ищет выход из сложившейся ситуации, для начала выгребает из тайника золото, потом говорит жене:

— Значит, так, вы мирно пили чай, забыли закрыть дверь, вдруг ворвался наркоман и накинулся на вас. Не дергайся!

Не успевает Лида понять, что произошло, как Саша быстро делает ей порез на голове, рана неглубокая, но кровавая. Девушка кричит от страха и боли, муж зажимает ей рот.

— Молчи, спасаю тебя! Плохо получается: Клава вся изрезана, а у тебя ни одной отметины. Все. Обо мне ни слова! Будут интересоваться, где муж, отвечай: бросил, ушел к другой, куда, не знаю.

Лида кивает, вызывает «Скорую помощь», Саша уходит.

— Но почему она сказала в больнице, что ее муж избил? — удивилась я.

Дегтярев кивает.

— Тут произошла неразбериха. Начало ей положил врач «Скорой помощи», прибывшей по вызову Лиды. Специалист сразу понимает: Клава не жилица — и, оказывая первую помощь, пытается узнать у Лиды, что случилось. Но молодая женщина в ужасе, не забудь, она только что нанесла тетке несколько ран и теперь больше всего хочет, чтобы та умерла, никому не рассказав правды. Лида пытается изложить версию про наркомана, но начинает не с тех слов:

— Муж... мой муж...

— Это он вас так? — уточняет врач. — Супруг избил?

Для сотрудника «Скорой помощи» подобная информация неудивительна, жены, изуродованные алкоголиками, встречаются ему часто. Лида понимает, что ляпнула глупость, и у нее хватает ума замолчать. Далее, уже в больнице, следующий виток неразберихи. Фамилия Лиды — Иванова, еле живая Клава, которую только что доставили, тоже Иванова, а в приемном покое уже находится Мария Иванова, которую избил муж. Медсестра, принимающая больных, устала, на дворе ночь, на каталках — три Ивановых. Клавдию отправляют в операционную, где та умирает, а Лиду и Марию развозят по палатам, в истории болезни Лиды замороченная медсестра пишет: «Со слов пострадавшей, ее ранил муж». Вот откуда пошла гулять совсем ненужная Лиде версия. Утром женщина приходит в себя и убегает, в клинике царит полнейший бардак, за больными плохо смотрят, по большому счету, никому ни до кого дела нет.

Лида приходит домой и обнаруживает записку от тебя. Девушка понимает: госпожа Васильева настырна, лезет с остервенением в чужие дела. Лида звонит по указанному номеру и пытается убедить тебя оставить ее в покое. Потом она связывается с Сашей, парочка понимает, что надо бежать. Паспорт на имя Дегтярева они сжигают, на работу Лида сообщает, что на нее и Клаву напал наркоман, они находятся в больнице, состояние не тяжелое, приходить не надо, беспокоиться тоже, бухгалтерша явится на службу через десять дней.

После чего они собирают вещи, прихватывают драгоценности, садятся в поезд и уезжают в... Екатеринбург.

— Почему туда?

Дегтярев развел руками.

— Это далеко, город большой, легко затеряться. Понимаешь, и Саша, и Лида не слишком умны, она покупает билет на свой паспорт, а он на документ Лактионова, их нашли очень быстро. Впрочем, взяли и Нинель. Теперь все ясно?

Я вздохнула.

— Нет. О каком Саше шла речь? Кто был в доме у Нинели, когда приходил Дегтярев? Неужто Лактионов?

Полковник хмыкнул.

— Нет. Серж. И Нинель сказала: «Все в порядке, Серж», — просто бывший начальник зоны перепутал имя или плохо услышал его. Теперь все?

Я молча кивнула.

Эпилог

Лиду осудили за убийство Клавы, правда, суд отнесся к женщине крайне гуманно, за преступление, совершенное в аффекте, дают небольшой срок. Саша отделался легким испугом, его обвинили в использовании чужих документов и в пособничестве убийце. Но, учитывая тот факт, что мужчина оказывал помощь жене, пусть и не совсем законной, Лактионов получил условный срок. Он уехал из Москвы, перебрался поближе к зоне, где сидит Лида. Дальнейшая судьба супругов мне неизвестна. Для Саши огромным ударом послужило известие о том, что Нинель Митрофановна является его родной матерью, парень плакал как маленький, когда следователь сообщил ему этот факт.

А вот старуха даже не переменилась в лице, увидев, что за ней пришли, она, правильно оценив ситуацию, мигом сдала Кудо и остальных своих «подчиненных». Муж, узнав о деяниях супруги, ушел в очередной запой. Учитывая возраст Нинели и ее состояние здоровья, старуху далеко не отправили, срок она мотает на зоне в Подмосковье и, думаю, сумеет выйти на свободу — такие, как генеральша, выныривают сухими из океана. Евдокия Семеновна Бордюг так ничего и не поняла, следователь попытался растолковать вдове генерала суть вещей, но потерпел сокрушительную неудачу. Евдокия Семеновна только ахала и спрашивала:

— А Нинелечка-то тут при чем?

Серж, узнавший, что его мать попала из-за Нинели в тюрьму, проклял благодетельницу. В общем, от воровки и мошенницы отвернулись все, но генеральшу, похоже, мнение окружающих не волнует, никакого раскаяния она не испытала и прощения у близких просить не стала.

Евдокия Семеновна отобрала у внучки серьги и вернула мне.

Скульптура-вешалка по-прежнему стоит в нашем холле, и особо нервные гости издают дикие крики, столкнувшись с горбуньей. Надо бы вынести монстра на помойку, да руки не доходят.

Стелла, покрытая изумительно рыжей шерстью, благополучно отбыла к хозяевам. Забирая ее, Элина поинтересовалась:

— Все в порядке? Будут у нас щеночки?

Я быстро ответила:

— Уж Бандик постарался, а что получилось, не знаю.

Хорошо, что собаки не умеют разговаривать, иначе бы Стелла мигом заорала: «Ложь! Он ко мне даже не приближался!»

Первое время я нервно вздрагивала от каждого звонка, за калиткой чудился неизвестный Паша, огромный силач, вооруженный до зубов, обвешанный автоматами и обвязанный пулеметными лентами. Воображение рисовало картину: мужик врывается в дом и орет: «Ага! Щенков нет! Шерсть не рыжая! Стелла полиняла! Изуродовали любимую собачку!»

И бах, бах, бах!

Но к нам никто не явился, а теперь, когда после неудачной свадьбы прошел почти год, неприятностей ждать особо не приходится.

Сегодня вечером у нас дома было шумно. К Машке приехали ее подружки Сашка Хейфец и Ксюша, заодно примчался и Денис, которому в конце концов девчонки сообщили правду: морской свинки с ластами нет, ветеринару просто долго дурили голову.

— Негодяйки! — завопил Деня, бросаясь к шутницам. — Дурака из меня сделали!

Девицы кинулись кто куда, а я, тихо хихикая, пошла в кладовку, там ждал своего часа шоколадный торт, думаю, Деня утешится при виде любимого лакомства.

И тут раздался звонок. Как всегда, не глянув на экран домофона, я распахнула дверь и удивилась. На крыльце стоял маленький, худенький, какой-то скукоженный дядечка в очень дорогом пальто, в руках незваный гость держал огромный ящик, обитый материей.

— Вы Даша? — пропищал он.

— Верно, — кивнула я.

— Будем знакомы, Паша.

— Паша?!

— Да, да, папа Стеллы, — прочирикал мужичонка.

У меня отвисла челюсть. И это грозный бандит? Бог мой, да браток размером чуть больше Жюли! Наверное, ему автомат сделали по спецзаказу, обычное оружие такому «тойтерьеру» не поднять.

— Очень вам благодарен, — не замечая вытаращенных глаз хозяйки, трещал Паша, — а уж Элина счастлива! Стелла просто расцвела. Вот, берите!

И он поставил на пол в прихожей ящик, который принес, из него незамедлительно послышался писк.

— Ой, — заорала, влетая в холл, Маня, — спасите!

За ней в прихожую ворвались подружки и Дениска, размахивающий веником. Увидав незнакомца, компания притихла.

— Забирайте, — повторил Паша.

— А что там? — мигом заинтересовалась Маня и откинула крышку. — Ой, щеночки! Хорошенькие! Раз, два, три... восемь штук! Откуда они?

— Мы с женой подумали и решили: несправедливо забирать себе всех, — торжественно заявил Паша.

— Вы о чем? — осторожно спросила я, глядя, как дети вытаскивают из коробки умилительные комочки.

— Ваш Банди — отец-герой, — сообщил Паша, расстегивая пальто. — Фу, ну и жара у вас, топите сильно.

— Банди — отец-герой? — растерянно повторила я. — Что вы имеете в виду?

— Так Стелла родила, — со счастливой улыбкой заявил Паша, — шестнадцать деток! Просто рекорд! Вообще-то питы столько не приносят, но Стеллочка уникум во всем!

— Погодите, — попыталась я разобраться в ситуации, — Стелла гостила у нас почти год назад.

— Одиннадцать месяцев прошло, — поправил Паша, — все как по часам: девять она беременная ходила, потом еще два мы с Элиной щеночков выкармливали, а теперь вам половину отдать решили. Не хотелось вас обижать, лишать радости. Вот, забирайте!

Дети замерли со щенками в руках.

— Беременность у собаки длится два месяца, — неожиданно ляпнул Дениска.

Паша разинул рот, а я мигом сообразила, что произошло. Наш Банди наотрез отказался иметь дело с невестой, отсиживался под диванами, даже не понюхал суженую. Стеллу увели ни с чем, но потом, спустя довольно долгое время, она повстречала свою любовь. Уж не знаю, кто это был: вислоухий «сторож» или неизвестно как забежавший в поселок дворовый пес, а может быть, чей-то породистый кобель... Но от никем не замеченной связи через два положенных месяца явилось на свет шестнадцать очаровательных отпрысков, а Паша, ничего не смыслящий в собаках, принял их за сыновей и дочерей Банди и от чистого сердца, в знак глубочайшей благодарности, приволок нам алиментный приплод.

— Ха-ха-ха, — утробно загудел Паша, — ну, ты, парень, меня не проведешь! Сколько женщина беременной ходит?

— Девять месяцев, — пискнула Сашка Хейфец.

— Во! — Паша назидательно поднял палец вверх. — И получается такое несовершенное чудище, как человек. Ясное дело, собака столько же зреет! Ну ладно, пошутили, посмеялись, теперь берите и радуйтесь.

— Нет, — воскликнула Маня, — чистая правда! Два месяца! Вашу Стеллу...

Маня собиралась объяснить Паше, что Бандик непричастен к интересному положению рыжей Стеллы, фальшивой питбульской девушки, но договорить фразу девочка не успела. Паша перебил Манюню:

— Ну и жарища у вас, блин, весь вспотел. — Он снял пальто, скомкал его и швырнул на кресло, в ту же секунду из кармана дорогого кашемирового прикида выпал неправдоподобно большой пистолет и со стуком шлепнулся на мозаичную плитку.

Воцарилась гробовая тишина, замолчали все, даже

щеночки. Я уставилась на оружие. Можно, конечно, предположить, что Паша таскает тяжелый пистолет в кармане, дабы его не сдуло ветром, использует «стрелялку» в качестве груза, — мне ведь тоже порой хочется сунуть в сумочку кирпич, в особенности когда на дворе, как сегодня, шумит непогода, но такая версия, мягко говоря, не выдерживает критики. Похоже, Паша...

— Чегой-то вы, вроде не рады? — насупился браток.

— Просто от счастья онемели, — выдавил из себя Дениска.

— Такие милые щеночки! — совершенно искренно воскликнула обожающая всех животных Машка. — Суперские!

— Милашки, — подхватила Сашка.

— Душки, — ожила Ксюша.

— Значит, берете деток Бандика? — осведомился Паша.

— Да, — хором ответили мы, косясь на пистолет.

— Очень рад, что доставил вам удовольствие, — заулыбался браток, потом наклонился, подобрал оружие, надел на себя пальто, повернулся было к двери, но остановился и робко спросил: — Вы... того... самого... не обидитесь, если иногда приду деток проведать? Гостинцы принесу? Я же их дедушка!

Дениска закашлялся, а я весьма невежливо воскликнула:

— Полагаете, они должны у нас жить?

— Конечно, — твердо заявил Паша, — где ж еще?

— Восемь штук?

— А вы их, че, продать хотите? — нахмурился браток. — Сами радоваться счастью не желаете? Только представьте, как здорово: утром глядите во двор, а они там во главе со Стеллой.

— Стелла тоже к нам переедет? — в полном ужасе осведомилась до сих пор стоявшая тише таракана Ирка.

— А че! — оживился Паша. — Хорошая мысль! Неладно мужа с женой разлучать. Во, придумал! У меня пустой участок в Ложкине рядом с моим есть, вы свой дом продайте, там новый постройте... собачки станут рядом жить...

Я вцепилась пальцами в косяк.

— Спасибо за лестное предложение, но мы вынуждены отказаться, часто уезжаем в Париж, у нас там дела.

— Этта понятно, — закивал Паша, — бизнес — святое дело.

— Щеночков раздадим в лучшие дома Франции, — пообещала Маня, — в семьи баронов и маркизов.

Паша призадумался.

— Ну, если к таким, то ладно! Но адресочки возьмите, съезжу потом, проведаю деток.

— Непременно, — хором ответили дети.

Я тупо смотрела на ящик. Бароны и маркизы! Как бы не так, этих бастардов никуда не удастся пристроить, они будут шеренгой маршировать по саду и стадом носиться по дому. Может, повесить на воротах табличку: «Дворнягохаус»? Господи, что теперь делать? Кому всучить нечаянную радость? Надо немедленно хвататься за записную книжку. Так, пора за дело, буду предлагать кобельков вместе с приданым: подстилка, миска, ошейник, мешок корма...

Паша неожиданно улыбнулся.

— Скажите, ведь здорово, что на вас такое счастье свалилось?

Я, не говоря ни слова, побежала к телефону. Да уж, иногда счастье сваливается на голову так неожиданно, что не успеваешь отскочить в сторону.

Донцова Д. А.

Д 67   Компот из запретного плода: Роман. — М.: Изд-во Эксмо, 2005. — 384 с. — (Иронический детектив).

За друга — в огонь и в воду! Даша Васильева очертя голову бросается разыскивать нахалку, посмевшую оскорбить ее приятеля — полковника Дегтярева. Холостяк Александр Михайлович, утверждает тетка, женат и бросил супругу, которая его холила и лелеяла. Даша возмущена. Ей ли не знать, что Дегтярев свободен и чист, как слеза. Невинный поиск однофамильца полковника оборачивается криминальным расследованием, до которых, как известно, Дашутка большая охотница. По ходу дела она узнает, что другой Дегтярев — бывший зэк. Этот лагерный донжуан хранит в кубышках бывших любовниц свои преступные сокровища. Теперь его возлюбленные — старушки, они хотят избавиться от опасного золота, забыть прошлое. Ну как не вмешаться Даше Васильевой, как не помочь! Не век же им расплачиваться за грешки молодости! Их-то избавила от проблем, а сама чуть жизни не лишилась. Слишком уж доверчивой оказалась страстная любительница частного сыска...

УДК 82-3
ББК 84(2Рос-Рус)6-4

Оформление серии художника *В. Щербакова*

Литературно-художественное издание

Донцова Дарья Аркадьевна

КОМПОТ ИЗ ЗАПРЕТНОГО ПЛОДА

Ответственный редактор *О. Рубис*
Редактор *В. Жукова*
Художественный редактор *В. Щербаков*
Художник *Е. Рудько*
Технический редактор *О. Куликова*
Компьютерная верстка *Т. Комарова*
Корректоры *Н. Овсяникова, З. Харитонова*

ООО «Издательство «Эксмо»
127299, Москва, ул. Клары Цеткин, д. 18/5. Тел.: 411-68-86, 956-39-21.
Home page: www.eksmo.ru E-mail: info@eksmo.ru

*По вопросам размещения рекламы в книгах издательства «Эксмо»
обращаться в рекламный отдел. Тел. 411-68-74.*

Подписано в печать 24.06.2005.
Формат 84x108 $^1/_{32}$. Гарнитура «Таймс». Печать офсетная.
Бумага газетная. Усл. печ. л. 20,16. Уч.-изд. л. 16,1.
Тираж 260 000 экз. Заказ № 0508750.

Отпечатано
в ОАО «Ярославский полиграфкомбинат»
150049, Ярославль, ул. Свободы, 97

"Записки безумной оптимистки"

«Прочитав огромное количество печатных изданий, я, Дарья Донцова, узнала о себе много интересного. Например, что я была замужем десять раз, что у меня искусственная нога... Но более всего меня возмутило сообщение, будто меня и в природе-то нет, просто несколько предприимчивых людей пишут иронические детективы под именем «Дарья Донцова».

Так вот, дорогие мои читатели, чаша моего терпения лопнула, и я решила написать о себе сама».

Дарья Донцова открывает свои секреты!